羲耕堂笔记

忽培元 著

忽培元2009~2012年散文随笔

中国言实出版社

图书在版编目（CIP）数据

义耕堂笔记 / 忽培元著 . -- 北京 : 中国言实出版
社 , 2014.6
  ISBN 978-7-5171-0564-0

Ⅰ . ①义… Ⅱ . ①忽… Ⅲ . ①散文集—中国—当代
Ⅳ . ① I267

中国版本图书馆 CIP 数据核字（2014）第 092408 号

责任编辑：周　晏

出版发行　中国言实出版社
　　　地　　址：北京市朝阳区北苑路 180 号加利大厦 5 号楼 105 室
　　　邮　　编：100101
　　　编辑部：北京市西城区百万庄大街甲 16 号五层
　　　邮　　编：100037
　　　电　　话：64924853（总编室）64924716（发行部）
　　　网　　址：www.zgyscbs.cn
　　　E-mail：zgyscbs@263.net
经　　销　新华书店
印　　刷　三河市祥达印刷包装有限公司
版　　次　2014 年 7 月第 1 版　2014 年 7 月第 1 次印刷
规　　格　787 毫米 ×1092 毫米　1/16　19.25 印张
字　　数　351 千字
定　　价　42.00 元　　ISBN 978-7-5171-0564-0

从翠竹轩到义耕堂（代序）

忽培元

本书选编 2009 年我从大庆回到北京后至 2012 年，近四年间写的散文随笔。起名《义耕堂笔记》，既是出于对大庆的怀念，也是对自己业余文学劳动和书画研习的一个态度与性质的暗示。

"翠竹轩"与"义耕堂"，是我先后取的两个书斋的名号。但是它们又不仅仅局限于书斋名称，而是代表了我人生两个不同阶段的精神追求。苏东坡先生出生在四川眉山，那里满山遍野都是竹子，也许正是故乡的翠竹，陶冶了诗人的高尚气节与峻拔情怀。"未出土时先有节，待凌云时尚虚心。""直节生来瘦，高材老更刚。"等等，正是对于苏轼高尚人格与杰出文才的准确概括。竹子可真正是一种奇特而无与伦比的植物，难怪古往今来会成为人们盛赞不绝的君子形象。历代文士对于竹子这种大自然的精灵都是肃然起敬、情有独钟。仅仅唐代，流传下来的咏竹诗就有二百多首。清代画杰郑板桥，一生以画竹咏竹为乐，留下了大量传世杰作，成为了竹文化的一位集大成者。"宁可食无肉，不可居无竹"，苏翁脍炙人口的名言成为了人们的理想。竹子自强不息的坚韧气节、奋发向上的不屈斗志和无私奉献的崇高精神，象征着中国传统文化中一种具有代表意义的人格风范。当然，历朝历代也不乏厌竹恶竹之人与贬竹骂竹之语，那也是很正常的事情。正应了"林子大了什么鸟都有"那句大实话。对于这种无伤大雅的现象，完全可以忽略不计。

我出生在陕北延安，从小生活在黄土高原的丘陵沟壑间，那里非但没有竹子，漫长的冬季甚至连绿色也难得一见。因此对于南方的翠竹便是格外的喜爱。"萧然风雪意，可折不可辱。"苏翁的这两句咏竹诗，更使我对翠竹报以持久的钟情。在延安工作期间，因为爱好书画，习作落款需要有一个堂号，便刻意把书房取名为"翠竹轩"。

室内原本并没有竹子，以后到南方出差，特意买回一株盆栽的佛肚竹，每日精心养护，可还是未能捱过北方严寒的冬季。伤心之余，只得自我安慰曰：但求心中有竹，即可不庸不俗也。此后还专门写过一篇纪念那株佛肚竹的文章，以表爱竹深情。虽然居室无竹，但是竹子的高洁与峻拔，总是铭记在心，时时提醒着自己：宁可有棱有角，可折不可曲，也不能变成一个圆滑世故的庸俗之人。显然，竹子的精神，是属于个人内在修为的。它对于青年时期的自己，起到了感召与引领的楷模作用。

以后到大庆市工作，宿舍安排在一个叫"义耕"的小区内。义者，义气、义务；耕者，耕耘、笔耕也。那时人入中年，又担任着公职，可谓是"出则共济天下"，便总想着要有所作为，想着奉献社会。"义耕"这个词，就具有了特别丰富贴切的含义。当时还业余兼任市书法协会名誉主席，书画活动中也需要有一个堂号，我便首先想到了"义耕堂"三个字。这个现成的堂号，同自己业余写作和书画创作倒是十分切合，因此把原先的"翠竹轩"改为了"义耕堂"。从"翠竹轩"到"义耕堂"，代表了我人生的两个不同阶段，也反映了我青年时期和中年时期不同侧重的人生追求。前者主要表明注重个人修养，后者则侧重于回报和奉献社会之意。以后回到北京工作，就一直沿用这个堂号。如今应中国言实出版社盛情之邀把近年来所写散文随笔结集出版了，也就随之取名为《义耕堂笔记》。当然也曾想过"言实"这个词语，比如《言实集》之类，作为书名也是很不错的，同样反映了自己做人作文的一贯追求，但总还是不愿意忘记"义耕"的责任与欢乐。看来这"义耕堂"是要伴随自己终生的了。

是为小序。

2014 年 2 月 20 日于义耕堂

目录

第三辑 行·风景依旧在路上

第四辑 悟·生活俯拾皆感动

第一辑

学·峥嵘岁月数风流

闹红：刘志丹、谢子长、习仲勋、马文瑞陕甘边岁月

"八十年代末，海峡两岸坚冰初破，一批退休赋闲的原国民党军中高级将领，他们多数领教过'三大战役'的厉害，却都没有到过西北。当他们被台湾当局批准赴大陆探亲，头一站就迫不及待来到延安，要解开一个百思不解之谜——共产党人是不是真有三头六臂。但当他们看到当年毛泽东和共产党人个个相貌堂堂、衣着朴素、同老百姓亲如一家的历史照片，又是在连吃饭穿衣都成大问题的艰苦条件下，在那样简陋的土窑洞中，却指挥不足百万的小米加步枪的土八路，打败了他们美式装备的八百万国军！这令他们更加惊叹不已，感慨万端，甚至越发地迷惑不解。此刻，当我行走在陕甘南梁的山路上，面对当年刘志丹、谢子长、习仲勋和苏区政府、陕甘红军将领们住过的早已破败不堪的土窑洞，心中竟然也产生了几乎是同样的惊异和疑惑……"

这一段文字是摘自我 1994 年南梁之行的日记。如今，时光老人不知不觉地过去了整整 15 年，在我们新中国 60 华诞来临之时，我自己也由一个热血青年变成了不惑而知天命之人。回顾历史，我对这一段文字，有了新的感悟和注解。

"闹红"的故事永远传颂着

西北革命，当地老百姓生动形象地称之为"闹红"。它在中国革命史上，作用可是非同寻常、非同小可。西北革命根据地，也就是人们常说的有别于"白区"的"红区"，包括陕甘边和陕北两大块，是刘志丹、谢子长、习仲勋、阎红彦、马文瑞、汪锋、马明方和王世泰、贾拓夫、张达志、张秀山、贺晋年、刘景范、吴岱峰、崔田民、崔田夫、贺生春、王兆相等，大批的闹红领袖人物和中坚骨干带领大家伙儿浴血奋战，前赴后继，经历千辛万苦，排除千难万阻，于 20 世纪 30 年代初期先后创建的。西北这一片"红区"，横跨陕甘宁诸省，是先烈用鲜血染红的。能够保存下来，那可是一个奇迹。这是连料事如神的毛泽东也未曾料想到的。谁能够想得到，在敌人大兵压境，疯狂进攻和空前残酷的白色恐怖下，全国的红区百分之百都被破坏或被迫主动放弃，而这一片名不见经传的地方，竟然会硕果仅存。还有一支红军部队在孤军作战，并且

不断壮大，在中央红军长征最困难的日子里，竟然大举反击，一连解放六座县城，使得两片红区连成一体。当毛泽东在甘肃的一个叫哈达铺小镇邮局敌人报纸上意外地发现这个消息，他惊喜之余，立即打消了在无后方作战的情况下，请徐特立、董必武等几老化妆离开部队的意见，也改变了继续西进入新疆向苏联靠拢的最坏打算，而决定北上陕北。可见，西北这片红区的存在有多么重要！它改变了红军的长征路线，也更加坚定了党中央毛主席北上抗日的决心和信心。从一定意义上讲，它也改变了整个中国革命的伟大进程。事实上，这一片红区，和这一支红军，不仅迎接了党中央毛主席和中央红军长征到达陕北，同时还提供了党中央所在的陕甘宁边区的基础地盘。而作为形成较早、作用更大、坚持最久和培养锻炼干部众多的陕甘边，其在西北根据地中的作用和地位就更显重要，更值得深入研究和大力宣传。

可见，我们这里所讲的"陕甘边"，既是一个地理概念，更是党史命题。而其中心区域——南梁，就像当年的井冈山与中央苏区的关系。它作为西北红军的大本营和陕甘边以至西北革命根据地的核心区域，原本只是甘陕交界地带的一片偏远闭塞的荒山野岭——即毛泽东所讲的，属"反动统治薄弱的一省或几省的交界地带"。就地理位置而言，它主要包括甘肃庆阳的华池县和陕西延安的保安（今志丹县）的结合地带，属桥山山脉子午岭中段的天然次森林腹地。20世纪30年代初期，这里曾经轰轰烈烈地演出过悲壮的历史活剧，以致在七十多年之后，人们还要拜谒、回顾、研究、纪念。总之，再过一百年，"闹红"的故事还会是记忆犹新，感人至深的话题不会断，可亲可敬的人物叫你难以忘怀。

先辈的足迹引领我们走进昨天

1993年夏季，我有幸陪同参与创建西北红军和根据地，并在抗战时期担任陇东地委书记兼385旅政委长达7年之久的全国政协副主席马文瑞回到陇东。第二年，即1994年的金秋时节，我又受马老派遣实地考察西北革命遗址。当我怀着无比崇敬的心情行走在南梁地区被天然次生林覆盖着的黄土丘陵地带的山间小路上，心情格外激动。作为生在新中国、长在红旗下的年轻一代中共党员，我是来寻根，更是来朝圣的。在马文瑞同志身边工作的日子里，我接触了许多从南梁地区走出的西北老革命，听他们讲多了当年"闹红"的故事，也曾因为撰写刘志丹、谢子长、习仲勋、阎红彦和马文瑞的历史传记和生平，从20世纪80年代初开始，在陕、甘，北京和全国各地采访过更多的西北老同志，抢救掌握了大量宝贵的历史资料和真实情况。

　　当时，我所走着的，正是当年一条出入苏区的主要通道。在拜谒南梁的山路上，我的脑海中浮现出七十多年前这里曾经发生过的惊天动地的历史事件。1994 年时，这里还像当年，山间根本没有公路。川道里一条尘土飞扬的沙土路也只是通到梨园堡。记得那次，我们的车子在山间土路上足足颠簸了三个多小时，拐进一条小沟，车路就消失了，只能弃车步行。我们沿一条越来越窄的羊肠小道上攀，一直走到山顶，又顺着山梁绕行一个多小时，当地党史办带路的同志才说"南梁寨子湾到"。我知道，寨子湾当时是南梁政府所在地和军事指挥中心，这里有刘志丹、习仲勋住过的土窑洞。当我有幸沿着前辈走过的道路寻求历史的遗迹，即感受到了那远去历史的亲切氛围，心中的震撼所料不及。你感到了信仰的力量和精神的作用有多伟大。那种身临其境的深切体验，是听和读永远无法达到的。这种徒步中的吐纳与揣摩，使你情不自禁地走进历史，感受"闹红"，由此所点燃的激情促使我写成了长篇人物传记《群山》。

　　今天回想起来，调查研究西北革命的历史过程，身临其境，真切体验那充满了痛苦的曲折和惨烈的流血牺牲的情景，改变了我的人生态度和生活理想。那种艰苦卓绝的体验，使我由脆弱虚浮变得坚强变得扎实了，使我由畏惧软弱变得在困难面前能够挺起腰杆，使斤斤计较的我在名利面前能够从容淡定，在纷繁芜杂的历史和现实的纷争面前，努力地运用辩证思维，做到冷静客观。而这一切，对于我们年轻一代做人以至研究和审视历史，是多么的必要和重要啊。尽管自己还做得很不够，但当你意识清醒地自觉努力去做，这才是最重要的。

　　七十多年前，贫穷落后的大西北，是旧中国黑暗统治的一个缩影。连年干旱灾荒、地主老财盘剥，地痞恶霸巧取豪夺，再加上军阀割据欺压，讲"民不聊生，饿殍遍野，怨声载道"，一点也不夸张。"饥饿出盗贼"，"官逼民造反"，革命的能量就是在这样的情形下逐渐聚集起来的。但起初率先觉醒的年轻的革命者并没有看到这种潜在的分散的能量存在及其聚合的威力，而是一心把主要的精力放在了搞枪杆子的兵运工作上。梦想着从反动军队中拉出一支革命武装，然后夺取政权，解救万民于水火。结果刘志丹、谢子长、阎红彦、习仲勋等这些意志坚定的热血青年，冒死策划暴动、领导起义和从事秘密策反的兵运斗争。结果连续七十多次都悲壮地失败了。习仲勋、汪锋、马明芳、马文瑞等领导的陕甘边、陕北地下党组织，也是在敌人白色恐怖之下，反复遭到破坏，有人被捕坐牢，甚至流血牺牲，他们宁死不屈，实在可歌可泣。崇高革命理想和坚强的革命意志，鼓舞和鞭策着革命者不屈不挠，前赴后继，不畏艰险，不断地探索前行。终于，在经历过七八年漫长岁月，党团组织扩大了，群众基础巩固了，红军武装建立了，游击区域拓展了，根据地也出现了。党在陕甘边界通过"兵运"、"起义"等斗争形式建立武装虽然失败了，但刘志丹改造"绿林"的行动取得了成效，赵二娃的民间武装听他的。加上晋西游击队和安定县新加入的人员，于1931年"9·18事变"后，由谢子长任总指挥、刘志丹任副总指挥的"西北抗日反帝同盟军"宣告成立。翌年2月，"西北抗日反帝同盟军"在甘肃正宁县的三嘉原改编为"中国工农红军陕甘游击队"，因为有了自己的队伍，4月，即在正宁县寺村塬建立红色政权——陕甘边区革命委员会；6月，陕甘游击队在陕西省委"左"倾机会主义路线的执行者杜衡的要求下，东进陕西韩城地区，遭受挫折后返回寺村塬。7月下旬，陕西省委派省委常委李良担任红军游击队政委，由于李良的错误决定，致使游击队接连失利，被迫撤离寺村塬，根据地丧失。我们可以想象，西北革命在幼年时期该是多么的艰难。这一过程，就像一个弱小的儿童在蹒跚学步，不断地跌倒，再爬起来。闹红者站立不稳，脚下的道路，更加充满了泥泞坎坷。黑暗中的星火，随时都可能被风雨扑灭。然而，那星火，却像天上的北斗，在乱云飞度中闪烁明灭，始终顽强地照耀着大地，给人们引导着方向。

"星火燎原"关键是把握火候

历史没有忘记，西北"闹红"早期，由于种种原因引起"自我折腾"，付出的代价沉重。那深刻的教训，至今仿佛还镌刻在照金"红军寨"险峻无比的红色岩石上。当初，陕甘游击队成立后，按照谢子长、刘志丹的本意，是想先在距敌较远的梢山地区活动，发动群众，扩大武装，等待时机，开展军事斗争形成武装割据。但严重脱离实际的中共地下陕西省委，主要是好大喜功的省委书记杜衡这个人，却坚决指示部队南下渭北。其实他是在执行"左"倾冒险主义路线。部队在力量弱小，准备不足的情况下，正面主动出击，同强敌硬打硬拼，结果可想而知。先后打了大小50余仗，虽歼敌1400余人，终因是在反动势力很强的平原地区作战，无天险可借，无后方依托，无给养保障，无兵员补充，加之很快引来敌人重兵围击，战斗十分惨烈，部队损失严重，未能站得住脚。红军主力违心受命，战斗失利。这是西北闹红史上的第一次大折腾，但灾难仅仅开始，"左"倾冒险主义的干扰仍在继续。

陕甘游击队被迫撤离渭北后，为了隐蔽休整，部队采纳谢子长的提议，分三路活动于靠近山区的合水、耀县、三原一带。也就在这一时期，刘志丹、谢子长领导的部队从实际需要出发，主动与地方党组织合作，肩负起了创建以照金为中心的根据地的重任。那时，手中掌握大权，又热衷于执行"左"倾冒险主义路线的杜衡，对地方群众工作既无耐心也不感兴趣，他的注意力主要盯在军队和攻打城市上。这就给刘志丹、谢子长和习仲勋留下了一个机会，这也是陕甘边照金根据地能够在大环境很不利的情况之下艰难诞生的一个意外的历史机遇。

历史铭记着这精彩而重要的一幕：1932 年冬季，渭北山区特别的寒冷，阴历十月，就下了一场大雪，山路被封了，山区的群众反倒觉得安宁了许多。山路上，一个年约三十出头，高鼻梁大眼睛，头戴八角帽腰挎盒子枪的英俊的军人，同一位年龄不到二十岁，脸上稚气犹存的身穿便服腿打裹缠的精干热情的高个子青年一道踏雪来到照金。老辈人们都还记的，这就是刘总指挥和以后的习主席。他们白天带人穿行在密林深处的山路上，夜晚就在村子里的穷人家里围坐在炕头上开会动员、精心谋划，成功地创建了我国西北地区第一个山区革命根据地——陕甘边照金革命根据地。

1992 年秋，是照金革命根据地创建 60 周年，我有幸随马文瑞和许多老革命赴陕西耀县照金参加了纪念活动。也亲见了那里环境的偏僻隐蔽和地势的险要。马老在照金同刘志丹夫人，年近 90 的同桂荣见了面，两人回忆起当年第一次在南梁见面的情形，亲切之状，历历在目："刘嫂子，啥时候再给咱做剁荞面呀？""剁荞面太硬，怕你肠胃受不了呀！"老人家还是那样的好开玩笑。

照金根据地坐落在纵贯陕北的桥山山脉南端突出地带。这里山深林密，道路崎岖，奇石嶙峋，堡寨呼应，从军事上看，具有凭险而据，好守难攻的优势。特别是薛家寨，一座巨大的红石山峰拔地而起，高耸入云。无论是险峻威势，还是地理位置，在方圆百里的山峰与堡寨之中，如同鹤立鸡群，堪称险峻之冠。薛家寨的天然红石峰即成为根据地军事指挥中心，故称之"红军寨"。红色石峰之上，有四座天然岩洞，洞口地形极其险要，当时分别作为红军医院、红军被服厂、军械厂和指挥部等。上山一条险路，有哨卡、吊桥、石砌寨门等多重防御工事。真正是"一夫当关，万夫莫开"。薛家寨遂成为根据地的中心和后方基地。在鼎盛时期，红色武装割据区域扩展到陕甘两省十四个县，面积数万平方公里。

照金"红区"的创建，是在中国革命处于低潮，白色恐怖极其猖獗的形势下，红军和地方党组织神不知鬼不觉地在敌人背后插入的一把钢钉，使之痛而无奈。同时也在两省交界的偏远地区点燃了革命之火，为后来南梁根据地培养锻炼了干部，积累了珍贵经验，特别是宣传革命，鼓舞士气的作用尤为突出。至今当地群众中仍流传着"南有瑞金，北有照金"之说，可见其影响之大之深远。在西北"闹红"史上应该写下一笔。在此期间，年轻有为的习仲勋在组织领导两当兵变失败之后，配合刘志丹、谢子长，完成了这一重大历史使命，也得到了一次充分锻炼和展示各自才能的机会。他当选陕甘边（照金）革命委员会副主席。主席当时按左倾路线规定，只能由不识字的农民同志担任。实际工作，主要还由他承担。这一时期，马明方、马文瑞等为代表的中共陕北特委，在陕北各县自觉抵制"左"倾盲动主义路线，积极开展秘密斗争，坚持发动群众，引导饥民斗争，武装工农，组织游击战争，筹集经费、枪械，支援红军主力，深入敌军策反，把起义人员输送到红军部队等等。这对陕甘边的斗争起到了强有力的牵制和支援作用。

"左"倾路线干扰损失最大的还是部队。1932年12月，陕西省委指令，陕甘游击队在陕西宜君县的转角镇正式改编为中国工农红军第二十六军第二团（全军仅有200多人，显然有些虚张声势），他们无知地认为刘谢阎执行省委指示不力，不懂军事的杜衡自己赤臂上阵，担任军政委兼团政委。同时，谢子长、刘志丹、阎红彦等人被扣上"右倾机会主义"的帽子，免去军事职务，但仍留在部队。红二十六军暨红二团组建后，根据陕西省委也就是杜衡个人的指示，再度南下，在陕西耀县、三原、淳化、宜君等6县相交地区开展游击战争。这一次，刘谢阎在困难情况下，利用各自在部队的威望和影响力，仍发挥着重要作用。部队从实际出发，注意了尽量靠近山区活动和发动群众，避开强敌，主要针对民团作战。到1933年三四月间，红二团在战斗中连连取胜，群众斗争蓬勃发展，并依托照金根据地，成立了中共陕甘边特委和陕甘边革命委员会。

"渭北那边红一片，分田分地闹共产。"正当革命形势好转时，杜衡头脑更是发热膨胀，继续执行"左"倾路线，强令红二团南下渭华地区建立新根据地，搞得很张扬，很快就引起当局注意。结果，500多人的部队被敌打得只剩下100多人。遭到数十倍于红军的国民党军队的围追堵截，几乎全军覆没，杜衡本人也被捕判变。红军主力南下后，杨虎城、井岳秀以4个正规团和6个县民团约8000余人的兵力，分4路对照金根据地进行围攻，根据地处境危急，习仲勋领导赤卫队和全体军民反围剿，苦战半年，粉碎了敌人四次围剿。军民坚持到10月中旬，被迫撤出，根据地随之陷落。

历史的教训警示我们，无论哪一项事业，在前进中，头脑发热，盲目冒进，火候把握不好，即使暂时形成星火燎原之势，也有可能被很快扑灭。西北革命的幸运，是因为有实际斗争经验的同志合力抵制，才把错误路线的影响和损失限制在了最低限度。

唯物史观是破解历史谜团的金钥匙

西北"闹红"史上，有一些有争议的焦点，长期争论不休，以至于影响到团结。早在延安时期，中央就委托任弼时同志主持召开西北历史座谈会，对一些问题充分讨论，形成了决议。但事实证明矛盾并没有彻底解决，以至导致"《刘志丹》小说问题"出现，株连了许多的好同志。到了新时期，中央又召开一次座谈会，这次由李维汉同志主持，原则性地形成了新的《决议》。看来对历史事件和历史细节，同是当事人，却可能形成不同的记忆和认识。后人如何揭开这些谜团？唯物史观是一把金钥匙。西北"闹红"，许多历史事件没有文字记载，早期的历史文献更是少得可怜，主要靠当事人回忆。回忆中的差异，就形成了争议。历史事实和历史功绩不是谁争出来的，而是客观存在。例如高岗这个人物，至今外界总以为他是同刘谢同等级的西北革命的领袖人物，甚至认为他是"功大于过"。真正了解了西北革命，你就会觉得，他其实远远达不到这个档次。其实刘谢与高岗孰高孰低的争论，本身就是历史形成的一个误会。因为当时，在刘谢先后牺牲的情况下，高岗以"西北红军总政委"的头衔出现，自然就成了头面人物。当你运用唯物史观全面客观地考察了西北革命历史，就会发现高岗在西北革命中的历史地位是无法同刘谢相提并论的，而习仲勋、阎红彦及许多同志比他的贡献都大。他只是在杜衡叛变之后，代之担任了"西北红军总政委"这个职务，其实仍然还是换汤不换药的角色。而刘谢阎却因为"左"倾路线的干扰而屈居高岗之下。如果仅仅以职务高低来衡量贡献大小，那叛变之前杜衡的贡献应该说是最大了。不能简单看谁担任什么，而要看干了什么、起到了怎样的作用。为此，对高岗知根知底的阎红彦同志早在延安时期，就郑重向中央反映过高岗的问题，认为高岗在战场上当过逃兵，还强奸过妇女，他不能取代刘谢代表西北。刘少奇为此当时还批评过阎红彦，要他立了字据。以后高岗问题出来后，中央才肯定了阎红彦的意见，毛主席在四川金牛坝会议期间看见阎红彦，很抱歉地说："红彦同志，我们瞎了眼，冤枉了你十几年。"再比方如何看待照金根据地的历史作用。先有照金后有南梁，没有照金的失败，也就很难有南梁的成功，这是历史事实。革命事业的发展反映出一个阶梯式递进的规律。有许多非直接的甚至是潜在的因素，往往在历史的进程中被人们忽略，但实际上却是历史前进的必要条件之一。例如，没有长期兵运工作在失败中培养锻炼的既懂军事又懂政治的强有力的干部和积累的经验教训，那么在有了军队时，就没有那么多会带兵的人。从这个意义上讲，清涧起义、渭华暴动和两当兵变等大大小小的兵运工作，其历史功绩不可磨灭。同样，没有陕北地下党领导的轰轰烈烈农民运动和地下工作的配合，敌人的统治力量在更大范围之内得不到干扰和分散，重点区域的形成也是很难发展。另外，革命运动的成败，也有许多偶然的因素。正是无数的偶然，才最终导致了必然结果。这就如同 1931 年时没有阎红彦、吴岱峰等率领的三十人的晋西游击队遭受重兵围剿打过黄河来，没有马文瑞坚决抵制立三路线在安定县保持了革命实力，能够及时动员一百多青年农民党团员参加部队，没有刘志丹、谢子长的军事才能和影响力及其联络的民间武装参与，就不会那么快地形成西北红军的基本力量。当然，有刘志丹、谢子长的威望和努力，西北迟早肯定会有红军武装的，但在当时白色恐怖异常猖獗的情况下，红军队伍早诞生一天，意义都是极其重大的。甚至就连杜衡这个人物，他的冒险主义的错误以致叛变，给革命造成的损失当然是显而易见的。但作为反面教材，他又有积极的意义。当时是否从反面已经起到了积极作用？当我行走在南梁崎岖的山路上，满脑子翻江倒海地思考着这样一系列的问题。要回答这些问题，离不开辩证思考。通过辩证思维，辨别历史真伪，这也正是我们党史研究所要遵循的一个规律，是今后解答一切历史疑团的金钥匙。

血的教训使革命走向成熟

拜谒过照金"红军寨"，仰望那壁立千仞、高入云表的红色岩峰，就仿佛看到了一座用鲜血和生命铸就，引人沉思的悲壮无比的纪念碑。当你在红军寨下沉思，耳边即响起反围剿的枪炮声和先烈冲锋陷阵的号角。仿佛看到刘志丹、谢子长、阎红彦率领红军主力南下平原作战，在数十倍于己的敌人面前，沉着指挥，背水一战的悲壮和惨烈；仿佛看见年轻的苏维埃主席习仲勋在红军主力外线作战的情况下，按照刘志丹的吩咐，带领赤卫军大队，指挥军民，团结一心，同仇敌忾，取得一次次反围剿战斗的胜利。唯有在此种境况下，你才会真切体会当年的轰轰烈烈和艰难险阻，才能想象出革命道路的曲折坎坷，才能够体会到毛主席"政策和策略是党的生命"英明论断的内涵和分量。从而对那个时代格外仰慕，对那一代老革命更加肃然起敬。

革命，没有现成的道路可走，只能在探索中前进，往往在黑暗中摸索。革命者的可敬，不仅仅在于不怕坚苦卓绝、流血牺牲，更在于能够从容应对和娴熟驾驭复杂局面的领导才能。当时是，党中央制订了大的斗争策略和方针，但各地的情况千差万别，作为地方性革命领袖，需要因时因地制宜，不断调整策略和方针，才能在严酷的白色恐怖下求得生存、不断取得胜利。刘志丹、谢子长等西北革命领袖的伟大，正在于此。作为西北根据地的主要创始人习仲勋、阎红彦、马明方、马文瑞等人的杰出也主要体现于此。

这里就是南梁。承前启后的西北根据地大本营——一片渺无人烟的寂寥天地。当你披着一路风尘，经历辛苦，终于来得其间，你起初也许会有点失望。因为你去过延安，也去过井冈山，去过浙东、闽西，也到了东北抗联活动过的地方，但都不像这里眼下如此的寂寞荒凉。当时（1994 年）甚至连一块像样的碑记也没有。在秋风渐凉的冷清氛围中，你按照向导的指引，在那几乎无法辨认方向的黄土山道上穿行，头顶上只有巴掌大的一片天空，你感到了狭小的沉闷和曲折的迷茫。然而，当你爬上山顶，登上一块高地，就看到了一个意想不到的大世界——丛林覆盖着的起伏连绵的山峦，一望无际的蓝天白云，你突然感到心胸豁然开朗，精神为之一振。心中百思不解的许多问题，突然之间会变得迷雾消散，泾渭分明。在这样的特定氛围中，最适合于对历史展开想象和深入的思考。革命的曲折，除了强大反动势力抵制破坏，往往还有来自营垒内部的无知和盲动。

1933 年 11 月，照金根据地沦陷后，刘志丹等率领部队奋勇突围，转移到甘肃合水县包家寨子村。由于连续作战和打了败仗，部队有点儿溃不成军。刘志丹看着战士们士气低落，心里很是难过。此时，他亲密的战友，谢子长和阎红彦已经被"左"倾路线排挤离开部队到中央受训。面对失败的局面，他感到孤掌难鸣。部队向哪里去呢？革命事业如何继续前进？想到了习仲勋和地方党组织，他便想到了南梁。对，在南梁重建根据地，深入发动群众——让老虎归山，叫游鱼入海。唯有这样，才能避开强敌锋芒，让部队得到休养生息。但这种想法，很可能又被认为是逃跑主义和梢山路线，需要统一认识。眼看天色已晚，他建议部队停下来。在此困境下，中共陕甘边区特委和红军临时总指挥部于当时，即 1933 年 11 月 3 日至 5 日在合水县包家寨子召开联席会议，总结经验教训，确定了刘志丹同志数次提出的以南梁为陕甘边区革命活动中心的建党、建军、建立根据地的一系列正确的战略方针。今天看来，这个叫"包家寨子"的村庄，应当视为西北地区的"遵义城"。我党历史上影响深远的"遵义会议"，在当时极其困难的情况下，起到了力挽狂澜的转折作用，恢复毛泽东的军事指挥权，在关键时刻挽救了革命也挽救了党和红军。"包家寨子会议"，则是在西北革命遭受失败形势下，总结经验教训，从实际上恢复刘志丹对军队的指挥权，并决定创建南梁根据地，将武装斗争与农民运动相结合，这次具有深远意义的重要会议，相当于是西北革命史上的"遵义会议"。就在这个名不见经传的小山村里，讨论研究了决定红军前途命运的重大问题。

包家寨子会议之后，陕甘边区党和红军立即投入创建以南梁为中心的陕甘边革命根据地的斗争。1933 年 11 月中旬，红 42 师在师长王泰吉、参谋长刘志丹的率领下回到南梁。在红军的帮助下，习仲勋等再度大显身手，全面展开了创建陕甘边革命根据地的斗争。1933 年底，以南梁为中心的根据地迅速扩大到东至豹子川，南至东华池，西至柔远川，北至吴堡川的广大地区，并在这些地区相继建立了临时乡政权——农民联合会。于 1934 年 2 月 25 日恢复成立了根据地临时政权——陕甘边区革命委员会。此后，连续粉碎国民党军队的 3 次围剿，使根据地发展到陕甘边界十几个县的部分地区，面积达 2.3 万平方公里。

有许多历史的瞬间值得永远定格

1934 年 11 月 4 日至 6 日，正是南梁山中寒风吹起的季节。漫山遍野的五花树叶开始飘落。但梨园堡中心的关帝庙里却是锣鼓喧天，标语铺地，一派热闹景象。这里破天荒地召开着一个会议。当地的老百姓，人老几辈子都没经见过这么隆重的场面和这么神圣的阵势。更令大伙儿惊异的是，他们自己，无论是贫雇农还是揽工汉，并不是来看热闹的，而是来参加会议的。他们的胸前，都佩戴着红色的"代表证"。他们看见，以前庙会唱戏的台子上，坐着他们熟悉的态度和蔼的刘志丹和习仲勋，还有许多面熟但叫不出名字的人。后来才知，那些坐在刘志丹和习仲勋旁边的人，有吴岱峰、惠子俊、杨森、张秀山、张邦英、蔡子伟、张策、黄子文、张庆孚等，个个都是根据地各方了不起的领导人。这些苏区的精英人物，他们面对着台下 100 多名工农兵代表，脸上的表情都显得特别严肃。庄严的陕甘边苏维埃工农兵代表大会在习仲勋的主持下召开，国际歌声响彻在南梁堡的上空。可惜当时没有照相机、录音机，使这催人泪下的历史性重要会议，只能留在人们的记忆中，传颂在口头上。会上成立了陕甘边苏维埃政府，通过了《政治决议案》《军事决议案》《土地决议案》《财政决议案》《粮食决议案》等根据地的文件和法令。特别是在刘志丹的提议下，会议采取民主投票的方式，选出习仲勋为陕甘边苏维埃政府主席，贾生秀和牛永清为副主席。全场掌声雷动，老百姓投票选出自己的"政府"和"官员"，这真是破天荒第一次。政府下设土地、劳动、粮食、财政、肃反、文化、工农监察、经济建设和妇女等委员会，凡大家要办的事情，就都有一个"衙门"来管。李生华、张钦贤、呼志禄、杨玉亭、郝文明、蔡子伟、惠子俊、马锡五等分别执掌着这些"衙门"的事情，大伙把他们亲切地称之为"委员长"。其实他们在民众的心目中，可比那位自封的高高在上的"蒋委员长"要伟大得多。妇女们的心情更是激动，她们看到了自己的领导高敏珍，她是南梁第一任妇女委员会委员长。很快的，蔡子伟成了最忙活的人，他担任政治秘书长，老百姓习惯地把他称作"蔡总管"。陕甘边区苏维埃政府的成立标志着陕甘边界的革命斗争进入了新的历史阶段。大会还选举产生了陕甘边革命军事委员会和陕甘边赤卫军总指挥部。刘志丹任军事委员会主席，边金山任副主席，吴岱峰任参谋长。朱志清任陕甘边赤卫军总指挥，郑德明任副总指挥，梅生贵任副总指挥兼参谋长。会上还宣布建立了华池县和赤安县苏维埃政府。此后又建立了庆北县苏维埃政府。贾生秀、边金山、强家珍分别担任华池、赤安、庆北县苏维埃政府主席。三县分别辖小河沟、东华池、林锦庙、阎家岈子、玉皇庙、马孤子、荔原堡、白马庙、花豹沟、刘坪、阳胍沟门、尚湾及紫坊畔、脚扎川、陕西白豹、吴旗与高河、温台、城壕、白岔沟门、武家河、乔河、庙巷、土坪等地。

重温这一段历史的时候，我正站在梨园堡陕甘边根据地纪念馆的展室里，望着习仲勋亲笔题写的"南梁革命纪念馆"陷入了沉思。1934 年 11 月 7 日，即代表大会两天之后，在梨园堡河西的川台上举行了盛大的庆祝陕甘边苏维埃政府成立大会，3000 多名贫苦农民群众，庆阳、合水、保安、安塞、靖边等各路游击队和 18 个赤卫军大队参加了大会。刘志丹、习仲勋、吴岱峰分别讲了话。肃反委员长郝文明和工农兵各界代表都发了言。大会举行了阅兵仪式，刘志丹、习仲勋等检阅了全副武装的红军战士、各路游击队、18 个赤卫军大队。晚上举办了文艺晚会。老百姓欢天喜地，庆祝自己当家作主的节日。

1935 年 1 月 25 日至 28 日，亦即半年之后，在谢子长率领的陕北红军游击队的支持下，中共陕北特委在陕北苏区赤源县白庙岔召开了陕北根据地第一次工农兵代表大会，会上成立了陕北省苏维埃政府，马明方任主席。至此，两块根据地南北呼应，相映生辉，闹红了陕甘宁边区的天空。

苏区地方政府成立后，紧接着就是"扩红"。1934 年冬至 1935 年春，南梁根据地和陕甘边苏区开展的轰轰烈烈的"扩红"运动，使红四十二师扩充到 2000 余人，各县游击队扩大到 3000 余人，赤卫军增加到 5000 余人。陕北省苏维埃政府成立后，谢子长在白庙岔主持将陕北红军各独立团整编为红二十七军八十四师，杨琪任师长，张达志任政委，随后组建了吴堡和神府独立团。谢子长将军终于实现了在陕北建立正规红军武装的夙愿。

陕北和陕甘边原本就是一家

1933年底，因受左倾路线排挤被迫离开部队受训，后又到张家口参加吉鸿昌将军领导的抗日同盟军的谢子长再度受党组织派遣，以西北军事特派员的身份回到陕北。这在今天来看，也是西北革命史上的重大事件。谢子长一返回陕北，就在马明方、马文瑞领导的陕北特委配合下，恢复了原先转入地下的红一支队，紧接又组建了陕北红军游击队，并亲任总指挥。陕北红军游击队在他的率领下，英勇作战，不断壮大。经过近一年的浴血奋战，到1934年秋天，即南梁苏区政府成立之时，陕北根据地的革命斗争也遥相呼应，迅猛发展，相继建立了陕北红军独立第二团和第三团，陕北游击队扩大到30多个支队。这为陕北苏区的建立和扩大提供了强有力的军事保证。部队在地方党组织的积极配合下，于10多个县组建了中共县委和革命委员会，遂使绥米葭吴边、绥靖延边和安定三块分割的苏区联为一片。1934年春，国民党发动对陕甘边和陕北根据地的第一次大规模军事围剿。7月下旬，谢子长等率陕北游击队主力转战来到南梁，同红二十六军会合。两地领导人在南梁阎家洼子召开联席会议，共商破敌之策。会后，陕甘边区党政军调拨100支步枪和数百块银元支援陕北游击队，并派红二十六军四十二师主力红三团随谢子长北上陕北，与陕北游击队协同作战，粉碎了国民党当局对陕北根据地的疯狂围剿。红三团北上后，刘志丹指挥红四团和各路游击队坚持在陕甘边作战，既策应了陕北根据地反"围剿"斗争，也保卫和发展了陕甘边革命根据地。谢子长在反围剿战斗中身先士卒，冲锋陷阵，英勇负伤，但他坚决不下火线，继续长途奔袭，指挥部队作战，致使伤情加重。

陕甘边、陕北苏区政府的成立和两地革命力量的不断壮大令国民党统治者寝食不安。特别是两地联合开展的第一次反围剿斗争的胜利，使敌人极为震惊。1935年1月，蒋介石调集陕、甘、宁、豫、晋、绥6省7个师计5万多兵力，准备对陕甘边和陕北根据地发动第二次围剿，企图将新生的革命政权扼杀在摇篮中。为集中力量，共同抗敌，2月5日，陕北特委和陕甘边特委在赤源县（今子长县）的周家崄召开联席会议，正式成立中共西北工作委员会和中国工农红军西北军事委员会，统一领导两块根据地和两区的革命武装。会议确定了反围剿的战略方针，成立了由刘志丹任总指挥，高岗任政委的前敌总指挥部。

根据《中国工农红军西北军事委员会粉碎敌人二次围剿动员令》，为集中红军主力到陕北与敌作战，1935年4月13日，习仲勋率领陕甘边苏维埃政府撤离南梁地区转移到陕北甘泉县的下寺湾开展工作。面对强敌的残酷围剿，根据地人民与游击队密切配合，把粮食、灶具埋掉，将牛羊赶入山中，神出鬼没地袭扰牵制敌人，针锋相对地与敌周旋，配合反围剿斗争。以刘志丹为首的前敌总指挥部带领红军主力，充分利用国民党杂牌军之间的派系矛盾与敌斗智斗勇。经过 5 个多月的浴血奋战，先后消灭了井岳秀的一部和高桂滋的两个团等正规军 5000 余人，消灭民团地主武装 3000 余人，缴获各类枪支 8000 余支，相继解放了安定、延长、延川、安塞、靖边、保安等 6 座县城，在甘泉、富县等 20 多个县开辟了游击区或建立了工农民主政权，发展红军 4000 多人，实现了陕甘边和陕北两块根据地的统一。根据地面积达 6 万平方公里，成为土地革命后期全国"硕果仅存"的红色区域。同年 7 月，红军胜利收复南梁，第二次反围剿斗争取得全面胜利。12 月底，刘志丹、吴岱峰带领红二团和庆阳游击队、陕甘游击队五六支队，向陕北挺进，沿途消灭了安塞县隆安、平桥等民团。

养伤中的谢子长仍然关注着战局变化。刘志丹在战斗间隙到安定县水晶沟、柳沟、灯盏湾等地，多次看望谢子长。战友深情感人至深。他们还就陕甘边和陕北两地区统一领导、两支红军统一指挥共同作战等问题充分交换了意见。刘志丹对年长自己并富有斗争经验的谢子长一贯都很尊重，谢子长也看重刘志丹的军事指挥才能和高尚人品。两人的思想境界都很高。据马文瑞同志回忆，谢子长性情刚烈，嫉恶如仇，不光思想活跃，政治上坚定，且很有长者风度，同时又是很会带兵打仗，也很会做群众工作。他为人性情直爽，说话幽默风趣，心胸格外坦荡，平时衣袋里总是装着炒豆子或炒瓜子。见了同志和老乡，就抓一把递到人家手中，像是见面礼，大家的感情一下子就亲近了。在他影响下，谢家三代参加革命，有 9 人壮烈牺牲，可谓满门忠烈。在马文瑞的回忆里，刘志丹有胆有识，敢做敢为。除了超人的军事才能之外，还是一个具有很高政治觉悟和文化修养的自觉的共产主义战士。他做事严肃认真，平时不苟言笑，组织纪律性很强，善于团结同志，像周总理一样，在西北老革命中威信很高。共同的革命理想和崇高事业把他们联系在一起，刘谢两位战友，他们之间根本没有旁人所猜测的"山头之争"。许多历史的细节，由于文献的缺失而出现了某些争议，但大的历史脉络却是异常的清晰。那就是刘志丹和谢子长，是西北人民爱戴的群众领袖，是党内公认的民族英雄。如果把毛主席比作太阳，刘谢和习阎马马等人就是天上的北斗星，在最黑暗的年代里，曾经用星火照亮过西北人民的心灵，引导了人民前进的方向。

开辟东地区是连通两块红区前奏

1935 年春，红四十二师骑兵团配合延安、安塞等游击队和宜川、甘泉的"抗捐军"，扫除民团据点，形成了一大片敌人统治薄弱的游击区域。为了扩大苏区，解决给养困难，刘志丹、习仲勋派马文瑞率领武装工作队，深入该地区，建立党团组织，发动群众，开辟了陕甘边东区根据地，经过近一年的艰苦努力，成立了东地区革命委员会，马文瑞当选主席。又先后成立红宜、赤川两县临时革命政权，在北起延长，南达韩城，东抵黄河，西接南梁中心根据地的方圆百余公里范围建立了各级苏维埃政权，把陕甘边根据地扩大了四千多平方公里。陕甘边东地区的开辟，有效地解决了苏区和部队给养困难，也扩大了战略回旋余地，使红军出征有了更强有力的后方依托，客观上起到了连通陕甘边、陕北两块苏区的前奏。

眼下，七八十年过去了，自然界和人类社会经历了反复的荣枯更替，生死轮回。一切的变化都令人感到吃惊，但日月星辰的光辉没有改变。当我在照金、南梁、南泥湾、临镇一带采访，发现至今老乡中还流传着当年"闹红"的歌谣。人民歌唱着刘谢习和马文瑞，歌唱当年率领民众闹红的人们，歌唱新生的苏维埃政权，歌颂耕者有其田的理想生活，歌颂自由平的精神欢乐——"半夜里来叫门，问你是哪部分，只要说是老刘的人，赶快迎进门。请吃猪羊肉，请吃热蒸馍，老刘爱吃剁荞面，赶快压饸饹……"那种热情洋溢的情形令人万分感动。

在那历史的回声之中，你首先想到，中国革命的胜利，客观来讲是在中国共产党领导下几十年营造出的不可逆转的历史大趋势，因此很难讲哪个地方的功劳最大，那个具体人的功劳最大。这也是唯物史观决定的，群众创造历史，并非是英雄创造历史。因为革命运动是真正意义上的综合系统工程，是接力赛，要团队精神，是不断地需要有人探索牺牲，不断地经受挫折和考验才能找到正确的道路，从而被推向前进。是在没完没了，此起彼伏，前赴后继，风起云涌，声东击西，南呼北应的反复搏斗的过程中，这才形成了如火如荼、轰轰烈烈、排山倒海、势不可当的燎原之势。从这个意义上讲，错误路线的代表，也有了不起的贡献，至少提供了某种教训，至少告诉人们，此路不通。就某一地区而言，同样也是这样。如果当初没有红军主力南下作战的失败，也就没有南梁根据地的建立。辉煌的历史功绩是大家共同创造。各地区各个时期数不清的革命先烈起到的作用更是无可估量。比如陕北革命先驱李子洲等，他们虽然牺牲得很早，但作为革命先行者在西北地区的影响力却是相当之大、相当深远。他们就是西北地区的李大钊，像一面旗帜，又像一把火炬，在大革命初期，在迷茫与黑暗中，引导着人们前进。还有陕北早期党的领导人白明善等，他们同样是功不可没。

当我行走在南梁的黄土山道上，面对那寂静的山野和当年刘志丹、谢子长、习仲勋等住过的早已是破败不堪甚至已经很难辨认的窑洞，即感到了一种深深的愧疚和强烈的历史责任。作为享受着革命成果的人，我们有责任把那已经沉寂下来的辉煌历史还原复活，写真再现，作为精神遗产继承下来，教育自己，激励后人。要千方百计让那曲折复杂的发展过程、艰苦卓绝的斗争故事和众多的历史人物，获得永生。

井冈山道路是拨开迷雾的灯塔

西北地区，是中华大地偏远闭塞的一隅。它的当初的落后与闭塞，当你走进南梁，面对那蜿蜒山路和寂静梢林的一刹那即真切地感受到了。那真正是与世隔绝的地方。你想象着，当初这里既没有电话，也没有电台，没有报纸，更没有网络。外边的消息，主要依靠信使。同上级组织几个月甚至整年失去联系，是经常发生的事情。有时候，上级的一条指示和情报，等到派人送来早已经过时。何况常常还会出现上级在完全脱离实际的情况下制定的路线方针，往往反倒成为斗争中最令人头疼的阻力和障碍。

然而，幸亏有黄埔军校出身，又善于在实践中学习和思考的刘志丹；有走南闯北，见多识广，求真务实的谢子长；有那么多的接受了马克思主义，养成了实事求是、走群众路线的领导者，才使得西北革命，在总体上没有偏离正确的航向，那就是坚持走井冈山的道路。西北革命根据地的形成与发展，绝不是孤立的，而是整个中国革命的一部分。它是在中共中央北方局的正确领导之下，更是在兵运工作和党的地下工作的反复失败的情况下，包括流血牺牲的教训中，才最终把武装斗争和农民运动有机结合起来的，实行了工农武装割据，农村包围城市，最后夺取政权的正确道路。

新民主主义理论的实践与创新

南梁苏维埃政府的成立，是第二次国内革命战争时期西北革命斗争中一个历史性转折，它使革命委员会这一临时政权转变为苏维埃政府，使陕甘革命斗争由流动的游击区域变成巩固的革命根据地。以南梁为中心的陕甘边革命根据地的创建和发展，标志着西北红军在运用马克思主义原理指导革命斗争实践上的成熟，为党中央将西北作为中国革命大本营提供了坚实的基础。

当时南梁政府的一切工作，都没有现成经验和模式，都是开拓创新。例如颁布了"十大政策"，即土地、财政粮食、军事、统一战线、民政劳资、文化教育、知识分子、肃反、优待俘虏和各种社会政策。在边区苏维埃政府统一领导下，各县、乡立即发动人民群众开展了土地革命运动，没收地主土地、牛羊、粮食、庄宅和其他财产，没收富农封建剥削部分的土地和财产，分配给贫、雇农和缺少土地、牲畜的中农，按照主要生活资料来源和剥削与被剥削的程度划分阶级成分，实行依靠贫雇农，团结中农，中立富农，打击豪绅地主的土地革命路线。为了改变根据地群众的生活状况，边区政府大力鼓励农民发展畜牧业，并从政府办的牧场中，提供牛、羊、马匹给贫苦农民，帮助他们度过因缺少牲畜而造成的生产、生活困境。这些措施的实行，使南梁人民得到了休养生息，有力地促进了生产力的恢复和发展。

边区的文化教育事业，也是从无到有。为了贯彻党的方针政策，陕甘边特委和苏维埃政府分别创办和发行了刊物《布尔什维克的生活》和《红色西北》。这些如今已经成为文物的纸质粗糙的手工刻制的油印宣传品，第一次把文化的信息和气息传播到了封闭的空间。我们可以想象，人老几辈儿没念过书的梢山农民，手中捧着这样一份刊物，那该是一种什么样的心情。那是远比我们今天面对计算机和软件还要惊异和高兴。开天辟地的事情，给人们心灵带来的震撼是局外人很难想象的。从这个意义上讲，革命者，又都是开拓者、改革者和建设者。南梁在苏维埃政府成立前即创办了陕甘边第一所红色学校——列宁小学，霍建德任校长，张景文任教员，共有学生60多名。教学设备虽然非常简陋，但校长和教员的责任心和使命感很强。校长亲自为学生编写课本。学校从实际需要出发，开设了文化、政治和军事等课程，看得出，一开始就突破了旧学，实行完全的新式教育。1934年10月，在梨园堡还开办了红军干部学校，刘志丹兼任校长，吴岱峰兼任副校长并主持工作、习仲勋兼任政委。南梁政府成立后即改为军政干部学校，校址迁到豹子川的张岔，开设了政治、军事和文化课，同时兼搞生产和军训。此时，马文瑞来到南梁，应邀担任政治教员。

制度的形成和经济建设也是完全的创新。陕甘边特委、政府和军委的工作人员，一律实行供给制，从吃饭、穿衣和日常生活用品到办公所需的笔、墨、纸张，都由财政委员会按规定统一配发，即所谓的军事共产主义。为了减轻群众负担，政府还规定"党政军的财、粮来源，主要是取之于豪绅、地主，并向敌人夺取"，号召党政军机关经营红军公田、兴办小牧场、种粮种菜、养猪养羊，补充红军和机关所需。南梁政府成立后，国民党对边区进行了严密的经济封锁。为此，边区政府在梨园堡设立了集市，确定农历每旬一日为集日。为活跃集市贸易，对白区商人采取了争取和保护其利益的政策，把根据地的羊只和山货廉价卖给他们，鼓励他们把苏区缺少的布匹和其他货物想方设法运进来。针对南梁地区流通货币极不统一，各种纸币贬废迭起，人民深受其害的现实，边区政府于寨子湾设立了陕甘边苏维埃银行，在油坊沟设立了造币厂，发行了用布制作的"苏币"。面额有一角、二角、五角、一元四种。在此期间，边区政府还发行了"陕甘边苏维埃银行券"，明令禁止国民党钞票和地主豪绅的"帖子"等在苏区流通。随着集市贸易的发展和金融流通的革命，南梁山区的经济很快繁荣起来。政治、经济、文化等各项事业的发展，使根据地成了人们向往的地方。人口很快翻了一番多。

"三大法宝"创造历史辉煌

毛泽东主席是最善于归纳和概括历史的政治家。中国革命千头万绪，斗争形式瞬息万变，面对强敌，我们手中应该掌握怎样的"法宝"？延安时期，毛泽东精确地概括出"三大法宝"，即"武装斗争、统一战线和党的建设"。实践已经反复证明，这是中国革命取得胜利的根本保证。回顾历史，也正是这"三大法宝"的神奇威力，使得西北革命从胜利走向胜利。"工农武装割据"，其基本内容就是武装斗争、土地革命和根据地建设三者的紧密结合。如何更有效地实行，经过反复的实践，刘谢习等终于摸索出一条具有陕甘边特色的"工农武装割据"的革命道路。即根据当地实际，把农民作为革命的主要力量，首先以农民为土地革命的主体，开展轰轰烈烈的土地革命活动；其次以农民为革命武装的源泉，在土地革命的基础上发展壮大革命力量；再次与农民群众结为建设和捍卫革命根据地的铜墙铁壁。统一战线是我党独创的应对复杂局面团结民众、孤立强敌，克敌制胜的特种武器。陕甘边时期不仅与国民党军队和民团以及"绿林"武装、哥老会发展统战关系，同时也在国民党地方官员、士绅之间讲统战；不仅在开展武装斗争，创建人民军队中做统战工作，而且在进行根据地建设中也特别注重发挥统战工作的特殊作用。加强党的建设更是陕甘边革命胜利的根本保证。在创建陕甘边革命根据地的艰难历程中，形成了以刘志丹、谢子长、习仲勋为主的领导集体，他们能够把马克思列宁主义的普遍真理与陕甘边革命的具体实践相结合，紧紧依靠人民群众，坚决同"左"倾错误路线做斗争，在远离中共中央及至中断联系的情况下，立足实际，排除干扰，独立解决陕甘边区革命斗争的重大问题，制定和实施适合陕甘边区实际的正确方针和政策，保证了陕甘边区革命斗争的最后胜利。

"陕北根据地是落脚点和出发点"

1975 年 9 月 1 日，邓小平在同《万水千山》剧组主创人员交谈时讲："陕北根据地是落脚点和出发点"。他这里所讲的"陕北根据地"，实际上就是指"西北根据地"，应当包括陕北和陕甘边。其实，这话并不是小平同志的发明，而是暗引了毛泽东的论断。早在延安时期，毛主席就在不少场合讲过同样的话，而且明确注解，就是"红军长征的落脚点和抗日战争的出发点"。以后这自然成为了全党的共识。邓小平同志是一个既严谨又很讲实事求是的人，他不同意的观点，绝不会轻易引用。他也是一个很善于从历史经验中汲取政治营养的人，绝不放过任何一个有内涵且有现实意义的历史细节。两代伟人都这么评价，可见是意味深长。

其实西北根据地，还有一个更加伟大而深远的贡献往往被人们忽略了，那就是为邓小平同志"一个国家，两种制度"的伟大构想提供了重要的历史依据。当年的陕甘宁边区，即是在西北根据地基础上形成的一个当时情况下争得蒋介石认可的合法的"特别行政区"。这对于国民党统治下的中华民国而言，亦可谓名副其实的"一国两制"。毛主席讲，"陕甘宁边区是我们一切工作的实验地"，这就意味着要出经验，出政策，也出制度创新。"陕甘宁边区"本身实行"三三制"领导体制，就是我党运用统一战线的手段，努力争取创造的一种全新的制度。几十年后，大智慧的邓小平由此生发出灵感，用于解决棘手的香港、澳门问题，取得了举世公认的伟大成效。饮水思源，追根求本，作为"落脚点和出发点"的西北根据地，为此功不可没。长期以来，民间有一种说法，"是中央挽救了西北，还是西北挽救了中央？"这个问题提得本身就很不辨证。把一个事物相辅相成的两个方面硬是人为对立起来。事实是，如果党中央毛主席和中央红军不来，已经开始了的"错误的肃反"也将断送西北革命成果。因为当时包括刘志丹、习仲勋、马文瑞在内的军队营以上，地方县以上干部统统都被扣上"反革命"的帽子抓了起来，即将枪毙、活埋。在这种情况下，毛主席派人制止，命令"刀下留人"，才避免了一场屠杀。因此，西北人民在歌中唱道"毛主席来了晴了天！"这是由衷之言，是肺腑之语。但值得骄傲的是，西北根据地这硕果仅存的一片，的确又是十分重要的，用毛主席的话讲，就是历史地承担起了"中国革命放在西北的任务"，那就是所谓的"落脚点和出发点"。实践证明，两大任务都完成得很好。

革命熔炉造就国家栋梁

在西北广大群众中，特别是老区群众，无论男女老少大多也没有经见过当年的阵势，却多少都能自豪地叫出老革命的名字，都能讲述几段富有传奇色彩的"闹红"故事。久而久之，刘谢习阎马等老革命，就像是文学名著中的典型形象，变得各具个性、栩栩如生。我就曾经同一个当年的堡垒村的老乡口中得知许多有关的信息。村民如数家珍，普遍认为：刘志丹英明，谢子长英勇，习仲勋精干，阎红彦果敢，马文瑞坚毅，王世泰宽厚，吴岱峰顽强……后来才知，他们小学的乡土教材中，就有以上的内容。许多人早已经背得滚瓜烂熟。还有的地方，凭的是一代又一代地心口相传。但谁也说不清，从南梁走出去的老革命究竟有多少。许多老革命，当年只是十五六岁的红小鬼，都是在南梁这个革命的大熔炉中锻炼成长起来的。当我写着这篇文稿时，唯一还健在的是年近百岁的张邦英老人。这位 1910 年出生的世纪老人，他曾是我党耀县中心县委第一任书记，后又参加了渭华暴动、照金根据地建设和南梁根据地的斗争，曾经长期担任过南梁根据地南区区委书记和游击队领导人。眼下也算是西北老革命中"硕果仅存"的一位老寿星。20 世纪 90 年代，我曾经多次采访过他老人家。建国后长期担任民政部副部长的他，处事谨慎、态度谦和，回顾历史从不居功摆好，更加令人崇敬。

当我一连几十天，兴致勃勃地行进在陕甘高原那无穷无尽的丘陵沟壑间；当我在子洲、绥德、米脂、佳县、神木、府谷、榆林、清涧、子长、延安、延长、宜川、甘泉、安塞、庆阳、华池、环县、合水等县拜访老党员、老革命，瞻仰中共陕北和陕甘边特委在偏僻山村中的几十处依稀可辨的故居、旧址；当我由当地党史办、县志办搜集了两大箱有关的文献资料，我的心灵像一叶小舟，日夜徜徉在那个凝固了的革命史诗深刻而感人的意境之中。总之，当我亲历了那片群山日月晨昏的交替、风吼泉鸣的神韵，感受了一个人长久独行于羊肠小道上的孤寂与蜷缩在山窑岩崖下渴饮山泉饥啃干粮的苦涩，我终于明白了，波澜壮阔、艰苦卓绝——整个黄土高原所强烈展示出的这种风采，正是对西北革命斗争历史的一种概括写照。许许多多以后担任了中央和地方各级重要领导职务的西北老革命，正是在这异常艰苦的特殊环境中磨炼出来的。

实地采访归来许多年了，我的脑海中仍然时不时地就会被那雄浑的山峦，被那"像装满奶汁的乳房一样的开垦过的黄色山头（何其芳语）"占据着。当我以后再见到那些仍然健在的为数不多的老革命，同他们交谈，陪他们一道散步，注视着他们聚精会神地坐在那里阅读书报、批阅文件，或是挥毫题诗作画，我就惊异地发现，他们那也许并不高大结实的身材，也许并不开阔的前额和并不一定宽厚有力的肩膀，却都有一个共同的本质象征，那就是如同陕甘边浑厚的黄土山峦一样，有一种耐人寻味的扎实朴素的魅力。这使我联想起许许多多西北地区经历过血与火考验的人民群众。当你见到他们，就感到一种非同寻常的亲近。他们面对着你，那专注纯净的目光所透出的心灵的质朴和由嘴角暗示给你的坚毅和刚强的神情，处处都使人联想到黄土高原无穷无尽的山恋——坚定不移、坚忍不拔，豁达大度、含蓄谦和，质朴雄浑、一往情深。这一切，正是陕甘边山峦所展示给人们的那种伟岸风范。正是这种风范的魅力，吸引着我，以我生命的激情，吟唱这首永不凝固的史诗。

人民心中的不老松

2011 年 1 月 30 日,《人民日报》时代先锋栏目头版发表了《一个共产党人的一辈子》。老共产党员杨善洲的事迹读后令人心情无法平静。"一个人做一件好事并不难,难的是一辈子做好事,不做坏事。"(毛泽东语)杨善洲作为一名共产党员,他真正做到了一辈子为人民做好事而不做任何损害人民利益和有损党的威信的事,用自己一生的言行,实践了自己的入党誓词,使人感佩,令人敬仰,也发人深醒,催人奋进。

我们很难想象,一个衣着朴素的耄耋老人,时常在镇街闹市上弯腰拣拾果核,那样专注、那样执著,那样忘我而又痴情。他苍白的头发在风中飘动,佝偻前行的身影完全是一位拾荒老人的风采。此刻,谁又会相信,他曾经是一个可以呼风唤雨的万众瞩目的人物,一个曾经担任过地委书记的万人敬仰的地方大员。当老人家年复一年、日复一日,悄无声息地把拣来的果核育成树苗,又亲手栽种在高高的凉山之上,用绿色的希望恢复着人为破坏了的大山的生机时,谁又能够理解老人家的精神世界有多崇高、多美好?当有一天,5.6 万亩的林海呈现在人们面前,老人却默默地倒在了大山的怀抱……大山的赤子从此化作了山魂,不朽的丰碑从此在人们心中矗立。

面对着大山一样耸立在面前的杨善洲,我想到了另一个人,和另一些人。那是同样的一位担任过县委书记的人民公仆阎万选,那是从地区民政局长岗位上离休的老共产党员,他的离休不休,躬身山区绿化的感人形象也是一座丰碑,至今矗立在延安人民心中。他同杨善洲老人及所有为人民办过好事实事的党员干部一样,都是扎根在人们心中的不老松。为什么有的人官做得不小,群众意见却很大,而有的人活着原本默默无闻只是埋头苦干,身后却是一片赞誉无限思念;为什么有的人利用手中权力为个人捞了不少好处,到头来却还总觉不够甚至满腹牢骚,有的人为社会民众把好事做了又做,真正是鞠躬尽瘁死而后已,却还认为自己做得不够,这究竟是怎么回事?杨善洲、阎万选的事迹为我们作出了生动雄辩的回答。

读着《一个共产党员的一辈子》，我首先情不自禁地联系到自己，想到了自己作为一名党员，内心却常常被种种私心杂念困扰，想到自己作为一名也曾经在地方担任过领导职务却没有像杨善洲、阎万选那样做到全心全意，想到自己在过去的工作中的一些失误和教训……即为之感到汗颜了。平时总是觉得自己不错，而组织对自己使用培育不够，如今却产生出了深深的愧疚。这就是榜样的力量，相形见绌的效果。同样都是共产党员，相比之下才发现自己离全心全意的差距多大。由此想到近些年来我们党内批评与自我批评的淡化与缺失，想到在表扬与自我表扬的风气下，人们自身严于解剖自己功能的萎缩……同时也替那些品行原本不佳却善于欺上瞒下以至窃取高位要职后劣迹败露而损害了党的形象的人感到羞耻。为什么同样都是共产党员，差距怎么就这么大呢？杨善洲和阎万选的事迹告诉我们，世界观决定了人的理想与追求。

一个人，为啥活着，咋样活着？一个党员为啥入党，咋样执政？杨善洲、阎万选的事迹作出了深刻感人的回答。为共产主义奋斗终身，为人民做一辈子好事而从不居功自傲，人民永远纪念他们，为他们的事迹肃然起敬。在这清明时节，我要向杨善洲、阎万选老人深鞠一躬，他们的故事同焦裕禄、孔繁森一样既平平常常又难能可贵。平常的是，一个党员领导干部，为人民做好事原本就是自己的本分，但难能可贵的是，能够一生忠贞不渝，舍小家为大家，甚至退而不休、奉献社会，堪为我辈后生楷模。两位值得敬重的前辈，你们眼下虽已经不在人世，但你们的精神与事迹仍为世人传颂，这说明我们的社会人心仍然是公道主宰，我们的道德尺度依旧是公正可信。在世俗的功名利禄终将灰飞烟灭的同时，真正的人民公仆，人民永远铭记心头。

读着、想着杨善洲和阎万选的事迹，我在反复地扪心自问：一个人一生，究竟怎样度过，才算活出了意义和价值？世界观不同，回答是不一样的。

杨善洲担任县委书记、地委书记掌握大权几十年，老伴儿和三个女儿直至他82岁去世时还都住在家乡农村、还以普通农民的身份参加农业劳动。他由地委书记岗位退下来，按规定原本可以到省城昆明高楼大厦住着，颐养天年，可他却选择了回家乡这海拔2000多米的高寒山上自费办林场义务种树。他默默无闻带领15名自愿者一干就是整整22年。22年，几乎就是一个人生命的三分之一，一次有始无终的漫漫长征。

在这漫长而艰苦的岁月中，谁能想象得出，这位瘦弱年迈多病的老人，他每走出一步，该需要多么充沛的热情多么坚强的意志呀。在这没有鲜花没有掌声，甚至连理解和同情都很少获得的日子里，我们很难想象如果离开了理想信念、没有高尚的情操和无私的境界鼓舞和支撑，那将是不可想象的。

同样，当过县委书记、民政局长的离休老人阎万选，也同样是二十多年如一日独自一人在延安凤凰山上植树造林，直到病逝前还叮嘱把自己的骨灰埋在亲手培育的林子里。这两名建国前参加革命的老共产党员，他们的思想境界为我们树立了一座精神品格的高峰，同时也以事实表明什么才是真正的共产党员。这同时下一些害群之马形成了鲜明对比。一辈子为崇高理想奋斗，公而忘私，时刻把人民利益放在心上，只做好事，不做坏事，是一种多么美好的人生追求啊！

当人，对于老人的事迹，也有不以为然的声音，就像伟岸劲松上有乌鸦哀鸣。然而，轻松高耸着，任凭风吹雨打，哪怕冷嘲热讽。主流价值观竟不被某些人推崇认可，这是很值得注意的一种时代的悲剧隐患。难怪我们问及不少人，却很少有读过此通讯、知道杨善洲事迹的。可见，得了"道德软骨病"的社会里，实在是太需要杨、阎二老这样的感人典型、这样的"精神钙质"了。在延安工作时，市委曾经通报表彰过阎万选的事迹，还连续数年组织党员干部以"阎万选精神"义务绿化城区四山。我自己的打算，是退休后在家乡陕北文化落后的山区办一个窑洞图书室，亲自担任图书管理员和辅导农民读书的义务辅导员，让自己收藏的几万册图书发挥应有的更有意义的作用。希望有更多的朋友加入我们的事业。

我仔细分辨过了，那不同的声音，往往是来自那些利用执政地位和人民赋予的权利千方百计钻营谋私、不惜违法乱纪，觅得高官厚禄以求荣华富贵的侥幸善终或终被绳之以法的败类，他们这些人，虽然组织上入党多年，但思想上从来没有入党，或完全还停留在党外。这又该是一种多么可悲的生命归宿！人生观的不同，导致生活的树枝结出截然不同的两种果实：或深受人民爱戴，安然仙逝、青史流芳；或问心有愧，自食苦果郁郁寡欢、后悔莫及。

好在杨善洲的事迹在媒体报道后，引起了社会各界强烈反响。胡锦涛同志作出重要指示，要求广大党员干部向杨善洲同志学习。他评价杨善洲同志是党员干部的学习楷模，是离退休老同志的优秀代表。说他一辈子忠于党的事业，一辈子全心全意为群众谋利益。他的模范事迹和崇高精神感人至深。每一个党员干部特别是领导干部都要向他学习，自觉加强党性修养，自觉实践党的宗旨，努力做人民满意的好党员、好干部。"一辈子忠于党的事业，一辈子全心全意为群众谋利益"，这就是杨善洲和阎万选的一生，值得学习和敬重的一生。中央组织部还作出决定，追授杨善洲同志"全国优秀共产党员"称号。决定要求各级党组织认真贯彻胡锦涛等中央领导同志的重要指示精神，把学习杨善洲同志作为创先争优活动的重要内容，引导广大党员干部特别是领导干部学习杨善洲同志坚定信念、对党忠诚的政治品格，牢记宗旨、一心为民的公仆情怀，鞠躬尽瘁、不懈奋斗的崇高境界，大公无私、淡泊名利的奉献精神，自觉实践共产党人的人生价值和精神追求。

"先祭谷公，再祭祖宗"

2011 年 5 月 31 日，《人民日报》要闻版头条刊登了《治沙书记谷文昌》一文，读后感慨不已。

有人说河南人不好，谷文昌是河南林县人，他在福建省东山县人眼里，咋就那么好呢？好到什么程度？好到他 20 世纪五六十年代曾在东山工作，1981 年在省城去世，东山人还强烈要求把他的骨灰安葬到东山的土地上。结果整整要求了 5 年，直到 1986 年，谷文昌的骨灰终于被安葬在了东山的土地上，安葬在他当年挂帅治沙建起的赤山林场。这恐怕是全世界都少有的一个故事吧。

谷文昌为什么如此得到人民的爱戴呢？因为他在东山担任区、县委书记期间，做了许多好事。当然，也不仅仅如此，更在于人们通过历史与现实的某种反差现象，更加意识到了谷文昌作风和精神的时代意义与难能可贵。其实，事情说起来也很简单，东山人所敬重的老县委书记谷文昌，他的事迹同他的河南老乡焦裕禄一样，就是一心一意为人民服务，一门心思为群众着想。这听起来似乎很"官腔"，又是很平淡，其实细想想，要做到却是很不容易。东山是个海岛，原先一眼望去，除了石头就是沙子。这在现在看着风景有特点，搞休闲度假也许不错。可那时哪有什么游客，只有大风一来，全岛沙尘茫茫，旱灾即起。那时农民靠种地谋生，海岛解放了，可面对自然灾害和饥寒交迫的群众，县委书记谷文昌吃不好饭，睡不好觉，连做梦也在想着战胜风沙，根治旱涝，让全县人民过上好日子，想着如何率领干部群众"筑坝拦沙、种草固沙、造林防沙"，把全县山水重新安排一番……结果，几经挫折，屡败屡战，经过了整整 14 个春秋寒暑的奋战，终于把一座荒岛变成了生态良好、富裕美满的宝岛。

谷文昌的故事，今天听起来，似乎很平淡，甚至有些"落伍"。的确，比起那些西装革履穿着，大中华万宝路抽着，数万元甚至数十万元的礼品手表戴着，上万元一餐的招待宴会吃着，成天还叫喊着"大胆走出省境国门，招鸾引凤、借鸡下蛋"，动不动就宣布建起或投资数十亿元的大项目云云的"现代型"领导，那我们的谷书记的确让人觉得有点小巫见大巫的感觉。据说他那时常年穿着渡海作战时穿过的打了补丁的旧军服，戴着一顶摘了帽徽的旧军帽，还经常卷起裤腿与百姓一起犁田、打石头，干得一身泥水满身汗，哪里还像个县委书记样子，简直就是个普通复转军人！加之干部群众找他反映问题，哪怕是三更半夜他都不嫌。这样的行头与做派，与当下那些出门屁股下面坐着超标车，违规带着所谓专职秘书，每天都做出"日理万机"的样子……别说是群众想见，就是县里的部局长想见都要提前预约的"县太爷"们相比，的确是大为"逊色"。

可无论如可，谷文昌的影响力和凝聚力却是远远地超过了那些自我感觉不错，却往往并不受人民群众欢迎的大话成瘾、吹牛成性、养尊处优、欺上瞒下的时髦"县太爷"。据说南方民间许多地方的习俗是，除了过年和公司开业之外，唯有死人发丧时才燃放鞭炮。谷文昌的骨灰安放仪式上，不知是否放了鞭炮。可有一个县的一位标准的现代"县太爷"，他人还活得老欢实，但当闻知他要调离本县的"喜讯"，人们竟然自觉破费地放起了鞭炮，搞得很尴尬，就像送瘟神似的。不知这位深谙厚黑之学的"县太爷"，听到鞭炮声该作何感想？我倒是替他脸红。这样的干部即使官当得再大又能怎样呢？这样不被民众接受的官员当得还有啥意思！面对这样的官员，人们怎能不怀念党的好干部谷文昌呢？这也许正是谷书记逝世三十多年后，人们还要怀念他、纪念他、赞美他的深层意义所在。

为了表达敬重和怀念之情，东山县的干部群众自愿捐资建起了"谷文昌展览馆"和"文昌纪念公园"。每逢清明、春节，等尊老敬祖的传统节日，当地群众习惯上是"先祭谷公，再祭祖宗"。在建党 90 周年之际，谷文昌作为百名优秀共产党员的典型，他的事迹和生平登上了《人民日报》。希望那些自以为很优秀，其实是不合格的官员面对党旗扪心自问，何去何从？用实际行动作出回答。

谁是英雄

胡锦涛在中国共产党成立 90 周年纪念大会讲话中语气坚定地说："人民是真正的英雄，我们永远不能忘记这个真理。"这句话引用毛泽东的名言，如同警钟，响彻中华大地。令人梦醒，发人深思。这样的至理名言，最早的确是毛泽东同志讲的，记得他原话是说："群众是真正的英雄，而我们自己则往往是幼稚可笑的，不了解这一点，就不能得到起码的知识。"前后两位党的最高领导人，为什么都会讲到这样的话呢？这是很值得深思的。是英雄所见略同，还是实有所指？我看二者兼而有之，甚至后者占得比重还大。

"人民是真正的英雄！"这个观点只有中国共产党的领袖才能讲得出来，也才有资格讲。因为这是由唯物史观所决定的，是由党的根本宗旨所规定的。一个人，从本质上承认"群众是真正的英雄"，这体现的是一种境界，一种胸怀，更是一种世界观和价值观。然而，曾几何时，这样的观点成了一种与实际情况不相符合的好听的口号，甚至连口号也渐渐地听不到了。原因是，我们一些干部，个人英雄主义滋生膨胀，往往不把群众看在眼里，而唯有自己高大能耐，唯有自己聪明过人、智慧超群。凭心而论，这样不知道天高地厚、盲目自大的人，在我们的干部队伍中是越来越多，而不是越来越少。群众生气地说："一些人，本事原本不大，可僚却不小。"这里所说的"僚"，就是膨胀了的"自高自大"意识，就是莫名其妙的自我膨胀现象。有的人，昨天当一般干部的时候，还是点头哈腰夹着尾巴，一副谦虚谨慎的样子，可明天一经提拔，就突然本事飞升，能力突涨，几乎变得无所不知，无所不能，无所不出类拔萃，无所不高人一筹了。于是，说话的口气、走路的姿势、判断是非的态度便统统变得主观而过分自信。往往一言九鼎、一手遮天、一语既出、驷马难追。这样自高自大的干部，我们几乎随处都可以看到。在他们的内心深处，"英雄"的称号哪里还能轮得上别人，早已经成了自封的专利。

听了胡锦涛同志的讲话，不知道上述这一类干部又该作何感想？延安时期，毛主席是带头虚心向群众学习，强调一切主张和政策，都必须是"从群众中来，到群众中去"。于是，各级干部都纷纷效仿。同群众的关系和对待人民群众的态度如何，一时成了衡量一个干部好坏的标准。当时陕甘宁边区曾经表彰过模范干部，毛主席给关中特委书记习仲勋的奖状上题写"从人民群众中来"，而给陇东地委书记马文瑞的奖状上题写"密切联系群众"。老一辈共产党人，他们一辈子都恪守"从群众中来，到群众中去"的原则，原因就在于他们的心中一直铭记着"群众是真正的英雄"这条永恒的真理。直到晚年，他们还讲"江山是人民，人民就是江山！"

纪念党的生日，我们不能仅仅停留于欢呼和歌颂，重要的是各级党员干部都要反思检点自己，真正认识到自我的渺小与人民的伟大，认识到党的伟大与辉煌其实一刻也离不开人民群众的响应和支持，意识到当前努力恢复和发扬党的密切联系群众的优良传统和作风是多么的重要而紧迫。

"父母官"要像个父母样子

古时候，人们习惯上把地方官员称之为"父母官"，言下之意，就是他们的职责原本就是为民、爱民的，是时时处处要为民着想、为民做主的，就如同父母之于儿女的无限责任，只有付出，不求任何回报。用今天的话讲就是"全心全意为人民服务"，后来干脆就称之为"人民公仆"了。看来，无论是"父母官"也好，"服务员"、"公仆"也罢，都要全心全意为民着想、为民办事，唯有如此才算称职，人民才会拥戴、才会颂扬，才能算名副其实的"父母官"，离开时才有人怀念、死后才有人流泪。我们各级官员应该时时扪心自问：自己究竟做得如何？

当年毛主席、周总理去世，举国哀悼，全民痛思，回忆当时那样感天动地的场景，我们今天的官员，特别是整天同人民群众面对面的基层干部，更应当思考、检点一下自己的言行，想一想有一天自己调离或不幸死去的时候，人民会是怎样的态度？是哀声四起、十里相送？是反应冷漠、冷眼旁观？还是奔走相告，燃放鞭炮？我看这是一个很无情而准确无误的检验，把公仆、庸官懒吏和贪官污吏一下子就划分得清清楚楚了。近年来，各地都有一些优秀的党员干部去世，人民群众自发悼念，其场面甚是感人。特别是那些乡官、村官，每天都同人民群众在一起，为人民办实事好事，赢得了人民群众的爱戴。他们的心同人民群众紧贴，情同人民群众相融，命运同人民群众相连，因此，活着才能赢得掌声，死后才能换来眼泪。这同那些高高在上的作威作福者形成强烈反差。有的人也许正很得意，官是步步高升、越做越大，可从来也没认真地想过自己这一路上究竟都干了些什么，哪些事情给人民留下了怀念的眼泪？哪些事情却是让人民戳脊梁骨的？

"当官不为民做主，不如回家卖红薯。"这是戏曲《七品芝麻官》中的一句脍炙人口的经典台词。据我旁观，有些人的确是官运亨通，能言善辩、跑官要官很有一套，但无论在多么重要的岗位，都没有正经考虑过如何为民服务，如何做出让人民感动落泪的事情，只是不择手段一心经营自己的"官业"，一心营造自己的"政客圈子"，不讲正气，不讲原则，到头来不是"双规"就是法办，即使侥幸没有半途落马也难免落得个"遗臭一方"的下场。有的人当官只图名利享受，好事不干，坏人不惹，明哲保身、政绩平平，人还没走，百姓已经厌恶，等到离职或死后，人民反应冷漠，自己或家人也感到凄凉。

陈毅同志有诗云："靠人民，支援永不忘。他是重生亲父母，我是斗争好儿郎。革命强中强。"（《赣南游记词》）可见，对于我们党员领导干部而言，我们才是人民的儿子，人民才是我们的衣食父母。我们为人民服务，就是孝敬父母。人民对我们的态度，就是对我们孝心的检验。我们离去人民有泪，说明我们还算称职；我们离去担心人民戳脊梁骨骂或燃放鞭炮发送，那是我们失职、可耻。

延安时期的丁玲

据说全国文艺界老中青三代为了纪念《毛主席在延安文艺座谈会上的讲话》发表 70 周年而发起"百位作家艺术家抄写《讲话》"活动，不料却遭到了某市一位著名女作家的拒绝，她毫不客气地说："抄什么抄，我从来就没读过'讲话'！"

充满讽刺意味的是，这位女作家的母亲却是一位在《讲话》精神哺育下成长起来的深受人民喜爱的作家。她本人开始写作，由于插队深入了农村生活和受前辈的影响，文风朴实亲切，不自觉地也的确写过一些不错的作品。但是随着荣誉的增加、地位的变化和自我意识的膨胀，她就完全地陷入了自我封闭的旋涡。长期被廉价的"荣誉"和莫名其妙的鲜花、掌声宠坏了的这位"著名女作家"，从她近些年的创作来看，的确是没读过《讲话》，更不懂得自己依仗所谓"才气"的写作除了刻意表现自我感受之外，还有别的什么目的。许多人都说"读不懂她的小说"，我起初不信，也试图读过她的那部"获奖作品"，可是几次拿起，都因云里雾里不知所云而放弃。这样的"杰作"，不要说是普通工农群众读不懂，就是文学爱好者甚至是一个正常的作家也会像看"狂人日记"或"天书"一样。自我感觉一直良好的她，当然没有想过，像自己这样的所谓作家，人民还掏钱养着有什么用呢？！她的作品中，除了表现自我的苦思冥想与所谓"独特感受"之外，就是拼命追求表现手法的叛逆和离奇。这样的"作家"，当然对《讲话》不会有任何兴趣。她的言行告诉人们，一个作家由幼稚走向成熟该是多么的不易。这不禁令人想到了延安时期的丁玲。

我并非是画家，但一直想画一幅老年时期的丁玲肖像，来纪念这位令人景仰的前辈作家。老年时期的丁玲，经历了生活的长期磨难与沉寂之后，待到烟消云散，复出文坛，呈现在彩虹晚霞里的她，依旧保持着青春的活力与理想的激情，可谓是光彩依旧照人，英姿依然勃发。她兴致勃勃地回陕北回延安、在杨家岭、蓝家坪重温《讲话》精神，她在各种会议上发表演讲，呼吁作家艺术家深入群众、深入生活，她重返桑干河生活基地体验现实，她写小说、写回忆文章写作品评介，用行动实践《讲话》精神，还经常与同辈的和中青年作家交心恳谈"延安文艺座谈会讲话"对于自己人生的教导和指引……

人们欣喜地发现丁玲的精神仍然是那样的年轻,言行之中初衷不改,创作思想中更加突出了一个贯穿主题,那就是坚持"文艺是为人民大众,首先是为工农兵的"方向,坚持践行尊人民群众为衣食母亲的诺言。

今天,在改革开放与市场经济条件下,还会不会有"上海的亭子间"与远离人民的"象牙之塔"之类的去处?会不会又产生新的脱离实际的"名士做派"与"精神贵族"?作家、艺术家还要不要再提加强思想改造或思想修养?文艺创作还要不要提倡深入生活、深入实际?丁玲的人生早已作出了肯定的回答。作为年轻一代文学青年,聆听丁玲晚年现身说法的谈话,阅读她的新作,你会强烈地感受到,经历过风风雨雨的丁玲,如同接受了命运的熔炼与锻造,才能在形形色色的精神的灰尘、病毒和一切有害微生物面前,显得立场更加坚定、思想更加成熟,精神面貌完全是一个炉火纯青的真正中国气派的健康作家。这不禁令人想到毛泽东当年为迎接她到达陕北苏区写的那首《临江仙》……

当时,年轻而充满幻想的丁玲经历过国民党的牢狱之苦与生死考验,以"出牢人"的身份,坚毅地出现在陕北苏区,那种"解放"与"献身"的心境是难以言表的。"昨日文小姐,今日武将军",与其说是毛泽东当时对丁玲的赞誉,倒不如说是对她的未来人生的期望。由拥有庞大政权的黑暗的国统区大都市,来到被敌人反复围剿硕果仅存的偏远闭塞的陕北苏区,丁玲迈出了人生关键而重要的一步。这更是一次"脱胎换骨"的人生命运的蝉变开始,一次令人振奋的精神升华的启动。以后无论经历过多少反复的坎坷与磨难,最终实践证明,丁玲没有辜负领袖和人民的期望,也没有背叛自己的理想。她以自己强大的作品与人生道路证明了自己的成功。作为写出过大量歌颂党领导人民进行民族独立与人民自由解放斗争实践的丁玲,她最终成长为崇高的共产主义战士,完成了由"文小姐"到"武将军"的改造与成长。

按照潘汉年同志代表党组织的提议,丁玲当时本来有机会去法国的,但是她决然毅然地选择来到当时还是危机四伏的陕北苏区。"我要尽快地回到母亲的怀抱!"这是丁玲当时的原话。这样的选择,理应得到温暖的回报。但是在短暂的幸福之后,以后她却多次受到不公正待遇,批判、下放,甚至牢狱之苦。客观讲,无论是什么原因,一个人被误整委屈而发发牢骚甚至耿耿于怀也是能够理解,丁玲却不是这样。在人们印象中,无论是延安整风期间还是晚年复出之后,她不但很少怨言,反而对于延安时期的生活更加留恋感激、更加怀念向往。就像当年在延安因那篇观点不同的文章而受到也许是不该那么严厉的批评她毫无怨言一样，以后错划"反党"分子和长期被无情剥夺写作权利下放劳动，对于她同样成了人生的一种特殊财富。她的这种宽容态度也曾经招来过一些同志不理解甚至误解微词，可她始终不为闲言所动。她依旧坚持当初进入延安后确立的理想信念。正因为有强大信仰的力量，才使得她劫难之中矢志不移，劫后复出初衷不改，而留在人们记忆中的永远还是当年那积极向上的奋争与安详淡定的微笑。

今天看来，丁玲那发自内心的一抹笑容在金色晚霞里同当年在延安朝霞中多么的相象啊！只是更加显得深沉动人，更加充满感染人的力量。特别令人难以忘怀的是她那双睿智的眼睛，更加明亮深邃而内含丰富，极具视觉冲击以至心灵的穿透力。

老年丁玲微笑的目光，到底意味着什么，包含着什么？了解了延安时期的丁玲，你就会理解那其实就是她一生奋斗的结晶——与生命同在的信仰的光辉。

人们不会忘记，丁玲是从南京国民党的监狱经地下党组织营救，才逃离黑暗投奔光明的。从此，就像一滴水融入了汹涌澎湃的黄河。她与伟大的中国共产党结下了生死之缘，也就获得了无穷的生命能量。当时红军长征刚刚结束不久，党中央立足西北脚跟未稳。一名全国知名的左翼女作家随即到来了！这给大家心中带来的喜悦可想而知。于是，轻易并不写诗的毛泽东产生了诗意的冲动与灵感，喜悦与欢迎之意溢于言表。

历史铭记着那不寻常的日子——1936 年 11 月，作家丁玲经过长途跋涉终于到达党中央所在的保安（今志丹）县城。第二天，中央就隆重设宴欢迎这个远道而来追求光明的"出牢人"。当时在家的张闻天、毛泽东、博古等都出席了宴会。我们可以想象，那气氛该是多么的热烈。外面杏河川是北风呼啸的冰天雪地，而温暖灯光照耀的红沙石窑洞中，地上燃烧着一只木炭火盆。灯光与火光映红了每一张热情的笑脸，也染红了人们的灰色军装。这时候的丁玲，感受到的是一个亲亲热热、红红火火的回家的气氛。那一晚，大家亲如一家地紧紧围坐在火盆的四周，聆听毛泽东用亲切的湖南口音致欢迎辞。一席未了，娇小文静的女作家悲喜交集，早已是热泪盈眶。毛主席话音落下，掌声伴着木炭火燃烧的劈啪声和大伙的欢呼声冲出窑洞，飞出好远、好远。

那一晚，吃的是什么？也许只是一碗热乎乎的南瓜饭、几碟苦涩的腌菜，也许只是几只焦黄的烤土豆或者只有红枣、瓜子吧。可是在丁玲的心中，却是终生难忘的一次盛宴。直到老年，在她清晰的记忆中，那每个人真诚的笑脸与谈话的热情，那第一次见到的木炭火盆中跳跃的殷红火苗，仍然像是给她生命中注入了核能，足以抵御任何的冷酷严寒，足以克服任何的艰难险阻。

当年啊，窑洞中朴素简单的宴会，证明了党中央和毛泽东是多么的看重一个文化人的到来。在领袖毛泽东的眼中，一位优秀女作家手中的一支笔，就是一支劲旅！这也许是当时连丁玲自己也都没有意识到的。几天后成立中华全国文艺界抗敌协会，丁玲当选会长。当时经过长征的老革命成仿吾、李伯钊也都是著名的作家，可是才担任副会长，可见党对初来乍到的丁玲看得有多重。党的重托，同志们的厚望，使得年轻的丁玲深受鼓舞，也感觉到了某种压力。刚到苏区，毛泽东亲切地问她："你愿意做什么工作？"丁玲想了想说："如果要我说，我愿意去军队，去打仗。"毛泽东起初一愣，但很快笑了，会意地说："那好呀，看来我们的文小姐要成武将军了！眼下山城堡战斗即将打响，这一仗打完近期可能仗就不多了，你要去前线就马上去吧。"丁玲听得一下从凳子上跳了起来，高兴地说："那我明天就出发！"很快，丁玲就出发去了前线。毛主席感慨不已填词赞誉："壁上红旗飘落照，西风漫卷孤城。保安人物一时新。洞中开宴会，招待出牢人。纤笔一枝谁与似？三千毛瑟精兵。阵图开向陇山东。昨日文小姐，今日武将军。"（《临江仙·赠丁玲》）这首词，是用电报发往前线的，丁玲接到电报的喜悦心情可想而知。

受到毛泽东的如此鼓励，丁玲深为感动。倍受鼓舞的丁玲不负众望，在前线和后方鏖战拼搏，连续采写出了直接反映和歌颂红军的作品。《山城堡之战》、《彭德怀速写》、《记左权同志话山城堡之战》、《一颗没有出膛的枪弹》等等。特别是描写彭德怀的短篇速写的发表，获得很大反响。许多当时延安的老文艺家认为丁玲写彭德怀的作品，虽然仅仅只几百字，但至今也没有人能在这么短的文字当中把彭德怀写得那么精彩、那么充满激情。她当时兴之所至，还特意为文章配了一幅彭德怀的速写像。可见那时，她的兴致多高，显出了与众不同的才华。初到延安的这一时期，可以说是丁玲一生当中创作的又一个高峰。这些作品刚面世就受到了任弼时等人的称赞。不久，中共中央和红军总部迁到延安。毛泽东又点将让丁玲回延安担任中央警卫团政治处副主任，真正实现了她的当红军的愿望。不久，她又被邀请参加《红军长征记》的编选工作。

1937年秋，西安事变和平解决后，国共合作出现了新的局面，丁玲在中宣部支持下出面组织了一个包括文学、戏剧、美术在内的综合性"西北战地服务团"。"西战团"刚刚成立，丁玲到凤凰山麓毛主席住处请示工作。毛主席说："宣传要大众化，新瓶新酒也好，旧瓶新酒也好，都应该短小精悍，适应战争环境，为老百姓所喜欢。要向群众、向友军宣传党的抗日主张，宣传抗日救国十大纲领，以扩大我们党和军队的政治影响。"遵照这一指示，"西战团"在一个多月里创作赶排了十几个独幕剧和两个三幕剧，还有宣传抗日的秧歌、大鼓、相声等曲艺节目，在延安公演了 11 次，引起轰动。以后，她率领"西战团"不仅走遍陕北，还到西安和山西部分地区积极宣传抗战，对鼓舞士气、促进统战发挥了重要作用。正是在这样的背景下，丁玲自己也成为一面旗帜，受到人们的关注。不久，毛泽东亲自找丁玲谈话，要她暂时离开战地服务团到刚创办不久的马列学院去学习。毛主席关切地说，"你写过一些好的小说，到陕北来以后表现也不错。现在把你留下来主要是提高理论水平，这对你今后的工作有好处。你看，延安一下子又来了那么多文化人，要做好文艺工作，没有一定的理论修养是不行的。"丁玲虽然很想到下面去体验生活进行创作，但还是服从了组织的安排。于是从1938 年 11 月起她就进入马列学院学习。初到延安的丁玲并没有完成自己世界观的改造，有时难免还会不自觉地流露出立场和感情上的摇摆。毛泽东当时很注意阅读他的文章，有一次含蓄地批评她："还有些名士气派"。

1942 年，中央决定在创办党中央机关报《解放日报》。毛主席对此十分重视。博古提出把丁玲调来当文艺副刊主编，得到了主席的同意。也就在这个时候，发生了一些老同志执意离婚年轻妻子的事件，这引起了丁玲的愤然不平，加之平时观察到的一些男女不平等的现象，于是她写了《"三八节"有感》一文，发表在报纸副刊上，引起一些老革命的不满。这使得一贯被认为表现出色的丁玲成了受批评的对象。延安文艺座谈会上，丁玲按理是个重点，但并没有人指名批评她，因为她人缘好，事先又接受毛主席的建议，主动找贺龙等老革命沟通了思想、承认了自己的不足。但她始终参加了座谈会，思想上触动很大。

以后，她还着手写过一份书面检查。这份未完成的手稿几十年后成为了珍贵的文献。从手稿看，她写得很痛苦，开了好几个头。这份未完成的文稿是针对小说《在医院中》。因为其中对解放区医院环境的描述而遭到批评，丁玲接受批评。她诚恳地写道："这个使人不愉快的气氛贯穿到全篇，它是相当的幽暗相当的繁琐而恼人……这种气氛在延安讲来，是违反现实的，由于小资产阶级所欢喜的那些生活上的温情，在延安比较显得粗犷朴直是有的……但延安是有着阶级的最大的友爱，它不特不是像我描写的那样可怕，而且是非常与人亲切之感的。因为它在我的趣味之下被歪曲成一团荆棘，那末就可能使人感到革命的残酷……"这份"检查"最终未发表的原因，据说是因为博古的意见，说不要给外边人（指国统区）一个印象，好像我们延安的作家总是被批来批去的。

延安整风运动，主要是 1942 年春夏之交的文艺座谈会前后，让丁玲经受了一场庄严的精神"洗礼"。这使得她在政治思想和文学观念上都实现了历史性的转折：从一个小资产阶级自由知识分子彻底转向一切服从于人民群众需要的党员作家。至此，也就为"五四运动"以后所信守的"民主"、"自由"找到了真正的注释与归宿。延安整风结束后，丁玲又进入中央党校学习并经历了审干运动。在政治上和思想上进一步接受了锻炼淬火。党校结束学习，她便以一个真正的战士的姿态，轻装上阵投身于新文艺运动。她首先是切切实实深入到边区的工农兵群众生活中去，不久就写出了来自现实生活的报告文学《田保霖》。作品发表的当天，毛泽东就写信向她祝贺并邀她去作客。此后她接连写出了歌颂八路军的《一二九师与晋冀鲁豫边区》以及表扬边区模范人物的《民间艺人李卜》《袁广发》等。

有一种错误的说法，认为丁玲接受了革命理论、树立了崇高理想，因此才没有写出传世之作。事实上正如王蒙所说："历史已经删节掉了多少花絮——而丁玲的作品仍然活着。"延安时期是丁玲小说创作的重要时期，延安给作家提供了特殊的写作环境和不同以往的生活。当你读着丁玲这一时期的作品，特别是此后写的《太阳照在桑干河上》，读着她在座谈后深入生活在延安写的大量质朴真实的随笔特写，就仿佛是在听一位热情洋溢的亲人在讲述亲历过的新鲜故事。于是当你合上书本，只要一闭上眼睛，就会看到她那双慈祥而睿智的眼睛。不必要刻意夸张，也不必竭力渲染，只要如实地刻画出那眼神的光芒，就已经足矣。在忠实的读者看来，那应该是世界上最真诚的眼睛，那纯真中透出哲思与热情的目光，胜过任何的千言万语。

抗日战争胜利后，丁玲根据革命形势的需要，组织文艺通讯团奔赴东北。后因交通阻断被滞留在张家口地区，但她随即就全身心地投入当地的工作。除写文章和编刊物外，还参加了土改运动。正是在土改中积累了丰富的生活素材，随后她就开始了长篇小说《太阳照在桑干河上》的写作。从 1946 年秋天开始经过近两年的努力，到 1948 年的夏天，小说终于修改完成。这部堪称鸿篇巨制的作品，不仅是丁玲个人文艺创作的一部巅峰作品，而且也是贯彻实践毛泽东文艺思想的一个具有标志性的重大成果。丁玲也因此成为不朽。直到 30 余年之后，虽然已经遭受过无数的误解和磨难，丁玲在《太阳照在桑干河上》的再版前言中仍然充满感情地回顾说："我写书时像一个战士喊着毛主席冲向战场。"

　　无论是作为前辈作家，还是作为一个新的女性，丁玲在许多人的心中，都是崇高而不同凡响的。她是百年中国的女中豪杰，她是民族解放的鼓手歌者，她更是同时代人中的英才楷模。她的坚忍不拔与坚贞不屈是众所周知的。无论是顺境还是逆境，她都始终保持着强者的风采与战士的风骨。在寒风呼啸的暗夜，她那凄婉深刻的控诉与呐喊，令沉睡者奋然觉醒。在迎接曙光和太阳初升的早晨，她那热情洋溢的歌唱，使得翻身解放的人们更加喜气洋洋。在受到不公正待遇的日子里，她始终紧紧地拥抱着人民和土地。正是毛泽东在延安的那一篇宏论，使她懂得了自己的根基何在。

　　总之，1942 年 5 月的延安文艺座谈会和毛泽东《讲话》，是她人生的重要转折。从此，融入黄河的那一滴水，成为了一朵跳荡的浪花，真正汇入了大时代的洪流。丁玲延安时期的人生阅历同时告诉我们，一个人的成长就像是革命道路本身，总是波涛起伏、风起云涌，充满了风雨坎坷、艰难险阻。我们今天的文艺界其实也正面临同样的考验，可惜我们一些同志并没有意识到这一点。常言道，最大的危险，就是处在危险境地却不自知。但愿丁玲在延安时期所经历过一切，能够给我们以启发与警示。

官员的追求

村官沈浩的事迹宣传后，在社会上引起很大反响。特别是看到老百姓对他的追悼和怀念，更是令人感慨不已，由此想到了"官员的追求"这个话题。

山西某市矿难处理了一批所谓的党员领导干部。有副市长，有市公安局副局长，有副县长、还有什么离任的县委书记、县长等等。总之，不是副职，就是已经离任的正职。于是有人便问："抓住的都是些副的或下台的，哪现任的那些正职为啥不处理？"这个问题提得显然有些冒失，有些感情用事。既然没处理，那就是没抓住，既然没抓住，那就是没查出问题嘛，如果真要查出问题，肯定不会放过，例如陈希同、陈良宇等，那么大的官，不是照样绳之以法了吗？这不是本文所要探究的话题，恕不累述。

本文想要探讨的是，为什么这次处理的官员，除了对矿难负有不可推卸的直接领导责任外，一个个都有严重的经济受贿问题，这是最最令群众愤慨不已的。为了金钱，不惜草菅人命！我们某些官员，为什么就如此的胆大妄为，如此的糊涂犯浑，如此的执迷不悟、冥顽不化呢？我提出这个问题，情急的人们未免会反驳说："听你这口气，该不是同情贪官吧！"其实真不是，这么说就有点冤枉人了。我想，上面所提到的本案失事者，凭心而论，这些个官员，从小干部一步步熬到那么一个炙手可热的位子，一路上总不可能不勤恳工作、遵纪守法吧。问题是他们在担任了领导干部以后，人性的弱点就暴露出来，私心和野心就膨胀起来，人生的追求也就自觉不自觉地发生了偏差。总之，反映出他这座建筑物的根基不稳，也就是人生观、世界观和价值观出了问题。所以，这样的官员，出事是迟早的，不出事才怪了。而且，位子越高，出事的概率越大，摔得就会越重。当然，也不排除有个别一路干着好事，也没少干坏事上来的，只因为隐蔽得巧妙，直至今天仍未落入法网，或至今还没有暴露。这当然又不属于本文所要涉猎的话题。其实我们的干部队伍中，从来不乏优秀的领导干部。沈浩的事迹当然众所周知。

《人民日报》曾经报道了一位离任县委书记，即18年前担任过山东寿光县委书记的王伯祥同志。寿光的欣欣向荣、既富民又富县的蔬菜产业，据说就是在他当政时兢兢业业、呕心沥血率领全县人民发展起来的。他为人民办了好事、实事，人民至今铭记在心。那年金秋时节，王伯祥回到阔别十八年的寿北，刚进一个村子，就被几百号村民围上了。81 岁的老支书上前握住他的手说："俺真想抱抱你啊！伯祥书记。"大小两位离任的书记，两双开发产业时握过铁锹、沾过泥巴的手紧紧握在一起，周围多少人为此而感动落泪。"做个不贪不占、干干净净、不让老百姓戳脊梁骨的官"，这是王伯祥的追求。面对吹捧恭维、纷繁诱惑，他用一个很朴素的信条作为挡箭牌："吃了人家的嘴短，拿了人家的手软"。结果，他克己奉公干了一件大事实，收获了人民的信任和爱戴，也得到了自己心灵的充实与安宁。要讲聪明，王伯祥算是一个真正的大聪明人吧。

想着沈浩的业绩，读着王伯祥的事迹，不禁令人感到，一个干部为官一任追求什么？该是多么的重要啊。你追求崇高与忘我，你在人民的心中就比泰山还重，比亲人还亲；你追求私利和威福，你在人民心中就连臭狗屎都不如，简直一文不值。话到此处，我们每个官员，无论职务高低，都当时常扪心自问，自己同沈浩、王伯祥相比，有没有差距？差在何处？同时，与那些犯事的败类相比，有没有相同性质的苗头？是否需要警示？应当承认，在包括封建意识在内的形形色色思想充斥的社会现实中，每个人的心灵都会受到或多或少的不良影响甚至污染，处世的原则也难免会有差异。但作为代表公众利益的官员，应该以为民办好事为理想追求，以不损害群众利益为做人底线。

事实是，有些个所谓的党员领导干部，其思想素质实在差得可怜。可以说，还不如封建社会的好官人。例如春秋时公仪休为鲁相，他喜欢吃鱼，鲁国人纷纷买鱼献给他，他俱不接受。他的弟子问他："老师喜欢吃鱼，却不受鱼，这是为什么呢？"公仪休回答说："正是因为我爱吃鱼，所以我才不受鱼。如果接受了鱼，那就会徇私枉法，其结果就会被罢相。可见，我不接受鱼，就会长久有鱼吃，所以我才不接受鱼。"公仪休推心置腹这一席话，并没有唱什么高调，甚至显出有点自私算盘，但就是这样的为官准则，也不至于犯事呀，而且被人们传为美谈！所以我说，我们的某些官员，实在是糊涂之至，利令智昏。如此的智商不要说与沈浩、王伯祥比，就是连封建廉吏相比，也相去太远。

在廉政问题上，我们总是强调制度建设，其实提高干部防微杜渐的自觉性比制度建设还重要。制度再严，也难免有利欲熏心、以身试法者。因为在那些一心谋私的官员眼里，他们屁股底下坐着的本身就是一个烧得通红通红的火炉子，谁坐上都会把屁股烧烂的。而在沈浩、王伯祥看来，村官和县官这类岗位，那是一副沉重的担子，是一份沉甸甸的责任，全村几百口，全县几十万老百姓就指望着你们这一班人带领着致富奔小康哩。因此，你只能全心全意谋发展，不许有丝毫的贪赃枉法、须臾的玩忽懈怠呀！

可见，官员不同的追求，就会有不同的表现，也必然得到不同的回报。这正是：种瓜得瓜，种豆得豆；种下苦果，自己领受。在这里，无论是正职还是副职，无论是迟迟早早，等到吃着苦果才知后悔时，那就太迟了。记得陈毅元帅说得最好："手莫伸，伸手定被捉"，还说："不是不报，时候未到，时候一到，一定要报！"他老人家如果健在，面对这些贪官污吏，又会用他浓重而斩钉截铁的四川话，发出怎样的议论、感慨呢？

第二辑

忆·山高水长念故人

元旦思雨

　　有一位西方女诗人母亲去世后，她在怀念的诗中写道（大意）：原以为我和你是一个人，却不料还是两个人！然而就在你离去这一刻，我们却化作了一个人……眼下，跪伏在父母的坟头，抚摸着寒风里的泥土、墓碑和那些冬眠中瑟缩的草木树森，默念这刻骨铭心而又异常贴切的诗句，一种"亲人永不分离"的感觉便如同冬阳的温暖，蓦然涌起在心头。是的，最亲近的人是很难被真正分开的。一家人，当大家生活在一起，你觉得就像是一个人似的同呼吸共命运，喜怒哀乐酸甜苦辣，总是一样的息息相关，彼此寒热，感同身受。而等到其中有人不幸离去，在短暂的悲伤恸哭之后，你逐渐会意识到，亲人是无法被分开的。他和她还实实在在地活在你的心中你的梦中和你的生活中呀。

　　呵，亲爱的父亲母亲，眼下儿子又回到了你们身边。在这辞旧迎新的寒冷季节，来到你们身边，跪伏在二老面前，把积攒发酵了一整年的悄悄话，全都讲给你们听。我们想说，只有当父母安息的那一天起，我们儿女才真正感觉自己长大了，能真正地独立行走、独立飞翔了。感到了自己作为一个男子汉的责任和义务，也才真正感到每次出远门时，父亲的安顿、母亲的嘱托再也不是啰嗦，而是多么的必要而又重要……回想起来，你们说过的每一句话，都成了留给我们的宝贵的不动产，比黄金白银还要值钱得多呀！

　　还是在很小的时候，一次同小朋友玩耍，为了一个玩具而发生争执，甚至动手打了架，母亲惩罚了我，儿子感到委屈，觉得自己吃了亏。事后母亲开导我说："孩子，与人共事可要记住，当你觉得自己吃了点儿亏，那就是刚好；当你觉得自己没吃亏也没沾光，那其实是别人吃亏了；而当你觉得自己沾光了的话，别人就吃了大亏，早受不了啦。"见我疑惑不解，母亲便解释说："为什么呢？因为人心不是在中间长着，而是在偏面长着。"我听了恍然大悟。从此母亲这话，就像是我的心跳，一直伴随着儿子，成为我为人处世的尺度和标准。现在回头来看，此话可是令我终身受益无穷。因为有了母亲的这一席话，就使得我在人际交往中，总能摆正自己的位置，选择恰当的态度，把握合适的尺度，而不至于变成我们家乡人所反感和躲避的"一眼子人"，即与人相处只想沾光而从不打算吃亏的人。

大约上了初中以后，儿子性格中出现"反叛"的情绪，一次同父亲说话也流露了出来，父亲有些生气，问："你知道什么叫'右派'？"我说"不知道。"父亲说："右派就是骄傲自大，目中无人，不服从领导！"我明白了父亲的心思，想到了一句俗语："在家靠父母，出门靠领导。"现在回想起来，一个年轻人，从内心深处对父母的孝敬和对领导的尊重该是多么的重要呀。正是父亲严肃的提问，唤醒了我的觉悟，才使得儿子在漫长的人生道路上，少走了弯路、少碰了钉子，儿子至今还把父亲的教诲作为人生的信条，时刻注意提醒自己、时刻努力躬行不怠，时刻小心检点每日的言行。

如今，在这新年之际，远道归来的儿子，跪伏于父母的坟前，耳边就又想起了他们的话语，心中就又涌起温暖的亲情，感到相继过世的父母，还同儿女在一起，永远在一起。儿子丝毫不感到孤独，永远都不感到孤独。

母亲童谣

国庆节到了，特别怀念母亲。可惜母亲在世的时候，从未当面向她老人家表达过这样的心情。作为母亲，她对于一个新生命的诞生和成长该是多么的伟大！愿天底下所有的儿女都能早早意识到并向母亲表达出这种感恩之情。

思念母亲，很容易就想起她老人家独家发现、又时常唱出的一句话来："热窝儿娃娃"这是母亲一辈子抚养儿女的一点经验之谈。"热窝儿娃娃——，热窝儿娃娃——"记忆中，听母亲这么唱的时候多半是隆冬季节盘腿坐在热炕上，细心地为小弟弟或小妹妹包裹柔嫩的身体或是精心摆弄那小小的温暖襁褓。母亲一边麻利而小心翼翼地做着手中的活儿，一边就像是打着伴奏，拉长略显沙哑的嗓音轻言柔语地重复着这一句绝对是她自己创作的动人童谣。每当这时，她深情的大眼睛总是一直瞅着孩子红扑扑的小皱脸。当母子目光相遇，婴儿竟然像读懂了母亲的慈爱格眯咧嘴一笑，母亲消瘦疲惫的脸上顿时浮现出刚刚由分娩痛苦中挣扎过来的那种胜利的微笑。母亲那灿烂的笑容，在我童年的记忆中，胜过陕北隆冬滴水成冰时节的一抹温暖朝霞。

是的，在又一次从头开始抚育一个孩子的那一刻，劳累疲惫的母亲是满足的，更是充满了新的兴奋和喜悦。这是母亲人生的一次盛典。我们亲爱的母亲，她老人家一生大半都是在生儿育女中苦熬过来的。孕育、分娩、喂奶喂水、抚育入睡、洗脸洗澡、换洗袄裤尿布，孩子病了时，连夜抱着上医院看病，然后煎汤喂药、通宵达旦抱着摇哄不哭……当着母亲一丝不苟、永不疲倦地干着这一切，她时常会对着宝宝轻轻唱出各种不同内容的美妙童谣。那些类似于"热窝儿娃娃"般的诗意昂然的"母语童谣"，正是我们灵魂苏醒与学习语言和思维的开始。

"咕咕噔，跳眼睛，一跳跳上蓝天中。"、"手是爬爬、脚是抓抓，嘛呜嘛呜，笑啦笑啦！"、"咪啊呜，咪啊呜，猫逮老鼠！逮了，逮了！"母亲的童谣总是充满音乐的节奏之美，总是同小宝宝心灵沟通、互动同乐。她那开启聪慧抚慰灵魂的歌谣，总是伴随着小弟弟或小妹妹和我们的欢乐笑声。今天回忆起来，母亲这些貌似随意，却十分投入的深情吟唱，对于一个婴儿的精神成长和智力发育该是多么的重要。那充满母爱的天籁般的词曲，一生一世都萦绕在我们的心灵深处，是我们感情源头永不枯竭的圣洁清流，是我们精神世界不可缺少的宝贵基因。

我们兄妹六人（还得加上几个内孙外孙），就是这样被母亲一手拉扯长大，都是在母亲精心营造的"热窝儿"之中成长起来，都是在她老人家美妙动听的童谣之中渐醒人事。由一尺五寸，到七尺男儿，其中多少辛苦多少熬煎多少个不眠的困顿夜晚，又伴随着多少情真意切的沉吟昂叹！直至年过半百的今天，儿子才真正理解：母亲的童谣，那是真正绝妙的艺术创造。如同杜鹃啼血，每次发出的都是心灵的震颤，每次感叹的都是至爱的呼唤。绝无敷衍绝不重复，更无丝毫的浮躁矫情。旋律总是出奇的柔美绵长，调式与情绪也总是发自肺腑的本真。那感情的起伏，如同大海的波澜，貌似重复着，其实每一次起伏都是全新的开始。这就是母亲的童谣，儿女们永世难忘的抚慰心灵的生命绝唱。

啊，亲爱的母亲，如今当您老人家长眠之时，你那令人陶醉的美妙童谣，仍然在我们心头萦绕，使我们并不孤独。

炉月饼

月饼在我童年记忆中是再好吃不过的食物,那是母亲亲手做的,我们陕北人叫"炉月饼"。可惜如今再也吃不到那样甜香可口的月饼了。正如童年不再一样,母亲也已经作古,那儿时美好的中秋月饼,也就只能铭刻记忆中、化入回忆里面、凝结一轮洁白圆月悬挂心头成为永远的梦境了。

的确,今天的小朋友很难想象得出,在饥饿的年代里,那圆圆硬硬的,边沿儿与正面用木模扣出各种好看图案的金黄月饼,对于一个孩子的诱惑力该有多大。它远远超过了中秋夜天空明媚的圆月,超过了一家人团圆的喜悦,也超过了人们对于金秋田野圆满丰收景象的诗意感悟……也许正因为月饼是圆的,儿时中秋节的记忆才总是那样的圆满诱人。

更诱人的记忆,是母亲和邻居阿姨们制作月饼时的情形。那时,我们住在桥儿沟镇街上,说是镇街,其实也就是延安城东二三十户人聚集的居民点。原先有公路从中穿过,以后公路改道,就留下一条安静的小街。街上所有的人家都互相熟识,于是"炉月饼"就成了一种集体互助的中秋庆典仪式。据说这也是源自陕北农村的一种乡俗,简直比中秋团聚赏月本身还要隆重。

提前好些日子,安静的镇街就开始活跃起来。母亲和阿姨们见面,相互询问和诉说制作月饼的计划成为拉话的主题。这对于我们耳尖嘴馋的机灵鬼,已经是诱惑的开始。

"对啦,我们今年专门托人从西安捎了青红丝丝。你们谁想要就早些说。""青红丝丝?那不是点心里施的嘛,月饼能行?""行嘛咋不行,人家关中人炉月饼,专意讲究调青红丝丝,又好看,又好吃。"两个阿姨的对话使我们莫名其妙。几十年之后,才知那"青红丝丝"就是上了色儿的果脯切成细丝儿。对话仍在继续,每逢这种时候,不爱说话的母亲就只是瞪起一双很好看的大眼睛认真听。

"咱们今年的核桃仁仁是黄龙的,桃杏仁仁是志丹的,还有延长的花生豆豆甘谷驿白芝麻颗颗……"说话声调像唱歌一样夸张的是一位平时好吼道情的大个子阿姨。她的天真得意的面部表情至今时常浮现眼前。这回我们可是全都听明白了。我们的眼睛渐渐发起亮来，嘴里的口水也悄然增加着。"我们今年打算冰糖用梨汁子化开，再和上老家神木捎来的沙枣子捣碎……"这一位话还没说完，就被打断了："我们今年打算给面里打几颗鸡蛋，蛋清清蛋黄黄入面遇上蔴油就发酥，吃起口味保准更美气。"这位阿姨说着还故意很夸张地朝着我们咽了一口唾沫。我们仰头听得入迷的小孩子，也都情不自禁地随着她咽开了。我的母亲看见了忙说，"哎呀，你们快别说了，看把娃娃们馋得都咽口水了。"这样到了中秋节前几日，仿佛有人统一指挥一样，镇街上就燃起了几堆柴火，吊起几副炉月饼鏊子。街坊四邻昼夜不息地排着队地炉起月饼来。于是，我们小孩子期盼已久的庆典开始了。我们仿佛被注射了兴奋剂，就和整个镇子一样进入了兴奋状态。我们亲爱的母亲们也放开了以往的管束，由着我们的性子围着炉火疯癫，直到深更半夜。

就这样，我们没日没夜地轮番守在吊炉旁，围住月饼鏊子趸摸，眼巴巴瞅着生月饼摆进去熟月饼拣出来。每一鏊出炉，主人都会慷慨地掰开一只，热乎乎地挨个给我们小孩子尝，条件是必须作出好评。我们真是口福不浅，把阿姨们先前讲过的味道几乎统统都尝一遍。尝到最后，连我们也说不清究竟是谁家的口味更好。我们干脆来个吃谁家的就说谁家的好吃，结果当然是皆大欢喜。

说真的，今天回想起来，还是母亲亲手做的月饼更好吃。难怪我们每人分得十几二十个，一直舍不得吃，总要藏到国庆节，甚至藏到过年，还舍不得吃。啊，母亲的月饼，我心中的最爱，的确是心中的最爱呀！如今她老人家已经溘然去世，要见一面也都是梦中之望，而想吃老人家亲手做的月饼，那就更是奢望之奢望了。好在记忆之中还能母子相见，忆起当年炉月饼的往事，还能够想起母亲瞅着我们吃月饼时的幸福神情。相信当我梦里捧起记忆中的月饼，亲爱的母亲一定还会显出幸福的神情吧。但愿如此。

父亲的"飞屋"

　　清明节到了，我就像个失去双亲的孩子，看着卡通电影《飞屋环游记》情不自禁就想到了长眠于黄土之中的父亲和母亲。《飞屋环游记》中的卡尔老先生年过古稀鹤发慈颜，一脸的沧桑又是一味的专注，那种饱经风霜雨雪的知识分子特有的坚韧与古板神情很像是我那耿介固执的父亲。只不过父亲在我的印象中，一生拖在身后的那间沉重"飞屋"，并非是我们全家的住屋，而是他深深钟情的事业——陕北山区水利建设……是那没完没了的翻山越岭中的踏勘、测设、绘图、施工，是一年四季没始没终的同民工一起忍饥受累的拦洪、提水、筑坝，修渠，是没日没夜地在黄土沟壑中繁忙的水利工地上馋风露宿、煎熬奔波的情形。是的，那一切的一切，就是亲爱的父亲一生牵挂的痴爱的"飞屋"，是他每时每刻、分分秒秒用坚毅、辛劳、心血和汗水，用美好的愿望与沉重的责任编织并提升到蓝天之上的一个理想的佳境。

　　的确，在我的印象中，父亲总是弓腰拖着他的"飞屋"，行走在陕北黄土高原那崎岖不平的山路上，行走在千沟万壑中的悬崖峭壁间，行走在烈烈寒风中炎炎赤日下……无论是多么的苦和累，总是沉默地咬牙挺着，从来没有听他喊过一声苦、叫过一次累。是的，在父亲生活的那个年代，是普遍盛行"牺牲奉献"的，是一味强调"精神至上"的，那时候的物质待遇之差，如今的人们断然难以想象。真正要求你是吃进草去，挤出的必须是纯而又纯的奶。当时，像父亲那样的高级工程技术人才，一个地区掐着手指也数不出几位，但是同样也免不了忍饥挨饿，以至双脚浮肿得穿不上鞋袜。而这些对于父亲似乎很无所谓，无论生计多么艰难，无论工作的负担有多沉重，他都像一头忠实的老牛，埋头鼓眼兴致勃勃地牵着自己的"飞屋"奋力前行。父亲他们那一代人的品格，就像陕北黄土山下掩盖的岩石一样，总是那样忠于职守、默默坚守。"无怨无悔"仿佛就是他们那一代人的共同写照，尽管作出了几乎是全部的努力和奉献，经历了难以言说的千辛万苦，但他们从不觉得自己有功或吃亏，心中只有一个目标，就是让世代被干旱困扰的农民耕种的旱地都变成旱涝保收的良田，把陕北山区世代靠天吃饭的传统旱作农业，变成高产稳产的灌溉农业。这就是父亲心中的"神仙瀑布"，就是他拖着的"飞屋"所要抵达的天堂仙境。

现在回想起来，正是从我很小的时候，甚至当我还没有出生，父亲就已经弯腰曲背，开始了他漫长而艰辛的奋斗历程。背负"飞屋"的他一路走来，神情是那样的专注，秉性是那样的坚毅，胸怀远大的理想不顾一切地奋勇前行，这多么像眼前为爱情而不顾一切的卡尔先生呀。我和我年轻的朋友们看到这里，都感动得泪流满面。是的，并不见惊心动魄、并没有感官刺激，只是那一种情节简单的虔诚姿态，就令人感动不已。人在任何时候都得为自己寻找到一个生活下去的理由。卡尔先生的理由同我的父亲一样，就是那一份恪守了几十年的难分难舍的挚爱，这该是多么的动人。由于同逝世的妻子艾丽年轻时的一个浪漫的约定，孤独失落中的卡尔先生为自己找到了独自继续生活下去的理由——把他们共同居住了几十年的小屋搬到那个理想中的天堂般美丽的瀑布边上。于是，年迈的老人突发奇想，他用许多轻气球把小屋提升到天空，开始了他的漫长而艰辛的冒险环游。行进中，卡尔先生对爱情专注不二的目光，完全就像父亲对理想义无返顾的神情。那是心灵中的热情透出的火焰，在暗夜之中能够给人以温暖的指引；那是心田里的激情涌出的甘泉，在干渴的沙漠里滋润着你的心田。狂风暴雨来临，电闪雷鸣侵袭，卡尔先生毫不畏惧从容拼搏……这多么像父亲的顽强身影！我真切地记得，那奋不顾身的热情与激情，就像烈火一样，曾经在风雨中拼搏的父亲胸中燃烧。那种理想的火焰是炽热的，更是灼人的，能够融化一切私欲……同样，父亲也像眼下的卡尔先生一样，是以生命和健康作为抵押而放射出这人性高尚夺目的光与热。那种精神状态与人生追求，如果放在当下这个过分关照"人的自然属性"和"私秘感受"，过分看重满足人的七情六欲和功利得失的年月里，人们是很难理解很难想象也很难接受的。然而，那却是实实在在存在过的事实。从这个意义上讲，父亲同卡尔先生的追求似乎又是不尽相同的。但对自身理想与感情的忠贞而言，他们忠诚笃厚的心灵又是相通的。

父亲的"飞屋"，就这样在蓝天上游走。一生不会唱歌更不会作诗的父亲，那就是他理想中的兰花花，那就是他睡梦中的信天游。他就如同眼下的卡尔先生，弯腰曲背，汗流浃背，一路崎岖不平、险象环生。然而，无论如何总是目不斜视，如履平地、寻觅仙境。由于过于痴情，他们共同都忽略了自己也忽略了周围别人的存在，正像卡尔忽略了立志"热心帮助老人"的少年小罗，行进中的父亲也常常忽略了我们这个家，忽略了母亲的泪水叹息和我们兄妹的存在。

就这样，从我记事起，父亲就像上紧了发条的寻找"天堂瀑布"的卡尔老先生一样，专心致志，不顾一切，日复一日地在干旱的黄土高原上努力奋进。他和同事民工一道，精心地把一道又一道涓涓的细流拦截聚合成碧蓝色的水库，又把那一汪汪高原眼睛一样美丽的水库，用一条又一条玉带般的渠道连接起来，形成一片又一片的绿洲——那高原神话般的绿洲再被鳞次栉比的池塘牵起手，化作农民兄弟脸上永远的笑容和心中永存的幸福感觉……

这，就是父亲他们那一代人的梦，如此动人而美妙无比。不是光他一个人是这样，而是整整的一代人统统都是这样。因此他们对于自己的所谓牺牲奉献并不感到有什么特别，更不觉得有什么了不起的。父亲一生数不清的奖状和奖章，从来没见他悬挂和炫耀过。当着走到生命的最后，他只是感到自己尽到了一个生命应负的责任。就像忠于爱情的卡尔先生，父亲始终只是以为自己不过尽到了一个山区水利工程师的责任。

眼下回想起来，父亲的晚年也不是没有遗憾。他的最大的遗憾，并非是对母亲和对我们子女关怀不周、呵护不够，而是自觉自己测设施工的水库和渠道还太少、库容和植被还很不理想因此十分不安……这是他亲口对我讲过的心病，讲着这个意思的时候，老人脸上显出黯然伤神的样子。当时他年事已高，双腿疼痛难忍，再也没有机会和能力在水利工地上奔波奋进了，他痛苦地如同失去艾丽时的卡尔先生。

一个人，辛苦奋斗几十年之后突然发现自己并没有达到理想的"天堂瀑布"。这时候，他多么渴望自己能够继续拖着那钟爱的"飞屋"继续努力呀。谁都会遇到同样的情形，但是悲剧往往就在这时发生。在刚刚由工作岗位退下来那一两年，父亲雄心勃勃想把自己几十年积累的工程经验撰写成一本书留给后人。于是他不顾病痛折磨，又开始了在学术领域中的翻山越岭，艰难跋涉。他把写成的一篇篇论文，认真地用蝇头小楷写在稿纸上寄给儿子。我看着那些文字，心中感动不已。父亲的第一篇论文在省内学术刊物上发表了，这对他的鼓舞作用无疑是巨大的。据母亲讲，当父亲看到我寄回的刊登着他的论文的杂志，从此更是通宵达旦伏案疾书。他完全忘记了自己的年龄和体力，也就在他老人家整天兴奋不已埋头苦干的时刻，严重的脑梗塞像妖魔悄然袭来，使他失去了行动和部分的语言能力。这是父亲一生中遇到的最无奈的打击。那些日子，他一动不动地躺在医院病床上，目光里充满了焦虑和忧郁。当我独自一人陪伴在他的床头时，我几乎不敢正视他的眼睛。这就如同行进中的卡尔先生遇到了拦路的强盗。当我们目光相遇，父亲的眼眶里就会立即泪水盈盈。看得出，父亲心中的热情与激情依旧，理想的"飞屋"依然悬挂在头顶的天空中，只是在这一刻，那里阴云密布，电闪雷鸣，透出刀光剑影……父亲的"飞屋"在阴霾中飘摇，他的眼睛里第一次充满了无奈的忧伤。

卡尔先生的"飞屋"经历过种种的拦截与袭击，最终还是战胜所有的天灾人祸而抵达了理想仙境：天堂瀑布。这又使我想起父亲重病卧床半年之后医生已经宣布不治的情况下，他老人家竟然奇迹般地痊愈再次顽强站立起来。经历过这次劫难的父亲终于明白了一个道理，他开始面对现实，放弃撰写论文的工作，每日健步行走在延安的街头。他性格变得开朗，兴趣广泛多了。每日早饭后按时到市内公共阅览室阅读报刊，然后绕城一周同每一位碰到的熟人聊天，然后回家把有趣的见闻讲述给母亲。有时他还同弟弟谈话交流，逗着放学回家的小孙儿玩乐。眼看年事已高的父亲终于从痴迷工作的阴影中走了出来，随遇而安地开始了颐养天年的新生活，我们儿女的担忧也就彻底消失。就像看到性情孤僻的卡尔先生，终于走出了失去艾丽的阴影，他放下悬在头顶上那沉重而又揪心的"飞屋"同小罗一道欢天喜地坐在马路边上数着五颜六色的汽车嬉戏，完全像个快乐无忧的孩童。陪伴了他一生的艾丽就像父亲为之奔波忙碌了一生的工作，在他心里不会忘记，但却不再为之而苦苦纠结。父亲最后五六年的生活也就是这样的安详、随意而充实。

我们每个人心中都有一间自己放不下的"飞屋"，都有着一个如同"天堂瀑布"一样的奋进目标。当我们年轻的时候，我们为之付出了艰苦卓绝的努力，洒下了许多心血汗水，然而当我们不再有力回天，或者是步入了风烛残年，我们不必过于固执地让它没完没了地高悬在自己头顶。我们不应该也不可能忘记自己的事业理想，但最明智的选择也许应当把热情投向当下力所能及的新的生活，就像卡尔先生和我的父亲晚年那样，让"飞屋"成为动人心弦的记忆。

影片在欢声笑语里告终。我对父母的思念也在超脱中告一段落。我深深地爱上了高尚聪慧的卡尔先生，就像永恒地爱着我勤劳淳朴的父亲母亲一样。世间一切的记忆都会随时而淡，唯有美好的感情会长长久久留在亲人心中。就像那环游仙境的奇妙"飞屋"，一路走来总充满回味无穷的温暖与诗意。

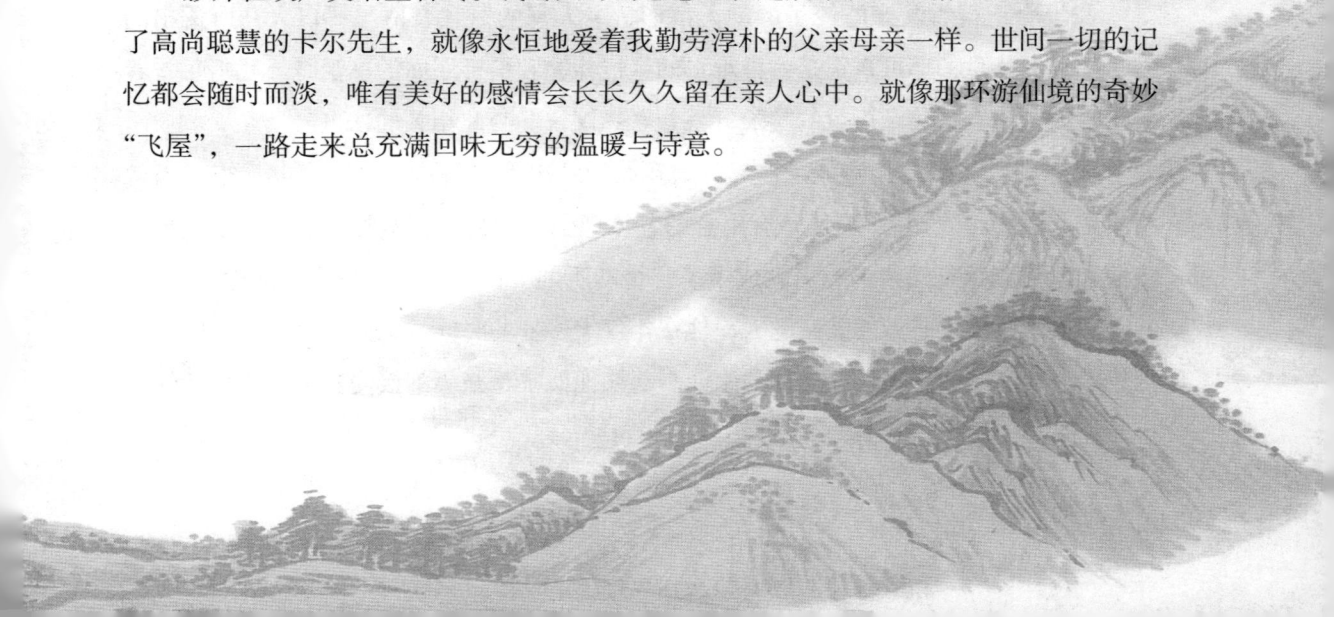

父亲饭量

　　中午在食堂吃水饺的时候，突然就又想起了父亲忽聚田，想起他老人家晚年吃水饺的情形。父亲是能吃能饿的人。这可能与他的职业有关。一个永远把测绘、设计与施工集于自身一体的水利工程师，一年四季同民工一样在野外工地上奔波，就像在沙漠中长跋涉的骆驼，总是饥一顿、饱一顿的，这就锻炼出一个特别坚韧也是特别强大的"胃"。因此，直到年愈古稀，父亲一顿还能吃 60 个水饺。记得也就是 60 个，为什么是 60 呢？大概是故意取一个吉利的数字吧，多一个也不吃。母亲一直不屑于父亲的啰嗦认真，常常蓦然往他碗里添上几个，或是趁他不注意拿掉几个，好像是故意要扰乱他的记数，也时常怀疑他是否数得精确。父亲却是从不多吃或少吃一个，比计算器算出的还要精确。

　　记得母亲亲手捏的北方那种馅子很饱满的水饺，一个至少顶得住眼下我们食堂的两个大。雪白的手擀面皮儿，肥瘦相间的猪肉精心剁碎了伴着白萝卜和香菇、红葱，调料也是齐全适中，绝无一味过量出头，那味道确实是不能言说的鲜嫩而香醇。每每看着父亲蘸着醋酱蒜泥和家乡特有的油泼辣子，聚精会神吃得津津有味，我就感到了好像自己享用美食一样的幸福。于是，在饭桌上静观父亲吃饭，就成了我们兄妹们的一个精彩保留节目。

　　我至今记得看父亲吃饺子的动人情形，老人家的惬意表情与胃口大开所透出的健康幸福的信息，那可真正是一种难得的亲情体验和精神层面的享受呀。我每每看着父亲吃饭，体会到父亲饭量的超长，就会联想到一些与此相关的往事。

　　我想到了父亲的能吃能饿，起初大概是与"忽聚田"这个名字有关。祖父当初给父亲起名为"聚田"，显然是有用意的。体现了一个祖祖辈辈的自耕农对于土地的热情和厚望。于是父亲的小名就成了了一个动听的"田"字。就是这个被称作"田"的以后成为我值得骄傲的父亲的人，他在年仅十多岁的时候，就固执地走出田园，告别故乡渭北高原而走进自己向往的生活。起初他似乎是坚决不接受祖父为他设计的人生道路——老老实实在田地上劳作，而是决然毅然地"不务正业"，顽强地选择了进入外面的世界读书。父亲经过艰辛的努力，考取了西北地区的最高学府——西北农学院。那还是在旧中国，在抗日战争最艰苦的年代，大学生如同凤毛麟角，父亲的前途无可限量。但就在祖父改变初衷希望儿子从此飞黄腾达之时，一个好不容易考上大学的读书人却又心系田土了，他决心为赶走困扰农民的酷旱而奉献毕生精力。这就是我的父亲，一个生性不凡的人，一个从小就懂得自己要什么和怎样去努力得到的人。

好在这时新中国的诞生，为父亲的理想添上了有力的翅膀。于是我的父亲只身来到了异常干旱的陕北山区，测设出第一条渠道，创造出第一亩水浇田，也就在陕北祖祖辈辈愁苦不堪的农民的脸上，滋润出第一抹丰收的惊喜。而做着这一切时，父亲刚过而立之年，每顿饭能吃二斤四两干捞面，接着又可以一整天不吃一口饭。

那时的野外工作，装备待遇和各种条件是异常简陋艰苦的。扛着笨重的仪器，每天往返步行百十里山路是经常的事情。父亲就这样，成了沙漠中的骆驼。父亲好吃硬面，最好是能咬出白茬子这才过瘾。他的胃，可真是铁打钢铸一样的坚强啊。每天早晨出发前吃饱了饭的父亲，从来没有携带干粮的习惯。于是他就成了"沙漠之舟"。他的胃，就如同驼峰一样，成为贮备热能和维持艰难跋涉的动力仓库。父亲在人们的眼中，也就成为了吃一顿饭，足足能扛一两天的"沙漠之舟"。

我的家乡陕西渭北一带，历来有一种奇怪的习俗，就是财东家雇用长工先不看别的，只看能吃不能吃。因此民间的"招聘考试"，也就变得格外简单。现场大吃吃一顿，谁饭量大，谁就会被录用。应聘的人同掌柜的一同进餐，吃饭用的大号瓷碗称之为"博碗"。一般的人很少能返二碗，能一口气吃两博碗的，当然就相当于今天篮球场上的姚明了，是大家抢着要的冠军人物。从这个意义上讲，父亲的饭量如果在那时候，是会很受欢迎的。可是20上世纪六七十年代，众所周知的困难时期，父亲可受了大罪。一个大饭量的人，又要把干粮省下给我们兄妹几个充饥，自己就拼命多喝些加了盐的开水，好把肚子哄住。于是亲爱的父亲手和脚很快就浮肿起来。到了后来，脚肿得连鞋子都穿不上了，只得整天赤了脚在工地上奔忙。

这就是我的父亲，一个饭量大得出奇的人，一个到了晚年还能一口气吃下去60个水饺的人。好在他遇到了好年月，他测设施工的水利工程发挥着巨大的作用，每天吃顿饱饭已经是不成问题。父亲并不是一个大块头的人，并非天生就是一个大饭量，而是他们那一代人的奉献和牺牲精神，造就了他这艘"沙漠之舟"，是他所处的时代、生活和事业造就了他的超长担当、忍耐和博大。今天，像父亲这种大饭量的人已经很难见到。作为他的儿子，可以惭愧地告诉朋友们，我的饭量虽然也还算超出常人，但连父亲的一半也不及。父亲特别爱吃水饺，他老人家直到晚年生病那天，还坐在饭桌前，面对着一老碗热气腾腾的水饺。记忆中，父亲人生的最后一个镜头是：握着筷子的右手再也抬不起来，很遗憾地张着眼睛，望着那一碗水饺发急。看得出，老人家当时是很难过的，他心中一定是说，一个连饺子也吃不动了的人，活着还有什么用呢？父亲的问题，是需要我们悉心回答的呀。

父亲是共产党员，他是从年轻的时候就积极申请入党，但一直在经受考验，因为是旧时代过来的知识分子，需要认真改造，所以直到晚年才实现了自己的心愿。父亲显然是属于那种先努力在思想上入党，然后才加入党组织的人。今天来看，作为一个劳模人物，一个能吃能干的老实人，父亲是无愧于"共产党员"这个光荣称号的。

父辈的遗产

2012 年 12 月 20 日，是敬爱的父亲蔡淑德诞辰 100 周岁。算来父亲离开我们也已经 30 多年了。每逢清明时节，无论能不能回故乡祭奠，眼前总会浮现出他老人家亲切温暖的音容笑貌，心中就有许多许多的话想说，也常常萌生出要写一点纪念文字的冲动。作为父亲，他的正直耿介秉性与质朴宽厚的人格风范影响着我们的一生。作为一名大革命时期参加陕北"闹红"的老革命，他用一生所努力践行的理想信念与行为准则时时教育和提醒着我们为人处世。作为我们心中景仰的父亲，他老人家几乎没有为儿女留下任何的物质遗产，但是作为一名老共产党员，一个人民怀念的公仆，他所留给后人的精神遗产，却是无比丰厚、无比珍贵的。

父亲临终时欣慰又不无自豪地说："我这一辈子，都是艰苦奋斗的。"这听来朴实，甚至在有些人认为还有点"唱高调"的一句话，却是他老人家发自内心的自感无愧于党和人民的人生总结，也是留给我们儿女们的一句人生信条与箴言遗嘱。吃苦耐劳、无私奉献、任劳任怨，的确是父亲一生的坚守。父亲出生在陕北米脂县（今子洲县）瓜园子湾一个几代都不识字的贫苦农民家庭。他常说自己从七八岁就上山放羊，没正式上过学，只念过几年书。但他勤奋好学，不甘于做文盲，上冬学念书很用功。以后长大些，成了家里的主要劳力，也没有放弃自学。他那时农忙种地，农闲时赶脚挣钱，都没有放弃学习文化。在劳作的间隙千方百计刻苦学习，终于达到了能够识文断字的程度。乡间把这样的脱盲能人称之为"白识字"。父亲曾回忆说，自己那时十五六岁，每年早春和初冬都要赶着牲口往返于米脂、绥德之间，路上总是带着书本本，逮空就念，歇息下来就在地上画拉着练习写字。他还格外喜欢听古朝、说书，听学生们宣传讲演。刘志丹、谢子长、马文瑞"闹红"的故事，常常令他入迷。接受了进步思想的熏陶，他就想，人家年轻轻的闹革命，自己咋就不能参加？一次一路这么想着，他正赤脚趟过结着冰凌的大理河和无定河。冰冷刺骨的河水不仅刺入骨髓落下脚疾，更在他的心中种下了反抗的种子。年轻时走南闯北，好打抱不平、老实巴交的赶脚汉子，拼命跑上一年也挣不下几个钱，家境仍然是一贫如洗。但父亲的眼界渐渐开阔了，心里萌发着跟随老刘、老谢和马文瑞们"闹红"的念头，胸中聚集、孕育着投身革命的觉悟与勇气。

1933 年冬季的严寒袭来，正是陕北革命历史上白色恐怖严重的时期。有人动摇，有人退缩，也有人吓破了胆。但也就在此时，21 岁的父亲不顾一切地报名参加了陕北红军游击队。在当时一片白色恐怖中，他的革命觉悟和勇气令许多人敬佩。他在家乡一带打游击很快出了名。由于英勇善战，不久就担任了红军游击队的营长。但父亲生前很少讲自己的战斗故事。据亲眼目睹过他作战的申正伯伯回忆说："你爸那人打起仗来可是不要命，子弹在头顶飕飕的飞，他连头也不低一下，只是往前冲。"在一次战斗中，一颗呼啸的子弹擦耳飞过，父亲左耳受伤几乎失聪。年轻的父亲在战火中仍然坚持学习，逐渐成长为坚定自觉的革命战士。据陕北党史资料记载，1935 年 8 月，父亲担任了陕北苏区米西县委宣传部长。由部队转入地方工作的父亲，发挥了他熟悉群众和善于联系群众的优势，成为老百姓信得过的公仆，在地方组织生产和支前动员中发挥了重要作用。当时是，国民党井岳秀军队大举围剿苏区，米西县委被迫转入地下活动。父亲在极其艰苦危难的环境中冒死坚持斗争，保存和壮大了革命力量。父亲的坚守受到组织的充分肯定。此后不久，中共陕北省委决定成立米西工委，父亲担任工委书记，领导就近几个区的斗争，直到抗日战争爆发，又开辟建立了中共横靖县委。1938 年前后，父亲被党组织选派到延安参加中央党校学习并担任学员支部书记。父亲很珍惜这次难得的深造机会，不仅学习成绩优秀，还在延安大生产运动中发挥熟悉各种农活的长项大显身手，被评为边区大生产模范，受到党中央和毛主席的嘉奖。就在父亲全身心投入学习生产时，突然接到要他立即返回地方工作的通知。原来，地方游击队由于叛徒出卖被敌人包围在一个村庄，经过激战，少数人突围，多数同志壮烈牺牲。上级决定要选一位在当地群众中有威信的干部去稳定群众情绪，重新组建游击队。母亲此后回忆起来还说："你爸原本是有条件留下继续深造，并在中央机关工作的。"但为了工作需要，父亲临危受命，星夜兼程赶回家乡投入激烈的现实斗争。完成任务后，父亲就一直留在子洲县工作，直到全国解放。

1949 年 6 月陕北重镇榆林和平解放，父亲随军进入榆林接管城市，成为军管会主要成员之一。父亲起初参与整编国民党起义军队和政府旧人员的改造工作。那时候，大规模的战争虽然结束，但战火并没有停息。据母亲回忆，解放初期榆林城周围马鸿逵的骑兵和失败的国民党军残部垂死挣扎，经常袭扰新区政权。西北野战军派部队出征毛乌素沙漠剿匪，父亲被抽调参加剿匪行动，驰骋于千里沙漠。"正月里出去，腊月里才回来，一年见不着人影儿。"母亲回忆说。这一段沙漠剿匪，那种漫漫征途、餐风饮露的艰苦卓绝日子，父亲生前同样也是很少提及。我们只有在影视作品中才能体会得到。小时候父亲的上级、战友和下级时常见了我们，总是说："你爸可是个有战功的老革命呀！"可在我的记忆之中，父亲却从来没有讲过自己出生入死的经历。在许多人眼里，他还像是个沉默质朴的赶脚汉，还是那一副埋头干活的憨厚农民的性格。由于父亲很少谈及自己的历史功绩，这使得我们对于父亲的革命历史知之甚少。他倒是经常喜欢讲起那些同自己一起战斗过的先烈和同志的感人事迹。少讲多做，光做不说，今天回味起来，这也是父亲他们那一辈人留给我们的一种值得继承的优良品质。

的确，父亲的一生都是艰苦奋斗、无私奉献的。拿分配工作来讲，历来都是服从组织分配，从来不摆资格、不闹待遇，不提出任何困难来要求组织照顾。

1952年榆林市成立公安局，熟悉军事和保安工作的父亲被任命为第一任公安局长，来年又担任了市人民检察院第一任检察长。这在当时的地方上是很受人们敬仰的重要职务。不久，组织又决定调父亲到陕西省人民检察院工作。1955年4月，父亲被任命为省检察院检察专员，享受13级的高干待遇。母亲的工作也安排到了省上。全家人进了大城市，生活稳定而舒适。1959年，随着工业大跃进，工业战线需要大批干部。父亲从政法战线被下派担任铜川矿务局桃园煤矿党委书记。离开了大城市，面对的不光是陌生的工作，实际级别待遇显然也降低了。但父亲不讲任何条件，在新岗位虚心学习、埋头工作整整六年。每年春节他都是在矿井下同生产一线的工人一起劳动、一同过年。这六年里我们见到父亲的机会很少，煤矿生产紧张、安全问题较多，他经常忙得回不了家。偶然回到家，也是电话铃子不断，很快就要赶往现场。常常是我们睡了父亲才回家，他上班走了我们还没起床。在我的印象中父亲真正是干一行爱一行，他同工人们建立了深厚的感情。父亲在工业战线正干得正起劲儿，组织上又决定调他归队。理由是原延安地区检察院检察长年迈多病无法适应工作，急需一位年富力强的同志替代。父亲二话没说服从组织调配。1964年4月省委正式谈话后，调父亲赴延安接任检察长。但当时国家没有实行离退休制度，同为老资格的老检察长不愿退休，父亲就担任第一副检察长，他仍是毫无怨言，实际担负起检察院的主要领导责任，兢兢业业、毫无怨言地一直工作到"文革"开始。

父亲就是这样，无论在任何情况下，都是积极热情、乐观淡定的。特别当生活的厄运袭来，他乐观淡定的品格就显得格外突出。甚至到了癌症晚期，也是咬牙默默地忍受，从不抱怨或呻吟。只要疼痛稍稍缓解，他就会强颜欢笑，没事一样地给我们讲个笑话。父亲一生最不愿意看到的是人愁眉苦脸，更不愿听到有人唉声叹气。"文革"初期父亲被夺权靠边站，造反派安排他在机关院子里扫地担水。他就像个真正的勤杂工人，整天认真仔细地干着活，好象对待以往任何一份工作任务。有时扫着地，干脆忘了自己的处境，时不时还会哼上几句跑调的信天游。1968 年地区成立革命委员会后社会治安问题严重，军代表提议让父亲留在政法小组参与办理刑事案件。他每天又是忙得回不了家了。没有任何职务的父亲干工作还是一如既往。后来造反派又说所有"当权派"必须经过"五七干校"劳动锻炼后才能解放安排工作。1969 年，57 岁的父亲又被下派到延安地区五七干校开始放羊。父亲乐观地说自己这是"返老还童"。母亲此前很早已经去了干校，我们几个孩子只得自己照顾自己了。记得一天放学回家，推门就看见父亲正忙着做饭，心里顿时涌出一股暖流。我高兴极了，以为父亲是专程回来看望我们的。父亲又黑又瘦风尘仆仆的，只是脸上的表情依旧那样的坚毅乐观。父亲为我们做好了饭，又像以往那样亲切地看着我们吃，像一个真正的农民，蹲在地上装起一锅子旱烟点着了安详地抽着，说："我们这是搬家，干校从金盆湾转到了砖窑湾，我负责赶羊。路过延安住一晚上，明儿一早就要继续走。"从延安南川的金盆湾到安塞县的砖窑湾大约二百华里路程，由于赶着羊群走不快，父亲他们已经走了整整三天。1970 年父亲终于获得"解放"，但重要的工作岗位和他工作多年的政法部门人都安排满了。那位革委会女政工干部毫不客气地说："老蔡，组织上决定让你去'文革'中闹得最凶的烂摊子单位，你是老同志有丰富的工作经验，组织上相信你去了会把这个单位的工作搞好的。"父亲二话没说来到距延安城二十多里外的地区石油公司当起了"革委会主任"。他又一次降级转行搞起了自己不熟悉的商业。工作的难度与强度可想而知，但父亲还是毫无怨言。在这个岗位直至 1973 年父亲因病住院被查出肝癌，经过近三年的治疗，于 1976 年 3 月 24 日去世，他才真正离开了自己艰苦奋斗的工作岗位。

病中的父亲，他的坚强与乐观更是令人难忘。1976 年 1 月 8 日，周总理去世，我从广播里听到这个噩耗后和一起插队的同学赶到延安城里，想了解更多关于总理的情况和参加悼念活动。晚饭时回到家中一进门就看到坐在炕头病中的父亲。他坐在那里一语不发，脸上显出从未有过的沉重。晚饭几乎没怎么吃就放下了碗筷。我强压痛苦说："爸爸怎么连总理的病都治不好呢？"父亲说："唉！得了这癌症，看来真是没有什么办法。"我知道父亲在担心这一代开国元勋们走了以后国家的前途和命运，同时也想到自己的身体状况。两个多月后父亲病逝在医院里，结束了他艰苦奋斗的一生。

父亲一生艰苦朴素、为政清廉，从来没有利用自己手中的权力谋私。我的几位叔父都是农民，几个堂哥想让父亲帮忙安排工作，父亲一个也没有办，至今堂哥们都还不无抱怨地认为他们的三爸"太正统"了。父亲就是这样一个人，不会谋私。父亲在世时常常教育我们"生活上要朴朴素素，为人要实实在在"。还说"生活上要往下看，看老百姓都吃的啥穿的啥"。父亲从1954年改工资制就定为行政14级，很快又提到13级，当时在西安8类区每月应该是160多元的高工资。可是他一生只穿过一套毛比叽和一套粗呢子中山装，据说还是每年国庆节和五一节要上观礼台才特意定做的。平时根本舍不得穿，这两套衣服陪他一直到去世，还显得很新。三年困难时期，爸爸不允许我们家搞特殊化。好在我和弟弟在幼儿园全托，有国家照顾，还不至于饿肚子。可家里的父母、姥姥和哥哥遭了大罪。母亲饿浮肿了还坚持上班，可父亲从没违背政策买过一两"黑市"粮。当时家乡逃荒要饭的人很多，知道爸爸在延安当干部，家乡的人就不断地来我家，见过的没见过的，扯上扯不上的，有来托口的，有来要钱。父亲总是往家里领，除了管饭，走时还要打发路费。一度使家里经济十分拮据。但父亲总是说："谁让咱们是干部？他们也是没办法呀！找到你门上了，能不管吗？咱们少花点，人在困难中能帮一点是一点。"在老百姓眼里，地区检察长可是个不小的官。但父亲却没有一点架子。在我的印象中，父亲作为法官，最大的特长就是能与群众打成一片，也深受群众爱戴。他的办公室从来都是房门大开，不是开会，就是接待上访群众。经常中午回家吃饭，还有群众跟到家里来，其中有工农，也有基层干部和各种身份的人。有时赶上饭时，父亲就让他们一起吃。那时口粮严格按人定量，常常搞得家里粮食紧张。我们家当时住在延安新市场沟口，一道沟住着各行各业的老百姓，有干部、也有工人、小商贩、泥瓦匠、修鞋匠、厨师、卖菜的、贩煤的，他们都成了父亲的好朋友。每天早不见晚见，有称老蔡的，也有称蔡检察长的，无论是谁，父亲都是和和气气地同大伙打招呼，聊天，递烟点火，亲如一家。他自己抽烟不多，但每天至少用一包烟招待来访群众。他时常说："烟火不分家。"父亲去世后，许多群众自发前来吊唁，足见他在老百姓心目中是深受爱戴的。这对于我们是最大的安慰。

永远保持同人民群众的血肉联系，永远保持艰苦奋斗的作风，这就是我们的父亲一生实践行，并留给我们后人的精神遗产。

（此文与夫人蔡宁合作）

悟偈念君悼抒雁

记不清是大年初几的夜晚，在三亚，有朋友突然发来短信，说著名诗人雷抒雁走了。我感到一阵空落，一阵悲伤。又一位老友悄然去了！随即默默地走到院子里，看看晴明的天空，银月如钩，星辉闪烁，正有一盏孔明灯冉冉地从海边飞往高空。心想，天上又该多了一颗星吧，应该就是离去的诗人雷抒雁，心中便得了大大的宽慰。

想到当时阴霾中的北京，在一片汽车轰鸣的背景音响中，海一样的都市灯火，翻腾起的依旧是人们浮躁的喧闹伴着歇斯底里的烟花爆竹的燃放，依旧是麻木搓麻的面孔与手，和功利驱使下的觥筹交错的匆忙身影的闹腾与嘈杂……大大小小的例行公事的医院，也依旧有数不清的生命在疾病折磨中焦虑、忍受、苦苦期盼等待，更有的干脆就在生与死的交界上来回挣扎……这就是活着，就是花花世界中人生百态的分分秒秒——伪装中的庄严，煞有介事的滑稽与各种各样的所谓看破红尘与玩世不恭的叹息……形形色色，千奇百怪——表面的热闹之中，暗含着几多无可奈何与佯作癫狂的空虚与悲哀。我因此想到了诗人与他的诗像：歌唱不止的顽强小草与"踏尘而过"的豪迈诗句。

眼前红尘滚滚，唯有诗人是超脱的，如今更是彻底的超然物外，而活着的人们也许还要承受更多的痛苦……于是，思念诗人的人重新感到了无端的空落与悲伤。

这一回，已经不仅仅是因为一个良师益友的离世，不是由此联想到更多为癌症折磨，不得不接受化疗，耗尽了精力与体力，随之骨瘦如柴，奄奄一息，最终悄然离世……而是随着所谓科技的发达，野蛮对于文明的践踏，感到了这个世界文明倒退脚步的加快，与人类加速堕落的悲哀。

这样的消极心境，当年谪守古涯州的诗人苏东坡是否曾经有过？那就不得而知。但是真实高尚的灵魂，可以升入天国的冥想倒是不错的一种自慰。于是坚信，诗人雷抒雁是升入了阴霾之外澄明的天国。在那里他会遇到许多的知音，许多的忘年神交，可以自由地交流，可以任思想的火花随缘碰撞、交相辉映。我知道，在古代的伟大诗人中,抒雁先生最为崇拜的是杜甫。当初国家决定当代作家为百名古代文化名人立传,他是打算申请要写《杜甫传》的,后来身体不允许他再拼搏了,这才作罢。可见他对于杜甫是情有独钟的。杜甫的现实主义诗风与忧国忧民的情怀,对于他的诗歌创作无疑是有深刻影响的。他曾经告诉我,自己是同贺敬之、郭小川等前辈诗人心灵相通的。当代像这样严肃庄重的诗人,可真是太难得了。难怪读着抒雁先生的《小草在歌唱》,就会想到"朱门酒肉臭,路有冻死骨"的惊天动地的识见与诗境。

在我国古代的诗歌汇集中,抒雁先生最喜欢的莫过于来自民间无名氏作者的《诗经》。他一生不光是熟读《诗经》,总是从《诗经》中汲取创作的灵感和营养,而且到了晚年,还为中国文化,特别是诗歌界做了一件了不起的大事,这也是他的一个夙愿。这就是以一个当代诗人的眼光与独特视角与形式,完成了对于《诗经》的一次最认真而庄严的膜拜仪式:用几乎十年的时间,抱病完成"诗经诗译"。说是"译",其实就是自己对于《诗经》这部古老诗歌总集的诗意的诠释与诗话的表白。这才有了在《中国作家》举办的金秋诗歌朗诵会上,他欣然登台介绍自己的新作,并朗诵其中一首《采蕨》的生动情形。记得那是采自他家乡陕西关中的民谣情歌,他甚至运用方言土语解释古老的诗句,竟然收到了意想不到的效果。惹得满堂喝彩,满堂欢笑。诗人在掌声与笑声中收获了快乐。

雷抒雁先生,1942年生人,西北大学中文系毕业,在学校读书时就开始发表诗作。他来自陕西泾阳农村,穿着土气,说话满嘴乡音,人也长得瘦小,同学中有人认为他成不了大事,但他不顾冷嘲热讽,坚持我行我素,写诗不辍,最终成为当代诗坛著名诗人甚至是公认的领军人物。2001年,我在延安工作期间,他曾经率诗人来陕北采风。那时他已年过花甲,但精神昂奋,创作热情很高,谈吐颇有思想,对革命和老一辈革命家很有感情。在延安短短几天,就写了一组激情四射的红色歌谣,发表在《延安文学》上。这次,他送我一本诗选:《踏尘而过》,汇集了他此前的主要诗作。读后,我心潮难平,还写过一篇心得。以后,我到大庆工作,他又随中国文联采风团来到大庆,我们又在一起活动了几天,多次深谈到深夜,他的博闻强志与淳朴率真、诲人不倦的秉性依旧。他对于大庆精神与铁人事迹很有感情,对于油田和城市现实的发展也很敏感。这时候的诗人依旧勤奋,连夜写了一首较长的诗歌,我为他推荐到《大庆日报》发表,还特别加了按语。他对我的创作也是一贯关注、支持。20世纪90年代《群山》出版之初,他读了,很快打来电话表示祝贺、鼓励,以后好像还写了肯定的文字。长诗《共和国不会忘记——大庆人的故事》出版,他看后大加赞赏,认为是当代新诗的重要收获,并亲自出席在北京大学举行的专场朗诵会，同贺敬之、王巨才先生等一同发言，给予充分肯定。以后又力挺使之获得中华铁人文学大奖。前几年我回到北京，曾与文友路小路相约到他家中拜访。他那时身体已经不好，但言谈之中并不流露丝毫的悲伤消极。谈到自己近期的创作，还是信心满怀。当即签名送我一本厚厚的《雷抒雁抒情诗精选》，其中几乎包括了他一生的主要诗作。我认真地阅读了这本诗集，对于诗人的整个诗歌创作脉络有了全面而深入的了解，更加肃然起敬。他的诗，总体上来自传统——古典和"五四"以来的两大经典。当然也不乏对于外国抒情诗形式上的借鉴，如普希金与泰戈尔的影响都是显而易见。形式与内容都很健康，充满了真善美的闪光和理想信念，鼓舞人向上，启迪人深思，我是很喜欢读的。不像有些诗，写得缠绵悱恻，暧昧晦涩，读着很不是滋味。他的诗，就像是延安的红枣、小米和黄土高原上生产的绿色五谷杂粮。没有贵族气息，更不摆学究面孔，但是营养却是十分的丰富，味道也是地道纯正，绝对养人、有利于健康。前期，思想性强，但比较直露。后期就写得委婉含蓄，更加优美耐读。特别是晚年，写城市街景变奏的那些小诗，可谓是新诗中的实验经典。他对于文坛和诗坛出现的种种歪风邪气是敢于抵制的。特别是对于一些把诗歌作为化妆油彩或敲门砖的功利"诗人"，他是不屑一顾的。总之，雷抒雁先生是有操守、且始终坚守着精神家园的一位纯粹的伟大诗人。如今天空中又多了一颗明亮的诗星。面对星空，便生出无限的敬意。遐想中，他的那些诗句，如同松梅月柳一般地呈现着，令人感慨系之，便得如下的偈语，算是对亡友导师的悼念：

松越千载恒藏曲，梅开一季不卖香。

月到亏时余本质，柳经百谢又新张。

老寒残逝伤心事，却纳后福在斯乡。

花灼早落谁留意，根曾育蕊孰赞将。

人间诸情皆如是，不必轻浮论短长。

又见导师

在茫茫人海中,总有一些人,是我们一生都会敬仰、永远堪称导师的。比如文艺界,虽然时下也不乏名不副实的人整天装腔作势、招摇过市,看着令人生厌,却另有一些人物,貌似沉默寡语,却是百品不厌的好书籍,即使百年之后,读来也会鲜活,令你受益无穷。

有一次在西山,应邀参加歌剧《白毛女》的诞生纪念和复排研讨,又见到了文艺界前辈:贺敬之、王昆、孟于、荆兰、鲁煤等老人,即产生了上面的感慨。

贺敬之是忘年的朋友和导师。我们听着《翻身道情》唱着《南泥湾》走过童年,《回延安》、《雷锋之歌》和《西去列车的窗口》,是我们成长的挚友和"圣经",许多的诗句都能够背诵,至今影响着我们的人生。那年,我曾经有幸陪同老人家回访延安。在桥儿沟、杨家岭和宝塔山、清凉山倾听他回忆过去的岁月,也在北京南沙沟他那未曾装修过的陈设朴素的客厅中多次聆听教诲……脑海里,常常浮现那墙上悬挂着的作家管桦所画的一幅劲节向上的《墨竹》——他老人家人格风范的极佳象征。贺老近90岁高龄,身体显然不如前几年硬朗,但他精神依旧矍铄、头脑依然清醒……早晨,他是第一个驱车来到会场,可见对于事业依旧是当年那样的认真执著。据说夫人柯岩还躺在医院,病情十分严重……难怪老人的神情竟如此忧心忡忡……贺老在研讨会上端庄而谦虚认真的姿态,令人想象到当年在延安讨论歌剧《白毛女》剧本时的情形。那时候的他,还是一个不足二十岁的青年,却已经是名震边区的著名诗人。他写的歌曲和秧歌剧就像今天侯宝林的相声和乔羽的歌,早已是家喻户晓。显然,贺敬之是那种有大才气与大成就却总是保持着本质上的低调与谦虚姿态的人。那几十年一贯制的平易而淳朴的神情,总像是提醒我们:个人再伟大也只是大海上的一朵浪花,离开了集体瞬间就会干枯。这是一种人生的境界,更是一种哲学的姿态,是内心足够强大的人,才会具有的思想和品格。请听听他在会上的发言:"有许多的感慨,在此一下子说不出来,写了一个纸条,念一下吧。"老人家说着,果真展开手里的一张纸条轻声念道:"歌剧《白毛女》是在毛主席延安文艺座谈会精神指引下,由鲁艺集体创作的。当年的作者,仅我一人尚在,我代表死去的和健在的人,向大家表示感谢,并预祝研讨会圆满成功。"

接下来是掌声和沉默。沉默中每个人都感受到了客观与谦虚的力量。意识到精彩的演说并非是滔滔不绝、慷慨陈词,朴素而情真意切中的精准与得体,却是最高境界。事实上,貌似言语木讷的诗人贺敬之,其实是高明的演讲家。当年他创作的《回延安》,其实就是一片最为精彩的讲演稿。"几回回梦里回延安,双手搂定宝塔山……"多么朴素恳切的话语,成为亿万人心中的共鸣。眼下,诗人不足百字的讲演,多么深沉恳切,已经感人至深。

王昆老人,是坐着轮椅来到会场的。说真的,她显然比多年前在延安宾馆见面时又衰老了。在这近十年的岁月里,时光无情地夺走了多少人的生命,而 86 岁的老人却顽强地活着,因为她有一个心愿,就是把歌剧《白毛女》重新搬上舞台。眼前她这老而多病的体态,显然已经无法叫你找到当年 19 岁喜儿的身段和倩影。台上台下所有的人都称亲切地称她为"老师",还有一位曾经担任过省委书记的花甲之人亲切地称她为"阿姨"。坐在轮椅上复排《白毛女》的艺术总监,她的记忆足以从头至尾把《白毛女》的每一句台词和每一段音乐准确无误地诵吟出来。她说这就是自己的一大优势,几十年间数以千计的演出,使得那些诗句和旋律已经铭刻在了她的心底,成为她生命中永不消失的一部分。像这样的歌剧和演员,世界上还会有第二部吗?她的对面,坐着风姿绰约和青春靓丽的金曼和谭晶。老中青三代歌唱家今天在这里聚会,似乎呈现着中国歌剧艰难前行的历程,也预示着一个辉煌明天的来临。从《白毛女》连续不断的极大轰动到《洪湖赤卫队》、《江姐》、《杜鹃山》等剧目的成功流行,还有《宋庆龄》等,人们的欢呼、掌声与期盼,记录和伴随着中国歌剧诞生和走向世界的沉沉足音与微微曙色……老师与学生——王昆、金曼与谭晶,这是中国歌剧"一脉相承"的三代领军人,她们共同心仪红色经典,标志着中国歌剧的未来必定是一片光辉灿烂。

"当年的张家口,那是我军在华北打下的第一座大城市,周围仍然是战火纷飞,我有幸也成为了'喜儿'的扮演者。……"90 岁的孟于老人仍是一副令人羡慕的童颜童声。她每次登场,都像是一个令人惊异的童话亮相——耄耋之年的健康老人,依然充满欢乐与天真,更像她几十年间活跃在儿童剧舞台上所塑造的众多童话形象美丽动人。"观众有我们的战士,也有刚刚俘虏的傅作义的兵,许多人家里很苦,是被抓的壮丁。我们演着戏,他们就放声痛哭,戏演完紧接着首长讲话征求他们的意见,是领路费回家还是参加解放军,他们挥臂高喊,'要为喜儿报仇,调转枪口打老蒋!'

这就是《白毛女》的威力……"老人家说着，动情地唱了起来，"北风那个吹，雪花那个飘，雪花那个飘飘，年来到……"全场静静地倾听，所有人为之动容，随即爆发出热烈的掌声。这位当年由四川成都走出的阔小姐，因为有喜儿的感情化入灵魂，她的童话般的讲述与歌唱，把人们带进了童话般的历史。

云照光像一匹来自草原的老骥，带着搏击风雨的疲敝印记。同样是86岁的蒙古族政治家兼作家的战士，他同诗人贾漫和杨啸组合成捍卫红色经典的"草原三套马车"。他捧着改了又改的讲稿发出"长调"般的嘶鸣，每一声都令人触耳惊心。"《白毛女》是许多人走上革命的号角，新中国是在这号声中诞生。"我的母校延安大学的这位忘年校友，他曾在延安锻打过青春。《白毛女》曾使他如醉入迷，仅在当年就看过6遍。亲切的形象、亲切的旋律，心中深埋下阶级的仇恨，启发他意识到要解救苦难的同胞。他从此回到苦难的草原，决心为蒙古民族的兴旺奉献出终生。当年在延水河畔汲取的智慧和力量，使骏马不知疲倦地在故乡奔驰，却一刻也没有忘记在延安观看歌剧《白毛女》的故事。因为《白毛女》，他同贺敬之成为了最要好的朋友，这也吸引他成为文学的知音。大青山的劲松、大草原的狂风，造就了革命人心中的红色诗意与不朽经典。

荆兰女士发言是被"硬性动员"上台的。她的满头银发与修长的身材，仍然提醒人们不要忘记中国歌剧舞剧院演员队长的当年……陕北绥德无定河畔走出来的漂亮小姑娘，14岁就进入鲁艺跟随刘炽老师学习音乐创作、参加各种演出，她却一概地称之为"跑龙套"。"好在我观看过《白毛女》最初的排练，也担任过其中的群众演员。每次排练和演出，所有的观众和演员，没有不是泪流满面。"也许正因为有这样的经历，从此后她迷上了歌剧，把一生都奉献给了这项事业。她的激情饱满、夹叙夹议的发言，充满了对历史的珍重与眷恋，也不乏对时弊的针砭。"有人竟然说我们中国没有真正的歌剧，把一部不土不洋的《图兰朵》捧上了天！我们就下决心编写了一部《中国歌剧史》，让大家都来看一看，中国歌剧的繁荣与璀璨。"

老诗人鲁煤更像一名急行军途中的战士。88岁高龄的他会前原本已经告假，但不知何故，他又独自一人一大早从城里乘公交车再倒地铁来到西山赶会，不，更像是参战。那目光严肃背着挎包风尘仆仆的样子，委实像准备冲锋陷阵的战士一样令人感动。当年同时受到周扬和胡风一致称赞和肯定的一代诗人，他是著名歌剧《红旗歌》的作者。中国第一部反映工业题材的多幕歌剧《红旗歌》，20世纪50年代曾经同《白毛女》一样唱彻大江南北，被人们亲切地誉为新中国歌剧舞台上"一白一红"

两朵奇葩。显然，25 年的"右派"帽子，并没有把鲁煤压垮，他如今仍然身健笔健、诗情不减当年、激情依然澎湃。同老人握手的一瞬间，你更加感到吃惊：那手的坚硬与有力，就像是他的意志。而目光的专注与执著，更像是一个热血青年。大时代锻造出的一代大诗人，永远都不会吟诵出花前月下的靡靡之音。令人奇怪的是，同样的一个鲁煤发出同样的声音，但从前的"右派"，今天倒有人指责他成了"左派"。其实这一点也不是他自己的问题，而是我们的时代总是在不由自主、左右摇摆。鲁煤匆匆走去，留下战士坚毅的背影，那是多么耐人寻味的一首诗歌：啊，燃烧的鲁煤——永远的《红旗歌》。

情怀与担当：深切悼念柯岩

2011 年 12 月 11 日晚，得知柯岩先生不幸于中午 1 点多病逝的噩耗，恰巧正在伏案阅读她编的一套文学经典、两卷本的《与史同在——中国当代散文选》。扉页上有先生的亲笔签名，这是她留给我最后的纪念，也是她留给这个世界的最后一份文学的奉献，以崇高的形式寄托了她对文学的深深眷恋和对青年的关怀与厚望。

柯岩先生去了，如今再读这套书，便觉得格外的珍贵亲切。这套收录了当代海内外知名作家在各个历史时期很有影响力的散文 200 多篇，从《天下第一坡》开始，到《城市的未来，就是人类的未来》结束，以文学的笔法深刻地记录了新中国每一阶段历史的变迁，以及作家们在与时代同行的历程中所见、所思、所感……这就是一位身患多种严重疾病的老党员作家献给党的 90 岁生日的沉甸甸的厚物！此时此刻，更加深刻地感受到了柯岩的精神世界的崇高与强大的人格魅力。

在建国前后步入文坛的一代作家中，柯岩先生一直是把心同青少年、同人民群众贴得最紧的党员作家。因此她在我们这些建国后由青少年步入成年的人们心目中，在广大的工农兵读者人群中，至今仍然是一尊神圣偶像，一个大家公认的知心朋友。记得在很小的时候，当我们读着她的儿童文学作品，读着《小兵的故事》和《柯岩儿童诗选》，就像听着一位大姐姐在亲切地讲述着美丽的童话、轻唱着动人的童谣。后来才体会到，她的儿童作品也是适合成人阅读的。你无论是处在哪个年龄阶段，只要童心未泯，你读柯岩先生五六十年代创作的那些童话和童谣，都会感受到崇高纯洁的魅力与清澈之外的深刻。你会突然觉得，她仿佛就是一位永远佩戴着红领巾在人民中间讲述故事的寓言大师，更像一位聪慧的母亲总是用慈祥睿智的目光亲切地注视着每一位可爱的读者，她的心灵至今依然保持着恒久不变的纯真与母爱。

人们时常赞扬美国纽约的"自由女神"雕像，赞叹西方"断臂的维纳斯"。你读柯岩的作品，不时地就会感到自己正在同一位纯粹属于东方之美的"自由女神"和完美健全的"中国维纳斯"近距离的感情交流与思想交谈。祖籍岭南的柯岩先生，她出生于中原大地，她的血脉与气质里，就滚动着黄河母亲的澎湃激越，她的个性风采中，就沁润着泰岱父亲般的威武坚毅。《周总理，你在哪里》，当我们一遍又一遍吟诵她的诗句，感受到了领袖与人民之间惊天动地的情感冲击波；《奇异的书简》《船长》，当我们欣赏着她的报告文学，我们体验到了人与人之间大海般的互助深情和作为一个当代中国人的骄傲与自豪；《寻找回来的世界》《癌症≠死亡》，当我们阅读着她的小说，我们才真正感受到了什么是凌然大气与大智慧，什么是广阔胸襟与大气量，什么又是超越一切的责任、博爱与忠诚。她是实力派作家，更是那种勇于担当重任、甘于和敢于"舍身求法"、总在"拼命硬干"的仁人志士。多数情况下，她笔下和风细雨、温文儒雅，令你在从容淡定中精神升华、感受到如沐春风般的温暖。她的这种细腻风格，到了新时期，得到了极大的发挥。1976 年以来，她的创作进入了一个新的辉煌阶段。如同大河奔流，宛若山瀑飞泻，她创作的大量诗歌、小说和报告文学多次获奖，有些作品被译为英、法、俄、德、日、西班牙、朝鲜等多种文字在国外出版，有些还收入大、中、小学课本和教材。可见，作为真善美的引吭高歌者，柯岩不仅属于今天，更是属于未来；不仅属于中国，也是属于世界的。

如同我们的世界不可能永远都是风和日丽，有的时候，柯岩胸中也会风起云涌，如同狂风骤雨蓦然而至。那是她发现了敌情———一切毒害青少年、戕害人民的假恶丑的嘴脸！每逢此时，她往往显得缺乏耐心，更不懂得明哲保身、忍让回避。也难为她了，一个有良知、有责任心的作家，她毕竟不是庸人，更不是市侩，而是一名战士。像许多同时代的作家诗人，她的文化血脉之中，涌动着屈原的热情、杜甫的使命和鲁迅的精神。在丑恶面前，战士的品格顿时在她的身心之中体现得淋漓尽致。这时候的柯岩，会呈现金刚怒目，敏锐犀利、单刀直入、一针见血。这使得有些人难免对她产生畏惧。是的，在歪曲误导人民、否定背弃革命和用一切形形色色的功利目的亵渎文学艺术的神圣者面前，战士的品格永远都是旗帜鲜明、无情威严的。在虚伪贪婪和一切卑鄙无耻的嘴脸面前，战士总要发出嫉恶如仇的呐喊，如同严寒中扼杀害虫、秋风里横扫腐叶。这时候，作家的良知与敏锐使得她总能透过纷繁俗世发现种种危害巨大的时弊，于是她才大喝一声，挺身而出。像柯岩这样爱憎分明、立场坚定的作家，今天是实在太少而不是太多。潜心关注青少年的健康成长、勇敢捍卫真善美的神圣尊严、不断发掘和展示人性与人格的力量与光辉，等等。而这些来自一个生命投身神圣文学的崇高动因，正是同她所推崇和尊重的"鲁郭茅巴老曹"等老一辈作家一脉相承的。这也是冰心和许多已故老作家生前十分喜欢和器重她的一个重要原因。

新中国的建立，是柯岩人生的一个重大契机。像许多同龄的作家一样，她是在初升的太阳光辉照耀下，站在巨人的肩膀上攀登文学高峰，走向创作丰收的。她忠心感谢酷爱文学的父亲和仿佛有讲不完的美丽故事的母亲。更永远不会忘记，在新时代的曙光尚未亮起之时，遥远云南那暂离战火硝烟的寂寞天地里，一个苦闷之中彷徨的扎着羊角辫的小姑娘，是文学像一盏航标灯，照亮了她人生前行的道路和努力方向。就着这片温暖的灯光，她如饥似渴地开始了自己的文学阅读。常常感觉是在倾听素不相识的中外大师亲切授课，后来她曾无数次欣然回味那幸福的时光："叶圣陶告诉我是非善恶，冰心让我的童心向往大海与诗意，张天翼的《大林和小林》在我幼小心灵里留下了穷人和富人截然相反的形象，格林和安徒生给我描绘了神奇而美丽的未知世界……"以后还有歌德、海涅、普希金、托尔斯泰、莎士比亚、巴尔扎克、莫泊桑、海明威，以及国内的鲁迅、茅盾、巴金的作品及很多童话，都是她文学才华启蒙与成长的沃土甘霖。

潜心痴情的阅读与天资聪慧的感悟，使得美与丑、崇高与卑鄙、诚实与虚伪等等，在少年柯岩纯净的心海渐渐泾渭分明。自觉悉心的观察与思考，使得人类同情心、正义感和对于光明与自由的向往追求，在青年柯岩的精神园圃中迅速繁荣起来。她热爱生活，更陶醉于无处不在的为人类生存而提供着一切的天然美景。当这大自然的美的根须深植她的心田，才使得进入成年、老年之后的柯岩心灵依然能够超越年龄与健康的局限，而童趣永驻、健美如初。甚至直到今天，那些描写绿林好汉的小说，依然能够唤起她崇拜英雄，渴望路见不平、拔刀相助的冲动。难怪她对湖南卫视的一档富有同情心、正义原则和责任感的节目那样的赞赏支持。只有熟悉她的人才会懂得，这种非常的正直与痴情，她是足足保持了一生的。今天的柯岩仍然如同当初的柯岩，你可以不讲什么是阶级压迫，但贫富悬殊不断拉大的现实，总使她的思想无法抹去对旧时代的憎恨与对穷人和弱势阶层的同情。也正是这种最初形成的朴素情感，催促她抱病挥笔疾书。这时的心情，犹如六十年前她在湖北希理达中学校刊发表处女作《我的同窗》一样，她今天的努力，正是重新开启另一个甲子的更加艰辛而责任重大的文学跋涉。

"在创作上，我永远不满足于一种形式，总想多尝试一些样式。我觉得，多掌握一种形式，就像一个战士多了一种武器……"柯岩的声音，总是那样的洪亮而底气十足，充满了诗人的激情与智者的感染力。难怪人们把她形容成"一团火"，加上了人格的魅力，柯岩先生的号召力与凝聚力是远远地超越了一个作家的能量。啊，柯岩先生，岩石上耸立的一棵大树！她自己却总是认为自己是一棵为大地奉献绿色的小树。她曾不止一次地说："古人把绿绿的小树称之为柯；岩呢，当然是坚硬的石头。岩石上是很难长出树来的，因此，凡是能在岩石上成活的树，它的根必须透过岩石的缝隙寻找泥土，把根深深地扎入大地，它的生命力必须加倍的顽强……我取它做我的笔名，因为我知道写作是一件很难的事，决心终生根扎大地，终生奋力地攀登，从而使我的作品能像岩石上的小树那样富有生命力。"这就是柯岩，我们永远敬重和效仿的冰心式的女作家柯岩，我们引为自豪的这尊完全东方化了的"自由女神"与健全的"中国维纳斯"的柯岩。

柯岩先生去了，可她留给这个世界厚重的作品和深切的怀念却是与史同在，她的"东方女神"的音容笑貌将永远活在读者与青年心中。

挽联曰：祖本岭南长江风范中华才女文章千古赞；生于中原黄河气派人民作家诗情依旧浓。

悼念吴志渊

吴老去世了。《人民日报》显著位置配发遗照登了消息，还是新华社的通稿。这是正省部级干部的待遇，但不同经历、贡献和口碑的人在读者心中的意义和分量是不一样的。吴老也许是从延安走出去的老一辈无产阶级革命家最后一位离世者吧。这能否标志着大革命时期西北革命精英人物的整体辞世？ 1927 年入团，1929 年转党，像这样的老资格全国健在者也是屈指可数，更何况是一位百岁老人。如今面对他的遗照，当初许多次同老人家见面交谈那亲切而熟悉的情形顿时又浮现在眼前。

吴志渊是陕北安定（今子长县）人，生于 1910 年 4 月，逝于 2012 年 1 月 18 日。这位当年风华正茂的绥师学生团员、校党支部书记、学生会主席英姿飒爽、积极投身革命活跃的风采，我们可想而知。和老同学贺晋年不同的是，他毕业离开绥师没有投笔从戎追随刘志丹、谢子长参加陕甘红军，而是受中共中央华北局派遣先后到北平宏达学院、辅仁大学以学生身份参加领导学运、从事党的地下工作。这对于他以后的成长形成了深刻的影响，造就了他是西北老同志中为数不多接受了高等教育的一位。经历过白区工作的考验，他于 1934 年回到陕北苏区便如虎添翼。先后担任陕北省苏维埃政府秘书长、西北抗日救国会主任、定边县县长、县委书记兼县长、三边地区专员、咸阳地区专员和陕甘宁边区民政厅副厅长等职务。全国解放后他先后在陕西西安、云南和湖南担任省级党政要职……今天来看，吴老的长寿年龄是一个传奇，就如同他的丰富漫长的革命生涯也是一个传奇一样。在他生活和奋斗的这一个多世纪中，中国发生了多少大事情，又出现了多少大变故呀！而吴老作为一个历史的见证者，本身就是一部内容丰富的大书。

我有幸同吴老相识是基于工作的联系。20 世纪 90 年代初，吴老虽然离职休养住在湖南长沙，但每年夏天都要来京看望老领导、老战友们。老领导马文瑞的家里当然几乎是年年必到。而他每次来访又都是由我迎来送往。吴老比马老大两岁，记得他每次见到马老，总是亲热地称之为"马书记"，总像有拉不完的知心话。这是他们那一代人的共同特征，特别看重战争年代形成的革命友谊。记得两位老人每次见面，都是破了马老上午办公下午才会客的规矩。吴老总是早早到来，有时还带着老伴儿。先在院子里散着步交谈，后在客厅里坐着喝茶交谈，最后一直谈到了饭桌上。谈到兴头上，两人几乎忘了吃饭。一个是地道的子长腔调，一个是标准的子洲口音。老一辈原汁原味的陕北话，我们年轻人从旁听着感到分外有趣而着迷。现实的话题当然也不少，但涉及最多的还是有关西北革命历史的问题，包括探讨那些长期有分歧有争论的敏感话题。诸如晋西游击队与陕甘红军诞生的关系；刘志丹与谢子长的分歧与友谊；高岗、阎红彦的矛盾焦点和各自不同的历史作用；至今讳莫如深的三家原镦枪的真相及是非曲直；陕北错误肃反及其主要责任人到底是谁：究竟是中央挽救了西北还是西北挽救了中央；西北兵运的历史贡献与地方党组织在创建红军中的作用以及西北革命根据地的历史评价，等等。这一系列大大小小的在当时都是争议颇大的研究课题和历史疑案，有些至今也还在争论之中，听着两位亲历者客观而又公正地谈论着这些话题，我常常肃然起敬。显然，吴老对于这些问题是作过专门的调查研究的，而马老的见解总是深思熟虑，不带任何的个人成见和亲疏倾向。这为我学习、研究和记录历史提供了许多宝贵的资料。

我当时正着手搜集资料撰写《群山》，先后登门采访了许多西北老同志。吴老每次到来自然就成了一个重要的采访对象。他给我留下的最深刻的印象就是文化水平、理论修养高，看问题客观公正，总能用辩证的观点看待历史、分析问题，评判是非。为我们年轻人学习和研究西北革命历史作出了表率、也提供了不少可靠资料。由于对于西北革命史研究的共同爱好，有一个时期我们经常见面或电话里讨论问题，渐渐地有了点"忘年之交"的意思。他亲切地称我"小忽"，我则敬重地称他为"吴老"。

吴老个子不高、精瘦，举止像年轻人一样轻快敏捷，说话像陕北农民一样爽直单纯。他老人家平时总是笑眯眯的，显得十分随和。但说到不合理的现象和某些行为，也会愤然瞠目，显出是非分明，正义感极强的耿介禀性。他谈论问题，往往直奔主题，特别是评论时弊，更是一针见血。他给我的总体印象是古道热肠与横眉冷对并存，重情重义与疾恶如仇一身。总之，吴老是典型的陕北子长人性格。更加可爱的是，老人家直到 80 多岁高龄，还是精神矍铄、身健笔健，加之走路风快，丝毫看不出是一位多年的地方高官，完全是布衣姿态，毫无"领导做派"。

吴老晚年最大的贡献就是撰写了党史研究专著《西北根据地的历史地位》。由于调研深入、史料详实、观点正确，使得这部近 40 万字的研究专著在 20 世纪 90 年代初出版面世后，获得了党史界和西北老同志的一致好评和社科界很高的赞誉。马文瑞看了书稿，欣然作序。我反复阅读了这部书，深感这是一部真正"通过历史认识历史"的实事求是的书，它即不同于单纯的学者论著，也不同于一般老同志的个人回忆，而是以辩证唯物主义的观点，以一个历史的亲历者同时又是党史研究者的胸怀与视野，宏观把握、索疑钩沉、解难释惑、明断是非，从容不迫地拨开历史烟云与种种迷雾，尽量呈现历史真实，努力实现论断与论据的高度统一，第一次对西北革命根据地的独特而不可替代的重大历史作用和地位作了全面客观且令人信服的客观评价。今天我们纪念吴老，希望有更多的青年能阅读他的这部著作。

念申易

建党 90 周年之际，86 岁的延安老纪委书记申易却不幸走了。互联网上竟然找不到这位抗战初期（1939 年）参加革命，以后担任过志丹县、延安县、延川县、富县等几个县的县委书或县长的老同志的简历或只言片语。这当然也很正常，申老不是当红歌星也不是著名影星，更不是暴发的大款或犯事的贪官。他只是一名既普通又优秀的老共产党员，一生兢兢业业、任劳任怨，真可谓几十年如一日，为人民做了许多好事，也为党的事业发现和栽培了不少好干部。同许多陕北延安老同志一样，他一生都是低调处世，扎实做事，像陕北农民喜爱的老黄牛，一生一世都尽心尽职地拉着犁铧，在黄土的山川梁峁间埋头耕耘，直至生命的尽头。

是的，如今他这头既普通又优秀的，深受人民群众喜爱的老黄牛，终于安详静卧在生他养他的陕北温暖的土地上——闭上了他那生动慈善的一双大眼睛，永远地融入了深情的大地，回归了母亲的怀抱。想到此，我接到讣告时的一阵悲伤反倒化作了一种安慰，同时也激发了对于申老和他们那整整一代人总体的理解和深切感人的记忆。

如果没有记错的话，申老是榆林地区米脂县人。延安像他这一批老同志，原籍大多都是榆林地区。因为榆林"闹红"早，人口又稠密，参加革命的人就多。申易是我的一位要好同学的舅舅，在延安县担任县长时，曾经同我负责水利技术工作的父亲一道组织过修建延惠渠的会战，故我从小就知道这位平易近人的老领导名字。我 90 年代中期回延安工作的七八年间，同申老在一个食堂用餐，见面交谈很多，相互之间距离更近。加之每年组织安排给老同志拜年，我都要登门看望他老人家，都要喝上他盛情的一杯酒，吃上几口地道的陕北年茶饭。再加上各种会议见面，这些接触，都加深了我对他老人家和他们这一代人的了解和理解。申老属于那种谦虚谨慎的人，为官多年，没有一点官架子。这是他们那一代人的共性，你越加深对他们的了解，就越发懂得他们的魅力价值。50 年代，申老已经是县委书记。那时候延安的基层领导干部，仍然保持着革命战争年代的艰苦奋斗的作风，他们的衣着十分朴素，但又十分地注重自己在人民群众中的形象。想象中，他们的言行举止与工作态度，应该就像谷文昌、杨善洲、焦裕禄那样古道热肠、温文尔雅，处处体现着一个人民公仆的谦虚谨慎与勤廉本色吧。应当说，申易就是这样的一位经历过艰苦环境和革命战争考验，具有鲜明时代标志的典型的党员领导干部。

我们可以想象，20 世纪 50 年代初期，他们才二十多岁，就已经是县级领导干部。在战争烽烟里，在轰轰烈烈的土地改革和合作化运动中脱颖而出，土生土长、出类拔萃。就像刚刚诞生的新中国一样，精神抖擞、风华正茂，堪称是伴随着火红的旭日，冉冉升起的一簇引人瞩目的政治新星。幸运的是，他们既参与了打江山又是守江山和建设江山的特殊一代。在建国初期那些艰苦繁忙的日子，延安工作的重点在广大农村。申易他们是挽起裤脚徒步走村串户的，吃住都在老百姓的窑洞里，开会也在农民群众的土炕上，真正做到了与人民群众同吃同住同劳动。他们没有辜负党中央毛主席的期望，"努力恢复战争的创伤，发展经济建设和文化建设"（毛主席给延安人民的《复电》语），终于把一个富裕文明的新延安带入了新世纪。正是年轻时这种特殊重要的经历，培养奠定了申易他们一代人一生热爱人民、依靠人民和全心全意为人民服务的坚若磐石的人民公仆本色。

如今，老领导申易，那头深受人民群众喜爱的老黄牛，在经历了 86 个严寒酷暑的锻炼铸打后，终于静静地安卧在宝塔山下、延河之滨，安卧在开满鲜花的黄土地上。信念不老，理想常青；踏尘而过，归于淡定。无论再大的电闪雷鸣，更是永远不为所动、宠辱不惊矣。这令人想到他和他们那一代人历经坎坷、风雨兼程的不凡人生：三反五反、反右斗争、三年困难时期、"四清"社教运动，直到"文化大革命"，谁能说得清，他们经受了多大磨难，经历了多么严峻的人生考验。惊天动地、惊心动魄，可谓一波未平，一波又起。风云变幻、风起云涌，一浪高过一浪，一涛汹似一涛。大浪淘沙，摧枯拉朽。风雨中依旧挺立，波涛里任尔沉浮。不背叛人民、不出卖灵魂，不趋炎附势，不左右摇摆……实践证明，他们是坚强的一代，坚定的一代，合格的一代，也是中流砥柱，难能可贵，深受人民爱戴的一代。

申老他们那一代人，从履历表上看，多数没上过大学，高中毕业的也不多。这貌似文化不高，其实不然。我曾经同他们深入交往，长期在他们领导下工作，深知他们是有真才实学的一代人。他们是在火线上锻炼出的一代人，是在党中央毛主席的直接关怀下成长起来的。他们大多喜好读书，更具备很强的调查研究和总结经验的能力。

因此，他们的理论修养、政策水平和实际工作经验、能力，都堪称是我辈楷模。特别是面对复杂矛盾和严峻局面时，更显出凌然大气、英雄本色，往往能够临危不惧、掌控自若。这更是我们年轻干部需要学习的。还有比如原则性与灵活性的把握，书本理论知识与实际经验的结合能力，坚强的党性与人民性的辩证统一，个人利益与公共利益的情理区别，发扬民主与体现集中的收放本领，为人真诚与注重韬略、策略的不同侧重，等等，在他们的身上都体现得很有分寸，拿捏得恰到好处，成为了一种难以言说的领导艺术。什么叫从政的功力，这就是功力。在处理上述问题时总是游刃有余，就是功力；总能把握好一个适度，就是功力。难怪毛主席曾经深有感慨地讲，我们党有大革命时期、抗战时期和解放战争时期等，各个不同时期的干部，这是我们党的宝贵财富。的确是宝贵财富呀。如今，随着岁月的流逝，从物质存在的意义上讲，这样的财富的确是越来越少，但从精神传承的意义上讲，倒是随着历史的积淀，越发显现出他们精神的光彩与不比的价值来了。

如今，申老去了，延安离休老同志又少了一位，这是我们倍感哀伤的。然而，作为参与延安精神的塑造者之一，他和他们那一代人的奋斗业绩和精神风范将长留人间，永远激励和鼓舞着一代又一代的延安人，艰苦奋斗，努力工作，传承薪火，创造新的业绩。

愿申老安息，也向近年来先后辞世的所有老同志默哀致敬，向依然健在的各个时期的老同志祝福问安。

第三辑

行·风景依旧在路上

河南纪行

"十一"出行，一路堵车。由北京至郑州六百公里路，小车整整挪了十四五个钟头。道路堵拥的时候，窝在车中回忆往事也是苦涩甚而苦痛的。早晨 7 点多出发，等到穿过河北进入河南境内，已近黄昏，而灯火阑珊的郑州，还远在天边似的令人心焦。这是"黄金周"的中国特色。下面这个话题，倒使人很快地忘却了堵车的烦恼。

童年记忆历历在目

河南与河南人，在我的记忆中一直不错。不错的原因除了常香玉和她的豫剧之外，更因为有不少很要好的朋友都是河南籍或长期生活工作在河南的外地人，他们的人品及其对于家乡和当地的美好印象，影响了我的看法。

记得小时候唱过一首淘气的儿歌，叫"山东的娃，河南的担，安徽的脑子吃饱饭"。这是饥饿时期同处黄泛区的这几个下游省份到上游陕西来讨生活的同龄孩子给我们留下的不同印象。20 世纪 60 年代初，那些众所周知的饥馑日子里，几乎见天都可以看到骨瘦如柴的外省讨饭少年。其中多数就是山东人、河南人和安徽人。河南人的特点是把行囊用扁担挑着，故称"河南担"。但在我们看来，他们操着同样的乡音，穿着同样的蓝粗布裤褂，光着脚成群结队地走来，根本分不清谁是哪个省的。但是他们索要的方式不同，很快反映出当地民风的差异。山东兄弟是开口便称"大娘""大嫂""大哥""大爷"，而且几乎不认真判断对方年龄大小。那种情真意切的称呼与央求，叫人心酸心软，使你很快视他为亲人，不得不把自己舍不得吃的一块窝头匀出一半递到他手中。显然，山东兄弟的原则是："窝头是人家的，咱得求呀。"河南兄弟就不同，他也是求，但是口气却要明显硬些儿："给一口吃吧，俺三天都没吃一口了！"说着话却并不伸手，眼中的泪水哗哗直往下淌，使你觉得不把已经放进嘴里的仅有一小块窝头掏出来递到他手中，连你自己也不会原谅自己。安徽兄弟可不是这样，也许是灾情更重、饿得更惨顾不得那么许多：见你拿着窝头，人家会突然从某个方向飞奔而至一把抢到手中，随即"呸呸呸"照着窝头连吐几口后用力丢在地上。一连串的动作麻利连贯，就像旋风闪电一般迅猛，把你气得要死。这不是要命吗，那还咋吃呀！你刚这么想着，人家早已抱歉地连连鞠躬说"对不起，对不起，"捡起窝头土都不吹便大口嚼起来。这，就是儿时难以忘怀的真实记忆，就是我们共同经历过的饥饿岁月中令人不寒而栗的陈年故事。今天回想起来，那首我们小孩子自编的不无轻蔑的童谣，正是从自己的角度真实记录了灾荒与饥饿在儿童心灵中造成的也许是终生无法愈合的创伤。严重饥饿中的孔孟故里离乡背井的孩子们，虽然未能践行"孔融让梨"的风范，但那一小口救命窝头在黄河沿岸四个省份孩子们眼睛中的分量却是一样的令人心酸。那就是我们黑暗绝望中救命的太阳呀！从我记忆中的这首童谣可见，河南人的确是中华硬汉，他们宁肯落泪，不想伸手呀！在生命已经受到威胁的时刻，尊严依旧不泯。那酸楚的泪水，曾经多么深刻地震撼过我的心灵！这就是我童年记忆中铁骨铮铮的河南兄弟。

河南人给我留下的印象不仅是耿直，还有很能吃苦耐劳和敬业手巧的一面。在我们家乡陕西渭北平原，种植西瓜是最见功力的技术农活，而种瓜技术最好的就要数河南人。"河南瓜客"是一个品牌。经常有"河南瓜客"提着压瓜的铲子光顾，连我很挑剔的祖父都承认人家很会作抚西瓜。他们走过来往往佝偻着背，那是辛苦的职业特征。因为成年累月弓腰蹲在瓜地里，戴一顶残沿的破草帽、穿着白粗布汗褂儿，右手的小铲不停地翻动着为瓜蔓培土固根、左手粗大的拇指与食指即熟练地打掐繁生的混秧。无论天气多热、太阳多毒，无论刮风还是下雨，他们的劳作从不停顿，除了早晚两顿饭甚至连一口水都顾不得喝。到了收获季地里的西瓜结得又大又甜，可他们却不肯吃一口。主人对他们是一万个放心、十分的信服。河南瓜客因此在我的家乡威信最高。尽管如此，却没有人愿意把闺女儿嫁给他们，原因很简单，因为他是河南瓜客，付出的很多，得到的却很少。这当然是不公平的，但河南瓜客显然是很能吃亏，只是埋头苦干，从不计较得失。等到赚了足够的工钱，他们就默默从老家娶个妻子带来，从此安营扎寨、生儿育女，最终在异地他乡稳稳地站住了脚。我的家乡如今有许多这样的河南客家人，他们往往比当地老户还更勤劳淳朴，为人处世没有丝毫的含糊。

河南人是勤劳智慧的

以后的印象，就是串街走巷高唱着"磨刀子来硪剪子"、"补铁锅钢盅锅洗脸盆儿"和市场上卖狗皮膏药的。当然，以后也不时会传来制卖假药、假酒的传闻，其实这样的情况全国各地都有。从传统意义上讲，河南人的职业道德和自尊心是很强的。就拿卖"狗皮膏药"来讲，并不是卖的假药，只是广告做得有些夸张。卖药的人上身光着膀子，下身穿着一条黑灯笼裤，脚蹬圆口布鞋，脸晒得像一面紫铜锣儿，多数是立眉瞪眼的习武之人，手中拿着绾了红缨的"飞流星"，不断地甩出去又拽回来，转圆圈儿打着场子，嘴里就不住地高喊："啊哦灵丹妙药灵丹妙药，啊哦药到病除药到病除"。等到看客围得水泄不通，他便打开脚边的包袱，把各种各样的膏药铺开在那块红布面儿上，嘴里念念有词，手上噼啪作响，介绍着、示范着各种膏药的性能和用法。给我印象最深的是谈到一种给妇女贴在肚脐眼儿补血的膏药，卖药人仍是一脸的严肃，先是把一片膏药贴在自己的肚脐眼儿上，随即展开巴掌，狠响地拍打着自己的腰部和臀部说，"嗨，各位都晓得，男人活的是一泡尿，女人活的是一盆血，俺的这帖药，女人贴在肚脐眼儿，它是滋阴补血的！俺的这贴药，男人贴在肚脐眼儿，它是壮阳保肾的，所以俺给它起个好名字，叫男女肚脐乐——"一句话，逗得大家哄然大笑他自己却不笑，嘴里依旧飞溅着唾沫星子，气喘吁吁地做着他的膏药广告。其实这一行当并非河南人的专利，只是其中最有名气、最具代表性的是要数河南人罢了。小时候我们经常在村子里看到这样的表演。第二天，就见时常叫喊牙痛头疼的老奶奶老爷爷的额角和脸上很奇怪地贴上了膏药。除此之外就是耍猴，那当然是更有趣的表演了。小孩子没钱照样允许你观看，耍猴的河南人幽默又滑稽，自然很快成了我们的朋友。我们追着他们串街走巷，直到天黑透了还是恋恋不舍。

长大后在我的生活中接触到不少的河南人，都是勤劳自强，也是热忱自重。许多人给过我很重要的帮助，大家至今都是非常要好的朋友。听到有人人云亦云，不公正地对河南人说三道四，我总是说，"十三个中国人中就有一个是河南人。地处中原的河南人，其实最有资格代表中国人的形象。因此讲河南人好话，就是表扬中国人，言河南人不是，便是挑中国人毛病了。"这个观点并不希望别人都能接受，只是我个人一家之言。在我看来，河南人是勤劳智慧的！这次国庆节去河南，印象当然也是格外的好。首先是交通情况要好于紧邻的诸省。人家不光是道路修得宽平，管理也很严细。比如大货车可以在河北境内横冲直撞，但是到了河南就都规规矩矩了，据说是因为进行过专项治理。郑州的城市规划建设和管理显然也比石家庄要高出一到两个档次。旅游开发，河南看来也丝毫不甘落后于周围省份。据了解，连云港每日的到货量中，有至少 36% 的货物是来自河南。由此可见河南发展的自身实力及对周围诸省的辐射带动作用。而作为中部地区的核心区，河南发展好坏也许正是检验我们治国安邦绩效的一个重要标志。

经略中原聚焦嵩山黄河

河南堪称是"中国之中"，而嵩山则应是"中原之根"了。到了河南，首先想到了拜谒嵩山。这在十多年前就已经迫不及待地践行过一次，留下的印象至今难以忘怀。这次到郑州，看到路坦城阔堪称通都大邑，又一次感受到了中原大地改革开放的神力。中原油田接待的同志原本是要安排去嵩山的，因故而未能实行但却得到了一个重要信息，即洪荒年代此地汪洋一片，嵩山正是中原大地最早露出海平面的一块高地，而且是先崛起一次复沉降下去，第二次又顽强地挺立起来的。这是个十分具有象征意义的地质现象，意味着河南这片中华文明的摇篮和早期圣地，在经历了逐鹿中原的血腥践踏转入沉寂再经过数百年奋发蓄势之后，又将出现一次更加引人注目的崛起壮举。在京的部分经济学家依照中央和河南省委意图，聚集一起专题探讨"中原崛起"的战略话题。大家围绕"一个基地三个区域"的"中原经济区战略布局"展开深入讨论。提出要举全国之力，奋力在河南打造"全国的先进制造业和服务业基地"，和"国家粮食安全重要保障区"、"全国新兴城镇化试验区"和"华夏文明传承核心区"。显而易见，在中部崛起的大盘子里，中原经济区处于承东启西、连南贯北的位置。可见河南的区域位置至关重要。专家学者围绕中原崛起，谈了不少很有真知灼见的观点。"纸上谈兵，坐而论道"，这令人想到孔孟之乡的悠悠古风。道不论不明，剑不磨无锋。京城专家论道，多是站在全国角度，高屋建瓴、俯视宏观倒也难得，但所论难免也有些局限，多数临时敷衍、失之浮泛，难脱近乎隔靴抓痒之嫌。如今诸公宏论公之于世，从宣传的角度来看，对于河南发展当然是不无补益，但真要落实躬行，就需要更加深入具体的谋划了。而在我看来，真正的真知灼见，还应当加入河南人自身的智慧与担当，在于中原人民内在的原创和想象。嵩山为何崛起又沉沦复又崛起？这看起来是地质学上的话题，其中蕴含的辩证哲理却是具有经济社会意义的。这令人很自然想起"蓄势待发"这个成语。今天的河南，也正是处在"蓄势待发"的关键时期。另外，先有嵩山，后有中原，而在中原大地形成的过程中，"铜头铁尾豆腐腰"的黄河所起的作用也是功不可没。沧海桑田，凤凰涅槃。自然与社会演变过程，嵩山与黄河始终是很重要的信息聚集与发散的源头所在，而并非只是有一座三门峡、一家少林寺，一种宗教文化存在。否则，如何称得起是华夏文明核心之核心、中华民族的摇篮呢？可见，研究探讨中原崛起，离不开对嵩山文化与黄河文明的源流探索。这是京城论道者忽略了的一个重要话题。中原大地的崛起，首先应当是文化的复苏与文明的畅想。从地缘优势而言，嵩山是首先要被关注的，黄河是繁衍主体，堪称是天作之合、父母之恩。因二者始终是处在连通古今、俯视中原的历史与现实的大坐标中，是交汇点上的核心，那么嵩山文化研究与黄河文明的探讨，就应当具有新的更加广泛宽博的科学意义和内涵。正是在这样的认识背景之下，中国红色文化研究会计划同当地有关方面联袂在嵩山召开首届嵩山文化研讨会，意在建立一个平台，吸引人们从更广深的角度上探索嵩山乃至黄河的自然地质特征和历史文化肌理，探讨嵩山文化与黄河文明的源流关系，探索嵩山文化与少林宗教文化的本末次序，研究漫长地质年代里黄河中下游的物种矿产繁衍和分布，特别是石油天然气资源分布的情况等等。总之，研究嵩山文化、黄河文明历史与现实对中原的自然演变、历史演进、发展现状以及未来趋势，都是颇有意义的。

云台一瞥引发的思绪

河南焦作市修武县境内的云台山，原本是太行山之阳的一段崇山峻岭，堪称是豫北山区的天然奇观。景观肯定是自古依然，如今竟成了一个旅游热点。"十一黄金周"更是火得不行，这其中的奥妙很值得探究。云台山，作为河南省唯一一个集国家重点风景名胜区、国家五A级景区、国家文明风景旅游区、国家地质公园、国家森林公园、国家水利风景名胜区、国家猕猴自然保护区等"七为一体"的王牌风景区早已名扬世界。在方圆190平方公里范围内分布着泉瀑峡、潭瀑峡、红石峡、子房湖、万善寺、百家岩、仙苑、圣顶、叠彩洞、青龙峡等十大景观。这一连串的景观，念起来令人想到卖狗皮膏药的广告。广告词显然是人为创作，生硬罗列、极言奇佳，听起来颇有点卖膏药风格。然而到了景区一看，才知是货真价实，甚至是"听景不如看景"。就像是老奶奶老爷爷贴的膏药生出了疗效，觉得是科学归纳和科学开发的结果。如今云台山不仅仅是一个旅游观光景区，更是联合国关注的重要自然遗产，这其中包含着大量的科考、科研和宣传工作者的劳动，事半功倍，值得深入探讨。由此想到在河南和全国，有多少类似的自然与人文景观沉睡未醒？有多少资源等待着人们去认识、去开发、去包装面世？就此而言，云台山的当红，对我们应当是一个有用的启发。

"杨家有女初长成，养在深闺人未识。"肯定地讲，云台山如此的美妙风景亿万年前早已存在，只不过外部无人知晓罢了。至少在《徐霞客游记》中尚未专门记录。然而它是怎样走出河南、走向全国，走进世界的呢？追根溯源，有一位现代徐霞客值得称颂。据当地人讲，前些年焦作来了一位喜好摄影的领导，他看了云台风光，把全国的摄影家请到焦作又不辞劳苦亲自陪着登山观景，摄影家们兴致更高，拍了不少好照片，于是到处发表、悬挂，连北京的地铁里都挂上云台山的风景照，每天中央电视台早新闻也播的是云台山的广告照。于是，这个处女景区借助于现代传媒手段向世人展现了青春活力，才吸引了专家学者的重视，吸引了全国游客的眼球。感谢这位好官，他干了一件好事，更干了一件实事。

我们慕名而来却是黄金周高峰，向导回车三次，方才抵达山前，一看好家伙，排队买票和乘交通车上山简直人满为患。五大风景区十个景点都在排着长队，可谓是盛况空前。可惜我饮食欠佳，上山之前竟然连拉两次肚子，于是腿软恶心、游兴大减，只能硬撑着乘景区专用交通车转游到半道就狼狈不堪折了回来。一路虚汗恶心，目光恍惚，实在无心观景，方知病老之难。未识"云台真貌"却还苦中作乐，口占小诗一首自嘲留念尔。曰：云台高标八月岚，轻雾遥锁太行绵。龙潜千秋方觉静，虎眠万壑尚梦丹。游子腹泻仅小恙，折辙三遭却无缘。神道仙境何处觅，几多美谈在人寰。

濮水之阳藏龙卧虎

濮阳是一座古都。如今是中原油田总部和地方市委市府所在地。相传上古五帝之颛顼，曾经分封在此治理78载，形成了影响深远的政绩、政声，轶闻佳话，至今流传不衰。圣人孔子周游列国14载，竟然在此居住10年。是什么吸引着孔老夫子流连忘返、乐不思鲁？其中必有重要缘由。至少可以见得当时此地都市的繁华与政治的贤明以及百姓的安居乐业。这些历史的遗存及其传说，就像是一面历史的镜子，映照着也从一定意义上导引着今日濮阳人做事为人。也许是自觉意识到了这一点，前些年，濮阳市政府会同油田恢复了"颛顼玄宫"，"会盟台"、"戚城遗址"和"中华第一龙"等名胜古迹，建成组合式古迹公园，供人们观光游览、亲近历史，实属功在当代利在千秋的远见之举。

颛顼玄宫筑于高台之上，规模虽不甚大，但形制颇为峻拔庄严。两侧长廊塑立20位我国历史上的濮阳籍著名人物。其中颛顼的堂弟发明弓箭，击退来犯之敌，后被赐于姓"张"，这即是中国张姓的由来。如今张公墓和张姓祠堂就在附近，每年吸引着无数海内外张姓后裔来到濮阳寻根问祖，洽谈投资。颛顼治国有方，很受人们爱戴。他有几大功劳，例如支持发展农耕，鼓励仓颉造字，确立父系家庭秩序，提倡礼仪文明社会风气，等等。《诗经》中收入数十首反映此地风情的诗作，足以见得当时濮阳经济、文化和社会风气的昌盛。孔子在此留居十年，他老人家都干了些什么事情，很值得专题探讨。孔子的大弟子子路一直留居当地直到去世并安葬于此。如今子路墓也成为了濮阳著名一景。在戚城遗址公园内，还有一处经科学测定距今六千余年的古墓葬，墓主人的随葬品中有用河蚌壳镶嵌摆塑成的龙虎图，其中的龙形图案是迄今为止我国发现最早的关于龙的图形呈现。贝龙头身四个爪清晰可辨，令人惊异万分。可以想象，这是仰韶时代先民举行的一次宏大的葬仪。以龙虎图腾作为陪葬，显示了墓主人特殊的身份和地位。规格如此之高，据说在我国史前考古史上实属罕见。专家学者们经过研究认为，虽不能确定墓主人是谁，但足以推断是和伏羲、黄帝等传说的中华人文先祖同一级别的重要人物。考古界认为，龙虎图案遗迹堪称具有考古学依据的"中华第一帝陵"。特别是龙的图案，形象逼真，其构图已经具备了发展到后来中国传统龙的大部分要素和创意，证明它是中国历史传统龙形象的直系祖先。面对这条六千多岁的卧龙，想到先祖的智慧及当时社会文化的繁盛，豪情自信油然而生。

濮阳这座现代城市，就是建设在这样一片根深蒂固的"藏龙卧虎"宝地之上。这种历史的渊源和荣耀，无形中影响着人们的观念和思路。当你走进今日濮阳，会感到它的简洁大气和群而不同。以中原油田总部为主要组团，形成了一个现代中型城市的初步构架。这座新兴的古城，街道宽阔大气，每一条道路都栽有不同的绿化树。令人印象深刻的是一种叫做灯笼树的乔木，它的特点是浓密叶蓬上顶着粉红色的花团，远远望去，像一团团在空中燃烧着的火团、悬挂着的灯笼，为这座古老的豫北新城增添了无限的青春活力。城中"中原文化宫"和中原油田的办公大楼相向而立，形成一座巨大的广场。我们漫步其间，赏菊会兰，感受金风送爽，更见儿童穿着艳丽的衣服嬉戏跑跳，一派祥和，诗意盎然。油田职工书画展正在文化宫内举办，书法如同绽放着的一朵工业文明与传统文化相融的艺术之花，豪放中不乏细腻，严谨里透着奔放。与油田文学爱好者座谈，留下了更为深刻的印象。我惊叹于三十年前油田开发初期建造的这座文化宫，它三十年不落后，仍给人以大气、实用和美观的总体印象。我称它是外观看起来不大，里面实际上不小，表面并不铺张，其实还很豪华的一座奇特建筑。记得当年油田开发不久，曾经流传的一段顺口溜："大庆的油儿，辽河的头儿，中原的楼……"当年因为楼建得好而受到批评，现在看来也不见得是一件坏事。当时主要受批评的那座办公大楼如今还巍然耸立在中原路北侧，丝毫不显得落后。中原油田如今是立足濮阳，面向世界；稳住中原，大展两翼。油田像一只展翅高飞的大鹏，一翼伸向四川，形成普光气田，一翼伸向内蒙，形成海拉尔油田。等到展翅一飞，早已越过大洋，搏击五洲四海。

风云人物更看今朝

中原油田党委书记沙启军，五十开外的山东大汉，仍然声若洪钟、健壮如松，可谓是油田开发的栋梁功臣。油田会战打响在1980年，他1975年即率先来到这里安营扎寨。当年的帅小伙儿虽已两鬓斑白，但他说起油田的发展，念起管理经仍然像年轻人一样滔滔不绝、激动不已。石油人的敬业爱业精神溢于言表，实在令人感动。讲到中原铁军在资源不足、困难重重的情况下，左突右闯、东杀西战，干部职工齐心协力，千方百计开发国内外市场，挣脱体制机制限制，大战普光气魔和争取新区块，终于闯出一条具有中原特色的发展之路时，沙书记更是眉飞色舞，充满自豪。我听了总体印象是：实事求是、一切从实际出发，是中原油田走出困境的秘诀所在。他们没有照搬大庆等同行业经验，也没有迷信外国的模式，而是坚持走自己的路。例如改革，许多企业和城市，一说改，首先从事业单位开刀，把群众欢迎的歌舞团推上市场，结果差不多都搞垮了。中原油田不是这样，他们一直保持歌舞团原有的体制机制，还明确提出："坚持常年养自己的文艺团体为群众演出，比节庆高薪请名家来临时演出要合算。"沙书记讲此话时理直气壮，他坚定的神情十分感人。我们初次见面，却如同故交，主要是认识相近，致使早餐之后，宾主还感到言犹未尽，又会议室座谈一番，商定适时一同到普光和海拉尔新区参观调研这才分手。他不愧是搞企业党务工作的行家里手，讲起企业文化建设总是一套一套。特别是新时期企业走出国门，企业党建工作如何与现代管理科学融合，是一个全新的课题。中原油田经过长期实践，很好地解决了这个问题，积累了一整套宝贵经验。值得研究推广。

江苏盐城是出才子的地方。号称党内大才子的胡乔木、乔冠华，都是出自盐城，可见盐城读书之风颇盛。油田党委副书记王亚钧不愧是江苏盐城人，他即使成了石油人，整天同野外作业的工人们一起风里雨里摸爬滚打，却仍然不失温文尔雅的书卷之气。看到王书记慈眉善眼儒雅谦和，我就如此想着。谈起油田的党建和职工思想工作，他又使我想到了柔中有刚、绵里藏针这两个成语。言谈之中能感觉出，他是很细心的人，也是用心做事的人，企业管理中，需要这样善于精打细算、对职工体贴入微的人。当时腹泻尚未未愈，他不仅请来医生，还亲自陪诊，问长问短，督催服药，亲兄弟一般的令人倍感温暖。感谢他盛情款待并给予体贴入微的照顾，我知道，这一切，都是因为我曾经在大庆工作，石油人对于大庆的感情那是没得说了。副局长杜明义，河南范县人氏。他与我同样是一见如故，加之他曾经在西安交通大学学习过七年，完成了研究生学历，听见我的陕西腔那就格外亲切。他长得瘦高，六十年代生人，谦和健谈。

饭桌上他说自己胃不好，不能喝白酒，但是初次见面，还是硬着头皮喝了几盅。此后还抱歉地说自己原先也是半斤的酒量，后来喝伤了胃，医生说你再不能喝了，可是无酒不成宴，还是得喝呀。显然，他属于那种质朴无华、热情好客的河南人。他那天陪我吃了早餐，文联主席韩明宣布，"上午杜局忙，就不去了，我陪着你们参观。"不料杜局却说，"不可能，我上午必须全程陪同，我喜欢跟文化人接触，再说我还能顶半个讲解员哩。"于是上午参观，杜局一路相伴，讲了不少关于濮阳的历史典故，从颛顼讲到仓吉，从孔子讲到子路，从戚城讲到他的家乡范县，显出对历史的浓厚兴趣和对于家乡的挚爱。我听他不停地介绍就想，他原本是一个工科博士生，却对历史和文学十分有兴趣，谈起油田的管理和发展，对于企业改革、走出去他更是如数家珍，情况数字都记得很准确。一个农家子弟，吃了大苦的人，岁月的沧桑过早地留在了脸上，他的言行举止，透着农民的真诚又不乏知识分子的单纯，但从他的言谈之中，你又感到一种现代企业家的境界，隐约感到他的精神里面，有一种难以言说的大气和卓越。他的知识面很宽，甚至对于人体保健还谈了不少充满辩证的独到见解。这使我感到高兴，感到轻松和愉快，感到有他们这个年龄段的人承上启下，国家的管理是大有希望的。我相信，再过几年，再来濮阳，老杜老王假如不调离的话，肯定会承担更重要的担子。他们给我留下的深刻印象是，大型国有企业管理者中一批德才兼备，有理论也有实践的新型管理者已经成长起来，他们足以担负起企业未来发展的重任。

中原油田文友素描

首先感谢张明功先生。当晚到郑州，因为有文友他老弟的盛情款待，入住金桥，宾至如归，一下子扫除了一天的疲劳。他人很朴实忠厚，儒雅灵秀，酷爱文学。作为油田中层领导，也是很勤奋有才的散文作家，立志以讴歌石油人为己任，大作《普光九章》荣获中华铁人文学奖，据说书法艺术也颇有造诣。讲到文联石油韩主席，就有了更多的话题。诗人兼散文家，更像相声小品演员的韩明原本来自大庆。我们曾经在大庆数次相遇，把酒对饮大谈文学及友情。韩明站在人堆里，一眼就能认出来：身高五尺，腰围足有五尺五，整个肚子像一个巨大的地球仪抱在怀里。当他站着的时候，肚子就像捧在手里，当他坐着的时候，肚子就像放在膝盖上。你可别以为他那大肚子里面都是酒菜油水，那里面装的可净是知识学问和笑话故事呀，可谓满腹经纶。他东北汉子，面色赤红，目光亲切安详，很有棱角的嘴唇讲起话来那是幽默加风趣，风趣又幽默。他属于那种敏捷而不失庄重，聪明又不减宽厚的人。可以一言不发，亦可出口成章。半天不言语，一开口总能让满桌子的人笑得前仰后合。他的文笔和话锋却又截然不同，崇高又凝重，豪放而切实，所著《铁军之歌》豪情满怀，大气磅礴，体现了新时期石油工人开拓创新不改初衷的精神风貌。他是一个很有意思的人，身边聚集着一堆文化人。韩主席有个口头禅："我们也是有身份——证的人，我们不能干出不给石油工人长脸面的事。"他的嘴上似乎一刻不停地抽着烟卷，还是又抽又喝，经常自嘲地拍着肚皮说："人家武松是三碗不过岗，咱是八两不下桌。"他还热爱歌唱，酒过三巡，便自告奋勇地站起来说，"我今天献丑了，把一首《滚滚长江东逝水》献给大家。"然后清清嗓门，挺着大肚子，用足丹田之气，用低沉而忧伤的声音唱道"滚滚长江东逝水，浪花淘尽英雄……"当他唱到"一杯浊酒"的时候，还非常凝重地端起面前斟满酒的酒杯，对着大家示意"一杯浊酒喜相逢，古今多少事，尽付笑谈中……"他把拖腔拉得很长，使你眼瞅着那巨大的肚皮在细细的裤腰带下面一抖一抖，让人想到长江上的波浪一起一伏。此刻，他脸上的表情是异常的严肃，目光是深沉而凝重，似乎在这歌声和腹部的抖动中，蕴含着更深的情绪。韩明的心完全同古人相融了。一曲歌了，只见他一仰脖子把酒喝了下去，然后举着空酒杯说"献丑了献丑了"。这就是韩明，一个豪爽、宽厚、漫不经心的外表之下掩不住一颗火热诗心的韩明。我似乎从他的歌声和酒品中，读出了他的难言之隐。文学，是他的天职所在，他也许曾经有更大的抱负，然而命运只是把他局限在文学的领域里，他这条也许能够搏击海风海浪的鱼，也就只能在这湖泽之中游来游去了。年近六旬的韩明却还血糖血压正常，每天东跑西颠，为油田文化事业奔忙。他不光自己乐呵呵的，还总把笑声带给大家。他积极筹备完成大型报告文学《铁军之旅》的创作，作为参赛作品冲击下一届中华铁人文学奖。谁也不会想到，干了一辈子企业文化宣传的韩明，居然不是党员，他以无党派人士的身份连续四届当选濮阳市政协委员，他时常幽默地对党员干部说"贵党"、"贵党"，在我看来，他比一些党员干部更懂得忠诚于党的事业。歌舞团长、著名的歌词作者老冯人长得有点像中央电视台老毕。他在座谈会上的激情发言颇有见地，提出要建立当代中国文学的灯塔指向，强调文学还是要继承和发扬延安文艺座谈会的优良传统，强调作家还是要为时代而歌，为人民而歌。他很鄙视那些无病呻吟和有病呻吟的病态文学现象，鄙视那些玩文学的玩主。他认为当代之所以没有出现无愧于这个时代的伟大作品，原因就是我们的作家精神航船迷失了文学创作肩负时代重任和忧患民族危亡的主航道，他建议要呼唤作家和艺术家能够从个人的小情小调中解脱出来，到火热的生活中，到人民群众中去体验、去感悟。他还讲自己写了一首新歌叫《面对红旗歌唱》，说写到某一句歌词时自己感动得落了泪。他显然是一位有社会责任感、有抱负、有担当的诗人，他对那些风花雪月的淫辞艳语持不屑态度也就很自然了。在茫茫人海中，有时候，就这么一个短暂的照面，很可能让人留下终身难忘的印象，老冯的一席话，令我很难忘怀。他是真正的坚守者，中原油田文联麾下，有一大批这样默默无闻的坚守者和追随者。他们是我的同志加兄弟，我在这里向他们深鞠一躬。例如毅剑老弟，作为全国十佳散文家，质朴深刻，大智若愚。三杯老酒下肚后，一篇《芦苇》朗诵得四座哑然，声声惊世、字字鞭劈、醒世警俗，没齿难忘。中原毅剑，签名赠送三卷本文集，读了令人神清气爽、耳目一新，至今置诸案头，不时翻阅之。老五本名叫刘传铭，是中原油田的一名画家。祖籍河北，生于辽宁，擅长山水，兼搞书法，更长于文化收藏和古玩鉴定。他五短身材、长发披肩，一口东北话，见面就显示出古道热肠的东北人性格。晚上九点多钟，他还邀请我们去他的画室兼收藏室的阁楼上参观一番。楼下开着茶馆，从大门外面一看就叫你觉得要进入一座文化殿堂了。门首两侧竖着两根石雕栓马桩，方石柱头上蹲着瑞兽，竟是从陕西千里迢迢运来。老五很自豪地介绍道。栓马桩的两旁，又是一对小石狮子，门外的木刻对联也为名家所书。进门厅堂正中，摆着阿拉法特塑像，有些奇怪，老五自豪地介绍说是儿子的毕业创作，儿子西安美术学院雕塑系本科毕业，现在中央美术学院读研究生，很有雕塑天分。穿过厅堂走上楼梯，两侧都是老五和书画名家的合影。二楼近四百平米的大厅，挂满了现当代名家作品，从齐白石开始一直到沈鹏、张海，而且都是精品，令人羡慕不已。老五自己的山水原作和书法作品也悬挂其间。据说他很少请客人上楼，我们的到来显然给这间沉静的屋子带来了骚乱，整个安静的厅堂热闹起来。老五又招呼小妹倒茶又要亲自导游，忙得不亦乐乎。他一幅幅介绍着作者和作品，几句简单的评论显示出他对艺术的看法不凡。他显然对艺术前辈有一种与生俱来的敬仰，对同行也有难以抗拒的尊重。在书画行当里，老五是一个好人缘的人物，时常参加一些高规格的笔会，这些活动都仔细地记录在他赠送给我们的印刷册子中。他还开着一家书画店，但以经营文房四宝为主，并不急于推销自己的作品，而是把更多的精力放在艺术的追求和提高上。地上铺着几张新写的隶书，显然与他先前写的金农风格的书法风格截然不同。年近六旬的老五仍在学习探索。他的大泼墨写意山水挥洒酣畅，立意峻峭，格调很高。指着一幅自己的画，老五笑着说，"同行们都说，参展谁把画挂在我的画旁边吃亏。"为什么呢？因为他的画是笔墨浓重，特别抢眼。我想这并非是他刻意追求的一种风格，而是长期生活在大东北广阔原野上，对大平原大苍穹大森林和大雪地的会意，没有东北生活的阅历,很难创作出他这样的作品。我看老五的书画艺术风格主要概括为两个字,就是"大气"。他经营的不是造型线条,而是一种笔墨气氛,寻求一种气势,展现一种气量。这与他东北人的个性也有直接的关系。他懂得占领,更懂得谦让,懂得索取,更懂得奉献。无论是经略书画,还是经营生意以致结朋交友,都体现出一种大气的风格。这也许是我们能够一见如故的缘故。看得出他在艺术上还有更高的追求。他的儿子也将是一个很有出息的雕塑家。孩子正在设计王羲之塑像,深夜了还在专心揣摩。热爱是最好的老师,相信他的未来一定会超过老五。老五与韩明是铁哥们,看来濮阳真是个藏龙卧虎之地啊。

安阳殷墟遗址怀古

清朝末年甲骨文的发现,是中国考古史上的一件大事情,而发现甲骨文的地方,正是在河南安阳殷墟。久闻大名,这次真正是慕名而来,终于看到了那些曾经在此安卧了三千多年的古代文明的载体——刻着文字的甲骨和兽骨的出土地点小屯村。这些细小得几乎无法辨认的甲骨文,正是商王朝后期重要历史文献。如今的殷墟遗址,早已经开辟为博物馆(遗址公园),在这里可以看到当年挖掘现场的原貌,可以了解出土甲骨文的概况,也可以看到古墓葬出土的大量青铜器和其他器物的展出。每一件珍贵文物,都引导着你一步步走进尘封数千年的历史。值得一提的是,商王爱姬,我国历史上著名女将军妇好墓的遗址也包括在其中。妇好作为我国古代第一位女将军,英勇善战,屡立奇功,多次替商王出征击退来犯者,终因积劳成疾,年仅 37 岁便去世。她的墓葬出土文物甚丰,从展出的青铜器型和质地来看,当时商朝的冶炼铸造技术已经达到了很高的水平,也能够看得出安阳当时曾是非常发达的都市。仅从出土的地下排水的陶制管道来看,当时的宫廷建筑是非常讲究了,至少不会像现在展厅中复制的茅草棚子那样简陋。然而仅仅三千多年,一切都灰飞烟灭。连后人想要想象恢复当年的宫殿竟是这样的困难。而那些所谓的帝王将相、王公贵族,他们在世享尽荣华富贵,死后还要活人陪葬,而且每年都要数次地用活人祭祀,可惜如今这些被开掘的古墓葬,多数连墓主人的名姓都无法考证。别说流芳百世,连遗臭万年都成了白日作梦。真可谓:"太行依旧在,恒河空自流,宫阙何处见,寂然一土丘。"站在殷墟的土地上,遥望不远处的太行山,感到了人世变幻的频繁,历史演进的无情,而大自然的伟大与永恒。再过三千年,我们今天所盖的这些自以为了不起的高楼大厦,所修的这些高级公路和坐的这些高级轿车,不知将演变成什么样子。我们的后代将以怎样的眼光和态度来看待我们所能够留下的那些一鳞半爪的所谓现代文化遗痕？突然想起了诗人艾青面对新疆哈密依稀可辨的一座唐代土城发出由衷的感叹，他说"人们啊，好好地活着，不要指望大地会留下任何痕迹"。是的，世界上凡是以物质状态存在的东西，最终都将消失，而只有精神的依存，才可能较长时期地流存下来。商代真实存在过的惨无人道的活人陪葬制度是可以遗臭万年，中华文明的一切精神遗产则可以流芳百世，而就连甲骨文这如今价值连城的文物，这些曾被人们无知地当作龙骨碾碎了当药吃的东西，也总有一天会统统消失，无论你保存得多么完好，都无法最终改变它们走向毁灭的命运。因此，我以为，"有口皆碑"才是真正的丰碑。除此而外，再没有真正意义上的纪念碑了。

博物馆建设的一点看法

安阳，就在殷墟遗址公园不远的地方，新建了一座外观巍峨华贵其实名不副实的建筑——中国文字博物馆。这座国字头的大型博物馆，本应是大题材、大内容、大手笔、大制作，但看过之后，令人很是有些失望。一是它同近在咫尺的殷墟遗址博物馆内容有些大同小异，令人感到重复。二是图片资料不少，直观文物太少，领导视察图片和题词又过多，显得有些空洞庞杂。三是布展内容不够均衡，东拉西扯显得有些零碎，其中展示文字产生和演变历史的 3D 影片看了更是令人失望，内容空泛、制作粗糙，显然是没有下大功夫，但花钱也许还不在少，让人觉得有些糊弄观众之嫌。总之，"中国文字博物馆"这么一个博大精深的题材、财政拨款建设如此一座巍峨建筑的国家工程，展出实质显得和它的初衷与地位很不对称，有些大题小做、虚张声势。由此想到，我国的博物馆建设热应当适当降温。审批立项和开馆验收要严格起来。要有统一的标准、专门的机构和高层次专家队伍把关。博物馆展出内容应当是建立在深入科研的基础上，是某一领域的集大成，而不是长官意志的产物。不能简单依照某一领导人的个人想法，草草搜集一些相关资料就敷衍成篇。再者，像如此国字头的博物馆应该放在哪里，需要论证，至少不应该放在一个地级市。像这样一种人为制造所谓文化景点，盲目开发旅游景点的风气，显得有点急躁、浮躁甚至带点狂躁，显然是急功近利，实在不可提倡。以上意见仅为个人管见。

还有一种现象，就是盲目扩大景区。例如陕西的临潼华清池、法门寺，如今都扩大到要乘座电瓶车才能参观的程度了，就像吃西瓜，让人感到瓜皮过厚。更像一杯茶水，本来浓而有味，却要再加进一碗水，兑成三杯四杯，结果索然无味了。据说殷墟遗址已经扩建一次，马上又要扩建。占用更多的耕地，好处无非是增加点乘电瓶车的收入罢了，别的好处实在是看不出来。大而无当，其实也是对文化景区保护的"稀释"和"放松"，本质上也是一种违规违法行为。看来，在博物馆建设中，好大喜功的想法实在是要不得的，应当尽快刹车。

从林县到林州市

小时候看纪录电影片《红旗渠》，对林县县城几乎没有留下什么印象。如今再看一遍，才吃惊地发现，六七十年代的县城，除了几十间瓦房之外，几乎没有什么像样的建筑。街道也不成样子，这在当时的山区县城中是较为普遍的。如今驱车进城，简直让人吃了一惊，街道宽阔整齐，高楼也建起不少，特别是新建的县委县政府的办公大楼特别引人注目，几乎同一般地市一级的办公楼不相上下。新开发的居民住宅楼也很讲究。这一切给人一个暗示，就是当年那个整天为吃水而饱受熬煎的县委政府，已经完全可以拿出精力和资金谋划和建设管理城市了。这种状况经历了将近半个世纪，这也许是我们的国家六十年发展演变进程的一个缩影。如今林州市的街道上，再也看不到一位头上包着白毛巾，穿着中式黑布袄裤的农民了，连路边修车子的工人也穿着西服皮鞋。城里似乎也看不到一辆牲畜拉的架子车从街上走过，山区小城也学会了像大城市一样的熙攘堵车。十字街口高台子上站着的警察不见了，一切都具有大中城市的味道。拥挤嘈杂、色彩斑斓、车水马龙、人头攒动、琳琅满目、声光闪烁，这也许就是现代都市的气息。我想，当年的县委书记杨贵同志如果从这街道上走过，他也一定会感到惊讶。从林县到林州市，这座太行山区的小县城，那个如同脸上擦着凡斯林的没见过世面的羞涩小姑娘，经历了漫长艰难蝉变的成长岁月，如今长高了、长大了，出脱成了漂亮大姑娘了，令人看着心生艳羡美意了。

我想，从"林县"到"林州市"发展的历史，大致应当概括为三句话。那就是从20世纪六十年代初到七十年代末红旗渠建成为止，号称"十万大军战太行"，那是愚公的子孙们争取生存权的斗争，感天动地，波澜壮阔。从改革开放开始到2000年，堪称"十万大军出太行"，十年红旗渠建设，林县培养了大批能打硬仗、会打巧仗的能工巧匠成为林州人走出去承包建筑工程的中坚力量，他们手提锤錾瓦刀，走遍大江南北，把给自己修渠的本领用于给别人盖楼建城，提升了自己，也富裕了自己。如今则是"十万大军回太行"。当年走出去的林县人，有的成了亿万富翁，他们又返回来建设家乡，城里许多工程都是他们带人垫资修建，林州新城正是这样拔地而起。眼下在这城中驱车而过，真是感慨良多。

红旗渠畔思英豪

在沉默了整整二十年之后，河南林县红旗渠又一次得到了世人的关注。这是因为江泽民同志视察林州市并参观红旗渠提了词讲了肯定的话。这就是中国特色，是自古依然的"一言九鼎"现象。"一言九鼎"的反义词是"人微言轻"。例如当年，即1970 年拍摄的《红旗渠》纪录片，其中一再讲红旗渠是"农业学大寨的产物"，这显然不符合实际情况。事实是，1959 年，年轻的林县县委书记杨贵产生"引漳入林"的想法，和 1960 年林县人开始动工修建红旗渠的 4 年之后，毛主席才发出"农业学大寨"的伟大号召。不过，讲"红旗渠是毛泽东思想的伟大胜利"倒也不无道理，因为"自力更生，艰苦奋斗"的确是红旗渠诞生的精神动力。

当年的林县，如今改名为林州市。距离林州市区 40 公里的红旗渠分水工程处，1995 年建起了"红旗渠分水苑纪念馆"。参观的人不少，多数是远道而来。当我们买票走进苑院站在高高的渠畔上，看着晚霞映照下的坚固的渠道和默默流淌的渠水，心中顿时涌起一股热流，泪水突然模糊了眼睛。这种强烈的情绪完全是始料不及的。总以为人到中年，万事早已休矣，惊异感和神经敏锐度下降，情感的接收天线也该麻木了吧，再加之这些年怪事多多，已经见怪不怪，可看到一条渠竟然还如此反应强烈，真是所料不及。可是又一琢磨，面前的这条渠，在当代中国人的心目中可是非同寻常，那就像海明威小说《老人与海》中的那架经历了千辛万苦、舍生忘死才得来的硕大无比的鱼骨。只是这条渠，比那大鱼骨可要伟大千倍万倍呀，因为它浸透了数十万人十年的心血汗水青春甚至生命。它本身就是一座无以伦比的伟大的纪念碑。在我看来，它的名字同万里长城一样，足以震撼人心。万里长城还是统治阶级强迫人民被动劳役的产物，而这红旗渠，却是在共产党领导下，人民当家作主的自觉自愿主宰自己命运创造新生活的钢铁见证。从这个意义上讲，我们眼前的这条红旗渠，实际上比万里长城还值得崇仰纪念。就好比人心中总不能没有至爱亲情，人梦中总不能没有梦中情人，一条红旗渠是久已铭刻我的心中。像大庆、大寨这些当年的时代典型一样，它早已化作了几代中国人的"梦中情人"和精神拜物。难怪第一眼看到这条英雄的渠道，会有如此强烈的反应了。正因为少年时代的记忆过于深刻，正因为红旗渠诞生的事迹实在感人，正因为建设红旗渠的英雄的确可敬，总之，当我迈进展厅的那一刻，就再也抑制不住感动的泪水。

林县贫穷，林县缺水。人们祖祖辈辈为水叹息为水惆怅为水奔忙为水逃荒。建国之后，忽然有一天，来了一位年仅26岁的县委书记，他身材高大，志气比身材更高大。他看到群众缺水吃、庄稼受旱严重，心如刀绞。他发现林县穷困的根源是没水，他就要千方百计解决水源问题，这才是"红旗渠"的起根发苗。可是，过去是一味强调群众是真正的英雄，所以在《红旗渠》纪录片中展现的只有毛泽东思想的伟大胜利和广大群众的首创精神，只是在竣工仪式上提了一句"革命领导干部杨贵"。因此，好长时间无人知晓这个震撼世界的伟大工程雏形，当初正是孕育于身高一米八几的年轻县委书记的心田，产生在他骑马跑遍林县千沟万壑后形成"引漳入林"的大胆设想之中。1959年，毛主席在河南新乡火车站接见几位县委书记，其中就有杨贵。当时握着毛主席的手激动万分，杨贵想到的不是自己的光荣而是对着毛主席心中暗暗发誓："要是不把林县人吃水用水的问题解决好，就对不起毛主席他老人家。"此后，地委要求各县上报粮食产量，别人都报亩产一千多斤，杨贵只报一百多斤。上级严厉批评他"思想保守"，杨贵心想我有我的打算。正是因为他打了埋伏，才使林县少上交了几百万斤粮食，成为红旗渠开工的重要物质基础。凑巧的是，当时的县长叫李贵，群众对于县委县政府率领全县"十万大军战太行"坚决拥护，并赞扬他们是"二贵携手闹太行"。红旗渠的英雄千千万，其中有一个更不能忘记的人物是水利技术员吴玉泰。他当时中专毕业刚刚分配到县水利局，就承担起了工程设计的重任。为了保证工期，他和同事们夜以继日翻山越岭测设放线，几次推迟婚期，直到未婚妻来到工地看他，才在县委书记杨贵的催促下完了婚。后来他妻子因救人车祸去世，他仍坚持在工地上战天斗地，哪里有难题他就出现在哪里。一次，一个隧道工地出现漏顶，他赶到现场把大家喊出来自己进去查看，结果发生塌方，牺牲时年仅27岁。今天很少有人知道他的名字，但是太行人民没有忘记他。博物馆里有他的事迹介绍，有他年轻英俊的照片。对于这样一个人物，他生前连个县劳模都没有评过，只是在死后被追认为共产党员。但是林县人民铭记着他，水利战线的同事们为他的父母养到送终……年轻的讲解员小王讲到吴玉泰的事迹时声情并茂，眼眶里充满了泪水，听众也都为他的事迹而动容。

走近红旗渠，没有人不激动难耐。我看见赵朴初先生题写的馆名遒劲有力，充满了一种昂奋的精神，同老人家平时写的禅意绵绵的字判若两人。我看见江泽民同志的题字"发扬自力更生艰苦创业的红旗渠精神"，堪称是他题词中笔力最硬、最见精气神的一幅，可见老人家当时的心情也是非常激动。少年时代，我看过不少纪录片，内容都记不清了，只有《红旗渠》这部片子留下的印象最深，其中"一锤一钎一双手，自力更生样样有"的口号和"林县儿女志气壮，敢把山河重安排"的主题歌仍然时常会在耳边响起，听起来永远是亲切带劲。

夜走青年洞

情绪激动地走出红旗渠分水苑纪念馆，太阳已经落山。30 公里之外的青年洞还去不去呢？去，大家兴致很高，一致要求还去。于是在夜幕之中，我们驱车向著名的青年洞进发。

青年洞，是红旗渠穿越太行山的一处险要的隧道，因当年参加凿洞的突击队员都是从全县抽调出来的 300 名优秀青年得名。如今开辟为红旗渠的著名旅游景点。从照片上看，洞口有李先念题写的"山碑"二字。据说每字高约三尺，遒劲有力，饱含深情。前国家主席书此两个字，寓意深刻，胜过千言万语、千歌万曲，充分体现出老一辈革命家对青年洞乃至红旗渠精神的褒奖，也折射出红旗渠在中国几代人心目中的无与伦比的伟岸奇极。可惜当我们来到太行山根时，已是夜幕四合。红旗渠挂在高高的山腰，要观景必须拾级而上。可上山的路没有路灯，眼前是黑乎乎的一片，伸手不见掌心，但是我们的脚步并没有因此停下来。青年英雄们的形象就在心中，无限美妙的景象就在眼前，谁能甘心放弃与之亲近。天黑路险算得了什么，在红旗渠面前还有什么困难可言。我们在夜色中奋力开始攀登，一步步地向洞口接近。迎面下山的人一再劝说不要再爬了，我们还是坚持向上。直到最后一个平台，看到了夜色中玉带似的渠体，听到了隐约的流水声。黑暗中我们虽然没有看到洞口，但仰望洞口的方向仿佛感受到了英雄心跳的脉搏，听到了铁锤打着钢钎的铿锵。我们的心又一次加快了跳动，心中的青春烈火又一次被点燃起来了。默默地站在洞口下方，为当年的英雄和失去的岁月而祈祷，为那一场感天动地的壮举而再一次泪流满面了。感动中的人，居然还有80 后的青年，这更是令人欣慰的事情。看来我们的后代依然欣赏并需要当年的拼搏奉献精神。其实，红旗渠精神就是人类争取生存的共同的伟大精神，只要人类存在一天，这种克服困难的精神都是不可或缺的，只是表现出的形式会有所不同罢了。在夜幕中，我们的灵魂仿佛很自然地沉入了历史，感受到的是更加深刻的启示——人的尊严与精神升腾的启示。红旗渠的真实故事，其视觉冲击力及震撼人心的程度丝毫也不亚于《阿凡达》的虚构情节。如果哪位真正有魄力的大导演慧眼识金，能够以红旗渠为题材拍摄一部故事大片，一定比《唐山大地震》更加货真价实，比《大决战》更加耐人寻味。

回陕记

五月上旬,应邀回陕调研、讲学,顺便参观世界园艺博览会、还拜会了几位老朋友、吃了岐山臊子面和老孙家羊肉泡。三四天时间,过得紧张而充实。一路所见所闻,深感秦岭渭水之美、乡情友谊之厚,以及秦地当今学风之盛、科技之兴。

香瓜专家及其他

认识年轻的农技推广专家杜军志,这是到西安阎良区关山镇考察西北农林科技大学在全省建立的八个产业基地之一——香瓜技术推广试验站的最大收获。一个三十多岁刚才破格晋升的年轻教授,成绩斐然的农业科学家,当他走在城市大街上,你会以为是个地道的农民工。这也许是继承了秦人"崇实而不浮"的古朴传统民风缘故。一个在当地和周边三省十八县,方圆八十多万亩内开发带动起一个空前巨大产业,被农民群众誉为"财神爷"的科技奇人,他走在农村田野村镇,你会误以为他只是一个普普通通的庄稼汉。这也许真正体现了大志在胸者不修边幅的行为风范。的确,他的农民风采,不仅仅体现在衣着外貌,更来自言谈气质,来自那双布满厚茧的常年亲自劳作的手,那张笑起来每一条皱纹都充满了谦恭质朴泥土气息的面孔,那整天在地垄温棚中滚爬以致累弯了的腰腿和揉皱了的衣裤……

据西北农林科技大学老校长孙武学先生介绍,目前活跃在陕南、关中和陕北,且辐射周边诸省的八个"产学研一体"的产业基地上,像杜军志这样深受农民兄弟欢迎的农技推广领军人物已经形成了引人注目的强大劲旅。如果说,杜军志是当初最早单枪匹马闯入市场的农业科学家,那么如今在学校、政府和当地乡镇农户的共同呵护和支持下,已经有一大批教学骨干和科研带头人成为杜军志式的农业科技推广风云人物。

"你比如说,红枣专家李宏刚、蔬菜专家张树学、苹果专家赵政阳、核桃专家翟梅枝、猕猴桃专家刘占德、水产养殖专家吉红、茶叶专家余有本……听孙武学先生如数家珍地掐着指头热心介绍,我突然深受感动。面前这位北农大出身,在陕西政坛和高校战线兢兢业业奋斗了大半生的资深政治家、教育家，从杜军志们望着他那尊重感激的眼神中可见，他是名副其实的一棵为科学家们遮风挡雨的大树，是知人善用、惜才如命的伯乐。当我调查后才知，当初没有孙先生的力排众议和顽强支持，就不会有西农在全省的八个农技推广教学基地，这种新时期"产学研一体"的新的农技推广模式也就无从谈起。当下，在关山镇的香瓜试验站，面对周围一望无际的农民的瓜棚和来自全国各地的川流不息的运瓜汽车，孙先生谈起他的团队和业绩，竟是那样的欣喜自豪，就像谈到自己大有作为的至亲后代。

然而，孙先生始终没有讲：如果没有自己多年苦心的坚持和努力，地方政府未必会拿钱划地支持此项意义深远无比的事业，这些科技强人却又是一介书生的人们，也就很难在封闭保守的校园和商品经济的大潮之中找到如此广阔的用武之地。这就是我们面临的现实，就是中国的国情。我们的某些基层政府的实权人物，他们往往更关注表面或眼前的所谓政绩而忽略实质和长远；我们的高等教育还没有形成培养"通才"的体制机制，我们许多专业水准很高的人才，还远不具备怀揣科技过五关斩六将独闯市场的胆量和本事，而仍然需要伯乐的举荐和权势的关照，唯此才能最大限度发挥作用。在此，我作为一个"自愿者"，很想成为孙先生的一个助威者和助手，很想成为这些新型农业科学家的知心朋友，成为向社会介绍他们崇高精神和奋斗业绩的义务吹鼓手。

莘莘学子新境界

资讯时代的大学生，思想的活跃可谓空前。这次和上次有机会在陕西5所大学与同学们面对面交流，获益匪浅。第一，大家对于人文知识的兴趣与渴求，显而易见。这说明，我们长期以来"名曰提倡素质教育，实则依旧忙于应试"的高等教育现状，已经完全不能适应大学生发展的需求和社会选择的需要。我们的当代大学生，从总体上来看，其精神境界已经开始超越满足于使自己成为有一技之长、毕业后有一碗饭吃或仅仅能够实现就业却同时意味着远大理想破灭，永远只能行走在觅食的地面，永远无法挣脱现实生存羁绊的"鸡公鸡婆式"的终极学习目标。他们如今开始想象着努力使自己成为能够适应和担当多种社会角色，能够自由自在遨游世界、俯视人寰、既充满浪漫情怀又具有崇高境界和博大胸襟的真正德才兼备的现代骄子。简言之，前者即所谓"专才"，后者则实属"通才"。这是一种令人十分欣喜的现象。可见，加强和提高当代大学生人文修养，注重人才的全面发展，这无疑是我国高等教育改革与发展的希望所在和方向所在。

三代一样人文情结

"有朋自远方来,不亦乐乎?"要说此次回陕,最大的乐趣还是同老朋友聚会。东门外老孙家新装修的牛羊肉泡馍馆有一个"银川厅",如今团聚在圆桌周围的,是牟玲生老领导夫妇、陈忠实先生、老友雷涛和我,还有小刚和小友师东明。大家说着话,手里慢慢地掐着面饼。老中青三代,其情依依、其乐融融。担任过多年高官(省委副书记),如今已经年过八旬的牟玲生老先生,从言行到精神,完全成了一位笔耕不辍的老作家。他的《躬行集》已经出版到第三卷。老人家对待写作,就像当年对待工作一样认真,常常废寝忘食。第一、二卷是文章汇编,第三卷是回忆录。无论是文章还是回忆,都写得精当精彩,取舍极严,完全脱离了眼下官员的附庸风雅水准而进入了人文遗存的层面。老友雷涛,在作协十年如一日,为作家服务,为文学新人鸣锣开道,为文学发展开拓新路,更为文学振兴呕心沥血。他本人的创作,也时有精彩。他亲自和组织作家采写的反映俄罗斯现实的散文集,获得俄罗斯首届"契诃夫文学奖"。他的融通个性热情狂放的书法,更是大有长进,据说马上有集子问世,请陈忠实作序,显然为之增色。当这些话题,被在轻松愉快的饭桌上讲出来,令人感到无比的欣慰。如今的民间某些饭局,早已是名利场所。除了相互琢磨利用的功能,便是相互猜忌的氛围,没有火药味的"剑拔弩张",很少带来真情的愉悦,更缺少人文的清润。眼下的情形,却是截然不同。自告奋勇做东的牟老把早已签好名的《躬行集》分送给每一个人。书的序言,由雷涛举荐陈忠实所写,长达近万言,亲切质朴、精当恣肆,牟老深表谢意。年轻人专程到书店买了小说《白鹿原》的三种不同版本,请陈老师签名……如是聚餐,真是其情依依、其乐融融。和谐的饭桌上,没有了灯红酒绿下的庸俗嘈杂与矫情掩盖着的公然势利,却充满了三代人一样陶醉其间的人文情怀,一样超越名利忘却年龄身份的平等真挚的亲情友情。于是乎,辛卯初夏,这一碗老孙家香喷喷热辣辣的羊肉泡,可是吃出了很难忘却的记忆。真是奇香无比,真可谓不一样的情怀、不一样的味道呀。

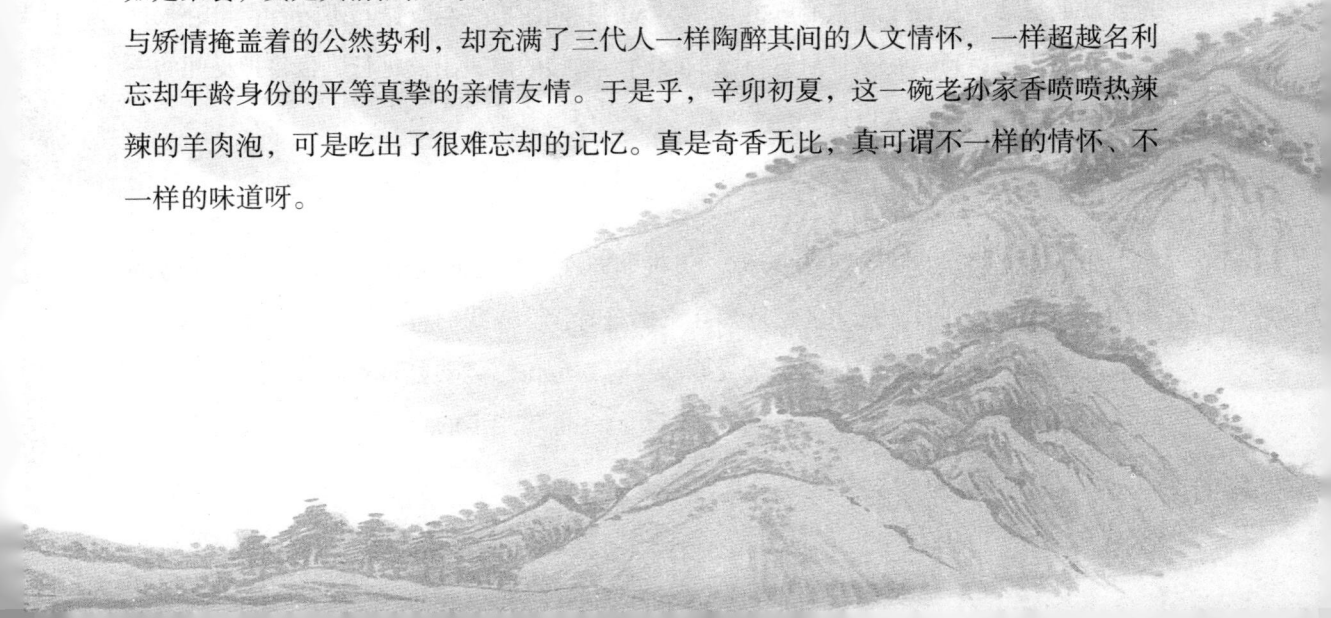

远行记

心情

2010 年 6 月 21 日，一个晴朗的早晨，再度出发远行。

就在顺利登上飞机等待启航的这一刻，心情却有些复杂。远行，在年轻的过去，是令人期盼而兴高采烈的。可是此刻，总难免有些忧虑与牵挂。这样那样的事情，总好像放不下来，但却又不得不暂时放下。而真正放不下的是对于亲朋和这座城市心心相印的感觉。觉得有一颗跳动的心，装在自己的胸间。那写着许多文字的，鲜红鲜红的情感的载体，让你感觉到，就像捧在手里一般，怦然颤动。那是一颗心，是年轻而纯真地跳动着的，毫不犹豫地把青春的活力注入沧桑而凝结成的一颗纯真的心。

一定还记得吧，那天刚刚由我的故乡归来。远行的这一刻，又想到了秦始皇兵马俑的恢宏阵势。秦王扫六合，铸就了千古绝唱的故事。自己的祖先，也许是曾受过杀戮的六国的子民们也都击掌喝彩。人们的健忘和麻木竟然达到了如此地步，实在令人惊异。然而，我们不会忘记那些曾经拥有的历史的分分秒秒。

怀着这样的一种心境，我飞向远方。然而，总觉得就像一只小小的风筝，无论飞出多远，那一根红红的细线，总牵连着祖国的心脏，北京火车站的背后，那一段古老残缺的城墙，见证了动人心魄的诗章。人们共同用勇气与真诚写下诗行，也许永远不想到发表的诗行。正是怀着这诗意的感动与牵挂的温暖出发远行，也将把见闻的一切，随时向祖国与亲人诉说……

怀古

北京时间十点钟准时登机启航。飞机如同在穿越时光隧道。人们共同经历过的一切，都会历历在目。思绪还是停留在秦始皇时代。当我们看到那些赤身裸体的工匠顶着烈日埋头制作这些陶俑的情景复原图景时，也仿佛是乘着时光隧道，进入上溯千年的岁月，一下子同这些陶俑拉近了距离。这些俑阵产生的意义，实际上远远超过了它本身的作用和价值，真实地折射秦时明月的清冷与无奈。据说不可一世的秦始皇，对于自己统治三十八年竟然很不满足，他希望自己在阴间仍然能够统治中国，仍然能够感受到歌舞升平和众星捧月的荣华富贵，于是他传令宰相李斯，在全国各地选送四千名童男童女陪葬，李斯很为难，因为他深知，由于连年战争和修筑万里长城，举国上下已是人丁稀疏、怨声四起，如果再……他怕自己也成为千古罪人，于是就想出一个两全其美的计谋，建议秦始皇把八千御林军雕造成真人一般的军阵，布在陵园四周，昭示天下，以显国威，皇威。始皇闻之大喜，于是才有这世界之奇的问世，可惜项羽攻进咸阳，不光烧了阿房宫，连这陪葬的秦俑也不放过，尽数焚烧，遂成此惨不忍睹之状。人类的聪明才智与愚蠢之致在这里相遇，令人望洋兴叹，百思不得其解。数百年后，也正是在这兵马战阵的近旁，演绎了一个千古流传不衰的故事，诗人白居易把它写成了《长恨歌》。今天的人们已很难讲得清，江山与美人，兵马俑与华清池畔演绎过的长恨歌，哪个更具有动人魅力。

当你面对那威武战阵，那两千年前人们的创造与奢侈，会突然意识到，人类历史竟是那么的短暂。两千年，也不过是转瞬之间。说长也行，说短也真短，就像是昨天发生的事情，只不过"千古一梦"而已。文字几乎仍然是原先的文字，不同的衣帽之内的人，也并没有多大变化，更令人惊异的是，人的观念及聪明才智也并没有多大的变化。植物和动物似乎依旧，人们的饮食起居和民情风俗甚至连方言土语都是似曾相识，连那些兵马俑阵中的将士脸上浮现的神秘的微笑，也都是那样的熟悉。可是，时光已经流逝了两千多年，两千多个三百六十五天。

新西伯利亚

飞机继续北上。进入了俄罗斯的新西伯利亚。这里的地形显然已经开始有了较大的变化，草原——丘陵——浅山地。大地的绿色由浅绿逐渐变成墨绿。山脊在俯瞰下显得就像沙盘模型一样。渐渐地开始有了零星的积雪，点缀着蜿蜒的山脉与河流。仍然是看不到城镇和村屋。洁白的云团开始变得密集。显然像是刚刚下过了雨。大地上低潮的地方蒸腾着浓重的雾气。这里属于俄罗斯的远东地区，在这一带还有蒙古族的后裔生活着，他们被称之为鞑靼人。看来只有骁勇善战而无高科技的交通通讯工具也是不行。连年征战到欧洲东部的我们的祖先，以功封王，划地而治，但中央政府要召开一次会议，通知远到要行走一年半载的诸王来开会，等会开完，那边已经发生政变，想回也回不去了。中国的疆域之辽阔曾在世界上是独一无二的。国土是什么？国土就是资源，就是对资源的拥有量。在未来世界里，谁拥有更多的资源，谁就拥有富饶和强大。美俄是这样，中国之所以不能与之相比，也是因为人均资源太少。

飞机以每小时 800 公里的速度匀速向西北方向飞翔。我们的目的地是经法兰克福直达柏林。俄罗斯广阔的国土，呈现出它的辽远。黑色的森林，绿色的农田与反射着阳光的湖泊历历在目，一团团的白云静止地漂浮在大地的上空，像一把把遮阳的巨伞，为大地搭起无数的凉棚。牧场人家和崎岖道路环绕的村落清晰可辨。农田里可能种植的是麦子。麦地是在山坡上，呈现出不规则的图形。米黄色的道路在漫平的山岗上伸向远方。一切都像是静止着，连同时间也仿佛是定格在那里。间或看得见黑色的道路在大地上延伸。一条巨大的河流边上，出现了城市。屋顶反射着阳光。河流由西向东。大约是伏尔加河吧。河边村镇密集。这里显然是人口较为稠密地区。上游更大的一座城市出现了。飞机一直沿着河流飞行。城市面水靠山。坐落在一座平缓的山坡上。交通四通八达，显然是一座重镇，在这座城市的东南方向约一百公里之内，有一个三角形的湖泊，湖面大约有数万亩水面，湖边的城市建在面东的山坡之上。再往西去，阡陌渐渐连接起来，显然是俄重要的农业区。可以想象得出这条母亲河孕育了西岸的农民和农业。俄罗斯苦难的农民，曾在托尔斯泰笔下，给人们留下了深刻的印象。不知道他们目前的生存状态如何。生活是否艰苦，集体农庄是否已经解体。国家对于农业发展究竟有着怎样的扶持政策。可惜此次考察的国家没有俄罗斯，而且只是中小企业发展问题，但这个问题显然还是很吸引人的。当我们唱起古老而著名的民歌《三套车》的时候，就想起了伏尔加河畔的农民，担心他们的生存状态和生活状况。

河流在平坦低洼的地带，变成了巨大的湖泽，和大大小小的岛屿。这也许是水库，在这样的地段，水运是明显的发达起来。看得见大大小小的码头上停泊着船只。河面上行驶着船舶。偶然也有裸露出的一小片土地。那土地是红色的，这里显然是俄罗斯重要的农业区。种植着清一色的小麦。公路在这里变成了笔直的绿色走廊。飞机很快进入了云层。外面出了云彩什么也看不见了。于是开始阅读头一站德国的资料。

关于德国

德意志联邦人口 8230 万，不及中国人口的零头，但已经是欧盟人口最多的国家，也是欧洲人口最稠密的国家。每平方公里 231 人。这是个联邦制的国家，由 16 个联邦州组成。各州分别拥有自己的宪法、议会和政府。最高国家权力归联邦政府。

从北海、波罗的海南边的阿尔卑斯山脉……德国在地理上可划分为北德平原、中德山地、西南德梯地、南德高原和阿尔卑斯山脉。

德国 10 万人以上号称大城市 82 个。88% 的人生活在城市和工业密集中心。实际上，在德国只有莱茵河畔的法兰克福才算得上是世界级的大城市。这个拥有 66 万人口的城市，虽然连黑森州的首府还不是，但它却拥有全国最高的建筑、最大的空港、欧洲大陆上最多的银行，类似的最高、最远可以延续到诸如：火车站和高速公路、立交桥等。这里也是德国交通最繁忙的地方。

算上这次，已经是三访法兰克福了。但并不觉得这是一座繁华的大城市，因为街道上的车辆和行人比起国内任何一座城市都少得多。但城市建设得十分优雅。给人总体的印象是绛红色的，就像一块甜美的蛋糕。因为市内有许多绛红色的建筑，在金色夕阳之下，人们的肤色也透出绛红。总之是一座给人以温暖感的城市。并不像美国的一些城市那样张扬、浮躁，又不像意大利某些城市那样古老守旧。法兰克福，她是年轻的，充满诗意的。城内的大小河流是那样碧绿清澈，反映着夕阳的光辉。街上的行人和车辆都是悄无声息的，显得从容悠闲。不时地传来教堂的钟声，市中还有海涅与拜伦的雕像耸立着，让人感受到一种诗意的美妙与思想的深刻。这样的城市环境，正是适合孕育诗人和大哲学家的。没有甚嚣尘上的浮华，也没有令人无奈的烦忧之声。

不同的城市概念

搭乘 LH721 航班，抵达法兰克福是 6 月 21 日 14：30。

又一次在高空俯视法兰克福。正是当地时间下午三点来钟。天气晴朗，你会吃惊地发现，城市完全掩隐在黑色的森林之中。显然这里城市的理念与我们不尽相同。人家强调的是人居环境的优雅天然，而不是车辆和高楼林立的王国。每一个小区，都被茂密的森林切割开来,形成相对封闭的"世外桃源"，人们就生活在这种优美环境中。试想一座仅有 66 万人口的城市，被大片的森林分割成若干个小区，比起我们在楼群和道路，在车辆的夹缝之中搞的所谓的城市绿化，完全是两种概念。这其中有人口密度不同的原因，但更是"都市理念"不同所致。例如陕北山区，以延安城为例。一座 50 万人口的城市，处在人口密度仅每平方公里 51 人的地区内，却仍然建设了一个拥挤不堪的山区城市。在密如蜂巢的城区之内，绿化得再好，也是失去了天然的环境。在如此广阔的山区，人们竟然也不懂得把人口居住的小区像红花一样点缀在这自然环境之中。如果按照德国的城市理念来设计这座城市，必定会建成一座人与自然相融合的别致而新颖的城市。我们国内许多中小城市都具有这样的条件。例如：内蒙大草原和东北大平原，还有西部地区的一些城市，都完全可以建成这样的新概念城市。是城市点缀在林区，而不是树木装点城市。从这个意义上讲，德国的法兰克福就是一座新概念城市。

善于"设计"的民族

德国人的善于创新，是世界公认的。那一年考察职业教育，曾经有法兰克福之行。在一家校办工厂，接待人员给每人送一个小礼物。是一个用于缠绕胶带的轮子，和一个一下子便可以把胶带按要求割断的齿轮。就是这样一个小小的器物，却设计得非常适用。这么多年了，仍然难以忘怀。这一次的印象是在转机安检的时候。各国普遍都在使用的传送带，人家却于旁边附设了一个较窄的带子反方向运转，即可以把放物品的斗子返送到检验物品入口一头。这样便省去了人力的搬运，又显得次序井然。就是这样的一点小小的改进里，却包含着设计创新的理念。我们日常生活中有许多这样的境况，只需要稍稍动脑子来一个小小的改进即可，却很少有人动这个脑子，于是便永远那样的烦乱着。

在转机候机厅，周围的德国人，都在专心致志地读书看报，很少有高谈阔论的。这显出人家似乎都生活得很自我。人人都在动脑筋学习。很厚的一本书，捧在手中阅读，在国内已经很少看到这样的现象了。国内人们都显得很浮躁，许多人围在商店购物，还有的如饥似渴在播放演讲录像的书亭听着管理秘诀与人生巧道之类的谎言。那些声嘶力竭地卖精神狗皮膏药者的胡言乱语，似乎更受欢迎。书架上摆着的也尽是一些胡说八道和危言耸听的垃圾畅销书。诸如政治密幕、伟人隐私和明星绯闻之类的东西。多数的人们已经对正经阅读似乎失去了兴趣。由于多数人懒得阅读，那些善于包装卖弄的读了一点书，懂得了一些表面词汇的人就在人们的眼中成了了不起的国学专家。一个原本普普通通的中学或大学教师，在电视上用浅显的甚至是插浑打科的方式讲一点历史的或养生的常识，就会一举成名，被坊间捧为国学大师、中医保健大师或别的什么耸人听闻的大师头衔。还有些大学的讲师、教授，摇身一变就成了著名作家。用专业性的常识，编纂一些具有文学性的文章，便被定位为"文化散文"，让不读此类专业书籍的人读了，大饱眼福以为是深刻渊博。其中不乏许多的不准确甚至是错误的知识，以讹传人，误人不浅。其实学问与文学是完全不同的两个概念，学问是人类已有的文化沉淀，需要了解的。而文学是原创性的作品，需要从生活中提炼，能够让人品读和满足审美需要的。学问要准确无误，讲究科学严谨；文学要新颖生动，能够标新立异，异彩纷呈。可见二者的要求并不一致。以文学的方式讲学问，往往会有误导之嫌。这也是高等知识界的一个困惑。大家都在客串，大家都不务正业，结果学者成了作家，作家反倒自甘成为学者。这也是一种潮流，浮躁不安的潮流。也是抄袭之风盛行的缘由之一。如此浮躁，创新型的杰出人才就很难产生，创造型社会也就成了空谈。官员客串演员、慈善家，企业家客串学者、专家；教授、学者客串……如此，客串无穷尽，必然会有假冒。

个性化与自由度

德国显然是一个张显个性的国度。有一个细节令人难忘：一个母亲推着行李车，大约刚满周岁的儿子跪在地上学母亲的样子，帮妈妈推车。母亲显然对于儿子的举动持放任的态度。当一个儿童尽情地做着自己愿意做的事情时，他的脸上的欢乐是多么的迷人呀！年轻的母亲注重的正是儿子的这种喜悦的心境，而不是他身上穿的那一身粉红色的小运动装是否会被弄脏。而我们的母亲，一定会教育儿童不要在地上跪行，在教育无效的情况下，必定要采取强行制止的手段，结果是儿童模仿母亲劳作的欢乐顷刻之间就变成了母子的对抗，最后必然就以专制者的胜利而告终。这就是差异。教育理念和方式的差异，孩子的自由天性和想象天赋被诸多此类的制约逐渐扼杀，而过早地变得世故如同一个"懂事"的大人。

机场周围是黑色的大森林。飞机穿过云层下降，成排的别墅显现出来。红白相间的房屋衬托着绿茵。很少有高大建筑。四五层高的楼房居多，偶然也能看到十层左右的楼房。这样的建筑风格，也是发达的一个标志。据说当年只有东柏林建了许多福利性的高楼大厦。把人们像鸽子一样圈在一个个的小鸽笼中，完全脱离自然的观照而隐入孤立无援的困境。眼下在城内仍然可以看到这种房屋。在当地人看来，这属于"非人性化"的建筑。而我们国内目前也是只能有这样的建筑。我原先住的翠微西里的高层上，住着数百位部长级的干部。这也许是"优越"的特色之一吧。总之，人为的所谓意识形态，对于经济发展并不直接有关。不少国家无论因何原因分裂为二之后，出现了不同的发展局面。这是很复杂的，值得悉心研究，东德与西德当初的情况当然也不例外。

飞机落地，是当地时间下午三点左右，北京时间已经是晚上九点钟了吧，但太阳却是高悬在头顶上。算来从早上六点迎着阳光去机场到现在已经同太阳结伴而行了整整十三个小时。据说再过六七个小时日头才可以落下。这样算来将近二十个小时的阳光灿烂，为此才意识到我们已经由东半球来到了遥远的西半球。借助于现代交通工具人类实现了许多梦想，使得许多的不可能变成了现实。

入住柏林花园大饭店。凑巧的是，此次所住的花园饭店，正是多年前住过的。是民主德国时期的国宾馆，如今经过内外彻底装修完成变了一个样子。站在高处望得见电视塔。

七点半下楼，漫步在柏林电视塔下。这里有宏伟的红砖建筑。市政大楼与之相向的是一座规模并不宏大的教堂，但那高高的尖塔与市政大楼的圆形屋顶相呼应，形成了一种欧洲城市所独有的文化气息。脚下是麻石的街道，街道上行人不多，车辆就更少。在有马克思和恩格斯巨大雕像的广场上，有不少人立在像前照相，这使我想起在北京机场翻译钟诚给每个人发的一本《德国概况》中的一个不无刺激的标题："回顾走向西方的漫漫长途"。就是这样一个自以为已经成功地兼并了东德，从此脱离东方社会主义而融入西方资本主义的国度，却对社会主义的鼻祖马克思与恩格斯竟是如此的宽容大度，甚至是尊重有加。

这种价值观是很值得深思的。雕像显然是东德时期的产物，但一直完好无损地保留至今。上次来柏林，也光顾过这里，当时是天空阴沉黑云压顶，一派山雨欲来的样子。但当我站立在这两位巨人身边留影的时候，天空的云缝中突然射出一道阳光照耀在雕像上，于是便有了一张十分难得的照片。好在此时正是阳光灿烂，蓝天白云一片祥和景象。请小王在同一个位置留下又一张照片，怀着对这两位智者伟人的无比崇敬。至少他们是反对剥削压迫的，这是对广大人群的最起码的关怀与尊重，也是最根本、最重要的。况且他们还发现了人类社会发展的规律。这两位哲人，仍然是迄今为止人类最值得尊重的，就像毛泽东对于中国人那样，尽管有人情绪不好的时候会说三道四，但伟人终归还是伟人，有关他们的褒贬那是历史的逻辑定论，而永远不会以小人和庸者的意志为转移的。

最古老的街区与教堂

大约晚上八点钟，到就近一家中餐馆用餐。餐馆装修很讲究，一应中式气派。吃饭的人很少，大厅里冷冷清清，老板是福建人。弟兄俩长得十分相像，待人很诚恳，饭菜还新鲜可口。不过价格不便宜。坐在二楼临街的餐厅，看得见电视塔及周围的建筑。

饭后，到一条老街去观光。据说是柏林最古老的街区。很小，麻石铺道，其间有一座教堂，基座是石砌的，很粗糙。上半部分显然不是原建，据说在"二战"期间遭受了彻底破坏。但这条街区周围却仍然保留着许多老房子。规模不大的广场上，有年轻人组成的乐队在演唱流行歌曲，许多人围着欣赏。周围的酒吧坐着许多老人喝酒闲聊。人们的生活是悠闲的。女人们的眼神中，都燃烧着热情。男士则将彪悍与坦荡挂在脸上。显然大家彼此都很尊重。对于同在一个城市生活的人们，彼此都很尊重对方的存在。这在人口过于密集的中国内地是不可想象的。在公共场所，人们面部的表情最能观察出一个地区人们的幸福指数。显然，柏林人对生活是惬意的，由那豪迈而热情的歌声与优雅的神情足以见得。这种情绪显然是很有感染力的。年轻人也加入到了中老年人的行列。他们亲切地交谈，不时地把目光投向四周美丽而富有表现力的大眼睛里燃烧着青春火焰的女士。素不相识的人们友善而会心的微笑至今令人陶醉。这就是柏林人，就是经历过漫长的艰辛终于走向和平统一的柏林人，就是那彻底地摆脱了贪婪和战争的阴影的柏林人。一个经历过灵魂深处彻底地反省，终于对于世界和平有了自己独到理解的聪明的民族又重新站立在世界的面前。他们的总理曾经向全世界下跪道歉，从而赢得了全世界的承认。而相反，同样在"二战"中犯下滔天罪行的日本人，却选择了截然不同的态度。只有尊重历史、正视历史，而不是歪曲历史、篡改历史，这才是伟大民族的表现。

柏林老街区紧靠着一条穿城而过的河流。在夕阳的金辉里，站在河边眺望远处的圆锥形穹顶建筑，显得更加的巍峨辉煌。水鸟在空中安详地飞翔，许多青年、中年和老年的男女，在河畔结实的木椅上相拥而坐，有的在嬉戏，有的凝重交谈，也有的长时间地拥抱接吻。在这样的环境和氛围中，人的内心和情感是温暖的，就像那夕阳与绵绵的抒情细语。鸟儿把视线带向高空，带向远方，带向遥远的遐想……于是所有的眼睛都是那样的纯净而亲切，那样的让人读得津津有味。让你预想到全世界所有的恋人，表情都会是一样的，都是透着同样的热情和温暖。每一道目光，都仿佛是一道红色的线，牵连彼此。在这样的心境之下，教堂便是一种象征。它象征着上帝的胸怀和眼睛。上帝会宽容人类的一切，只要有真诚，哪怕是盗取了天火，而把温暖播向人间的上帝也会宽恕。愿上帝保佑全世界所有的恋人，梦想成真，永远相亲、相恋、相随……

一夜无话。第二天（6月22日）早晨，又是一个大晴天。昨晚睡得还不错。因为倒时差，醒来三次，但总算还是睡到了五点多。早晨的歌曲仍然令人振奋，那是只有自己能够感受得到的心中的歌谣。睁眼迎来的第一缕曙光就是一双亲切的眼睛和遥远东方的朝阳。我心中忆起的仍然是远在祖国的朝阳，而不是在西方的德国。因为我的心，一直牵挂着我们可爱的祖国的红线。我这只风筝无论如何是无法飞离了。我为自己的表现而感到自豪和庆幸。9 点离开饭店，到联邦经济技术总部座谈。

柏林街头，有许多年轻人骑自行车，也有专供出租的自行车。街道并不宽，但汽车较少。外交部是开放的，门口只有一位警察。

中小企业

在德国经济技术总部座谈。"感谢你们带来了很好的天气。"拉莫斯先生，一个身材高大而热情自信的男子热情地说。"我代表经济部中小企业司对诸位来访表示欢迎。我们的部门，主要制定扶持中小企业发展的政策。中德经济是非常健康的，危机中我们对华出口还增长 2%。我们从中国进口有的下降，但幅度还不低于其他国家。我们整个贸易总额 920 亿美元。可见中国是最重要的贸易伙伴。这种良好关系从人员交往中也体现出来了。今年 5 月默克尔总理访问了中国，我们的副部长也参加了。下个月默克尔总理又要出访中国，10 月份我们部长也要到中国访问并参加世博会。同时，我们也十分高兴能够有幸接待中国代表团。"

德国方面几位参加座谈者都很谦和友好，看不出西方人惯常的冷眼，而更多的是尊重。这与国内的发展和逐步的强大有很大关系。

德国实行联邦制，有 16 个联邦州。联邦和州根据宪法规定有自己的管理权限分工。整个经济基点是市场经济，含义就是充分保证自由市场的存在。国家的任务就是能保证市场经济条件下企业的公平竞争。自治组织和商会的作用也很大，且受到国家重视。商会是统称，各个行业都有自己的协会。政府重视职业培训和职业教育。所有上岗工人，都要经过专业培训。你如果不学一门手艺，就没有企业要你。据介绍，在德国，中小型企业是指少于 500 个员工的企业。这个量的定义，对统计具有重要意义。业主同管理者往往是一个人。德国目前的中小企业，80% 是家庭式企业。2005 至 2008 年就业率一直上升。小企业的开业和倒闭相比，还是开业的多。独立创业者，即自己为自己打工的人越来越多。自 2009 年末，有更多的人认为自己企业的发展前景较好，这是一次问卷式调查结论。原因之一是国家税收政策有利。主要是降低了收税，由 38.5% 降到 30%。这在欧洲属于中游水平。同时还提高了免税额度。门槛由 25%，降低 15%，再降 4%。个人所得税 5 万欧元以上的由 53% 降到 10%。对于大量的家庭式企业，甚至允许下一代无税继承。如果下一代保证经营 7 年，便可免税。在德整个经济运行中，个体户、手工业和家政服务者，也采取了很多扶持措施。20% 的可以退税，这对中小企业发展有很大促进。另外，收入中 42% 作为附加的工资。政府打算把这部分税控制在 40% 以下。企业为员工上交的各类保险，可以有一半打入成本而不上税。联邦政府对于成功的企业的扩展可投 50% 的资。对于投资有限责任公司，有 2500 欧元就可以注册一个公司。1 欧元就可以注册一个普通的公司。目前全德大约有 20000 个这样的公司在运行。同时规定，登记注册要最短时刻完成。另外还扶植了高校内的项目，三年免税。到三年后还会有新的政策。大学生创业，有特殊的创业奖学金，资金扶持是重要一项。德国也受到了金融危机冲击，不少银行卷入。在德国人们担心影响中小型企业发展。不少中小企业要靠贷款谋生。大约 1/3 企业受影响，但只有少数企业失去贷款。大部分中小型企业贷款都是由私人商业银行做的。国家通过发展开发银行来做。该银行的贷款利息低于市场 0.5%。程序是企业先到自己开户银行请其代为申请。此类贷款金额 2009 年发展到 150 亿欧元。整个国家 10000 亿。国家的贷款通常为期十年。企业的开户银行承担 50% 责任，其余由国家承担。另外是基金。全国 750 亿，只给受到危机冲击的企业。这一块开户银行只承担 10%。开户银行了解企业发展情况，他更有责任仔细审核贷款申请。再就是创新。以前国民生产总值 3% 在教育研发中。新政府提出 10% 的比例。2009 年总投入 680 亿欧元，其中很大一部分来自企业本身。企业方面 460 亿。德国有 360 万家中小型企业，12 万家每年都有新产品。花在科技研发上的资金，占企业的 30%。在全国经费中，占 19%。经济部有 ZIM 项目是专业扶植创新。有专门的资金，给研发所需资金的 50%。2010 年有 15 个亿。有 8000 个企业申请，已经得到了批准。最多可以达到 500 万欧元。还有风险投资扶植，这只是在准备阶段。

从工作上来讲，减少官僚主义，提高办事效率。政策首先要进行量化的测定。过去最多的报表数据有 10000 多项。政府要求减少 25%。眼下达到 40% 的目标，有专门的办公室负责这项工作。看来官僚主义到处都有。这显然与民主德国时期的官风有关。如企业账簿保存十年，这一条就会考虑取消。培训计划由政府部门、工会、行业协会共同制定。还制定了培训条例。企业界每年培训 30000 个培训企业，60000 个岗位。企业界已经完成了。准备再延续三年。

企业同员工定有培训合同。人口少，需培训的人就少了。2008 年比 2003 年减少 313‰。技术工人也成了一个问题，正在采取措施。如提高妇女就业数量，延长工作时间。

最后谈到外交与出口。出口量大于进口量，而且一直上升，直到 2007 年开始下降。今年增加 8% 左右。12 家贸易伙伴，近年都是下降，唯有中国是上升。进口方面，与中国的贸易也是有减少。超过荷兰，成为第一大进口国。对中小企业参与外贸的支持。中国也支持。我们还支持了海外商会。80 个国家设有商会。介绍 50000 名企业经理出国考察。

看得出，德国政府对中小型企业的扶植政策是务实的，也是有效的。中小型企业发展有自身的规律，大部分中小企业是在内部市场运行的，支持企业少裁减人员，只采取缩短工时的办法，收到了国内生产总值下降而就业并未减的效果。去年裁 100 万短时工作人员，伤痕斑斑的记忆，今年就少了，因为订单多了。

独特的议会大厦

当天下午，参观议会大厦。

这是一座老建筑，1994 年进行了为期 5 年的整修。主持改建的是美国建筑师柏斯特。他千方百计保留了所有战场痕迹。1945 年留下的战争创伤仍然清晰可辨，还有苏联红军留下的俄语标记。当时的柏林是被苏军占领的，后被 4 个国家共管。我们站在东门内，是专用于接待外国元首的。议长正在等待接见贵宾。每年要接待 300 万来访者。议员每天到此签到工作。两星期在此开一次会，两周日到自己的选区活动。这是在德国不是很受人欢迎的职业。在门外的院子里有一条线，那就是以前柏林墙的界线。我们所说的西柏林，对面就是东柏林了。一位老者，身着灰色西装的大高个子就是议长。他正在接待贵宾，有警车开道。很近的看到了议长开会的情形。

我站在政治大厅的正面，背面是联邦德国国徽上的一只雄鹰图案。16 个州也有自己的州徽。这只鹰标志 16 个州团结在一起。金属所制，有 2.5 吨重，60 平方米。悬挂在空中。1999 年由波恩搬来。很多人反对这样张扬的东西。认为这个鹰太凶，象征着权威，在联邦制国家，议长是最有权威的。

眼前的这个厅，是为政府成员所用，相当于总理在议会的办公室。在德国，总统是较弱的，许多重任就落在总理身上。整个权力在议会，议会委托总理工作。所以也要求内阁成员向议会定期来汇报他们制定的政策和工作。例如：现在欧元区有些地方发生危机，默克尔就必须来做出解释。她的这个办公室离议会开会的地方很近，默克尔既是总理又是议员，其他议员办公就不在这楼里，只有议长有办公室。平日每天日常工作都在里边。

德国规定建房子必须有艺术的投入。这里多数是本国艺术家，也有英法苏美这四个国家艺术家的作品，以感谢他们对德统一的支持。442个演讲间，被一个屏幕呈现出来，滚动不断，展现了历史与现实的连贯与衔接。这是一位美国艺术家所展现出的，要用20天才能看完。在一个玻璃中，有宪法和国歌的原稿复制而展览。这是一个表决门，三个门分别表示：同意、反对和弃权。

议会大厅，1300个位置，分为五块，像一块蛋糕一样，议员不一定全到，但必须有全到的位子。议会的开会有日历表提醒。议员不感兴趣可退场。中间是议长和副议长中的一位。主持议会，主持者两个小时轮换一次。没有表决器，只是举手表决，计票较容易。五个政党意见不同。各政党又有自己的办公室。也有的只代表个人意见。凭良知表决是宪法赋予的权利。内阁总理的椅子较高一点。部长可以委派人参加。

断头教堂

"断头教堂"，是"二战"期间被炸毁的一座教堂。战争的累累创伤给人类以深刻的启示与正告。

同许多欧洲城市一样，柏林城区，据说原先也是教堂林立。这些神圣而古老的建筑，几乎都在"二战"中被炸毁。眼下这座仅存下门厅与半个尖顶的建筑，就像我国的圆明园遗址，仍然看得出当年的巍峨辉煌。走进这座见证了世界大战的狂轰烂炸灾难的建筑，仍然为那华丽的尖顶与四周精妙的浮雕、彩绘而惊叹不已，同时也发出不无怜惜的感叹。人类是文明的创造者，同时又亲手破坏着文明。就像人类享受大自然的恩惠，同时又自觉不自觉地破坏着大自然的美好一样。就在这座"断头教堂"的废墟之上，人们又建起一座教堂，是完全的现代建筑。几乎没有任何美的艺术设计，只是一个圆形的桶状水泥建筑。走进教堂，传来管风琴低沉而浑厚的演奏声。一些老年人和好奇的儿童在座位上，望着正面墙上悬挂着的耶稣十字受难像发呆。那像是镀金的，在四围透过彩色玻璃的阳光照耀下显得愈加凄婉。现代的人们对于这样一个感天动地的宗教故事显然已经麻木。人们变得更现实、更急切、更急功近利了。人们看到这样神圣的建筑也没能在邪恶与贪婪凶残中幸免于难，那上帝还有什么颜面继续在这里发号施令？你耶稣这样一个好心人，也只能被钉在十字架上，那真善美还有什么魅力可言？强盗和小偷往往在这个世界上屡屡得手，而善良与慈爱却不知不觉似乎变成了无能与受难的代名词。于是当音乐落下，身着黑色袍服的高大的神父出现在讲评台上，用雄辩而富有胸腔共鸣的声音讲着颠扑不破的真理之时，那些原本就零零散散的人们便开始三三两两地离席了。大伙似乎一点面子也不给神父留下，最后大约也就有二三十个老人，在可以容纳数百人的教堂中坚持着倾听。这是宗教的悲哀，还是人类精神堕落的暗示？我不得而知，上帝当然也有些困惑吧！他无论如何也不可能把每个人都狠心地钉在十字架上。上帝如果真正公平就应该实实在在地干点儿弃恶扬善的事情吧。

于是想起了，毛泽东当年在延安"七大"的闭幕词《愚公移山》，他讲："中国人民正在受难，我们有责任去解救他们。所以一定会感动上帝，但这个上帝不是别人，正是全中国人民大众……"

想到这里，我十分地怀念毛泽东这个人物，其实他才是中国人民心中的上帝的代表。以往中国发生的事情证明了他的预言。我们是感动了上帝，结果推翻了三座大山。现在世界人民正在受难，谁来解救呢？也只有人们自己，就是全世界人民大众。我们中国的领导人，提出科学发展观就是解决世界种种难以解决的问题和引导人们走出种种沼泽的"诺亚方舟"。经历过战争、灾祸、疾病与民族分裂等种种苦难的全世界各种肤色的人们，都要求得世界的和谐与自己内心的和谐。有了这样两种和谐，才有世界的安宁和每个人内心的安宁。到那时，整个地球也就要变成一座真正意义上的大教堂，每一个人，无论在哪里，无论干什么，无论是白皮肤、黄皮肤还是黑皮肤，都会对着太阳和月亮发出内心的祈祷，得到内心的安宁与和谐。

由"断头教堂"出来，耳边仍然响着管风琴的乐曲和牧师庄严的声音。尽管并没听懂他在宣扬什么，但总能意识到那是"劝善"的说教，是导引人们进入天国的教诲。其实在当今时代，我们人类更加需要这样志向高远的精神导引。因为人们太过于功利务实，太过分地追求眼前的利益和感官享受了，而普遍忽略精神的陶冶和精神家国的耕耘与构建。

在欧洲，这样随处可见教堂的城市与国度，真正信教的人们看来是较过去减少，而我们东方的悲哀则在于信仰危机。人们有迷信思想，而无真正意义上的宗教信仰。

联邦工业总会

很高兴这次欧洲之行能到德国工业联合会访问。有两个小时的时间向大家采访联合会和中小型企业发展问题。首先介绍的是一位精干热情的女士。她负责家庭企业。

"我借助片子介绍一下工业联合会情况，德国工业联合总会不是国家机构，也不是政府机构，是建立在自愿加入的基础上的一个协会。我们非常注重独立性。独立于国家、政府。我们当前任务就是综合会员的意见，向国家发出我们的声音。也就是说会员企业（十多家）的代表，也代表 7703 名员工创造的占国民经济总量的 25%。我强调工业品 25%。德国是欧洲中的一个特殊国家。首先看一看我们的目标。一是使中小企业地位加强。二是增加德国企业在世界的吸引力。三是加强发展市场经济，要求给业主有更多自由，争取平等。其次，实现上述三大目标的手法和途径。代表会员利益参与决策。我们是企业和政府之间的纽带。这就需要我们懂得企业，也懂得政府，并能把意见或过程传给政府和公众。

德国企业联合总会目前有 20 个不同协会。例如：中小型企业委员会，另有外贸经济，环境和技术，积极的政策委员会等。这些委员会的负责人都是联合会的领导成员，德瑞本人是中小型企业委员会的主人。

在我们的企业会员中，中小型占 98%，10 万多个中小企业，400 万就业人员。大家可见中小企业在德国工业中的地位，可谓是德国经济的靠山。德国理论界对中小型企业有各种定义，可以装满一书架。一种说法是 500 名员工，5000 万销售额以下的企业。这也是政府定义，但我们工业联合会喜欢量与质相加考虑。我们主要是要看它的法人，既是业主又是领导，这就是中小企业。这类企业没有外聘经理，资本主要依靠自有。有优点也有弱点，优点是有绝对的自主权，不依赖于别人，但在法律框架之内。有一个较大弱点，没有办法到省组织的资本市场上拿到足够的资金。这在金融危机以来显得更加重要。从内涵角度我们喜欢这个定义，它有高度的灵活性，不需要好几层的管理。业主对企业基层情况十分了解，没有其他那些出谋划策的部门。这个状况，在我们联合会工作中要充分考虑。另外，有传统历史，有的有一两百年历史，这样的企业有自己的价值观和经营目标。基本上这样小型企业把自己企业的价值看得很重。而大企业的外聘经理往往要改变企业价值观。要讲工业联合会的能力范围和怎么为中小企业服务？在社会市场经济中有一个基本的原则，即政策对所有企业都是平等的，是中立性的。从理论上讲是不需要一个专门部门来照顾中小企业。因此工业企业无论大小利益都一样。我们的工作实际上是跨部门和领域的工作。我们把相关的政策收集起来交给中小企业和政府。我们只是强调中小型企业发展。

在总会这个屋顶之下，还包括 36 个小的协会，是属于行业协会。第一个 VDA 是汽车工业联合会，ZVEI 是电器工业联合会，（西门子就在其中），VCI 是化工企业联合会，VRB 是建筑工业联合会，还有机械工业、电子工业等协会。这些协会要向总会交会费，也派出专家到专业委员会来工作，是经费和专业方面的支柱。最终也是他们来决定总会的工作和内容，内部要发表意见，也需要他们的同意。总会是适用于所有行业，不同行业有话自己可以发声。所以我们联合会，要有协调能力。迄今为止，我们的作法是成功的，政界也比较满意。其中会长（秘书长）本身就是由企业走出来的，代表企业的利益，他是我们的会长，高低建筑公司的霍夫迪夫，是我们联合总会的象征。他是被选举产生。每届两年，可以连任。另外还有十位副会长，其他都是企业家。可见领导层就是各种企业的代表。让老百姓感到，中小型企业和家庭企业代表都有我们的人。总部有 150 名工作人员。在外有联络处，比如布鲁塞尔。以后影响经济的政策已经超越国内，而在欧盟制定。亚太办联络处对我们很重要。其中有中国工作组。德国是一个协会国，名单可以组成一本很厚的书。基本是没有一家企业不参加一个协会。每个企业都有自己表达意愿的协会。本会之外还有三个重要组织，即手工企业联合会、顾主总会（会员可能是我们的会员）还有德国工商联合会。这是每个人都要参加的。金融界也有三个协会，私立银行（VDB）协会、公家银行（DSIV）协会，对外有一个信用社，资金互助，这样的协会还可有很多很多。

协会里面有企业愿意资助，协会就可能维持下去。他们参与立法知道哪些意见大多数企业能够接受，立法有听证过程。协会到时候还可以参与意见。可见协会一直在伴随参与立法过程。政府跟我们的合作也是丰富多彩的。制定法律前，会有一些专门的工作小组，我们协会的人员往往要参加到里面去，总之，我们有合作，但又是完全独立的。政府不能给我们布置任务。

为应对金融危机，德国搞了经济基金，到 2010 年为止，在一周之前，经济部邀请协会去讨论：这个基金期限要不要延长，这个工作就是联合会典型的工作，会前我们要征求相关会员的意见，然后把它汇报到政府相关部门。像这样的程序所有协会都在参与。我们把大家的愿望反映出来，通过各种方式和渠道，如同新闻界打搅，同议员谈话，组织内部会议，搞专题调查，民意和企业内部情况调查等等。主要为了保证我们论点的充分正确。我们不希望经济基金一刀切停下来，恐怕造成企业集中提出太多申请，加之融资还没有完全稳定下来。这主要是针对中小型企业。

目标决定了联合会的工作不可能有任何的自我行为，而是完全代表协会成员的利益。国民不存在同任何会员之间的矛盾。

过多的国家干涉，是不利于市场经济发展的。德工业联合协会，在会员意见与政府有距离时，还是要坚持会员意见。如果政府意志上升到了法律层面，我们同每一个公民一样，都有执法的义务。例如：环保方面，我们和政府约定的目标，就有责任协助实行。这是要签字的，是企业的律性的目标，也就是协会的工作内容之一。

会谈结束，热情的德瑞先生送我们下楼，在临别时，我问德瑞先生，你们这座高大而漂亮的建筑是由谁投资建设的？是政府投资吗？德瑞先生摇头笑着说："不是，是企业赞助，主要靠自筹。"我又问，财政每年给你们有拨款吗？他又一次摇头，否定。其实我也是明知顾问。我之所以提出这样的问题是因为想到了我们国内的工商业联合会。那不光是由政府投资建楼，每年都有相当数量的政府拨款，而且连干部也由各级组织部门任命。这样的所谓"非政府机构"实际是什么性质，究竟能够代表谁的利益，就很难说了。由此也可以看出，我们的市场经济还不是真正意义上的。政府包办太多，管得太宽，企业没有自主权，民间组织也往往是形同虚设。

中午离开花园酒店去老友餐厅饭后，动身去汉诺威市，行程三百公里。

汉诺威市

这是一座拥有 60 万人口的中等城市，在德国属于第二方阵的大都市了。同法兰克福属于一个档次。这是一座位于南德平原上的会展城市，曾经举办了世博会。每年都有大大小小国际会展在这里举办。城市道路宽阔，建筑典雅，交通十分方便。我们所住的皇家酒店，就在市中心的火车站对面。市内最突出的是大型轨道电车。每过几分钟就有一辆拖着四节车箱的有轨电车驰来。车上总是坐不满。这正是北京这样的大都会应当拥有的，既环保又便捷。

这里还是下萨克森州头号工业集中地，此海岸修设在海岛与哈尔茨山脉之间的汽车行业，沃尔夫斯堡的大众公司和汉诺威的大陆公司，以及世界最大旅游公司之一的途易 TUI 公司总部也设在这里。除此之外，这座州府城市还每年举行两次汉诺威博览会和全世界规模最大的国际通讯技术博览会 CCBIT。其实，汉诺威的国际化由来已久，它的历代统治者毕竟在 1714 年至 1837 年间同时是英格兰的国王。这座城市的建筑风格也就可想而知。

6 月 23 日，适逢当晚 8 时德国队与加纳队足球比赛。汉诺威的球迷们显然到下午就开始聚集了。大多数是男女青年，他们在脸上和胳膊涂上三色旗的颜色，有的穿着同样颜色的衣服，有的背后披着一面国旗。大家成群结队地从街上走过。显然是前往预定的有大屏幕电视的酒吧。还有一位漂亮的女孩，拉着一条宗黄色的德国牧羊犬，在她的背上，也披着一面国旗。她很自豪地牵着爱犬在人行道上走来走去，灰色美丽的大眼睛不时地注意着进出的人们。她对人们投来的异样的眼光显得很满足。连我们住的旅馆餐厅的服务员，也在胳膊上涂了三色旗的颜色。德国人对足球的热爱和对于自己国家荣誉的重视可见一斑。

下午到就近的步行街购物，又一次领教了德国人的聪明、认真和精确。仅就厨房用具，从锅碗瓢勺到刀叉削切之类的工具，样样都设计得十分的精美。连一个削苹果的小刀，都做得既美观又结实，叫你觉得永远不会磨损搞坏，几乎是一个精美的工艺品。但价格却较高，让你觉得一分价格一分货。中国人常以"中国制造"为自豪，可是与人家的产品质量和信誉相比，我们的确还是有不小的距离，而这种暴露出来的设计水平和制造水平上的差距，正是反映我们在某些观念和技术标准上的致命弱点。应当承认我们离创造型和标准化的工业制造水平还相差甚远。

次德州银行

6 月 24 日早晨 9 点 30 分，德意志次德州立银行座谈。波兰特先生，一个高大英俊的中年男子，首先介绍情况。

"州立银行属国家银行。德银行体系下有三个支柱：一是私立银行，二是信用社，三是国家银行。次德州立银行属国立银行，资产 50% 来自两个州。另外 50% 来自储蓄银行，属地方资产，2380 亿欧元资产，名列德十大银行之中。我们这个州立银行为次德中小型企业准备资金。跟州政府密切合作，为州里经济运行做资金保证。感觉上负责整个次德地区。所以我们结构也是相当差的，我们的团队也是为地方政府和储蓄银行服务。在世界各地有自己的分行，伦敦、纽约、卢森堡、上海都有分支机构。你们怀疑的话可以去上海次德银行访问，我们欢迎。我们有自己的杂志和出版物，最近的一期是讲中国的。送给大家。请问大家还有什么问题。想了解次德银行是如何支持中小型企业发展的？这个问题由白克玛女士来回答。"

白克玛女士大约三十四五岁，一米九十的个子，修长挺拔，外貌十分的迷人。波兰特先生介绍她是一位处长，是专门从事这方面工作的。

"我先简单的回答一下。"她腼腆一笑说，"我们次德银行，经营范围是私人、公司和项目三大客户。项目金融主要是以银行支持建设基础设施，目前主要是风力发电和离岸海水发电。州内某企业遇到危机时，可以由银行介入购买，以免国有资产流失。公司这一块主要是中小型企业，占整个公司贷款的 70%。很多小企业贷款主要是靠地方储蓄银行来解决。对于大型企业来讲，大汽车公司、船厂，主要不是我们一家。贷款利息都是一样的，贷给谁都一样，没有什么不同。当然个案也有所不同，风险小的有优惠。关键就在于我们要看中小型企业的信任度，信任度高我们就会在资金供应上保证。比如在金融危机中，船运出现的问题，别的银行停止贷款，我们却是保证给它贷款。对于风险过大的贷款我们也很谨慎，但我们分析风险评估做得较好，再我们的资金来源主要是合法，所以对风险可以承担，以致到五年前，对这种性质的银行是不可以申请破产的。"

白克玛女士的表达很清晰，娓娓道来。她接着介绍："联邦政府和州政府有些金融支持项目都在我们银行。由我们实施。如投资补贴，主要是指强势地区企业，主要指困难地区。还有研发创新计划和职工培训深造等，还为联邦和州政府的项目提供贷款，比次德银行利息要低。同时还在州政府给出的担保项目支持。主要对象就是中小型企业，目标是发展经济实现就业。我们有很多来自欧盟的资金，主要是用于产业研发和技术创新、员工培训。有困难时都可以到银行来进行咨询服务。我们的银行没有介入美国方面的业务。我们的原则是不对企业进行补贴，还是市场运作。金融危机，实际比我们估计小得多。中小型企业中感觉不出来。有个例外是造船业。中小型企业资金链没有问题。资金来源不是私立银行。

"德国最大的银行是私立银行。储蓄银行是乡镇村和互助合作社。这两套本身都有自己的业务。不到外面做生意，都是本地客户。储蓄银行是有地区划分的，不超越区域到外面发展业务。会中也有地方政府代表参加，保证银行首先为当地服务。信用社更是这样，服务范围就是会员所在地区。它服务的对象就是中小型企业，业务范围就确定了。虽然利润率要低一些，但这两类银行的公益功能都完成得很好。私立银行营利是高的，例如德意志银行，它做许多业务，风险也高。而相反，州立银行同当地企业家很熟，所以在困难时，会得到帮助。当然，在德国也有州立银行破产的先例，这原因是他们想学习德意志银行，结果出了问题，这正是我们要吸取的教训。在金融危机之下，大企业和中小企业谁受影响大，主要是看中小企业与大企业的关联度大小。例如为大众服务的中小型企业受冲击就大。相对独立的企业，冲击就小，甚至没有冲击。德国的中小型企业发展很好。中小不等于差，所以给中小型企业贷款并不意味着利润低，而往往风险更小。这与中国的情况可能不同。另外，中国的银行原先在计划经济时期完全听政府支配，而后来推向市场，又一味地追求贷款利润，完全不考虑企业发展和整个经济发展需要，也就是说完全没有服务意识。这种情况很不利于经济发展，也不利于中小型企业的成长。这方面，德国州立储蓄银行与投资银行的做法很值得借鉴。早先英国也有国立储蓄银行，后来为了利润、市场化，取消了。现在看来还是一个误区。把金融盲目地完全推向市场，看来也是有问题的。"

银行的总部大楼，是一座绿色现代建筑，设计非常新颖。整个建筑不用空调，采光和取暖完全靠阳光。每一间办公室都是通透的。四周全是落地式透明玻璃隔墙，办公环境十分安静透明。

波兰特先生是银行部门主任，专门负责中小型企业的信贷和投资业务。他身材高大魁梧，大约五十多岁，性格随和，还是一位摄影爱好者，他曾去过中国好多地方。提起在北京、上海、西安和黄山的所见所闻，非常兴奋，对华山和黄山印象特别深。

他显然对他们的大楼很感兴趣，带着我们到处走走，然后到了顶层的餐厅吃饭。在餐厅四周的落地玻璃屏幕外，可以俯瞻整个城市的面貌。古老的尖顶和圆顶建筑是市政大厅和教堂。也有"二战"时期被炸毁的建筑的残迹。德国人的务实精神在反思和对待历史的态度中体现了来。

波兰特先生指着不远处一座被炸毁教堂的遗址说："那是'二战'时被炸毁的一座教堂。我们把它保留着，让人们铭记战争的灾难。"之后又有感慨的说："二战，德国战败了，战败对德国是一件好事，对全世界都是一件好事。"大家很了解他讲这句话的心情。我们对他的态度表示赞赏。他幽默地说："你们的邻居日本可说不出这样的话。"一下把大家都逗乐了。

午餐十分丰盛，是典型的德式西餐。营养全面，很合口味。加上环境的优雅和交谈气氛和谐的氛围，可谓是一次终生难忘的午餐会。大家利用饭后，继续谈论关于中国和德国金融业支持中小型企业发展的话题。

青山绿水

饭后，到 2000 年汉诺威世博会旧址参观。此后乘车前往科隆。

由汉诺威到科隆三百多公里是德国最迷人的一段风景走廊。高速公路两边，连绵起伏的山地，森林和草地，村落和别墅，红色的屋顶与绿色的植被，完全是一幅连绵不断的水纷画卷，人与自然的和谐在这里得到了最完美的诠释。明朗天空的流云，如同画家用大画笔在广阔的背影下描绘出的背景，为大地的景色勾勒出了某种宗教的天堂般的意味。

这里原来是西德的辖区。这种对自然的珍惜和保护，据说同东德当时的任意损坏自然植被的做法形成了显明的对照。这便提出一个问题。为什么"先进"的社会主义制度，会出现忽略人的发展与自然的存在。强调"人定胜天"，结果是失去自然，也破坏了人类的生存空间。而"落后"的资本主义却注重了人与自然的和谐与发展规律？问题的答案应当是我们的所谓"社会主义"，并非是马克思、恩格斯所讲的真正的社会主义。而西方国家所奉行的，也并非是真正意义上的资本主义，而是注入了许多社会主义的因素。因此，我们不能表面化地认识问题，盲目地否定和肯定什么。而要注意分析判断，也就是小平同志讲的，要弄清晰什么是社会主义、怎样建设社会主义。可要真正在实践中弄清这个问题又谈何容易呀！

其实，人类有许多利益是共同的，也就是说有许多追求是普遍的。例如：对于气候和能源枯竭的烦忧，对于现代化与可持续发展的追求。也就是说，环境与气候保护是 21 世纪全球面临的诸多挑战之中，最最重要和突出的挑战。这个问题，在德国的政界、媒体和公民社会中享有很高的地位。应当承认，德国在全球范围内的环境和气候保护方面是自身做得好，也起到了某种意义上的领头作用，也是利用可再生能源的先锋国家之一。我们一路上看到许多的风力发电风车，还有正在鼓励建设海水发电和绿色建筑。在全球框架里，联邦政府也积极致力许多的环境保护，气候友好型发展战略和能源合作。负责追踪联合国气候框架协定实施的秘书处就设在波恩。

1990 年以来，德国把它的温室气体排放降低近 20%，由此已非常接近它在《京都协议书》中做出的到 2012 年降低 21% 的承诺。在中立的环境保护组织的 2008 年全球气候保护指数中，德国位列第二。许多年来，德国奉行的是一条按照可持续经营的理念来汇总气候与环境保护之路。对此的关键是既提高能源和资源的利用率又扩大可再生能源和原料的双重战略。这既在供给方面，如发电厂和可再生能源，又在需求方面，消耗能源的地方，如家用电器、汽车或大楼，促进了创新型能源项目的开发。我们所见的次德州立银行的大楼就是典型一例。

我们之所以能够看到这青山绿水的美好自然环境，并非仅仅因为人少和自然环境优越，而其中包含着许多的工作，包含着每个公民新观念的确定和不懈的努力。在法治国家了解一个国家的现状，最好是先看它的法律。自然保护在德国被称之为"保护生活的大自然基础"已从 1994 年起作为国家目标，写入德意志联邦《基本法》第 209 条。一个完好的大自然，纯净的空气和洁净的水域是德国人生活和环境高质量的前提条件。在这个貌似简单浅显，却是十分的关键和重要的全民共识之下，国家在发展中，在保持空气和水域洁净方面，环境指标明显在朝着一个积极的方向发展。许多种类的排放在过去数年得到明显下降。在柏林，那条穿越而过的水量充沛的河流，据说过去在联邦德国时期，由于大量的工业废水排放，已经变臭，没有鱼类生长。眼下经过数年的治理已经成了鱼类生活的天堂和人们乘船游览的胜景。在城市，机动车都安装了催化器，石煤与煤发电厂的二氧化硫排放下降 39%，人均日饮用水的消耗从每人 144 升下降到 126 升，相当于所有工业国家第二低的消耗量。而联邦《可再生能源法》的出台，使得新能源的出现有了发动机。

许多事情不懂道理盲目行事是一种情况，而懂得道理之后又不按道理办事又是一种情形。后者恐怕更是难以救药的社会顽症。例如：对于气候变暖及其危害，懂得的人不少，但下决心扼制和改变就不是大家都能做到了。科学界对气候变暖的后果做了深入而可怕的描述，如气温上升、洪水泛滥、干旱频仍、冰山加速融化、物种面临灭绝等等，但全世界矿物能源的消耗却仍在大幅度上升。这不但加速温室气体的排放，返回头更加剧气候变暖的危机。在这种恶性循环下，可再生的环境友好型替代能源的出现和大量使用就显得越来越重要。风能、水力、太阳能、沼气和地热，这些可供人类无限支配，且不产生任何有损气候的排放足以取代石油，煤和天然气的新能源，从某种意义上看，就成了可持续发展的代名词。德国在这方面给世界带了好头。可再生能源利用与德国总消耗的比例，2007 年已达到 8.4%，占电力消耗的比例甚至达到 14%，而且这个比例在 2020 年将有系统地达到 25% 到 30%。目前德国风能利用占全球风能利用的 30%，堪称是"风能世界冠军"。把太阳光转化电能的光电装置同样显示出迅速发展和创新势头。生物燃料，如生物柴油和生物乙醇被越来越多地混合到动力燃料中使用，也是一个好的示范。

科隆工商企业联合会

6 月 23 日下午 6 点，抵达科隆。大家迫不及待地在莱茵河东岸下车，照相。对面就是著名的科隆大教堂。一座大铁桥把宽阔的两岸连接起来。这里曾留下过许多伟人的足迹，其中也有马克思、恩格斯。哥特式超群之作的科隆大教堂恰恰就在我们居住的宝思旅馆旁边。悠扬的钟声阵阵传来，使得你一进入这座古老的城市就感到了宗教的提醒。

6 月 25 日上午，德国工商业联合会座谈。会址大楼在莱茵河畔，坐在会议室，眼前是涌动的流水，环境十分的优雅。科隆人号称有三大自豪，一是拥有欧洲最重要最大、最长的河流莱茵河，还有就是科隆大教室和科隆啤酒。

首先在此欢迎大家的就是美丽的莱茵河。工商企业联合会办公大楼就在莱茵河畔。一些会员代表也参加。

"我们同中国已经有了不少的合作。"会长用这句话作为开场白,"我们工商企业联合会拥有 320 个企业会员,是一个独立的非政府的民间组织。我们在法律上代表会员的利益。我们的会员都是自愿参加。公司法津的形式是各种各样的,都是自愿来参加。包含有三个地方(柏林、布鲁塞尔、总部设在科隆)在莱茵、美茵地区,会员集中,所以我们选择了科隆。320 个会员又都代表着不同的协会,代表着 22 万中小型企业。我们的企业覆盖了 45 个行业。仅采购行业就 45 亿欧元,占国民经济的 6%。我们在政治上也很重要,就业大军 240 万。我们有 40 万个岗位。在采购、销售、投资和管理等领域开展企业间合作。

"回顾一下 1880 年到 1920 年。当时一些采购企业自由地组合在一起,形成了我们最早的组织基础。促进着历史的发展,到了 60 年代开始又进入销售区域最后服务范围扩展。在服务动力网格上取得成功。下面介绍一下在食品供应行业的覆盖情况。在一个企业的运作中会遇到许多的事情。从采购供货到营销,有许多事需要社会化的服务。如果你加入了你可以得到哪些方面的好处,大约有十多项。我们的成功在于联合会很稳定。可以为企业提供多种高质量的服务,有专业职业化的经营管理。我们一项非常重要的工作就是对会员进行管理素质的培训。这是唯一能够应对各种危机,包括金融危机的办法。我们的工作也离不开国家稳定的形势。"

协会的功能

"参加座谈的有汽车、家具、礼品等不同行业协会的代表。请汽车零配件的代表发言。他说我们公司直接为汽车行业采购零部件。每年采购量 350 万欧元。全球有 33 个机构。我们这个集团在物流方面,通过电子系统同美国,拉丁美洲都在开展业务。同中国的合作也已经开始。供货商里也有中国的著名企业。"精明谢顶,两只小眼睛很亮,从容老练的哈德先生介绍桂拉特家具控股有限公司。他说:"我们的集团有 50 年的历史,联合集体采购就可以获得好的价格。但此后就不能仅仅满足一个好的价格。纵观德国家具市场,有 9000 家,其中 7000 家营业额不满 1000 万。市场采购,资购服务。实际上我们的集团也就成了市场营销服务的一个集团。通过我们这样的服务,能使企业把精力集中到开拓市场上。把计划方案、营销策略,放到了提前的位置上。这里我们要强调的是有计划的采购和有策略的销售。所以我们的方案国际化了,形成了某种程度的国际标准。所以我们这种方案和计划也就是一种产品。我们把它销售给零售商。当然在欧洲取得了巨大的成功。取得我们销售方案许可证的商家达到 4000 家,然后走向了欧洲和世界。我们在欧洲和亚洲都有自己的公司，目前，在中国尚且没有，但我们很想走进中国。我们卖的是思想和方案，而不是家具本身，世界上各个地方都有多种多样的，在各地有一手资料才能取得成功，我的媳妇就是中国人，对进入中国市场我们充满信心。"

彼得·包维尔先生介绍。他是五金工具采购有限公司的代表。

"我曾经在北京待过一年半，但中文全忘了。我们所做的业务，都是连接生产的，所有的工业我们都注重，如五金工具以及所有的钢铁制品，等等。营业额每年达到40亿欧元。我们目前营业额主要在德国完成，以后要调整扩大涉外业务。计划专门成立一个公司，由我负责。我们总共有 800 名员工，照料着 1400 家零售企业。目前已有了一位来自上海的客户。我们刚才讲的主要是营销策划。单一企业很难完成的事由我们来统一管理。如网络管理、金融服务、营销宣传等。我们不是直接和顾客打交道，而是走两头，往返在顾客与销售商二者之间。我们的业务范围可见图表，很多很多。我们有九种语言的产品目录。中国市场的产品目录也已经编成，正在印刷。"

哈福特先生说："我们做了充分的准备，有优盘资料可供了解。我们的公司已有80 多年历史。产品包括五大范围：生活、舒适、业余爱好、家庭、时尚等五大块。舒适主要是大小电器，许多来自中国。业余爱好主要指业余开展的各种活动所需物资。家庭这一块就更多，书籍、玩具等。时尚主要是时装。我们的合作伙伴有 2200 家企业，营业额 140 亿欧元。吃住这一块，我负责与中方有很大的合作。香港、广东今年4 月还去采购。我们注册了一个《联合商报》，有利于推广。明年 4 月我们将再去香港，也希望能到北京去。"

座谈会上，各家的介绍都很简明。最后请法律专家，帕申律师事务所的代表发言，他们在北京也有律师事务所。他说："我们是按照经济法定位的一个律师队伍，为 800 个企业提供服务，促其发展。对联合总会的服务包括金融、培训和咨询三大块。在网上建立了平台。在咨询服务这一块，我们还设有热线电话，杨华女士同我们多年合作。"

联合会培训学院的代表指着窗外山坡上一座宫殿式的建筑说："那就是我们的大楼。我们本身也是一个中小型企业，有 180 名员工。我们培训的对象主要是企业专家。我们的语言理念与其他企业不同。我们的做法是聘请最优秀的外来教师，都是来自于实践，是企业家和经营者。我们主要的工作是在金融培训方面。我们也开展国外业务，到中国搞过培训微观金融、应急管理等培训项目。经常来往于科隆和法兰克福之间，学员很方便，一边学习，一边培训。"

"我接下来介绍一下互助合作社，介绍一下互助合作协会的情况，"霍夫先生说，"我们代表 540 个互助合作企业，在柏林、波恩、科隆都有分支机构。通过互助合作组织起来的企业有 600 万个。我们有了 100 年的历史。众人拾柴火焰高，个人干久了，集体组织起来干，就能干了。成员同时又是企业的主人。股份公司强调资金融合，我们强调会员本身的价值。互助企业不需要盈利的，否则就运转不下去。有五大块，首先是银行，1156 家互助银行，1640 万会员涉及 3000 万客户。农业方面，很多面包房、肉店，包括很大的超级市场都是互助形式发展起来的。奶农、畜牧业都是互助形式。另外，还有医生和手工业企业，近 5 年来由于金融危机，又有 500 个新企业组建，尤其在能源领域较多。为什么这种方式稳定？如果一个会员退出，他并不带走资金或别的。我们协会的一个任务就是要把这样的做法介绍到海外去。我们在世界各地（除澳洲外）都有自己的办事处开展业务，在全世界帮助建立这样的体系，甚至可持续发展。我们也同一些世界性的组织全作发展。举一个南非的例子。南非和德国，在德国有 16000 多面包房，是手工作坊。可是在南非，基本没有。在那里由三到四家比较大的公司供应。结果面包很贵，也不是本地产品。现在帮助他们建了一个面包房，培训了员工做示范。德国还有一个退休专家服务中心，带上技术和设备到那里去烤面包，我们将穷人组织起来，带他们建一个面包房，就地采购，就地加工。我们的面包房都是通过互助形式组织起来。40 家互助有 6 个品种集体采购。40 家以上又变成两家进行海外采购。南非也需要有类似的互助结构，发展面包房。互助合作，很适于贫困地区的发展。我们这样的合会组织，对于发展中小型企业是非常重要的。"

我国的中小型企业，员工在 2000 人以下，销售收入在 3 亿元以下，固定资产 4 亿元以下，全国有 4000 万家，占 GDP 的 60%，纳税占 50%。城镇就业 80% 由小企业提供。如何进一步发挥作用？现在看来，我国中小型企业的发展，还处在"小农经济"的阶段，处在一盘散沙的状态。国家相应的立法还不够完善。执法更困难，金融支持，技术和管理、人才培训和法律及有关的咨询都还严重缺位。现在看来组建行业协会和互助合作协会以及行业集团等形式是很好的形式。特别是行业协会，还严重缺失，要最大限度地发挥民间协会在中小企业发展中的作用。把政府的提倡和促进与民间组织的推动结合起来。目前的困难，一是财税政策支持力度较弱，二是资金保障问题较为突出。我们目前的金融体系，信誉担保体系都是主要有利用大企业的。三是自主创新还较困难。四是社会化服务体系还较薄弱。这些问题，在德国也是程度不同地存在着，因此就需要合作、联合，共同解决上述难题。作为政府如何在政策上清除阻碍？如何借鉴德国合作与联合会的经验？人家也可以做些示范。我们今后在这方面可以主动开展合作，政府要转变观念，要把对 5% 的大企业的关注，减一些放到对中小企业的关注上来。

科隆大教堂

下午，参观科隆大教堂。1248 年建，157 米高。据说是世界最高的哥特式建筑。整个教堂是上帝的居室，认为上帝生活在此，柱子代表和谐，这些窗户彩色琉璃图案反映着主人的教养。在中世纪时，多数人没有文化，人们到教堂中才能体会到上帝的意义。为什么要建这个教堂？当时认为三圣灵骨保存在金色檀木里，所以建造。顶部的刻模耗时五年。这是有一万平米玻璃的建筑。我们下来看中央最漂亮的窗户。大家可以想象，教堂平面图是一个十字架，在中世纪有百万人到此来瞻仰三圣舍粒子（灵骨）。造这个檀木祭坛花了五十年时间，有百万件宝石，纯金，正面滚着宝石。第四个人是德国皇帝，皇帝也铸上去了，但是这种做法也较为普通的现象。当中的窗户是教堂最老的窗户。95% 毁于战火，但教堂没有被炸。当时科隆人知道要受到袭击，把东西弄到别的地方藏起来，这也是德国历来建造大厦的榜样。柱子上面都有交叉的线，造了三百年。期间又中断了一百年，1840 年才正式建成。二战后修缮时还发现一颗心埋在这里，是法国女王的心脏。每年 1 月 6 日开放，称之为三圣节。实际上有五个人的骨灰。科隆是少有的城市，每天有一万人来观看灵骨，给城市带来了人气。

科隆 2000 年建城史，罗马人建。公元一世纪罗马人在欧洲势力很大，皇帝派人来莱茵河西岸招了盟友。公元 50 年时，把此作为罗马城市，当时是科隆历史上最辉煌时期。公元 400 年外族入侵，占领了科隆。莱茵河由南自北贯穿，地理位置优越。当时的过境货物要在此卖三天才走。商业极为发达，贫民经过与宗教势力的长期斗争，建立了市议会。1815 年划归普鲁士帝国。1839 年铁路通车，1985 年建成火车站，成立现代化大都市。二战毁灭性破坏。现在是德国第四大城市。每年有 600 万游客。罗马时代科隆古城墙遗址是重要一景。科隆博物馆陈列出土的罗马时期的文物。最有名的是九种马赛克。总之，科隆古城留下的印象是深刻的。

特里尔的悲哀

德国特里尔小镇是马克思的故乡。他在这里出生并度过了自己的童年。当我们

由繁华的科隆慕名来到这座宁静的小镇，真是感慨万端。诗情在胸中涌动。深夜仍然
不能入睡，便写下了如下这一首小诗。起名《特里尔的悲哀》。

　　忠实信徒飞越千山万水的宿愿，

　　终于在这一天得以实现。

　　来到了卡尔·马克思的故乡，

　　却并没有觉出思想家的伟大。

　　没有高山般的雕像，

　　也没有令人眩目的光环。

　　人们从世界的四面八方赶来，

　　却是为了康士坦丁的威严。

　　这座古老的城市啊，

　　两千多年前的某一天，

　　曾经被罗马军团的铁蹄踏践。

　　在奴隶与战俘的呻吟声中，

　　这儿即成占领者的乐园，

　　从此啊，摩泽河的歌唱化作哽咽。

　　莱茵大河谷的风啊，

　　已是带着泪水的苦涩。

　　为主权与威严而来，

　　情有可原，

　　而连特里尔的乡亲似乎是否记得你，

　　天呀，人们引以为自豪。

　　和不断向世人炫耀的，

　　除了古罗马的建筑古迹，

　　便只剩了大教堂与圣母教堂，

　　人们忘记了你，

　　曾经发现人类社会多么大的一个秘密！

　　人们远离了你，

　　才刚刚过去不到一个世纪。

　　孕育了你灵感的摩泽河啊，

失去了往日从容与静寂。

莱茵河畔消失了你的足迹，

消解了"幽灵"的威严……

人们醉生梦死，

似乎再也不需要谁来点燃信念。

人们享受生活，

再也不需要谁来鼓起理想之帆。

你的名字偶尔也会被提起，

却是排列在一位发明家之后。

人们以十分吝啬的态度提起你，

并不承认你创造了怎样的理论与实践，

人们十分自豪地向世界宣称，

所有罗马人建立的大都市，

都精心维护着文化和精神情趣。

唯有伟大思想家的思想，

却被远远地抛向九霄云外。

势利而愚昧的人们啊，

大家可曾反省？

君王的皇权

使我们世代背着沉重的十字架。

而马克思的公平原则，

使资本家不断向工人让步妥协。

我们之所以还能有积蓄来此度假，

正因为有了"剩余价值"的明断。

好在柏林的一座小而简陋的广场，

还矗立着你的和挚友的雕像。

号称为马克思与恩格斯，

哥儿俩一立一坐地相伴在光天之下。

那忧郁的目光注视着特里尔，

当您的肖像赫然悬挂于东方神圣殿堂，

这儿都连续不断地播放婚姻广告。

人们浑然无知地行走在古老街上，

任资本家炫耀地把剥削的伎俩宣扬。

只要不是有一天呀，

这伎俩同时开口向全世界说话，

"我们错了，对不起！"

那真理一定还在他们手中，

假若果真是这样的话，

特里尔的人们听着，

建议你们为无与伦比的思想家塑像，

让他毫不勉强地站立在康士坦丁的头顶上，

让太阳每一天升起，

就感受到大地上这颗永不落的朝阳，

啊！特里尔的公民们，

唯有那样，你们才真正无愧，

无愧是卡尔·马克思的同乡！

2010 年 6 月 24 日深夜

6 月 25、26 日，特里尔参观。

25 日上午 9 点 30 分离开公园广场。特里尔公元前 16 年建城，原为罗马古城，现有 10 万人口。5 世纪时法兰克人赶走了罗马人，当时就有 3 万多人，是罗马帝国的首都。游客参观重点是罗马古道和马克思故居。马克思出生的地方在不远的一所房子里。另外有三个教堂遗址和角斗场。当时的君士坦丁大殿是联合国教科文组织确定的世界文化遗产。"二战"时 40% 的房子被炸毁，因此只能是新旧结合。不像那些完好的欧洲城市，保持着几百年不变的模样。前面不远是皇家浴场，由彼得山引水下来。罗马帝国后期生活很奢侈。当时的所谓强人日耳曼人，从 5 世纪到 15 世纪是基督教统治。圣彼得是耶稣的大弟子，号称是开启天堂大门的人，腰间有钥匙。彼得雕像的模样来自圣经。

摩泽河绕城而过，它是莱茵河的支流，一直流到法国。君士坦丁大殿可见大教堂和圣母教堂遗址。地下有一种岩石白天可以储存热量，晚上释放出来。红色的土壤适宜于种植葡萄。

黑门，是一座古老城堡的巨大城门楼子。一千多年前改为教堂，如今是历史博物馆。1700 年前建造，墙体是巨大的石料，没有泥浆粘合仍然严丝合逢。城门墙壁完整，仍然不失当年的雄伟。每年 6 月 26 日的"老城节"，市长要亲自为圣彼得献一束鲜花。即代表智慧的亚当与夏娃，出色引诱他吃智慧果而有了羞耻感。《圣经》中说人一生下来就有智慧、中庸、勇气、公平与正义。

城内的巴洛克式建筑，最年轻的也有三百多年历史。雕凿繁复的雄狮蹲在古老的建筑两旁。马克思研究中心即马克思出生的屋子，则是一座较年轻的建筑。每年有 4 万人到这个博物馆参观。1818 年 5 月 5 日在此，诞生了人类最伟大的思想家。

1979 年 10 月 23 日，时任中华人民共和国国家主席的华国锋，在那金色的深秋虔诚地来此参观。留言本上的签名字体一看就认出来了，是那样的纯朴亲切。他写道："我们怀着崇敬的心情，来瞻仰马克思故居，马克思主义和中国革命实践相结合，使中国人民获得了解放。马克思主义万岁。"落款是"华国锋"。留言簿上还有许多别人的留言，但这是我看到的最为到位的一个留言，而且还是中国的最高领导人。我的心中得到了一丝宽慰。

马克思的父亲是一名律师，由于信仰不同，他只有改信基督教，才能被允许进法庭。这种狭隘的宗教意识，在幼年的马克思心灵中留下了创伤。

我们走进这座巴洛克风格的民居。心想，1818 年 5 月 5 日，就在这座租来的屋子里发生了一件大事：伟大的马克思出生了。1928 年社会民主党买下这座房子，后被纳粹没收，成为党部。二战时被部分炸毁，1945 年社会民主党修缮一新。此后有相当的时间，马克思主义备受冷落。然而乌云不会永远遮住太阳的光辉，历史的车轮也绝不会倒转。2005 年之后，这里重新成为马克思博物馆。谁会想到，到了 21 世纪，经济危机中人们又要请教马克思了。失业问题、医疗保险和社会福利等，都面临着严重的挑战。人们又开始从马克思的理论中寻找答案。

今天，位于布吕背街 10 号的马克思故居，这座房子被发现并于 1928 年被德国社会民主党购买。之后建筑师古斯塔夫卡赛尔将这所带花园的建筑翻修成今日所见到的法国风格。房间里陈列着马克思生平展。十分的简略，来参观的人也很少。

下午 1 点离开特里尔，沿着摩泽河西南上行，途径卢森堡去巴黎。一路山青水碧，风光迷人。公路穿过卢森堡紧挨特里尔的一座村镇，更显出欧洲现代小城的整洁美丽。交通如此便捷，房屋建造得如此雅致，是我们无论如何无法想象的。近城山坡上修剪整齐的葡萄园和山顶上密集的人工林，透出民风的勤劳与对大自然的敬仰。在这样的气氛之中，人们悠闲地享受着大自然的恩典，同时也努力而小心翼翼地回报上帝的关照。车行大约十五分钟，进入卢森堡市区。参观卢森堡大公国，然后进入法国地界。树木骤然变少。可见大片的农田，地形犹若东北平原，也是一色的黑土地，辽阔而悠远。典型的欧洲田园风光，视野之内的建筑物，就像一幅幅的油画。地平线与天空在远方相接。小麦金黄，甜菜与不知名的开花植物一望无际，为土地涂上不同的色彩。法兰西的浪漫，在田野里呈现出来。想起莫奈的《拾麦穗》那幅乡村风情画。可惜看不到农妇与儿童。一切都是机械化在短时间内完成，因此也看不到农夫在田野耕作。仿佛眼前的一切，都是大自然的恩赐。偶尔看见乡间道路上行驶的汽车，就像大洋中的孤舟。农舍和村落，躲在向阳的坡地上。红色的屋顶散落在天地之间，成为田园风情画中不可或缺的点缀。

高速公路上没有行道树。车辆密度明显低于德国，以致使得收费站的老太太居然能够有空闲绣花。这是万万没有想到的。村庄里也看不到教堂的尖顶。显然，富有浪漫个性的法国人对于上帝的态度远远不如德国人虔诚。倒是出现了钻塔和抽油机。看来产值并不高，零零星星。抽油机的体量也很小，估计每口井日产不会超过一吨。

快进巴黎市区时，出现了别墅群，同时也开始堵车。不断的有青年男女骑着大型摩托车疯狂地在车阵中闪电般穿过，身后留下可怕的噪声和一片惊叹。显然，这座拥有两千万人口，号称是欧洲首都的国际大都会，依然保持着众星捧月的特殊地位：集商贸、历史文化、建筑艺术、现代时尚、甚至包括人种展示为一体的超大都会。

可惜巴黎并不整洁

此次到巴黎，总的印象是巴黎并不整洁。尽管如此，但这座城市的内在魅力还是并不丝毫减退。就像一位天生丽质的美人，哪怕三天不洗脸，也会令人觉得她的美不胜收。

6月26日，巴黎观光。这座城市的古典建筑文化总让人望洋兴叹。1063年开始建造巴黎圣母院，1070年建成的这座典型的哥特式建筑，巍峨的尖塔，雕式繁华，彩色玻璃典雅高贵。屋顶呈圆拱型对角线。教堂非常高，采用的巨大圆柱却很少，只由许多的小圆柱组合成立柱。教堂内金碧辉煌，阳光可以透进来，开阔而明媚，让人觉得一下子到了天国。玻璃彩绘从创世纪开始到现在，从上帝到天地，从耶稣出世一直到最后的晚餐……整个教堂壁画就是一部彩绘的圣经。建筑上刻着以色列国王或各种人物雕塑，密密麻麻，令人应接不暇。

西墅岛是圣母院后花园。菩提树正在开花。金色的小花散发着淡雅的香气，令人如同陶醉在唱诗音乐的美妙旋律之中。这香气与诗韵是来自天国的。

在凯旋门附近的香榭丽舍大街熙熙攘攘的人行道上，衣着大胆漂亮的情侣携手漫步，展示着青春爱情，年轻的姑娘穿着美丽的衣服，吸引着游人的目光。

协和广场上的埃菲尔铁塔，是为 1901 年因世博而建，设计师是著名的埃菲尔，胜利女神也是由他设计。塔高 324 米，总共有 1665 个台阶。据说每 5 年就用 50 吨油漆刷新一次。塔底层有人类博物馆和海洋博物馆。人类历史与法国海军历史在这里展现。

巴黎的景点主要就集中在这著名的协和广场周围。拿破仑的遗灵埋葬在不远处的金色圆顶建筑的荣军院的主楼内。据说当时争议很大，但政府还是坚持这样做了。处决路易十六的断头台，也在埃及方塔附近。周围的建筑除了几座古老教堂之外，几乎全是巴洛克式的，并不过于高大，但却十分豪华坚固，是近代古典建筑的楷模，这构成了巴黎的基本风貌。而且随着现代人的急功近利与浮躁不安心情的日趋严重，她便像一位真正的待字阁中的大家闺秀，越发的显出不落流俗的雍荣华贵。人们面对这一切，也只能是沉默无语、望洋兴叹了。

而这种心境当你通过超现代设计的玻璃金字塔进入罗浮宫博物馆，便达到了情不自禁的极致。那些不论用抢掠还是购买或别的什么手段从世界各地弄来的精美绝伦的艺术品，那些分别代表了古埃及、古罗马、古希腊和古代东方文化的雕塑和种种千奇百怪的艺术品，更像是浩然无际的海洋，向人们展示着人类智慧与灵性的光辉。

你像每次走进这座殿堂一样，总是那样的不知所措，那样的贪得无厌。你无法弄明白那些工匠当初是如何创造出如此精美的艺术品。瞧那座著名的断臂维纳斯，还有那座并不是十分为人知晓的静静躺在那里的美人雕像。那个身体之下也许容易被你忽略，甚至在照片中会以为是一个真正的现代"席梦思"床垫的杰作，你会久久地为之赞叹。当时的人们，两千多年以前，竟然已经有了如此高明的卧具。就像君士坦丁时代的古罗马，洗浴业已经发达到连我们今天都勉强才能想象的程度。那卧垫的质感与精美设计，与现代人的审美与追求几乎没有任何的区别。你会在每一幅画作前流连忘返，甚至对达·芬奇的《蒙娜丽莎》，还有与大卫和断臂的维纳斯雕像是否真正有充分的理由鹤立鸡群表示怀疑。因为这其中的每一幅人物肖像与立雕都可以说是全世界绝无仅有、精美绝伦的。令人们自豪又感到不安的是那个时代的艺术家，他们所创造的这些艺术品，许多是没有留下姓名的，如果不是倾入所有的知识与灵性的积累，不是集中全部的感情和精力，是无论如何也创造不出来的。我们今天面对，在感到自豪的同时，的确是心中不安甚至敬畏和恐惧。我们提出这样的问题：你所从事的一切工作，包括阅读、思考和写作及生活中的一切内容和细节，与这些大艺术家的作品相比，还有什么价值？现代人为啥创造不出与之相媲美并同我们的时代相适应的艺术呢？就是因为人们已经无法真正摆脱功利的束缚与舒适的干扰。尽管我们的大脑聪明并没有退化，我们完全能够创造不朽的艺术。

黄昏时分，乘船在赛纳河上游览，欣赏这西方贵都的落日晚霞，清波两岸的古老建筑与浪漫风情，顿时使得心情放松了许多。赛纳河上数不清的桥，那些连接陆地与西黛岛的和连通两岸的桥，每一座都像一首诗，抒发着不同的情感，也呈现着不同年代的人们对于美的不同理解与追求。不同的建筑质地与设计风格又体现着科技发展的进步。

巴黎同时也是一座充满浪漫气息的城市，恰巧这一天（6月26日），是同性恋者游行日。难怪在大巴士顶端的露天座位上，挤满了衣着十分暴露，发型奇异，色彩强烈的青年男女。他们同性之间，成双成对，手上举着各种各样的旗帜招摇过市，向世人宣示自己与众不同的性爱观念。有的甚至公然穿着一种"丁"形内裤，说白了也就是光着屁股，只是裤衩里有一条线骑在交裆里。看着完全光着屁股，还故意对着路人。这样的举动与心态令人难以理解。弄不清他们究竟是要干什么，要达到怎样的目的。是宣示自己的与众不同，还是要人们理解自己的"英雄壮举"，还是用这种过分之举反抗传统理念的歧视呢？也许都有一点吧。总之，他们虽然是少数人，但却十分的疯狂，十分的肆无忌惮。西方世界，不少国家，如美国部分州、德国、法国等是承认"同性恋"合法性的。这是否合情合理，仍在争论。但既是合法的你自己实行便也就是了，何必要如此张扬呢？毕竟是不正常的嘛。试着想，如果人人都是同性恋者，那人类还能继续繁衍吗？就像排便的正常渠道是肛门，偶然也会有人出现病态，这当然也不违法。医生只好在他的肚子某个部位另开一个口子排便，你能硬说这就是正常渠道吗？更好笑的是，德国外交部长，竟然经常同自己的男密友一道出现在正式的公众场合。一个男人，莫名其妙地领着另一个男人在红地毯上公然走过，就像总统携夫人走过那样的理直气壮，这在西方媒体都是当成怪异之事报道的。我们往往注意到了人类物质生活的"两极分化"，却忽略了人们精神层面上的两极分化甚至"堕落"。这是很不幸，并很令人困惑的。在大街上，一个好端端的女孩子正是上中学的年龄吧，会牵着一条狗卧在大街边上，夜里也睡在那里。不知道是在追求一种什么样的生活。据说这样的少年，家庭往往很富裕，父母往往还都是有头有脸的人。他们从小衣食不愁。要啥有啥，但缺少的就是精神的支柱。灵魂的空虚会使人生不如死，这比肉体的饥饿寒冷更可怕。

贝兰女士

6月28日上午，访问法国财政部。贝兰女士迎接，并就预算、公共财政如何支持中小企业发展问题举行专题座谈。

"我主要负责与中国方面的合作，已经十多年了。欢迎大家来到法国，来到财政部。回顾一下我们同中国财政部十五年来的紧密合作，很有感慨。回国之后联系较少。过去接触过你们的陈文玲女士。感谢德国朋友把中国国务院研究室代表团带来。我点到你们所关心的主题，也是我们所关心的，即，我们的国家能为中小型企业发展带来什么帮助。这个主题也是法国一个很重要的话题。中国以大型企业为主，但中小型企业在法国占有很大比例。正因为如此，我们与国际发展研究中心和发改委探讨这个主题。曹玉书与高峰有过讨论。每次都有不同的角度。早在2000年初，就举行过研讨会。当时针对扶植政策重点是融资，提出些急需解决的问题。金融危机进一步证明，中小企业要获得贷款很难，而大企业较为容易。那次讨论还有安全保证和法律方面的问题，这方面的问题，看来至今解决得并不理想。我们同中国许多部门进行过交流，但话题较为分散。他们也感到确实要建一个长效的对话机制，涉及系统、全面的内容。这是一个复杂的问题，需要长期深入的探讨。一会儿我的同事会做更详细的探讨。我们这个部门由几个部合并而成，就像中国的大委员会一样。预算、公共财金、公职和国家改革部。后者主要解决各部门和省的运行方式，图中蓝色的是经济工业和就业，绿色的是预算、公共财金、公职和国家改革。长期以来，法国很希望机构能反映所抓工作的重点。这两位先生目前主要负责中小企业部。

法国是民主、议会和总位制的国家。实行三权分立。行政由共和国总统和总理及其政府分管；立法权由议会众参两院行使；司法权由法院执掌，独立于行政权和立法权之外。这个西方国家的政治体制同美国不尽相同。共和国总统，他是国家之首，普选产生，任期5年。由总统提名任命总理，总理为政府首脑。部长为政府成员，他们由总理提名，总统任命。政府制定并执行国家政策。政府在地方的代表是省长。这与美、德等国的州长不尽相同。他更多的是要替政府负责。其实质跟我们的省长相同。中央要求他们必须在许多重要方面同中央保持一致。而贝兰女士反对狭隘的地方保护主义。贝兰女士临时提出要请大家吃饭，我们谢绝了。德国人请客会在几个月前就确定下来，而法国人常常会临时决定。这种差别并不证明诚意与否而是不同的行事方式和习惯。

贝兰女士大约五十岁左右，是一位精干的女性学者。她热情、谈吐得体、举止优雅也很机智、审慎。显然是长期从事国际交流的学者。两位年轻的女助手，对她都很尊重。看得出参加座谈的两个部的人员相互并不熟悉。贝兰女士长期从事国际交流工作，主要负责与中国的事务。她到过北京、上海，还会讲几句汉语。她讲话很审慎。身高仅有一米五左右，体重最多也不超过八十斤的娇小的她，穿着可体的藕荷色的职业装。颈上还特意围了一条米黄底色点缀着枣红碎花的纱巾，使得她的外貌显得更加的端庄而富有了明显的东方美。她从事同中国的交流十多年，对中华文化当然有了更多的认同与本质的理解。金发碧眼的她，完全是以中国人的礼仪接待我们的，谈话方式也是很大程度上的中国化了。谦虚，委婉而又不失简明概括。她开了正剧的幕布，接下来上场的是两位男士。在整个两个半小时的座谈中。贝兰女士都显出极大的热情与耐心。不时地她还会插几句话，那都是很必要的，而且是中国化的。这使我联想到了历来对中国文化颇感兴趣，而且在中西方文化交流史上做出不朽贡献的那些外国人。他们中有医生、画家、旅行家和记者、作家、学者。还就是少有经济社会界的人士。贝兰女士是源远流长的中法文化与经济领域最能代表东西方发展的历史与趋势的。只有二者的整合与同时发扬才能不断振兴。

中小企业及支持政策

第一位学者从两方面介绍：一是中小企业的作用，二是法国扶植中小企业的政策。法国中小企业占企业总产数99%，税收的50%。18个月经济危机之后，目前财政赤字很大，政府掌握的余利很小，贸易递差非常严重。几乎所有国家所出台的政策都把重点放在创新上。经济危机加大了发展国家和发达国家的经济差异，这就引起了竞争力以及工业方面的发展问题。贸易上，西班牙 –12%，德法 –15%. 对这些国家来讲，重点要刺激出口。对中小企业政策而言，出口也是一个重点的话题。为了提高各国出口竞争力，欧洲各国都把重点放在出口上，都把关键放在创新计划。法国通过政府借贷350亿欧元，用于支持技术创新。法国刺激计划主要分了七个步骤。第一是目前有220亿用于提高中小企业贷款。第二是加快大型基础设施建设，有220亿美元。第三是受到危机影响和有潜力的工业企业内容，主要是汽车业各个部门能源节能方面的支持。第四是通过减税。第五是大型企业贷款。第六是工业总局支持大企业和中小企业共同发展。第七是最后退休体制改革。创新政策，重点放在了工业研发，促进信息、医疗和多媒体技术发展。在这些领域出口收入达 300 多亿欧元。（法国与德国在研发总投入是差不多的，但德国来自民间的资金多，法国主要是靠国家财政，贝兰女士插话）各国在研发上的投入都创造了一个最高水平。美国、欧盟和中国排在前列。许多法国人希望改变高等教育的质量。

在出口方面，中国的增长幅度较大。法国和德国希望增加出口能力。欧盟最大的合作伙伴是美国和中国。推动欧盟与中国方面的对话，是我们的一项重要工作。为此设计了许多对话话题。比如在中小企业方面只有双方企业都发展才能互惠互利，共同发展。中国与欧盟是这样，中国和法国也是这样。温家宝在 10 月访法建议可增加科技教育与研发方面的合作。中国与欧盟的贸易，中国对欧盟的进口 800 多亿欧元，出口 2000 多亿欧元。科技研发，高新科技，知识产权，数字信息，标准化，中小企业教育，高等教育，行业教育，制定一个法律框架；资金风险上做努力；行政手续，设立电子政务。通过上述政策，可见对创新企业给予更多的投入。在军事方面的投入减少了。所有这些努力是有成果的，大大提高了生产力。西班牙受到严重影响，所以他们的生产力大大下降了。科技园区分布在全国各地，有主攻生物学，主攻空气动力学等，里昂、马赛等地都有。免除职业税，过去每年给政府 150 亿元，但对就业、培训都有障碍，我们就取消了。接下来介绍中小企业有关的部门。他们虽然创造了一个民间的中小企业的机构，政府中还有一个中小企业的部长。竞争力服务总局，负责制订中小企业发展的框架。一是如何提高；二是高新科技园的支持；三是对于有发展潜力企业支持；四是对发展重组方面的努力。我们的政策在 2007 年产生了作用，促进了快速增长，2010 年增长幅度更大，增长了 5%。长期以来政府和议会十分关注中小企业发展。2009 年发展更快，一个人可以创建一个公司，被称之为自我创业者，让人们更简单更快地创业。自从这个法律使得一个晚上就可以申报一个企业，可以是主业也可以是非主业。人们创业的兴致更高，自我创业者的税收和社会负担很小。在 2009 年总共有 32 万人。这些自我创业企业，收入高达亿元。在过去的十年中，还出台了其他系列政策，包括融资、减少行政负债方面，都收到了很好的效果。一是在这里 2000 年出台一个"创业贷款"，二是对新企业鼓励措施，三是创造了新的税收体制（减税）。2003 年创立了地方投资基金。2005 年出台家庭企业优惠政策，对政府管理企业的负担进行削减。2008 年减少了金融门槛制度。让企业负担更低，为了鼓励创业，鼓励大企业工作员工业余可以自主创业。制定了培训教程，鼓励人们创业。另外，还有一些减税，社会分摊金的减免措施。总之，采取了一系列减免措施，鼓励中小企业发展。包括个人向企业投资的措施，在收入税和财富税方面予以减免；还鼓励企业之间的购买和出售优惠，享有税务减免。

推动发展的措施

第二部分讲：政府以怎样的措施推动企业的发展。概括讲，主要就是努力改善企业的创新环境。一是设立了"研发减税法"，减掉一部分税金。总共40亿的减税额，对企业发展很有效。二是针对对企业的计划或项目进行补贴。三是鼓励高新科技园区发展。帮助企业与高等院校和研发机构合作，有利于促进企业发展，提高其核心竞争力。有71个这样的高新科技园区（企业集群），其中有竞争力的17个。这个政策收到了积极效果，有1500个企业参加了招标，750个项目获准。政府用15亿欧元支持，占总体投资的30%。这一政策十分重要，使得80%的企业获益。企业要创新要发展，就得有融资的保证。其中，第一个帮助融资的项目叫"法国投资"。国家投资开发银行，6年中投30亿欧元，支持中小企业发展。OSYO公共银行主要负责增加企业信贷。为贷款困难企业进行投保。鼓励就业，员工少于20人，就可以社会分摊优惠政策。另外，也尝试在世贸组织框架之下，支持企业进入公共产品的招标。中小企业及刺激计划，主要让企业能够得到贷款。政府借170亿欧元，支持银行借贷，并及时提供3100亿担保资金，社保、劳保等（社会分摊金）。另外，对于250到5000人的员工的企业也要给予支持。这个规模的企业，目前在法国并不多。在出口上却比中小企业有效得多，生产率非常高。政府正考虑制定这方面的优惠政策。这个政策还没有出台。法国政府对中小企业制定的一系列政策都是很务实的，可操作性很强。政策的制定由政府制定，实施的主体由不同的部门来实施。这其中与中国一个最大的不同就是制定与执行严格分开，不像国内自己制定自己执行，这样就容易把部门的利益渗透进去。银行和一些综合部门，负责审批。额度如果较大，也要由国家有关部门审批。各个地区和省市也有权力改善各地发展和投资环境。在培训方面，有些属于政府，也有些享受政府有关税收的减免政策。

一方面要支持中小企业创新、发展，但加一方面又要避免给国家财政造成过重负担，这也是目前体现的一个重要议题。为了不过多减少财收，在个人税收方面的优惠取消了。一些特殊行业对企业不会有影响，从这些方面增加了国家的财收，于是预算又增加了。所以法国和中国在税收方面是不一致的。中国要推动内需，财政数字已经达到国民经济的 70%，在这种情况下，会不会对中小型企业继续给予支持？

多伦多二十国峰会，要求欧盟减少预算，增加与自己部门的合作效率。预算节约不会影响对中小型企业的支持。这对于国家的经济发展是十分重要的。我们的问题是在欧盟层面实行一个平衡。

法国文化中人们不喜欢做生意，自我企业创造者就是鼓励这些人从事经商活动，使他们能够进入真正的企业家行列。目前虽然仅有 4 个亿欧元，但未来发展的趋势还是很好的。

新凯旋门

下午参观巴黎新城。新凯旋门，如同新城的建筑一样，让人面对，不知做何感想。联系到国内的"坟包"大剧院和"大裤衩"中央电视台，令人哭笑不得。是的，在历史上也曾经有过新建筑不被人们接受的例证，如埃菲尔铁塔。其实这样的一个建筑，除了建筑材料不同之外，其造型特色与艺术风格还是与哥特式的古典建筑风格完全一样的。而在人民大会堂、国家历史博物馆、天安门和人民大会堂这样的中国古典建筑风格的建筑群周围却摆布了一个像圆型玻璃温室一样的大家伙，而在东边火柴盒子楼群之间，建了一个大裤衩和说不清意味和象征着什么的"柱子楼"，就有些出格没边际了。建筑是要讲究和谐或是相融的。像中国大剧院这样的国家巨资的项目，不进行反复论证，实在是历史的遗憾。搞城市整体规划，应当认真研究巴黎及国外先进经验。巴黎的城市规划，早在拿破仑时期已经确定了下来。由凯旋门呈辐射形向 12 个方向延伸，开成十二条主街道。城市的建筑风格和建筑高度都有严格的规定。至今没有人敢于突破这个规矩。而我们一些地方的城市规划完全不起作用。像小孩子捏泥团一样，完全成了一届或另一届当政者个人意志的试验场。谁都想专权，谁也不负责任，这样的结果，把城市修得乱七八糟，到头来只能相互指责而没人负责。

居丽珍

下午六点，乘飞机赴西班牙。

在法国访问的翻译居丽珍，温州人，看样子家大约是农村。人很朴实，刚刚生了孩子，显得有些胖，但动作敏捷、工作热情很高。她和妹妹两人都是在巴黎上的大学。姐妹俩又都找了法国人结婚。她的身上，体现着温州人能吃苦耐劳又善于处理人际关系的特点。她把自己的热情与诚恳以及做事舍得花气力的中国人诚实待人和吃苦耐劳的精神发挥到了极致。她长得并不漂亮，但是也不难看。方脸阔嘴，皮肤也有些粗糙，加之不施粉黛、不修边幅，乍一见面，倒像个中国南方的家庭保姆。但她的诚恳与热情，很快就使得你开始改变着这并不太好的初步印象。她其实是很聪明的，属于那种女孩子中少见的大智若愚的聪明。她同我们一见面就表现出格外的热情与谦恭，完全把自己置于"服务"的位置，这使我想起了那年去日本遇到的一位日本导游姑娘。小居的热情并非只是一种态度，而是很有内容的。她首先考虑到大家长途乘车一定又渴又饿马上又不能吃饭，便给每人预备了一包饼干，虽然是法国常见的那种普通的饼干，却令你有一种雪中送炭的感觉。而在吃饭的时候，她又慷慨而坚决地请大家饮一瓶法国红葡萄酒。这些细小的表示，使大家都很感动，一下子就把导游同大伙的距离拉近了，有一种见到亲人的感觉。这样的情景设计，没有大智慧是构想不出来的。她用自己的热情与行动，赢得了大伙的敬意和亲情般的密切配合。其实，她对于法国与巴黎的各种情况他竟然回答不出来。她抱歉地笑着表示还不清楚，但并不掩饰自己的未知。这种诚恳使得我并不感到要埋怨她什么，只是觉得应该知道这基本情况。从她眼神中的一丝内疚，可以想象她会尽快补上这点不足。第三天在法国财政部座谈时，她展示了自己的翻译水平。并不精彩，但仍是以诚恳与认真的态度赢得了大家的满意。她把自己所学知识和法语这门工具，发挥到了极致，用志向和吃苦精神弥补了一个中国农村姑娘在教育和教养方面几乎是与生俱来的不足。她给大家留下的美好印象就如同她为我们带来的那一瓶丈夫的伯父自酿的香槟酒一样清凉又绵长。在机场分手的时候，握别的那一瞬间，我终于明白了为啥他的丈夫，那位在邮电系统工作的法国帅小伙能够放弃对金发碧眼、浪漫迷人的法国女同胞的选择权，而同这位来自遥远中国而且相貌平平的中国留学生结为终生伴侣。其实他的选择是正确的。婚姻是需要一种绝不同于对年轻貌美的赏识那样外在的着迷，而是更加久远的内在的欣赏与理解。聪明的小居选择了法国巴黎，而巴黎的小伙子又决然地选择了她。但她至今并没有加入法国国籍。她说原因是要经常回国，她从事的工作是意义深远的，作为中法文化与经济技术交流的使者，她正在中国与法国之间增添了一条连绵不断的感情红线。

朱亚波先生

在德国境内的翻译，由朱亚波先生担任。他四十多岁了，是德国柏林一所大学的讲师。二十多年前毕业于华东师范大学德语系。他的妻子是哈尔滨人，目前全家定居柏林。他态度严肃，语言严谨，仍然保持着上海人的精明，又增加了德国人的认真。

他的知识面较宽，德语水平也较高，在德国大学中开设中国文化方面的讲座，很受学生欢迎。经过二十年的打拼，他显然已经在德国站稳了脚跟，目前在莱茵河畔买了宽敞明亮的连体别墅，也有了自己的小汽车。他已经加入了德国国籍。父母也曾三次来德探亲小住。他对德国的环境是赞赏的，但对于国内的发展情况也十分的关注。他对国内某些官僚的腐败事实几乎比国内的人还清楚，似乎读过香港国外出版的所有关于中国现行政治的书籍。他在座谈之中，对目前的现有政体和经济状况给予全面否定，当然这些观点与西方世界右倾的观点是完全一致的，但同样的言论由他口里讲出就更具有影响力。其实我们也早已承认自己的政治体制与经济体制是很不完善的，甚至存在不少致命的弊端。这其实同西方国家对我们的看法是不无矛盾的。实际情况再也不是 20 世纪 30、40 年代，毛泽东在延安所讲的"凡是敌人拥护的我们就要反对，凡是敌人反对的我们就要拥护"。而是"世界上会有永远的朋友，也绝不会有永远的敌人"。情况变了，我们对于自身的判断，也要与时俱进。从这个意义上讲，朱先生这些长期生活在海外，旁观国内情况，又有诸多参照的人们的意思，倒是要认真听听的。这些来自海外同胞的不同声音，恐怕对于我们更有积极意义。我们国内的统战部门，应该更加加强这方面的工作。他们的意见和观点，也许是片面的甚至是错的，但这种来自不同侧面的声音，正是我们很难听到的，诤言逆耳，警钟长鸣，也应当是和谐之乐中不可或缺的。

与朱先生分手时有些依依不舍，一路之上同他开玩笑说："你既然下决心融入西方，就应当完全彻底，而不应当把我们的哈尔滨姑娘带到此处受罪。"他总是笑而不答。中国人在海外，孤立、只身打拼很不容易。他年纪不大但头发已经十分的稀疏，显出跨越了年龄的苍桑。但他很成熟，看问题比较客观，讲话更是十分审慎，德语水平很高，特别对于经济方面的内容翻译得很到位。他在海外的工作，其实仍然在为祖国的发展服务，在为介绍中国、传播中华文化而努力。我们没有任何的理由不对这些人怀有感激之情，并希望能同这些受过良好教育的当代华人知识阶层结为朋友。在他们的身上，我看到了某种充满光明的希望。

叶黎芳其人

在巴黎市中心（三区），有一家装潢考究的中国餐馆。它虽然很小，却取了一个很大的名字："天坛饭店"。6 月 27 日，我们很偶然地走进这家餐馆。老板是温州人，名叫黎芳。她虽然已经年近花甲，但却保养得很好。衣着更是讲究。头发浓密，满面红润光泽，又十分的热情健谈。她同国内来的客人，真正是见面即热。心直口快，毫不见外，很快就成了好朋友。她的热情显然并不是为了推销自己的饭菜，而是打心眼儿里高兴。像所有好表白自己上了年岁的女人，她恨不得一下就把自己的身世向客人交代清楚。几乎没有人问，她就迫不及待地介绍自己的"天坛"。她总是把"天坛"读成"天堂"，说自己的天堂，已经是有三十七年历史的老店，在巴黎很有名气。说自己十几岁就来巴黎同弟弟一道开了这家店，经过千辛万苦，终于站住了脚跟。她的介绍很容易引起客人的兴趣。于是有人问她，怎么来得那么早，国内还没有实行政策开放，你怎么就出来了？她回答说："我是在国内办旅游留下的，弟弟是由香港过来的。"这个回答其实已经说明了一切，兄妹俩显然都是偷渡而来，三十七年前那时中国人的心目中，还没有"旅游"这一说，她办的什么出国旅游。

但无论如何，她们兄妹倒是如愿以偿。在当时绝大多数人梦寐以求的巴黎站住了脚，并且开始了自己的事业。如今的她，已经是一位踌躇满志的富婆。在巴黎市中心区拥有属于自己的住宅和自己的餐馆。天坛的饭菜的确是与众不同。她也十分的大方好客。她一边同客人商量点菜，一边继续报道自己的轶闻趣事。说她刚刚参加了美佰街（十七区）华人大游行，还说她已经把儿子和儿媳送回国内发展。说她在国内也是有身份的人，是天津市政协委员。说她眼下钱也赚够了，朋友也交了不少，只想着如何为祖国和海外华人多办点实事、好事。说她的这个店马上就要重新装修，要装成会馆形式，专为国内外华人提供交谊和谈生意约会的好场所，而不是普通的餐馆。她一边嘴里不停地说着话，一边亲自为我们安排饭菜。首先赠送两瓶自酿的法国红葡萄酒给客人，然后又亲自做主为客人以最低的价格上了最高档次的饭菜。有龙虾和温州大拼盘。她见大家吃得高兴，还破例为大家敬了酒，此后仿佛已经成了老熟人，竟然打开手机用地道的温州话给我们念起有趣的短信了。逗得大家哈哈大笑，她自己也笑得很开心。短短一顿饭的时间就这样过去了。大伙约定晚饭也在天坛，她自然更是乐不可支地像个小孩子。下午的热情招待更给大伙留下难以忘怀的印象。无论经历过多少风雨，无论对祖国是愚忠还是存有大偏见，无论处境是好还是不好，每一位海外同胞对于祖国母亲的那一份情感总是真挚而深厚的，总是像小孩子恋母情结一样难以淡化，更难以剥舍。叶黎芳女士，这个显然经过了更改的名字，却更让人想到这一层。她对来自祖国的同胞那种心情和态度已经说明了一切。无论她是落叶归根，还是终老他乡，她的心永远是向着故乡，向着祖国的。

司机彼得

一路上留下印象最好的人是德国司机彼得先生，这个翻译名字是不准确的，但我还是宁愿用这个名字来称呼他，因为他的诚实、认真、始终如一和任劳任怨，使得德国人在我心目中的形象更加地高大起来。他的精神世界，如同儿童一样的纯净，完全可以信赖。就像上帝的大弟子彼得一样，完全可以放心由他来掌管天堂的钥匙。他开车的技术，并不是十分的娴熟或细致。有时在起动时，会让人觉得有些过猛，还有一次行驶时压上了马路沿儿，但渐渐的他在我们心目中树立起了自己的职业形象。他家据说是在波恩，但我们却是在科隆会面的。像许多法国人一样衣着整洁，他高大魁梧，面色红润，谢顶。每天从早到晚总是西装革履、精神饱满。大多数情况下，他都在专心致至的驾驶。有时也会懂得德语的钟诚先生们唠几句闲话。但谈话的时候，也是极认真而严肃的，很少大笑。他大约四十岁，或者更小或略大。对于他的年龄实在是无法准确估计。他整天埋头工作，仿佛完全是交通工具的一部分，开始人们只是觉得准时、方便，并不觉得他同别的司机有什么区别。

由科隆到特里尔，又从德国特里尔经卢森堡到巴黎。特别是在巴黎的两天多时间里，他的可爱一点一滴地显示出来。不光是每天上班，他都坚持一丝不苟的穿着正装，而且每天出发前我们都会看到车早早地停在路边。车门打开了，彼得总是严肃认真得像国内大饭店的门童一样站在门门边上，随时准备迎接大家。这样的举止，起初并没有引起人们注意，因为这个举止似乎是德国司机的惯例，因为在柏林的司机，就是如此。

他是一位性情腼腆而又优雅的法兰克先生，也是尽心尽职地做到这一点，彼得的不同在于诚实的本质。当然，他不是做出来要给谁看，更不是想通过如此的努力达到什么目标。而是他的天性与原则，要求他如此的恒专。他会在闷热的地下室，一蹲就是半天，不喝水不吃东西，更不会走下车在周围闲转。他一直坐在驾驶室司机的座位上，那是他的工作，不开车的时候，他总是拿着一张地图，仔细地阅读。那是他的功课，他得把每一座城市的交通图装在他的脑子里，他不允许自己的拉着客人四处碰壁。更不会借口自己是德国人，就要以在巴黎迷路。他干每件事情，总是那样投入，连夜晚也会开着头顶的小灯埋头研究。他并不显出辛苦，显然他对此已经习惯，除了照图索行，他不需要任何人指点，他总是一脸认真埋头苦干。偶尔他也会打开小电视，那是为了观看世界怀，特别是德国队的每一场出战。他并不是球迷，但看得同样认真。德国队对英格兰那一场，一个球本来进了，裁判竟没有看见，但对此深表遗憾。他不希望英格兰赢得争议，更不愿意失去公平，这是他的生活态度，也是他做人做事的原则。他是一个普通的工人，但他的身上透出绅士的风度。临会别时我向他由衷地伸出了大拇指，他淡淡地笑了，显得很真实同时也很开心。

巴塞罗那商会调研

6月29日，上午10点30分，拜访巴塞罗那商会，会见对象是国际贸易司司长。他大约五十岁，精干而精力充沛，很喜欢自我表现，看得出是一位富有激情同时又不无浪漫的公务员。他的部属几乎全是一色的资深美女。机关的气氛就显得十分活跃。不像是商务机关，倒像是一个文艺团体。女士们皆是穿着艳丽，烫着各种各样的发式，穿着各种各样的裙子，鞋跟也是一个比一个要高。因此走过来总是一阵刺耳的高跟鞋快速敲击地板的声音。气氛显得既热烈又有些慌乱。

"我想知道你们来访的目标和目的。我们这是推动中小企业向外发展的重要机构。我们曾因此得到了国家的肯定。我们这个组织是具有国际眼光的，欧盟和有关的国际论坛和会议我们都是不缺席的。我还兼任商务部中国市场和中小企业发展的咨询委员。我们有中小企业会员50万人，所属企业GDP占整个西班牙的20%，是欧盟第四位。我们是依法成立，财政部用税收支持我们经费。我们主要任务在于支持企业创新和开拓新型市场，架起与世界各国包括中国的合作桥梁。我非常乐意回答你们提出的任何问题，我多次去过中国，希望大家提出你们感兴趣的问题。"

司长一上来，就滔滔不绝。几乎省略了所有的外交礼仪，令人意识到西班牙人不同于德国人的坦诚与浪漫。

"我们的商会是政府机构，我们在政府的利益与中小企业之间，找到一个平衡点。政府的目标不能硬性下达给企业（会员），农夫在土地耕种，我们得把环境治理好，这就是企业与政府的分工不同。商会的作用，就是把家庭企业分散的利益整合为集体利益。家庭企业要走向目标离不开商会的推动。我们扮演政府与企业之间利益的桥梁。每个企业发展的同时，也有义务拿出一部分钱用于推动整体发展。当前推动出口，就是一个重要目标。企业的钱70%用于发展国际市场，30%用于技术创新。"

他的介绍渐入佳境，更加显得投入了。

"企业把0.023%的利润交由商会用于推动企业发展。每个领域（行业），都有自己的代表，也就是行业分会主席，这样就建立起来一个长期多面的平台。企业的诉求与政府政策之间，就有了一个长期发挥作用的平台。商会使得政府与企业之间的沟通变得经常有效。我们就像一个温度计，政策的大政策和民间的小需要之间就没有了隔阂。中小企业对于财政的贡献，实现了国家的总体利益。中小企业交税少，但我们的政策满足了他们的追求。大企业也在帮助中小企业发展。只要创立一个中小企业，这个中小企业依照法律规定就是我们的会员。同时起着管理民间行业协会的作用。我们巴塞罗那商会是南欧洲最棒的头名商会，马德里商会名列第二。各地规模大小不同，但功能都是一样的。我们是政府利益和民间利益的结合部，是欧盟引进拉丁美洲模式的一个样板。我们的工作年度有规划，制定目标和重点。2009 年我们一些较大企业，受到了影响，但通过创造另外方式，如产品推荐会等等，收取服务费以保证商会经费收入。"他一口气讲了一个多小时。等到他讲完了，午饭的时间也就到了。他本身就来得很迟，显然并没有按时上班，的确是一个浪漫的公务员。也许西班牙人就是这样的做派。也许他本身就是一个另类。

西班牙全国 4500 万人口，其中巴塞罗那 300 多万人，首都马德里 600 多万人。巴塞罗那是绘画大师塞尚、毕加索、雷诺的故乡，市内建筑多是 20 世纪初的，也有 19 世纪的。在西班牙内战中，巴塞罗那许多建筑遭到破坏。巴塞罗那的建筑模式是模仿巴黎的，由上向下俯视，如同拉丁字母一样的别致。城市中近些年开始有了一些很有创意的建筑。

翻译吴丽丽女士来自台湾，是一个态度十分严肃而又性急的强势女性。她自我要求极严，总是追求完美，对他人要求也是同样的严格。她来西班牙二十多年了，不仅取得了西班牙语博士学位，而还掌握了巴塞罗那当地居民的方言。早晨八点她准时来接我们，却因昨晚司机开得较慢，到巴黎迟了一小时，大伙因为有时差，便要求把第二天时间顺逆了一小时。这样吴女士显得十分焦急，她立即同巴塞罗那商会联系，请求推迟会面时间，对方答应只能迟到 15 分钟到 20 分钟，否则影响别的安排，会见就要取消。在这种情况之下，我们及时调整，赶时到达。会见过后，她还在说，要追究那位年轻司机的责任。她也和所有孤身在海外打拼的女性一样，不由自主的就要表白自己的艰难。这起初我们还有些不理解，渐渐地就习惯了。她们真正是不易，一个东方女性在西方社会单打独斗，她们在精神上要经受多么大的压力！但是她们没有被压垮，却咬牙顶住了。而且还能继续打拼，仅此一点就值得尊敬。显然，这里并不待见黄皮肤。亚洲人同西方女性相比有许多劣势。然而，中国人自强不息。政府对专业工作者同私人企业一样的扣税，每月都要交两三百欧元。但是这里的公共福利和医疗非常好。过去十年，移来 100 万人。执政者很重视引进新鲜的有活力的人才。

马德里抒怀

6月30日早七点多出发，上火车站前往西班牙首都马德里。

昨晚世界杯西班牙与葡萄牙比赛，很精彩。西班牙进一球，葡萄牙有多次进球机会，却未能成功，看得人很焦急。人生也许正是这样，必然中有许多偶然的因素。昨天中午，在一家西餐馆吃饭时，意外地碰到美国前总统卡特先生。老人已经年过九旬，鹤发童颜、慈祥而随和，完全是以一个观光客的身份到这家著名的老餐厅就餐。如不是有几位年轻英俊的警卫伴随，谁也不会想到这位普通的老人曾经执掌过美国的命运。有幸拍下了一张珍贵照片。这家餐馆，是典型的西班牙西餐厅，在一座古老而典雅的建筑的底层。相传曾是毕加索年轻时首次举办个人画展的地方。馆内有一幅他的友人画的《骑自行车的朋友》，还有一幅毕加索自己画的回忆友人在此举办画展的情形。饭菜十分可口。能够在这里就餐，体会典型的欧洲风情，感受一种完全不同的文化情调，令人十分惬意。

饭后徒步穿过老城区、区政厅和各种博物馆、商铺。眼前所有的房屋几乎都是五六百年前的老建筑。还有些是罗马时代的古老遗建。这座城市文化的古老与深厚是体现在骨子里的。地下的每一块方块石砖和地上每一尊圆雕和浮雕，都展现出过去时代的繁荣与辉煌。

穿过老城区，即到达海岸。广场上耸立着精美峻拔的哥伦布纪念塔。哥伦布本是今天的意大利人。当时意大利也属西班牙人统治的势力范围。正是因为有西班牙国王的支助，才有了哥伦布航海计划的实施，结果他发现了美洲大陆。西班牙人世世代代以此为骄傲，为他树碑立传。这也看得出当时的西班牙人，是有开放心志和世界眼光的。

在巴塞罗那海边露天餐座上静坐一小会儿，感受一下这异国海水的蔚蓝与清风的凉爽，真是令人十分快意的一件事情。我们在人事纷扰中奔波得太久了，我们被功利奴役得太重了。在人生的旅途上，我们在夏秋交替的时候，实在是应该不时地停下脚步，看看周围的风景，体会一下大自然的美丽，观照一下为我们提供了一切生存条件的这个美好的星球。然而，我们又往往忽略了这一点，以种种世俗的借口，把自己限制在某种空间或某些个时段。任大好的时光流逝，任生活的精彩消失。许多许多的生命终老于此。等到我们年迈体衰之时，只能望洋兴叹，扼腕悔恨。如此想来，深入地感悟着生活的意义。但见一种海边不知名的树上盛开着的小蓝花，若艳丽的精灵随风摇曳，似乎在向你微笑。这突然使人想到天国的祥和。人世间总是如此，有忧有乐，有喜有悲，有美好也有厄运。当东方黄风扬起尘沙，此地却清风沐浴着花朵。沙尘与馨香，令人有不同的感悟与感伤。生活的乐章，在冥冥中奏响，不必构想明天会怎样，只要拥有当下就是幸福。不必操心来世如何辉煌，只要抓住现实的手臂，让自己展开想象的翅膀。无论是沙尘还是花香，人生总要行走，总要飞翔……

此刻，当你安坐在开往马德里的列车上，眼前仍然驻留着地中海的蓝色波光，浓浓的诗意顿时从心底涌起。远处绿色的山岗，近处的庄稼地和葡萄园，农夫的小屋与马房，在朝阳里熠熠发光。小教堂的尖顶，如同绿浪中的桅杆，导引人们心航。渐渐地，工厂与仓库像洪水，淹没着村庄与绿地。人们的贪婪，全球几乎一样。森林抗拒着，形成一座座的绿岛，点缀着自然原色。更远处的山脉，无声地伸向远方，即是上帝划出的底线，神圣地警告着贪婪。人们可以给狗穿上西装，但总不能让它粉墨登场。石头的山崖上可以长出孤傲的翠柏，却无法生出林莽。山沟里小溪流泻，像家乡秦岭的峪道，弯曲而飞溅出白色的浪花。小片的农田，已经看不到农夫的身影，只留下那被遗弃的很不显眼的泥屋，躲在大树下乘凉。农夫的朴素的贪欲放大了，就是城镇的韵味。乡村音乐就像脐带一样，连接着原野的古老与城镇的现代。珍惜每一块荒草碎石，那些曾经洒下过农夫辛劳汗水的土地，那些秋天收获火红的金橘、箴言与陶醉的葡萄般的诗行。地中海的季风不知疲倦地吹来，带着羞涩的甜蜜。金色的小风车像太阳的仙子，围绕在大风轮的周围。看不见的风能集体列阵歌唱，实现着人类的梦想。大狗在叫，小狗也在叫，才形成声音的和弦。

列车行进着。离开海岸渐远。空气逐渐变得干燥。山坡上的草有些枯黄，池塘中水位也在下降。若干年前，这里或许也是一片汪洋。土地变得广阔时，农舍显得更小。白墙红瓦的鸽笼，团聚着温存与亲情。列车在原野上奔驰，把一切都演绎成从前。时光在速度面前，变得更加不安。收获过的麦田，麦草像战士的遗体，一捆一捆，整齐地躺在麦茬地的中间。大海退去，岸边的岩石斑驳而又伟岸。峡谷中山石嶙峋，海湾中沟壑蜿蜒。一层层的叶岩，像年轮，记录着海的变迁。这儿曾经是海的家园，记忆海的悲欢。我们奔向原始的海岸，去观照人类的昨天。我们勇敢地奔向昨天，去寻找未知的前天。荒原起伏连绵，地表泛出了盐碱。高高的山顶上，出现了古老的城堡。一条长长的山道，仿佛连通了远古，晴日不再，雾气突然笼罩着天空。山顶上缠绕着云带，阴森可怖，有清流潺潺在山中流淌。气候突然之间变得格外湿润。城堡在雾气中隐约可辨，一种很奇怪的植物，如同绿色的云团，散布在漫平山岗。顷刻又是春和景明，麦浪翻滚。进入一片古老大陆，红色的泥土，承载茂密的庄稼，远处的风力发电机风轮，在从容旋转。废弃的村落民舍，证明过去的一页已经翻过。历史与现实在这里交汇融合，麦田与荒坡，高压输电路的网络，在这里聚合。啊，并不遥远的马德里就要到了，近旁出现高速公路，奔跑着繁忙的货车与轿车的车流。高速度的现代化列车，一路不停地奔驰高歌，使人们精神飞腾。越过这古老的城堡与树林后，森林重新出现，围绕着整齐的阡陌。人类世世代代不厌其烦，用辛劳创造着金色的花朵，还有风中的和谐与平安。

西班牙首都马德里，是一座内陆城市，背后是山地。500万人，大马德里区共800万人。占全国人口六分之一，也是欧洲人口最多的地区。

马德里斗牛场，每周日有斗牛表演。有人反对，多数人还是喜欢看。700公斤的牛与70公斤的人角斗。斗牛的肉质非常鲜。斗牛场上的肉会立刻出现在餐桌上。有专门的餐厅销售这样的肉，虽然也要经过检验。

海豚广场，又称阿根廷共和国广场。街道两旁多是独体别墅式住宅，很少高楼。城市依山而建，道路高低不平，气候明显比巴塞罗那凉爽。进入银行区，许多国家的银行总部聚集在此。毕加索大楼是一座白色建筑，150层，同纽约世贸大楼出自一位设计家，是欧洲最高的大楼。1982年足球世界杯时建，右侧就是马德里足球场。该楼是当时各个足球队的通讯大楼。

卡斯蒂亚广场，有斜楼，费朗德将军雕像，20世纪一个政治人物。这是西班牙统一纪念广场。城市雕塑很有趣，火车站有两个小孩的光脑袋。9个月的冬天，3个月的酷热。气温可以达45度，冬天最低零下5度。

奔牛是西班牙又一奇观。在马德里机场VIP休息室，有许多的斗牛和奔牛为题材的画作。十分的生动，逼真而又不无夸张地展现了斗牛场上，和奔牛节激烈刺激而又不无恐怖的情形。巴塞罗那的斗兽场，由于动物保护人士的反对和不少民众的呼吁已经改为了百货商场，而马德里的斗牛表演仍然在继续。每周日都有一场，每年5月还有为期一周的斗牛节。连续表演，场场爆满。斗牛的风俗和喜欢观看斗牛的习俗，从一个侧面也反映了西班牙人的性格。奔牛节在另一座小城中举行，每年几乎都有人被踩死，但此项活动仍然对游客有很大的吸引力。人们寻求刺击的热望由此可见一班。这种心态令人想起塞万提斯《堂·吉诃德》中的主人公。这里恰巧是塞万提斯的故乡，城内有塞万提斯广场。广场上有一座巨大的纪念碑，塞万提斯优雅地捧着自己的不朽名著安坐在纪念碑的正面。而这座雕塑人物的脚下，便是骑着马、手持长矛的堂·吉诃德和他的仆人，那个骑着驴子紧随其后的桑丘。

　　读过堂·吉诃德已经许多年了，但这两个"骑士"式的人物，却深深地留在脑海之中无法抹去。每每遇到困难，便会想到那位骑在瘦赢不堪的马上，挥舞过时的长矛与大风车搏斗的勇士来。他是屡败屡战，毫不气馁，他是只求战斗，而不思战利，更不惜牺牲自我的一切。这种不求功利的战斗精神，也许是西班牙这个曾经建立过"日不落帝国"的英勇民族所继承不息的民族精神。塞万提斯怎么能够创造出这样一种形象？我们中华民族数千年经久不衰的根本是什么。从这个意义出发，考虑《东方神曲》的写作指向和主题是很有价值和深意的。我们不是要原原本本地讲述历史，而是要把历史上曾经发生过的故事中最本质、最感人的精神及其载体提炼出来，还给历史。历史过程是一座巨大的矿山，我们的歌唱应该是结晶，应该努力提炼出 4 个 9 的纯金。这样的金子，才会熠熠生辉。因此，想到了重读两部书，一部是《神曲》，一部是《堂·吉诃德》立意与哲理的高度与光辉凝聚成作品的灵魂，献给我们的时代与岁月。

西行手记

在空旷广袤的西部旅行，总是一件轻松愉快的事情。你感到自己年轻了十岁、二十岁，周身会充满青春的活力。

两三个小时的飞行，仿佛是穿越时空隧道：城市的拥挤与嘈杂，一下就消失得干干净净。于是你的思绪就像也生了翅膀，自由翱翔起来。

敦煌诗韵

第一站是敦煌，名字就像诗句一样富有诗意。还有莫高窟的圣洁与神秘、鸣沙山的驼铃声和月牙泉的波光倒影……构成了宗教文化、民俗与自然相融合的奇妙画卷。

在湖畔古色古香的凉亭中，知心的朋友们相对而坐，手里捧着一杯盖碗茶，眼前是沙山与蓝天交隔的单纯与洁净，耳边是仙乐般的古筝演奏……你一时觉得自己果真是在广寒宫中了，一切人间的烦恼都丢到了脑后，面前只有嫦娥与桂花酒的存在。

骆驼竟是这样的一种伟大而又温顺的生灵。它们高大而别致的身躯，似乎是专为沙漠戈壁而生就。浩瀚的沙漠，就像是它们惯于徜徉的大海。当你骑在它那山峰一样高耸的背上，你才感受出了"沙漠之舟"的贴切。你在摇曳中前行，思绪沉稳地在节奏里荡漾。牵驼人的背影与头驼颈项上的铃声——沉默与喧嚣的和谐，就像是哲人的提醒，使你渐渐领悟到坚毅、不懈、以及生活的乐趣与艰辛的真正含义。

菩提树和释迦牟尼，其实是一种暗示：当你在圣佛祖像前肃立，你感到有一只温暖的大手在抚慰你的心灵。那是忘我的境界，那是超凡的感觉，你突然意识到有一种呼唤的音乐，在萦绕耳际，召唤着你脱离尘俗苦海，……眼睛不知何时被泪水淹没。

阳关新曲

人的确是需要精神抚慰的。"西出阳关无故人"，从古到今，人们实在是过于看重了人类自身的相互慰藉而忽略了大自然的神力。眼下站立在天地之间的古阳关烽燧边，俯视着千年犹存的阳关古道由西向东消失在茫茫戈壁的天际：白日、黄沙、黑滩和那远处积雪的祁连山峰，还有那荒凉而古老河道上星星点点播撒的红柳与骆驼草可爱的淡红与浅绿，组合成一幅美妙的画图——千年不变又时刻在变的画图。我们孤独的心灵，在这静寂而毫无功利可言的阅读中得到了超然与审美的抚慰。

不远处，一条流淌着清流的水渠，玉带般缠绕在绿茵丛中。一座座整齐排列的农家小院，被一架架枝叶茂盛的葡萄掩隐。茫茫戈壁之中，古老烽燧之下，真正的天上人间、世外桃源。老人与儿童安详地坐在篱笆墙边，望着天光云影，嘴里嚼着甜蜜的葡萄，亲切纯粹的乡音被清风吹散，随那清流漂去……显然，这里呆滞的水泥与玻璃幕墙的刺眼反光，没有钢铁时刻不停的撞击、没有恼人的空气污染，更少有尔虞我诈的竞争，餐桌上也不必担心什么"地沟油"之类的祸害，近乎原始的环境与自给自足状态，到底是封闭落后还是某种和谐、幸运？

一阵羌笛悠扬的旋律，似乎在诉说现代人的心酸。那哭泣般的呜咽，更像是人类渴望着返璞归真的焦渴心愿。高科技与现代化表面上的确是改善了人们的生存状态，同时也得承认，它的确也破坏了人们生活的处境与心境。

柴达木人

驱车由北向南，横穿祁连山脉，进入面积达二十多万平方公里的柴达木盆地，对于长期生活在都市的你可谓是一次不大不小的壮举。可是当你了解了青海油田的创业历史，你就会觉得自己这个想法是多么的可笑。令你惊讶的是，这里自豪的人们至今还能大段地背诵李季先生的诗句和李若冰先生的散文。

柴旦湖的蓝色是无法形容的美丽，只有湖上的五彩野鸭才能同她媲美。可是在我的心中，石油人的心灵比那湖水还要澄澈，比那野鸭的羽毛还要丰富美丽。我同他们在戈壁滩散步，在餐桌上交谈，触摸到了他们心灵的单纯与纯净。许多人都是老石油的后代，他们的父母半个多世纪前来自四面八方，他们生命的根已经深深地扎在戈壁大漠。酷烈的高原紫外线与干燥粗暴的风沙，赋予了他们黝黑粗糙的外表，他们的血管里流淌着同地火一样深沉而热烈的激情。

昆仑明珠

格尔木，这个从前地图上原本找不到的城市，如今在海拔 2800 米的高原戈壁上耸立起来，像一颗璀璨的明珠镶嵌在巍巍昆仑山下。二三十万人来自全国各地的城市，被绿树与鲜花簇拥着。四周是人工的森林和天然的草地、沼泽。青藏铁路与公路穿城而过，使得这里成了祖国西藏的坚强后盾。

格尔木炼油厂，一座设备精良的袖珍式现代花园式工厂，同遥遥相望的盐化厂一样，是格尔木的骄傲。年加工能力仅仅 150 万吨，在内地早已是关闭的规模，可又是具有重要战略意义的唯一例外。建厂 20 年厂庆时，我同精干的刘厂长观看完厂史展览，又漫步在阳光普照的厂区，听他如数家珍般地讲述着工人的事迹和工厂的未来，感到无比的美妙。这座小小的炼厂，又是人才成长的摇篮。中石油著名当代劳模、如今担任青海油田老总的宗贻平和刘生福、李永昌、贾世伟、唐海光、杨胜利、杨斌、尚振民、杨德峰、张孟……各个时期许多的精英就出自这个炼厂。

进入城郊不远的胡杨林中，眼前仍然是油田与工厂的历代群英谱。三千年不死，三千年不倒，三千年不朽！这哪里是在赞美胡杨，明明是对青海石油人精神的礼赞。如同大漠胡杨一般美丽而坚忍不拔，这就是几代青海石油人留给我们的印象。请允许我拥抱这棵高大的胡杨留个影吧，让胡杨的精神，传遍我的全身、渗透我的血液和灵魂。好让我也像前辈诗人李季和作家李若冰那样，把自己化作一株胡杨，用我生命的激情，写出无愧于英雄的诗文。

红柳人家

好晴朗的天空。今天是又一次长途跋涉——由格尔木出发,纵向穿越柴达木盆地。可谓是又一次旅行的"壮举"，又可以尽情领略高原风光了。公路左侧，莽莽昆仑如同亲切伟岸的父亲，一直注视着你，数百公里的路途，一直陪伴关照你，仿佛是牵着你的手。一路由敦煌陪伴而来的陕西乡党（炼厂杨朝辉副书记），他自西安石油学院毕业后，在大漠戈壁已经奋斗了二十多年，但每每行走在这条路上，仍然会兴奋不已。我想每一位爱国的中国人，面对昆仑祁连之间的大漠戈壁的雄浑气势，都会胸襟豁然而产生辽阔恢宏的联想吧。

光秃秃的戈壁滩渐渐地有了植被。红柳与骆驼草，还有沙棒和锁阳……红绿间杂的海洋，偶然的一棵大树，像岛屿一样醒目耀眼。成群的骆驼、牦牛和羊群在草地上漫步食草，洁白生动的云彩，总是亲切地吻着雪山，把天空衬托得瓦蓝瓦蓝。眼前的风景就是你心境的倒影，大自然的美丽总是同人类的欢乐相伴相随。

途中，小饭店身体强壮的重庆大嫂，讲起话来就像唱歌一样动听。她手脚麻利、热情好客而又实诚厚道，令人想起电影《昆仑山上一棵草》里心灵美丽的女主人公。她炒的土豆丝与凉拌牦牛肉真是别具风味。还有她焖的大米干饭香喷喷的,不用就菜,也能吃两大碗。在这海拔三千多米的高原，据说这得用水泡过三天后才能用高压锅焖出这样的米饭。真是难为了这位坚持高原二三十年的重庆大嫂。她的热心肠像一块温润柔美的昆仑玉，朴拙中透着剔透的灵气。

神湖见闻

拜谒青海湖可算得此行的一个高潮。这座巨大而又绝美的高原湖泊，是当地藏民心中的神水。

公路一直沿着湖滨大道西行。不时地看得到虔诚的祈福者与还愿者在湖畔顶礼膜拜。据说他们要接连不断地伏地叩首前行数百里上万次，心中只是念着一句祈求谢恩的话语。这些痴情而意志坚强的藏族信男信女，真不敢说应当佩服还是同情可怜他们。也许在人家的眼中，我们这些目光惊异的肤浅世俗的旁观者，才是最值得同情甚至可怜的饮食男女。据说祈求是为了来世的福祉，而还愿则是对灾难免除后的庆幸。不顾一切的倒地顶礼膜拜，体现了他们对于今生与现实及自身肉体存在与否的无所谓惧。据说他们把所有的积蓄都用于感谢佛祖与活佛。似乎自己经历的苦难越多越大，来世的幸福就越发美满。这就是宗教虔诚者的生活逻辑。

是的，宗教是一种鸦片，吸上了瘾就很难戒掉了。然而，信念对于人生，却是重要而不可或缺的幸福源泉。我们身边的石油人也好，开饭馆的女人也罢，还有这些一年四季在土地上播种和收获青稞的淳朴可敬的藏民们，总之，各行各业的出色称职的人们，他们的虔诚与毫无保留的自我牺牲与奉献，何尝不是都在追求身心的安宁与世代的安康。

可惜，一边是虔诚的祈福者与还愿者，另一边却是搭着帐篷贩卖掺假蜂蜜的狡黠的生意人。这对于我们这个日趋多元化的社会而言，不能不说是一种概括的写照与无言的讥讽。

塔尔寺变迁

塔尔寺 20 多年前来过，5 年前又来过，印象是每一次都大不一样。早先觉得很是偏远、幽静、肃穆、神圣，就像是进入了佛门仙境。头一次那是在夏季，翻过一道垭口，就把人间与神界分隔了开来。蓝天茵茵、白云悠悠，红的墙、金的瓦，绿树掩映，经歌飘渺，香烟缭绕，木鱼轻敲⋯⋯奇妙的和声，越发显出佛门的清净与仙境般的超然。这是 20 年前塔尔寺留在心中的印象。途中半坡上也有几家商户，卖些香纸蜡烛之类的佛门用品和当地藏民的畜牧土特产品，都很地道，想必绝无假货吧。那时的商家也同僧家一般，满脸的淡泊虔诚，令人顿生信赖，便买一块床前铺的绿花纯毛小地毯，也不讨价还价，虽是一件旧货，至今质地未变、鲜艳如初，堪称是美好的纪念。

5 年前那次拜访，塔尔寺就热闹了许多。神圣的白塔广场，已辟为一座大型停车场了。各色游人如织如潮，红衣光头的僧人夹杂其间，车辆往来鸣笛喧嚣、嬉笑嗡吟嘈杂之声不绝于耳⋯⋯

据说为适应"发展"需要，寺庙之间的原始土路，统统拓宽硬化，变成了水泥路面或石铺巷道。原先缓漫的坡路也都变成了石砌的台阶。为了方便游览，僧众每天在大经堂里所做的功课，仅仅减缩成了短暂的"早诵"。白日经歌消失，经堂庄严何在？纵然庙宇翻新、佛像包金，幽静既已不存，神圣也就很难体会得出。如此的热闹，哪里还有佛门的清静可言？更有围绕旅游，花样翻新，连主持老方丈也不甘寂寞或是不得安宁，每日于精舍之中辛苦接见游客，摸顶开光，布施多多益善矣。余入乡随俗，也是好奇心促之，竟然升堂入室，得见"奇观"耳。施以若干钱，仅得一张合照，出得门来，不伦不类地披一条蓝色哈达，招来众人好奇目光，顿觉扫兴，一路茫然。

此次再拜塔尔寺，当然热闹庸俗之风更甚。寺院建筑群落，几乎与湟中县城连为一体。又是为方便旅游，修了专线通道。庙院原本不许进车，把门的保安（身穿警服）原本一脸蛮横，伸手拦车时只须给他 10 元钱，不要发票即刻放行。城中市声与寺里嘈杂，浑然融为一体。站在塔前广场，如同立于任何一座城市的广场，一样的喧闹熙攘。

如此"市井之地",可怜并不自觉的僧人处其间,颇显尴尬甚至是多余了。加之道路正在拓宽,新的现代化水茅厕也在兴建,一副"欣欣向荣"旅游大开发景象,令人难以置信更难以接受。不禁扪心自问,难道这就是 20 年前你虔诚拜访过的那个幽静的藏传佛教圣地塔尔寺?宗喀巴老佛爷如果再世,又会作何感想?

塔尔寺的变迁,从某种意义上讲,也是世界上许多地方发展变化的一个缩影吧。人类真是一代比一代聪明能干呀!可这对于宗教文化的摧残,简直比"文革"中"破除迷信"还要彻底。精神上的亵渎与消解,自然比物质的消灭更具深刻意义。

西宁来过多次,没听说城内还有一座马步芳公馆。是的,西安城里有张学良公馆和杨虎城公馆,但张学良和杨虎城是民族英雄、千古功臣,马步芳何许人也?当年蒋介石命令他向红军西路军开火,他亲帅骑兵屠杀红军三万多人,成为"剿共英雄",后被蒋介石重用为西北剿共总司令。把这样的一个人的老巢整修一新,辟为旅游景点,且在讲解词中完全按照正面人物对待,毫无是非评说,显然是歪曲了历史。这样做,至少容易在青少年中造成认识上的混乱,应当予以纠正。这样黑白不分、本末倒置的奇怪的现象,眼下在全国程度不同、并不少见。

新疆十日

2012 年 8 月 1 日，北京多云转晴。早晨，登机赴新疆乌鲁木齐。临出发心中还有些发怵，担心安全没保证。坊间传说东突分子时有侵扰，民族矛盾也还没完全消停，真实情况不得而知。

二道桥吃手抓羊肉

文友刘亮程同夫人小金来机场迎接。亮程还是冷面沉默，而夫人则显得十分热情。同时到达者有四川散文作家周闻道先生。小金亲自开车，一同到二道桥吃手抓羊肉。路上并没有发现什么异常情况，只是感到人们的表情似乎都有些过于严肃。

新疆的八月天，雨霁风清。大自然并不知晓人世间发生了什么。维式餐厅外葡萄架下硕果依旧飘香，小风更是凉爽宜人。拌面与烤羊肉串和手抓羊肉当然都是最地道的。饭后到就近的"大巴扎"一游。街头人很多，但却祥和、清洁，秩序井然。同 5 年前相比，面貌大变。温暖阳光下，动听的维族歌曲不绝于耳。漫步街头，观赏着色彩斑斓的异族风情，原来的一点担心顿然消失。新疆仍然还是祖国的新疆，美丽的新疆。

初识韩少功

当晚，同刘亮程夫妇、湖南作家韩少功夫妇、周闻道先生、广东暨南大学杨教授等一同晚宴。东道主是年轻爽直更不无幽默的和布克塞尔县委常委、宣传部长乌齐巴特。席间自治区党委常委、宣传部长前来敬酒。他来自湖南，是少功先生的大学同学，原先任湖南省广电局长，据说政绩突出，故提拔入疆。大家千里相会，很快熟悉起来。少功兄是久闻大名，但却是头次见面。他人很憨厚，可谓南人北性，谈吐质朴，思维敏锐，毫无故作高深之态和大作家的作派。热情交谈中，又有伊力特曲助兴，欢声笑语，轻松和谐，加之亮程兄不时的冷幽默点缀，初步感受到了边疆亲和文化的魅力。近 11 时尽兴而散。席间韩少功谈到他"文革"结束不久进疆的一次经历，说是为写《王震将军传》的一次艰难的采访。那时由于"左"的干扰,传记采写终于停滞。他讲了不少王震将军在新疆的故事,很是感人。也回忆到曾担任西北局书记的习仲勋同志实事求是的故事,更是印象很深刻。印象中,韩兄是一个求真务实的人,不像是文人,倒有些历史学家和淳朴农民的严谨质朴风度。

乌齐巴特

和布克塞尔县委宣传部长乌齐巴特,蒙古族,介绍情况十分的风趣调皮。显然,多民族聚集的新疆,蒙古族人与内蒙相比,更加的活泼有趣。他还唱了一首又一首蒙古族的民歌给大家敬酒助兴,显得更加的豪爽风趣。据说他的祖先,是为开拓国家的疆域而来此定居。游牧民族的习俗再加上守边屯垦的使命,造就了他们的坚毅与豪迈。祖祖辈辈长期生活在蓝天白云之下的大草原与高山牧场,使得他的身上体现出某种与生俱来的大自然般的自豪与超然。豪饮豪言,再加上坦率与健谈,把宴会的气氛搞得十分的热闹。我们就是应邀来探讨"和"文化的,话题免不了关于各民族和谐相处的内容。在这位年轻有为的基层干部的身上,我们看出了新疆各族人民和睦相处的文化与感情的深厚基础。乌齐巴特言,我们和布克塞尔的和文化理念,带动和谐发展,全县五万多人丰衣足食,幸福指数很高,每一户人拿六七万元,就可以在县城有一套住房,以蒙、维、哈等为主的十九个民族兄弟和睦相处,携手发展,更体现了和为贵的传统理念的文化魅力。

《凿空》与《王震将军》

当晚的宴席间,刘亮成谈及小说《凿空》的创作机缘。真真假假的,听来十分有趣。言他曾到和田一个维族村庄溜达,看到村里原始生产方式依旧,但石油资源开发却打破了古老村庄的宁静。推土机开进来了,钻探机深入地下,输油、输气管道通到外面。一群老鼠也来凑热闹,在底下大打其洞。后来发现尚未使用的油气管道不错,大群的老鼠便趁机钻进去觅食居住。结果有一天,开始输油送气,老鼠发现不妙,群起而逃之,一直顺着管道朝前奔跑,跑得慢的自然早早丧命。而有几只能跑的一直顺着管道跑到了上海……这就是小说《凿空》的基本故事脉络梗概。怪、坏、幽默的风格依旧是显而易见。

韩少功讲述 20 世纪 80 年代为撰写《王震将军》,进疆采访一个多月往事经历。谈及 50 年代初期,邓力群担任新疆自治区党委常委、宣传部长,别出心裁提出"新疆率先进入共产主义"，王震表示支持。西北局书记习仲勋则认为是"盲目冒进"，为此发生争议。此争直到 20 年后他采访时还在进行。持不同观点的双方都给他送材料，云云。因情况复杂，传记终未动笔。谈到王震将军促成的"八千湘女进疆"一事，说也有不同认识。大多数人承认是"自愿支援边疆建设"，但也有人，包括一些当事人都认为是"骗"入，故许多人是被动而来，也有人觉得是心甘情愿为理想而来。事实是，当时王震部队奉命驻疆，许多干部战士大龄未婚，因此不安心。为了解决这问题，王震到京找毛主席汇报，提出招一批湖南姑娘进疆，毛主席同意并有批示，故后来择优而入伍者八千余人，全部扎根新疆。这一段历史，究竟应当怎么看待，是历史的悲歌，还是湘人的荣耀，还有待历史评论。

席间，有研究《江格尔》一位史诗女学者颇有建树，她将古歌改写为儿歌即将出版。这是一件很有意义的事情，也为儿童文学创作开辟了一条新路径。

和布克塞尔

2012 年 8 月 4 日，晴朗，云淡风轻。晨 7：30 早餐，同《文艺报》主编阎晶明夫妇在餐厅见面、交谈。此前，遇两个和尚搭讪，言要算命预测未来，说余此前十多年都不顺，好在后有贵人相助得以转运，云云。说了老半天最终还是伸手要钱。姑且信其有矣，布施百元以自安。饭后大家一同乘车往和布克塞尔县。

和布克塞尔蒙古人的先祖，远征俄罗斯伏尔加河流域。多年后西归，横穿亚洲草原，一路上千辛万苦，等走到新疆已经所剩无几。但是其和平爱国的理念一直传颂至今。

发展是硬道理

车子穿越乌鲁木齐市区，可见卫生状况大为改观，新楼近几年也盖了不少。变化是显而易见的，全不像五年前来时所见那样的破败和脏乱差。可见当地政府工作的力度不同。全心全意为民办好事、实事已成为新理会。"发展是硬道理"的标语树立在昌吉市政府大门外广场上，这抓住了新疆所有问题的根本症结。只有发展且让各民族人民普遍受益、安居乐业，才谈得上团结和稳定，否则一切都是空的。迁就与高压都不能解决矛盾。矛盾积累到一定时候就要爆发。在民族地区，一旦出事，必然会带上"民族"的色彩。原本并不是民族矛盾，也会演变成民族矛盾。可见注重新疆发展的理念是至关重要的。有了发展，才会有团结进步的稳定局面。

当然，发展也有个选择方式和道路的问题。是人为地强化"城市化"、"工业化"，还是真正从当地实际出发，着眼于长远利益、眼前利益和城乡两个方面的统筹十分重要，再一点就是"援助"的科学性问题。要求全国支援新疆无疑是一件好事，但"刮风式"和"互相攀比效仿式"是否有济于事？很值得探究。给予得多是件好事，但多给如果不当，也并非能解决根本问题。

什么叫奉献

途经奎屯。这是农垦一个师所建城市。悠悠白云下，茫茫戈壁如同沉思的大地，岁月退回一个甲子，仿佛看到荒漠戈壁旷野上身着土黄色军装的士兵，披着满身的硝烟聚集到这里。严酷战火的阴云散去，一切都陷入沉寂，这是王震将军的队伍，一野一兵团的将士。人们手中曾经发烫的枪管已经冷却，脚下民众支前的鞋子已经磨破，可眼前除了黑色发光的石子和一望无际的荒漠，便是天空游云与腹中的辘辘饥肠。遥远处隐约雪山的影子就像虚幻而陌生的梦境。战争结束了，日子还得过下去，"屯垦戍边"，掌声伴随着的瞬间光荣过后便是无尽的孤独与寂寞，连驰骋疆场的战神，眼睛里都充满了忧伤。日头升起又落下，日子就像无穷无尽的线，把每个人的心都扯向了故乡与亲人。

没有战争，只有寂寞的钢枪和砍土镘。每张脸都铁青着，这兵还怎么带？连歌声和战马的嘶鸣里都充满了焦虑与忧伤。

什么叫"奉献"，在这戈壁滩上待一天就是一天的奉献。可许多人一待就是六十年，直到长眠在这块土地上，我们当下的人们，能读懂他们的心思吗？有资格用功利的眼光和名利二字来揣度他们的心思，评论他们的选择与处境吗？没有，我们没有这样的权利，而只有肃然起敬，深深地鞠躬。如今的绿洲、绿油油的庄稼和茂盛的白杨林与沙枣树，就像是他们留有的丰碑与诗句，烈日与热风里摇曳的芦苇与沙柳，诉说着那些不为人知的一切。没有丰碑，没有报道和评论，甚至没有留下任何的传说，但他们永不懊悔，他们当然更不在乎后人盲目的理想和轻而易举的批评。每一代人都有自己的颂歌与理想，都有自己的艰辛与悲忧。这组合成了不同色彩的时代情结。这是一个时代的印记，是中华历史链条上不可缺失的一环。

墓地遐思

旋风在白杨沟一大片墓地上盘转，久久不愿离去。天空的云团，肃穆无言。牧人悠扬的歌声，似乎在诉说着昨天。一座石油城，矗立在荒原，人们并不知道，一个悲情故事。在油田开发初期，年轻的姑娘满怀理想，来到这里，在风沙之夜迷路，倒在了距离帐棚只有几十米的地方，从此悄然长眠。人们早已忘记了她的名字，她自己也不知道日夜思念的父母和弟弟，几乎在此同时被蒋介石密令枪杀在重庆歌乐山……她就是千古功臣，杨虎城的女儿杨承英。年轻的胡扬，生长在水塘边，反倒会失去抵御干旱的能力，同时失去勇敢与坚韧。途经魔鬼城，有许多"狮身人面像"。大自然创造了雕塑家无法创造的神奇，而它手中的工具只是风雨和时光。时光把一切消蚀，鬼使神差的风雨打磨出奇异无比。没有两座完全一样的"雕像"。无论是丑与美，每一个存在都是唯一。人们千里迢迢地赶来欣赏着残缺的美，却又时时刻刻地刻意追求着完美。这一片雅丹地貌，是一部美学教科书，包含着许多深刻哲理，等待你去解读。在这里，艺术的本质变得空前抽象又无比具象。客观与主观浑然一体，物我两分，又难分难舍。二者相遇又无不遵循美学的规律。人的生与死又何尝不是这样？

《江格尔》史诗

草原的辽阔是难以想象的。一望无际还远远不够。南侧是克塞尔山脉的巍峨雄姿，西面是遥远的黑色地平线。绿色起伏蜿蜒的大草原，就在这界限之间呈现。雨后的骄阳下，草原泛着青烟般的绿雾。和克塞尔大草原，如同大气磅礴的《江格尔》史诗，以其独有的悠扬与博大的面貌呈现给你，令人震撼惊异。在新疆大自然对于绿色似乎很慎用。淡淡地化解在雾气朦胧之中，又随意轻点出胭脂的斑斑点点的青翠，显出绿色的难得与珍贵。凉爽的风挟带着草原的气息扑面而来，仿佛是醉人的诗意。在这样的环境之中，产生的说唱艺术，是令人陶醉的原汁原味。那种如醉如痴的美妙，绝不是任何的大音乐家可以完成。那是大自然与此间生活的精灵的一大杰作。史诗流传至今，而且生命力依旧旺盛，说明了一切。

大草原的景象

远处云层低垂，显然是在下雨。朦朦胧胧的雾气连接着天地。这是大草原特有的景象，黑色浓重的云团一层层低压下来，滋润到黑色的地平线，又像雾气一样满溢而来。这是内地任何的地方都无法欣赏到的。道路折向山川之间。嶙峋的山石堆砌成峻峰。云团停绕在山后，衬托出黛色的山之雄伟的轮廓线，分出距离的层次。云中的雪山中透出强烈的阳光，就像一幅灵动的巨作，把你的视线引向纵深无比的远方。公路与山跟交会。黑色古老的岩壁完全地显现出本色，青草像苔藓一样布满其间，使得呆滞显出了生机。

汽车在峡谷中穿行。旋即折向北，刺眼的阳光被丢在了脑后。出了山口眼前豁然开朗。长坡之下，是更加辽阔的大草原，仿佛是另一个世界。沉沉的绿色主宰着巨大的草坡，看不到牧人和牛羊，汽车变得像虫子一样在草的海洋中爬行，仿佛静止一般。飞奔的车轮在草海中显得过于渺小，牧人的毡房就像雨后的蘑菇，星星点点银白色的。翠色的草与深绿色的灌木丛相互呼应，组合成自然的图案，如同巨大的毛毡，铺天盖地。云中的阳光透射出万丈光芒，乌云黑色的影子又像深沉的图画。远处的山影线在起伏跳跃，丛丛的苦菱的生满绒毛的青灰色像火炬充满了活力。车子翻过一道垭口，森林簇拥着的粉黄色的县城突然展现在眼前。更大的一片平原让你顿时惊呆了。景色的变幻莫测，像梦幻一样。方才还惊叹不已的一切全都消失。没有围堵的城市更像是真正的家园。两旁的园冠榆像一团团绿色的云。

雨后彩虹

当日，入住塞尔宾馆。刚进宾馆房间，天空就下起了大雨。一场大雨过后，一切都像清洗过一样，清新怡人。午饭格外丰盛。下午参观县城的城市建设。这是一座简陋的边疆小城。除了有一座 1927 年建的王爷府之外，几乎没有更古老的建筑。王爷府内也很很朴素，甚至有些寒酸。新建的文化广场，耸立着《江格尔》史诗中的英雄睡像，倒是令人为之一振。这是全城最宏伟的建筑。另外值得一提的还有新建民居工程，那些颜色鲜艳的新楼房，倒是令人感到欣喜。雨后天空出现了彩虹。那是两道相互平行的巨大彩虹，从不远处的平线一直延伸到高空，令所有人都惊叹不已。这样祥瑞的景象，据说是当地也很少看到。人们都惊异地仰视着天空，心中感到了一种幸运的暗示，谁都感到自己将有幸事降临。彩虹的鲜艳与宏大也许是空前绝后的。美丽的双彩虹，一个人一生也许不可能看到两次这样的景象。

准葛尔古城

2012 年 8 月 5 日，多云见晴。早 10 时出发参观准葛尔古城。土筑城池坐落在塞尔山下的草原湿地中。西蒙古人的松树沟高山牧场是体验"牧游"的理想之地。大雨过后的塞尔山，其实是阿尔泰山脉的余脉。峻拔的山坡上耸立着古老的墨绿柏树。在悄然而起的造山运动中，原先深藏于海底之下的一道深沟，却在 2 万年的变迁中不知不觉地隆起成为了高山。这种神奇而令人恐怖的力量竟来自于地球自转与公转中的应力失衡。这神奇而可怕的力量，出人意外地造就了眼前的奇观，也孕育了不同于他地的生物与文明。

游牧文明

是的，游牧文明，也许是迄今存活的最具原始意味的人类文明，它脐带连着远古先祖的腹胎，却已经毫不知觉地走进了现代人们的生活。当我们沿着刚刚被山洪又一次冲掠过的古老而原始的转场牧道，艰难地依仗最现代的代步工具汽车冲上海拔2400多公里的高山牧场，却意外地发现了许多仿佛昨天才露出海平面的，令人震撼地纵横分布着许多巨大礁石的海底景观。这童话一般的撒落了五花牛羊马驼的安详世界，白色的三三两两的蒙古包就散落其间。海的遥远记忆，翠绿的线绣般的起伏漫延向无际的草地。漫步其间的牛羊，骑马漫行的牧人，生活的嘈杂与快节奏，顿时变缓慢而悠闲。你会觉得自己转眼之间穿越到了游牧世界。那是悠闲恬适的，又是古老原始的。眼前古老的祭坛与简陋的墓葬……一下子把现实与历史融为一体。史实与史诗交融，发出天籁般历史的回响，无声的黑色的石头，如同生命与年轮昭示着一个古老童话的开启与终结。眼前貌似简陋的祭坛，却掩盖不住曾经有过的辉煌。抚摸这大小不一的被岁月洗刷得失去了棱角的黑色石头，仿佛感到了先祖的体温。牧游者的坟茔，的确像是对"游牧文明"活化石的一种坚守与回望。如今，在体现着天地人合一的蒙古包里，亮着电灯也能够观看电视。小型太阳能发电设施与电视接收天线，提醒着这里已不是原始的游牧生活。古铜色面孔的男主人与用蒙语会话的汉子在慷慨饮酒。八岁的小孙儿腼腆地唱着古老的《江格尔》史诗。祖母的脸笑成了一张布满折皱的图腾。这里无声地呈现出一个民族世世代代修养生息与生存状态的演变。奶茶与马奶子酒的清香，祝酒歌的优美旋律。主人与客人一同陶醉在对历史足迹的关照与回望之中。

欠缺与不安

马奶酒的香醇是醉人的，令你感觉到游牧的快乐和自由人性的回归。三杯美酒下肚，清静无为的气氛被化作了一种豪情。新出锅的冒着热气的手抓羊肉，似乎还留有泥土与青草的自然芳香气息。没有任何的调味干扰，甚至没有盐的味道搅和，只是羊对人的牺牲与关照。而在这一刻，突然地意识到了人对于大自然的欠缺与不安，是人的贪婪与大自然的慷慨。

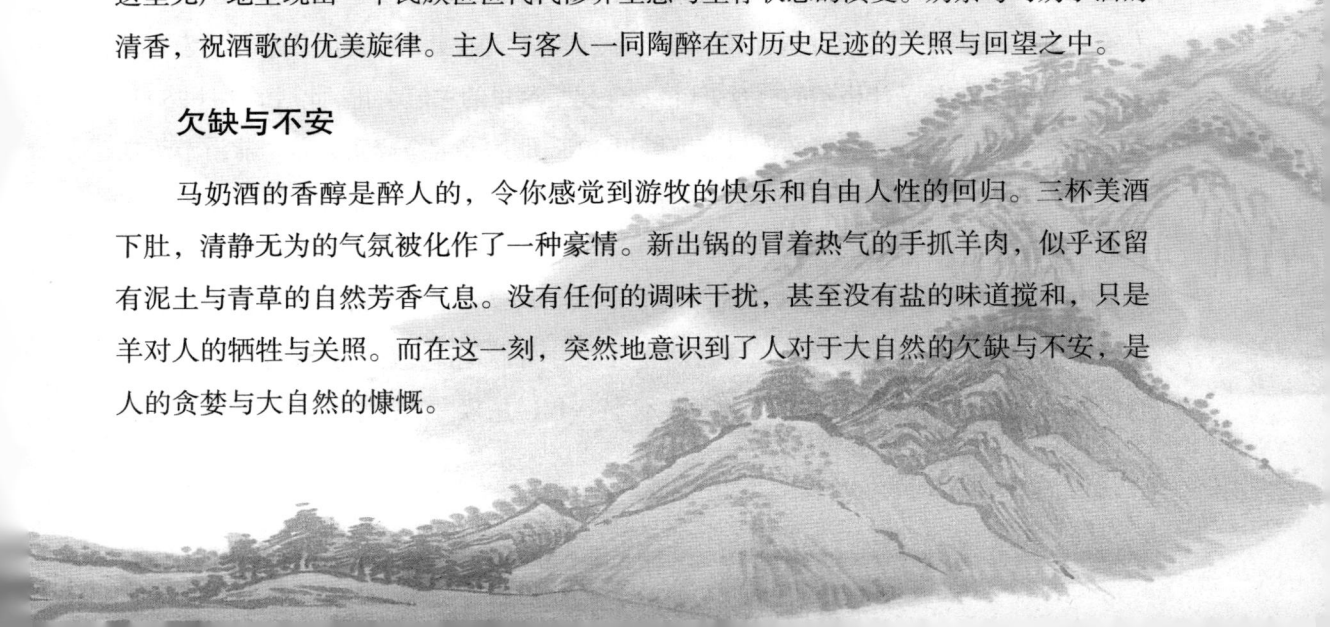

坐在高山牧场的一块由海底隆起的古老的岩石上接受新疆电视台记者采访，就像梦幻一样，耳边是凉飕飕的风，眼前是湿漉漉的云团。云中的一道阳光投射到草坡上，把温暖与关怀传送到你的心底。在这强烈的阳光下，你开始产生辽阔的思考。你突然意识到，在大自然面前，人是多么的渺小，又是多么的浅薄。生命其实短暂得就如同天空里的那一片游云，随时都可能被一阵莫名其妙的风儿吹散，或是化作泪水般的雨滴散落到草地上。在这样的心情下，记者的问题不知是啥，只想着生命是啥，云彩从何而来，到何而去，和文化又为何物。天圆地方的简陋的祭坛和那些生满黄竭色绣苔的石头，那些被考古学家视为珍宝的，其实也是什么也不是的普通石块。上帝的目光也许曾经投射到其中的一块上面，甚至还抚摸过其中的某一块，但那瞬间顾盼的留念与可怜的体温早已不知去向，留下来的依然是石头，大大小小千奇百怪的，堆积在那里受尽岁月风雨蹂躏的可怜的石头。于是人们牵强附会地认为，它们是证明先祖们的存在与他们曾经顾盼抚摸过的文化遗迹。

和文化的探讨

上午参加和文化研讨。县委书记自豪地介绍"和布克赛尔县作为一个文化强县，眼下已经形成了以'和'文化为先导，以江格尔文化为品牌，以骆驼石高台文化为起点，以草原文化为传承，以东归文化为情怀，以准葛尔汗国文化为看点，以牧游文化为亮点的七种文化。和布克赛尔县将以文化的融合为动力，增强发展"云云，这听起来有些官话的味道，但却不乏实实在在的内容。

此后的新闻报道中说："2012 年 8 月 6 日，第二届和布克赛尔'和文化'论坛在和布克赛尔蒙古自治县开讲。此次论坛的主题是'诗意栖居——和布克赛尔城镇化建设的人文内涵'。著名作家韩少功、忽培元，著名评论家阎晶明，以及来自疆内外的专家、学者孟宪实、姚新勇、周闻道、马雄福、刘学堂等在此次论坛上作了精彩发言。"

和布克赛尔县是江格尔的故乡，江格尔文化是这里的主流文化。此后的 7 月 25 日，和布克赛尔县第 5 届江格尔文化旅游节暨第 13 届那达慕大会隆重开幕。旅游节为期 3 天，举行了赛马、摔跤、射箭等民族体育活动和各类文艺表演活动，深受中外游客好评。

2012 年 7 月 23 日，和布克赛尔县举办首次"牧游旅游"推介会吸引国内外游客和媒体的关注，仅 2012 年 7 月、8 月两个月的时间，和布克赛尔县牧游文化试点乡查干勒乡、铁布肯乌散乡迎来游客 5000 余名，牧区从事"牧游"文化经营项目的有

200 余人，人均月收入达 10000 余元。

小城布尔津

下午出发去喀纳斯湖风景区，经过号称边境最美县城的布尔津。额尔齐斯河清蓝色的流水绕城而过，目前在内地已经很少能看到这样的河流。河滩上有人在开挖，显然，人类的贪欲已经盯着这样河流，看来也是在劫难逃。如果不加强管理，不久的将来这条我国唯一注入北冰洋的美丽的河流也会改变颜色。这里是阿尔泰山脉西南麓，准葛尔盆地的北沿。据说西北部与俄罗斯、哈萨克斯坦接壤，是中国西部唯一与俄罗斯交界的县。国界线长 218 公里，境内河流众多，是额尔齐斯河最大的支流发源地。东北部毗邻蒙古国，全县总面积 10369.45 平方千米，总人口不足 7 万。有哈、汉、回、蒙等 21 个民族。县人民政府所在的布尔津镇，是前往喀纳斯景区的不由之路。小镇建筑与环境充满了迷人的异国风情。可惜只是路过，而没有住上一晚。只能在黄昏晚霞中领略它的风采。

禾木小镇

当晚住禾木小镇。其实只是一个古老的哈萨克牧村。村子坐落在高耸的古青峰下。青蓝色的喀纳斯湖滚滚流过，倒映着青山塔松和岸边牧人尖顶的小木屋。牧人新烤的馕，散发着浓浓的麦香。一坨坨高高地码在桌上，就像是迷人的雕塑。此地原先是人迹罕至的，近年来因旅游而兴起的这个幽静的小镇，充满了迷人的异族风情。俄罗斯和哈萨克人的服饰装点其间，还有那生动的姑娘的脸笑与小伙子不停息的歌声，令人陶醉。我们住的木屋在高高的山坡上。清晨，当山沟里雾气尚未散去之时，院子里早已是阳光灿烂。吸吮着清新的空气走出院子，阳光温暖异常，没有一丝风，除了悦耳的鸟鸣，没有人说话，更没有城市的噪声。举目望去，但见野花遍野，马儿在草地上悠闲地吃着湿润的青草。无论朝着哪个方向望去，都感到是一幅美妙的画图，而且是大师笔下的油画。那景色的美妙无法用语言形容，只能深深地留在了记忆之中。在这良辰美景之中漫步，或是静静地坐在山坡上观看风景，真是难得的享受。你会感到大自然的美真正是无与伦比的。当你乘车离开的时候，还感到恋恋不舍。

喀纳斯湖怪兽

车子继续沿着喀纳斯湖上行。两岸的山峰是越来越高。河沟是越来越窄。下一站的目的地是著名风景区喀纳斯湖。山坡上的森林是越来越茂密。当下午奋力登上湖边的山峰，才看出了湖面的开阔。早就传说湖中有湖怪，也不知是否真有。亮程老弟一路上哼着他新近写的一首歌《湖怪歌》，很是逗人发笑。显然他是不相信有什么湖怪的，充其量也是湖中的一种动物，如大鱼之类。他的歌词中有两句说"人不知道它是啥，它也不知人是谁"。很是机智有趣。

在喀纳斯湖上，机动快艇划破了千年的寂静。这一带的水域，据说是游客从未涉足的。整个湖区，处在两山之间一个巨大的峡谷之内。有七道天然的湾区，游客们只到达三道湾以内，而我们被破例进入了第六道湾。这一带水深近两百米，据说正是"湖怪"出没的地方。然而，我们并不敢奢望此时会光临。此刻，同云南的霞嘎活佛一起站在快艇顶端聊天。话题是暗物质与暗能量，这些都是看不见的存在。活佛用以说明许多修炼的超自然的法术，比如呼风唤雨，比如空中打坐，还有许多与自然力的对话等等，这些都是我们凡人所无法相信和理解的，就如同传说中的"湖怪"那样令人不可思议。但也就在这天，当我们返航的时候，远远地，夕阳照耀下的平静的湖面上，突然出现了一种浮游动物的身影。像是一群鱼，又像是一条时隐时现的大蟒蛇。湖面上的船只，都朝着那边围拢过去。人们惊异地瞪大了眼睛张望。那种模糊不清的怪兽很快就消失了。人们最终还是没有能够看清。关于湖上有怪兽的说法看来还真不是空穴来风。

此次新疆之行，是妻子蔡宁同行。我们是背着中药罐子去的。感谢亮程老弟的盛情相邀，更感谢妻子一路上的悉心照顾。她一路上为我煎药，真是辛苦万分。有时通宵都不能安心入睡，真是令人感动。这一路上车马劳顿，对于我康复中的健康也是一次检验。我感到欣慰的是自己经受住了考验，一直咬牙坚持登上了湖边的高山，这使我对自己的健康重新有了信心。总之，新疆可真是个好地方呀！随时记下这些印象，留给未来的岁月。

陕西三日

2010 年 4 月 16 日，晴。应邀赴西北农林科技大学讲学。

早 8 点 25 分飞机起飞。天气晴朗，但气温仍较低。空中飞行约两小时。校团委副书记郭建东来咸阳机场接。大约一小时到达杨凌区。校党委马副书记与经管学院霍院长及团委书记一同就餐。"久在异乡为异客"，回到家乡听着"秦腔"，吃着老孙家羊肉泡馍，倍感亲切。更何况西农是父亲的母校，久已向往的地方。

中午，到建东家中。见到特意由延安赶来的多年未见老友郭宝民夫妇身体尚健，甚喜。郭嫂子仍然好逗笑儿。说话间竟端上一碗荞面凉粉。凉粉调得很香，那独特的味道，一下令人想起当年在陕北农村插队的情形。大家免不了感叹岁月无情，光阴飞逝，云云。当年不满一岁的孩子，已经长大，成家立业了。孙子辈儿画的画儿，都能得奖了，令人感慨不已。兴奋之余，索要一幅五岁小画家的签名作品——陕北的山峦窑洞、毛头柳和小鸟，山坡上和院子里还长着几棵久违了的马兰草。于是那亲切动听的信天游，就响起在耳畔。"哎呀，羊肚肚手巾三道道蓝，咱们见面面容易呀拉话话难！"故乡陕北已经是铭刻在心间了。赶紧，再留一张合影吧。三十年前那张合影，咱们都还珍藏。当年的那张照片上，有建东的爷爷奶奶，今天的这一张中却有下一代和他的妻子和岳父岳母。"人事有更替，往来成古今。"短短的三十年时间，人生的境遇竟然有如此巨变，真可谓日月如梭，光阴似箭呀！亘古不变的是人的情感依然。只要努力，不必感叹。

下午，会见孙校长武学先生。久闻孙公大名，果然热情仁义之士勤勉务实之人也。宾主坐定，三句话不离本行。言及建校诸事，不禁眉飞色舞。讲至科技推广，更见精神昂奋。尤对产学研一条龙的农区教学、科研与农技推广基地建设情有独钟。自 20 世纪 70 年代我国农村形成的四级农科推广"网断人散"之后，教学、科研与生产如何结合，科技与农事怎样交融？新时期以来，孙先生领导的新西农以精彩实践为社会交上了一份满意答卷。学校主办、地方政府支持，产业化带动、市场引导、企业化管理的专业技术试验推广基地，已经在三秦大地遍地开花结果。板栗、猕猴桃、柿子、甜瓜、蔬菜、西瓜、苹果、红枣等种植技术的试验推广基地，成为连接学校与农户、科技人员与农民的桥梁纽带，把科学技术直接转化为生产力，成为农民致富的不懈动力源泉。这个经验很值得专题调研推广。孙先生已有口头邀请。

下午参观农史展览馆。从神农氏开始，到现代农业科技的推广运用，系统、直观、生动地展示了中华农业发展演变的轨迹。实属全国罕见。

演讲的题目是《加大城乡统筹发展的重要动力——国家惠农政策解读》。礼堂中，千余名师生座无虚席。两小时内掌声、笑声、议论声、鸦雀无声，非是演讲精彩，全因为国家惠农政策得乎民心顺乎民意，大家关注点一致。

当晚饭后，渭南施东明来接。10 点钟到渭南光明馆。

2010 年 4 月 18 日，晨 8 点，老友雷超武、郭勇格请吃澄城水盆羊肉。羊肉做得很烂，辣子很香，羊汤醇厚，饼子味道甚好。正宗关中东府风味。想到父母亲一定很爱吃，有回到家的感觉。

上午，超武、勇格、东明陪同参观开发区、新建中学、河道治理工程。雷超武领导"创卫"，成绩卓著。每个单位都实行了拆墙透绿，使得城市如同一个大生态园。更有城内一广场观看群众自乐班演出。秦腔唱得原汁原味，很能反映东府人的性格。常务副市长雷超武应邀登台，放开嗓子，连唱数曲，虽属初学有些跑调，但与民同乐，精神可嘉，群众掌声雷动。

中午，与白浪、陈鸿谦、王安稳、刘晓丽等当年潼关县一同工作的同志见面，大家多年不见，聚在一起格外亲热。

下午，动身去潼关，由于修路，只能绕老道行，一路感慨良多。到得故地，满目生疏，恍若隔世。想见之人，多已作古。面对青山，满目萧然。有诗《回潼关》为证：

别去整二九，曾经三回头。

一归亲朋众，二访犹眼熟。

三游故旧稀，满目萧然愁。

山婆既高龄，振文何不留？

门房唤老聂，陌者言三周。

城东老中医，岂知尚健否？

弹指十八岁，物旧人半休。

呜呼多悲戚，岁月独悠悠。

今者拜故地，登高望同州。
家父与慈母，仅随梦里游。
山河湿雾冷，潼溪兀自流。
古渡寂然横，俯瞰铁龙游。
邀吾入市去，难舍凤凰丘。
沿山布新绿，道观起名楼。
十二连城在，烽燧难断忧。
古迹多成废，空阔一沙鸥。
邀吾登故原，土木兴未收。
关西夫子像，四知美名侯。
廉吏名千古，官贪几时究？
邀吾入乡间，沃野展荣颜。
窑上呈新貌，秦王古寨悬。
马跑泉水旺，足以洗征鞍。
太要道窄堵，桐峪镇街繁。
驱车至马口，村民多悠闲。
故人欣相聚，头白齿不全。
归来日色晚，霭霾蔽华山。
夜笼赴客宴，铁杆笋香绵。
酒酣方散去，更深却难眠。
幸有文章在，金陡有遗篇。
诗词复歌赋，古人咏潼关。
政协重文史，集篡成经典。
复有导游册，图文至详全。
夜阑痴不舍，几回泪湿衫。
晨起拜佛崖，和尚亏菩萨。
毁林乱置厕，开口商人腔。
玉泉无净土，难免市腾喧。
等到拜华庙，感叹复盈填。
山中无斑寅，哈巴竟嚣张。

归途细思量，茫然复惆怅。

2010 年 4 月 19 日吟于西潼道上

当晚返京，不觉回乡已三日也。何时才得故地再游？不得而知矣。

第四辑

悟·生活俯拾皆感动

秋荷吟

时序进入深秋，不禁又想起了千里之外大庆肇源莲花池和市郊黑鱼湖的荷景。深秋的荷叶，是别有一种引人深思的韵致。

眼前，北海公园的荷花谢了，碧绿茂盛的荷叶也渐渐枯黄。水中的游船停了，莲蓬也被人逐渐采光。整天围在护栏边上观赏拍照的人也是越来越少。热闹了整整一个夏季的荷塘开始冷清起来，甚至有些凄凉。我却是独怜这样的景象，冷清中带着几分凄凉的韵致。因为这样的沉寂氛围，似乎更适于思想的沉淀和心灵的沉静。

在晴朗的日子，散步经过时就会在塘边驻足下来，远远望着那秋风秋阳里的一池秋荷陷入沉思。我想，那连天碧的莲叶与别样红的荷花是赏心悦目、招人喜爱，但那毕竟是花开一时、绿叶不久的，充其量也只是外在之象、一时光显而已。就像一个人年轻的时光或是得意的时刻，虽然青春悦人、光彩耀人，但毕竟是春光有限，好景难留，而生命存在的真正意义，更在于自身的成长、充实与饱满。花艳叶碧的日子往往是匆忙而肤浅的，人们总像花好叶圆的夏荷，自身的注意力很容易陶醉在美的高光点上，被那阳光雨露耀润出的光晕迷住双目，以致孤芳自赏、自恋自醉，很少能够留意到周围的事物及蕴含的哲理，也少有关注到那赋予绿叶红花以青春活力的生命之源——种子与根的存在和它们富于牺牲奉献的热情，更不会理解到那一切光炫耀丽的外貌，其实只是包括泥土、气温与阳光在内的周围诸多因素的共同牺牲奉献簇拥呵护的外化体现。

是的，深秋原野寒风中的残荷，干巴枯黄的叶茎，瑟索抖颤的样子，就像命运不同个性各异的耄耋老人独立不群地站立在风中，表面看是有些冷清凄凉，但也正是这一刻，你才会强烈地意识到一个生命的意义及年轮饱满与个性坚强的价值。一茬一茬的花儿开败了，许多许多的叶子都在风雨中倒下去，那当然也是一种悲壮的牺牲，而这些经历了整整一个夏季的风雨，眼下仍然挺立在寒风中的叶茎，却像战士一样坚持了下来，它们苍老佝偻、枯黄干巴，却不顾一切顽强地坚守在风中，宁愿凄凉也要坚守，宁受冷落也要坚守。它们在坚守什么呢？云影涟涟的秋水似乎在告诉你，因为在深深的水下，在深厚的泥中还努力地生长着它们的爱与牵挂，它们生命的根本——繁衍后代的莲藕。支生了它们的莲藕正在成长、成熟，那来年还要延续生命的根茎，正需要叶茎的供养与呵护呀。

节令的无情甚至是残酷像雕刀，在每一片宽博的叶面和每一树高耸的躯茎上划拉下道道疤痕。你再也找不到一片完整的叶茎，再也看不到那光鲜诱人的容颜。原先那几乎雷同的争先恐后、招人艳羡的娇嫩与潇洒毫无影踪，留下的只是千奇百怪的悲壮与拼命挣扎的姿态。然而，你会发现这时候的荷叶，桀骜不驯的样子却是淋漓尽致地凸显着高洁孤傲、不趋流俗的个性。脱尽了悦人的得意与矫情也就没有了情不自禁的慵懒与媚俗，自然也就没有了任何的包装掩饰，总之一切惯常并不自觉的扭捏作态全都化作了抗御严寒的质朴本能。表面看着，像是被扭曲被折磨成丑陋可怜的外表，其实却达到了生命的出神入化，那尘俗之中的人们一时还无法理解、难以接受的境地。

秋荷的姿容，的确是脱尽了世俗。它们的残缺与枯黄本色，任由人们品味遐想。谁说秋荷是残败衰落的形象，我却由它们的千姿百态与自然本真，想到舞蹈与绘画艺术，想到了艺术的唯一性与不可复制。突然领悟到了何以古代那么多高明的画家与高妙的诗人，都曾把自己的笔触伸向了对秋荷的依恋刻画。在他们的笔下，秋荷秋阳的清澈该是多么的孤傲深邃、又蕴含了几多高远情致。那绝不仅仅如早秀先衰的李郎商隐所见："秋阴不散霜飞晚，留得枯荷听雨声"。"枯荷听雨"那是诗人独自的哀婉心境，而绝非是秋荷本身的本真含义。秋荷是坚强孤傲的，更是高洁深刻的，它是自觉地处在与世俗毫不相容更不相争的一种高远境地里呀。

很怀念大庆肇源莲花池与市郊黑鱼湖的荷。那一望无际的秋荷的世界，在蓝色天宇的衬托下，在金色秋风吹拂中，定会显出更加迷人的姿容吧。

瞎廻

我们陕北人所说的"瞎廻",是一种害怕见阳光的视力很差的田鼠。它的学名大约应当叫鼹鼠之类吧,我看"鼠目寸光"这个成语就应当特指这种动物。"瞎",我们西北地区普遍念"哈"。"瞎廻",这个不大确切的俗名,来自于人们对这种动物生活习性的观察和描述。"廻"在这里应当理解为动词,是指它们在地下打洞的姿态和动作。就如同我们很容易见到的兔子打洞一样,总是佝偻着脑袋,四爪并用,不顾一切,奋力掘进。这便是地地道道的"廻"了。随着那头钻腰弓,掘松的土便由屁股后面不停飞溅出来,如是者反复不断地"廻"将下去,简直同愚公移山。瞎廻的吃苦耐劳精神和奋力掘进的速度,往往令人难以想象。连续几天几夜不吃不歇打洞不止,又是在黑漆漆的地下进行,其实即使有光,它们的视力也会视而不见。它们那躲在细密绒毛下面的一对芝麻粒儿大小的眼睛,因长期不用,已经完全退化。加之常年累月潜伏地下,也无需睁眼观察。它们要去哪儿,仅凭感觉打洞前往即可,甚至被人生擒,也还是闭目挣扎,并不睁眼看个究竟。于是它们才有"瞎廻"这个名副其实的雅号。

瞎廻一年四季没明没夜忙活,说白了,总干着见不得人的勾当。它们总是喜欢在农民们耕种的熟地里出没。土壤越肥沃,庄稼长得越茂密,越是瞎廻理想的藏身及活动之地。而豆地、谷地和荞麦地、糜子地、红薯地、土豆地等五谷杂粮和薯类蔓生作物,更是它们蜗居的首选。这种小小的动物,它的视力虽差,但嗅觉、听觉却异常灵敏。因此,它们要比目光锐利、行动敏捷、四处流蹿的狐狸和黄鼠狼一类动物活得还要滋润。往往不愁风雨、不虞饥寒、膘肥体壮,毛色锃亮。于是有人就问,它们长年累月钻在地下,瞎廻一气,该不是像蚯蚓那样吃土拉泥吧?此话有趣儿,也正是本文所要探讨的一个话题。

那时候,正是带着类似的好奇,我们一群小淘气儿才经常在田野里踅摸。渐渐发现了这种永远不声不响的动物的一些生活习性和活动规律,才觉得自己原先担忧瞎廻会不会挨冻受饿的想法是多么的幼稚可笑。

瞎廻视力虽然不佳，但头脑却出奇聪明。它们的生存本领那可是再强不过了。瞎廻最喜欢吃的是人的命根儿粮食。因而在陕北，它们最理想的居住地便是梯田。农民们说："瞎廻打洞，最怕土硬；瞎廻难缠，只怕水淹。"由于梯田是人工在黄土山坡上修造出来的，因此绝无水患之虞，土壤又特别的疏松柔软，这正是瞎廻打洞求之不得的地形和土质。再加之梯田上的水肥条件也较坡地要好，庄稼长得往往茂盛，为瞎廻的生存提供了物质基础，却也使得人们原本不易的生计，又多了一种灾难。加之瞎廻危害又是无影无踪，潜伏地下的灾难往往不期而遇，等到庄稼歉收，却还不知症结何在。于是我的家乡的农民们就说："不怕天旱雨涝，就怕瞎廻打窖。"别看瞎廻最多也就成人双拳并起那么大小，可它们贪得无厌，糟蹋起粮食，胃口可是不小。说起来也许难以置信，一只成年的瞎廻，一年所要消耗的粮食，足以抵得上一个未成年人一年的口粮。要命的是瞎廻繁殖能力又强得惊人。它们在地下，很少受到季节影响，几乎是一月一窝，一窝少说也下十只八只，而小瞎廻三四个月后，便又进入成熟期开始交配繁殖。如此成倍数地增加繁衍，其结果也就可想而知。真正就像愚公所讲"子子孙孙，无穷匮也。"农民的庄稼，从此遭了大殃。

更可怕的是，瞎廻不光是现吃，即现场作案，还要运输储藏，这就形成了更大的灾难。它们仿佛也懂得"深挖洞，广积粮"的道理。往往在细小的洞中，突然挖出一个数尺见方的大窖，把地里成熟干透的五谷杂粮采集起来，大量运进窖中，分门别类，码得整齐瓷实。如此囤积的粮食，它们往往一年都食用不完，便形成了许多"老仓陈粮"。在农民眼里，贪得无厌的瞎廻真是可恶至极！于是人们开始了同瞎廻的战争。起初，农民们治瞎廻的办法，可谓是五花八门。夹子夹，炸药炸，毒饵毒，套子套，放水淹，人工掏……可惜"道高一尺，魔高一丈"。能想到的办法都用过了，仍然是车水杯薪，无济于事。久而久之，人们也就麻木，渐渐接受这个现实，干脆睁只眼闭只眼，任其泛滥拉倒。结果每年的收成，至少两三成要被瞎廻暗吞。

好在某日，一位聪明农民瞅准了一种职业，即专同瞎廻作对。他采用了民间早已有之的办法，博采众长，综合归纳，发明一种擒拿瞎廻妙法。他的办法说来也很简单，即在瞎廻洞上挖个"天井"下去，上面用三根木棍的支架吊起一块连着一排尖锐钢钎的石块。当馋嘴的瞎廻咬动钢钎上的香甜食物，绾着大石的机关失控，大石即会突然落下，钢钎早已扎向瞎廻头背，生性贪吃的瞎廻，终归死于非命……这样一来，在那肉食奇缺的岁月，往往整个村子的农民，一个冬天都不缺肉吃了。我们小孩子至今记得那鲜嫩的瞎廻肉就黄米干饭的香味，那可是天底下少有的美味呀！

　　这样的办法，不光能够百分之百擒拿瞎廻，而且还可顺藤摸瓜，找到一个一个的"谷仓"。一个瞎廻存粮的方窖，竟然能够挖出好几斗粮食！这在饥馑年月里，可是了不起的意外收获！见还能挖出粮食，人们顿时欢欣鼓舞，更多的人一起下手，很快形成了人人动手灭瞎廻的"人民战争"。如此穷追猛打，深究狠挖，没过几年，就彻底制服了瞎廻危害。

　　这段往事过去多年，至今想起，仍然感觉新鲜。也不知眼下故乡农村中有没有危害庄稼的瞎廻。要是还有，是不是有人在治？无论如何，童年的记忆，总是这样的美好。

搏击风暴的树

我的家乡陕北有"三边"，即安边、靖边、定边。这一带延绵数百里，紧靠毛乌素大沙漠南沿，也是人们同风沙搏斗的前沿。风平浪静的时候，沙漠是恬静美丽的姑娘，可当她发起"疯"来，就成了一个蛮不讲理的泼妇。仿佛是有意要考验谁似的，每逢冬春两季，她性情更是暴戾无常、猖獗无忌。当那一场接一场的风暴袭来，直吹得飞沙走石，天昏地暗，房屋被埋，农田尽毁。建国以来，为了抗拒风暴，三边人民就在沙漠南沿，栽植了绵延千里的防风林带。搏击风暴的勇士，就诞生在这林带之中。这样的树，以当地乡土树种杨树、柳树和榆树居多。它们兄弟三人，就像勇猛顽强的战士，在风暴过后的阵地上，伤痕累累地迎风挺立。而它们的身后，便是安然无恙的农田和城镇。那一株株"怒向刀丛"、近乎匍匐的姿态，那一尊尊威武雕像般的不屈形象，着实令人见到一次，就会终生铭记、永远感动。

沙漠里的风暴到底有多威猛，有多凶狠？这是我们很难形容也很难想象的。据说大风刮起来，天黑地暗不说，还可以把碗口粗的树连根拔起，把一楼粗的树吹倒在地。这样的树，当然不能说"搏击风暴"了。令人惊讶的是，当人见人爱的坚强松柏在风暴面前纷纷败下阵来的时候，声名普通的杨树、柳树和榆树却在风暴中顽强搏击着。瞧，在狂风呼啸中，每一棵树，都像要被无情的风暴扒光衣服。顷刻之间，原本茂密的树冠枝叶，统统被剥削一光。然而，赤身裸体的勇士，仍然顽强拼搏。风暴一次次把它们的躯体按倒，它们又顽强地挺立起来。如此地反复较量，简直是你死我活。它们并不粗壮的躯体中，仿佛有使不完的韧劲儿和耐力，它们的策略灵活此时确实发挥了作用。结果，它们非但没有被大风依着风向压垮，反而从搏斗中获得超凡的锻炼与考验。就这样，危难塑造了它们的勇士形象：一株一株逆着风向怒指不屈！那是震撼人心的姿态，那是捍卫生命的肉搏，那是不畏强暴的厮杀，那是蔑视困难的反抗和生死攸关的较量。

风暴过后，每一棵勇士树下迎着风向一面都堆积起一座沙丘。可见这些貌似普通的树，不仅捍卫了自己的生命，还完成了人们赋予的防风固沙使命。它们的生命经历过风暴的考验，变得更加自信，更加顽强了。

当地一位老农抚摸着粗糙的树干深情地说："一棵树，只有经历过一场风暴还活着，它就算在沙漠真正扎下了根。"我想，正是因为有千千万万植根沙漠的杨树、柳树和榆树，才使得沙漠的风暴不能够为所欲为。

"秤杆" 启示

我们时常见到这样一种人，他们老是觉得自己分量很重，别人都没有分量，就盲目骄傲，目中无人，结果孤立了自己也误解了别人。这是不客观造成的悲哀。上述这样的人，其实活得很累。殊不知，世间的每一个人，都有自己的分量。只是有的人分量本来很重，却显得不重罢了；而有的人分量原本并不重，却是显得很重。可见"无足轻重"和"举足轻重"这两个成语并不能真正反映人生的本质。

社会生活就像是一杆大秤，每个人都是一只小小的秤砣。当然，比较起来，秤砣本身也是有大有小，有轻有重，因而在秤杆上的作用也就不同。同样分量的秤砣，假若它们恰巧是处在秤杆上同一位置，那么从理论上讲，它们作用在秤杆上的力是应当相同的，但是实际上这样的情形很难出现。因为每个人都有自己在社会生活中的不同位置，所以对于秤杆的作用力的显现也就不同。很多情况下，秤砣是否压秤，并不取决于它的分量轻重，而主要还是看它在秤杆上的位置。

秤杆上有一个很关键的点叫"定盘星"。常识告知我们，在分量相同的情况下，秤砣距离定盘星越近，它对整个秤杆的拉力就越小（重合的情况下，干脆等于零了）。反之作用就渐大，因此才需要更多的物体在秤盘中或秤钩上同它抗衡。显而易见，在社会生活中，一个人的分量，既取决于其自身分量，即综合素质高低，更取决于他或她在社会生活中的位置。结果是既有分量又占居有利位置的人作用和能量也就最大。这就引发三种现象：一种是千方百计加大自身分量，另一种是千方百计改变自己的位置，第三种是既努力加大分量又争取好的位置。结果便出现了文章开头谈到的较为复杂的情况。我们自己究竟属于哪一种情况，还是兼而有之？每个人都可以做一个自我评定。

这里不想对上述三种现象妄加评论，只觉得我们长期处在"秤杆上较量"这样一种生活状态实在太累。

应当看到，我们的人生是长期并不自觉地处在一种误区或怪圈之中，虽然每个人程度不尽相同。人来到这个世界上，作为个体生命的目标，原本在于维护和完成自身的生存和发展，为此也才发生互助合作的需求。如果大家都能像天上的神仙那样不食人间烟火，总是风和日丽、逢凶化吉，并不存在任何的世俗生活困难，那才可能真正做到清心寡欲甚或独往独来。显然这实际上是不可能的。正因为人毕竟都是凡人，总难免七情六欲、三灾六难，因此就不断地需要相互合作，这才有了集体和种种社会互助合作组织以至于民族、国家等等存在的必要。人们处在其中，过着谁也难以脱离开谁的社会生活，如此久而久之，大家就渐渐忘记了自我存在的本来意义，忘记了生活原本的目标所在，变成了总要在这一根大秤杆上一见高下的追名逐利的奴隶。这无疑是人生的一大怪圈。人在其中挣扎，就像是蒙了暗眼的驴子拉磨，苦役从生到死，也无法转出这个可怕的怪圈。

人生的本来意义既然在于使自身生活过得健康充实、轻松愉快，那就应当努力淡化甚至消解"秤杆上较量"的苦役。按照某些宗教教义，我们每一个人的肉体，作为上帝赋予的神奇的个体生命，是我们的灵魂所要精心呵护的精舍。我们如果为了满足精神的虚荣而失去肉体的安康就辜负了上苍的信任和旨意，便是因小失大，糊里糊涂放弃了人生的责任，也就真正失去了人生的本真意义。此话言之有理。

可见，作为一个生命，我们除了照顾世俗的礼尚往来，努力尽到社会赋于自身的那一份责任和义务之外，就是要最大限度地完成上帝的旨意，即努力关注自我存在，实现自身本该有的那种祥和生活的理想。如此看来，一个人只要身心健康，且有继续生存发展的一席之地，可以助人亦可自助也就足矣。大可不必动辄攀高结贵，在追逐名利的怪圈之中绞尽脑汁、机关算尽；大可不必见天争名于朝、争利于市，搞得眼睛发绿、身心疲惫甚至焦头烂额，丧失人格尊严。

以上观点，眼下显然已经不合时宜。讲出来假若对于拯救包括我在内的迷失人生目标而终日恍惚不安的灵魂，会有那么一点点正本安魂的帮助也就足矣。

务花者

　　中海边园圃里的牡丹花又开了。今年开得似乎出奇的艳丽。牡丹如今到处都有，但在别的地方的确没有见过如此大的花型。瞧这每一朵开圆的花，足足有老碗口子大，至少比通常所见的牡丹花大出一倍吧。每一株开花的数量也是较往年繁出许多，难道牡丹也有大年小年之说吗？我只知道，这是地道的洛阳牡丹中的极品，有姚黄，更有魏紫什么的。此刻，正是春风抚面，朝阳灿烂时分，面对这些艳丽而又馨香袭人的怒放的花朵，不禁又想到了那个至今不知道名姓的洛阳务花人。

　　那是五年前深秋的一天傍晚，院子里突然开进一辆来自河南的大卡车。只见后勤上的人一阵忙碌过后卡车开走了，留下车上卸下许多草袋子包裹着的树苗，还有一个身材瘦小目光机灵又胆怯的中年农民。他戴起那顶颜色发黑的旧草帽，顾不得拍打满身的尘灰，就动作麻利地埋头整理长途运输中散了的护根草包子，似乎还附带着清点树苗儿。

　　此后，当我每日晨昏照例在海边散步时，就总能看见那个瘦小的穿着廉价军便服（农村集市的地摊上随处可以买到的那种）的农民躬着身子在园圃中忙碌。终于有一天忍不住同他搭讪，才知那天卡车运到的，是来自河南洛阳的名贵牡丹苗子，而他自己则是当地一个花农，花苗来自他家的苗圃，因此他就按照合同长途伴随到京城，负责把花苗栽活务妥。这对于他当然是轻而易举的事情。重要的是，谁都知道，眼下这个特殊的院落和园圃，不是什么样的植物都可以进来安家落户的。他显然对于这一点十分的明白也很看重，那紫酱色瘦脸上的严肃神情与那双小眼睛中透出的自豪，还有嘴角上总是隐约挂着的一丝若有若无的微笑已经说明了一切。他的工作显然不需要有人指导监督，这在别的园丁干活时几乎是必须的。他总是单独在新开辟的园圃中埋头苦干，显得格外的自觉敬业。除了就餐时间，他几乎很少休息，仿佛是一架不知疲倦的机器，时时刻刻都在匀速地旋转。只是每逢见到有人好奇地走近身边，他才会抬起头，卑微谦恭地冲你点头微笑，或是用地道的河南话搭腔："转悠哩，吃罢饭了？"

我注意到了，他在说话时，手中的活儿始终没有停下来。

新开辟的几处点缀在院中的小花圃，很快就都栽上了牡丹。说真的，那些刚刚入土的落光了叶子的牡丹树苗，当时看着可是绝对叫你想不到会有眼前花朵盛开的这种雍容华贵。那矮瘦的生命就像作务他的这位农民，默默地在深秋的凉风中哆嗦着，也许因为离乡背井的缘故，牡丹苗那光秃秃的主干与枝桠表皮干枯粗造，瞅着就像务花人的脸色和那一双整天泥呼呼的干枯粗糙的大手。然而，务花的人自己显然并不这么认为，他总是兴致勃勃，就像对待一群刚刚出生的健康的婴儿，异常精心地呵护他们。先是整地挖坑，后又筛土拌肥，树苗栽好了，他便开始给它们圈窝浇水。每一道工序都是格外的仔细。等到水渗干以后，就用铲子小心翼翼地为每株花苗细心地培上由洛阳带来的特殊的壮土拌腐殖质，就像盖上一层厚厚的棉被。当他干着这些，总是聚精会神，更像一位母亲在喂养婴儿，嘴里甚至还轻轻地哼着幽默欢快的豫剧小调，显得十分惬意。

务花人的快乐情绪渐渐感染了我。在一次傍晚散步时，我首先走过去向他问好："辛苦了，任务快忙完了吧？""快了，再浇两遍水，就可以保证安全过冬了。等到来年春天，就可以赏牡丹花了。"他说得轻松愉快，那兴奋的眼神仿佛是已经看到了满园盛开的牡丹。转眼，冬季来临了。一连好几天没有看到务花者的身影，满以为他已经完成任务回到了家乡。每天走在海边，望着那些寂寥地站立在凉风中的牡丹苗，它们果真能够经受住严冬的考验吗？想到永远再见不到这个精明而又勤劳质朴的花农时，心中不免有些惆怅。后悔自己没有同他唠一唠家常，告诉他这里冬季的厉害，再问一问他的花木事业的经营状况……唉，生活就是这样，擦肩而过的一个人，却好像知心朋友，留下了难忘的记忆。

说来也巧，第二天，几乎令人欣喜的是，又在园圃里看到了务花人忙碌的身影。这回他穿了灰黑色的棉袄棉裤，光头上的旧草帽换成一顶有栽绒帽耳的火车头帽子，脸色较前似乎红润了许多。他见到我就像见到了老熟人，离着老远就兴奋地打开了招呼："转悠哩，吃过饭了？"我答应着，走近他的身边，他腿脚略显臃肿地站起身，很热情地由怀里摸出一包香烟，递给我说："抽支烟吧。"我说不会抽。他显得有些失望，把烟重新揣回到上衣兜中，双手空搓着，欲言又止地站在那里。显然，他对于能够重新看到我也是很高兴的。难道他也是把我视为一个新结识的朋友，一个长期工作和生活在这特殊的院子里，有机会在春暖花开时欣赏到他的劳动成果的人？嗯，一定是这样。这种猜想令我有些感动。我便问起前几天没见到他的原因，他说回了一趟洛阳老家，眼瞅着天冷了，该穿棉衣了。顺便还干了几天活，大约是嫁接培育新的牡丹品种。说是眼下市场竞争激烈，他得不断地培育出新的品种，才能在花卉市场上站稳脚跟。

就在务花人重新投入工作的第二天，一夜大风突然变了天。眼看着连最经冻的柳树叶子也几乎被寒风扫光，在外出差的我，一下子就想到了那些刚刚落户在园圃中的洛阳牡丹，想到了那个勤劳质朴的务花人。气温猛然由十多度降到零度以下，那些来自中原地区的弱小的生命能吃得消吗？务花人还在吧，他有办法让牡丹度过严冬吗？此刻的我，就像一集不落地看着一部电视连续剧，情不自禁地被剧情吸引，开始为剧中人物的命运担忧。这是一部关于牡丹与务花人的故事，我还是相信那个主人公会把一切都搞得令人满意。

等到几天后返回机关，却见务花人并没在花圃中忙碌，而是静静坐在海边的椅子上望着水面抽烟。傍晚，大风停了，气温又有所回升，但仍然停留在零度以下。不干活的时候，他显得有些失落，从前总是噙在嘴边的烟卷此刻在他粗大的拇指与食指间夹着，就像捏着一只小虫子一样滑稽。他一下子看见了我，有些激动地站起来说："活儿干完了，我明天就要回去了。""啊哦……"我心里微微一怔，示意他坐下。于是在那个初冬的傍晚，我们两个几乎还不知姓名的人，却像知心的朋友并肩坐在水面平静的中海边亲切交谈。近旁就是一片牡丹花圃，看得见每一株花苗，都被精心穿上了厚厚的冬装——棉絮与塑料薄膜紧紧包裹着枝干，那样子就像穿了棉衣棉裤的务花人自己。不用问，我明白了他这几天都干了些什么。那些花苗已经安详地进入了冬眠的梦乡。

那天，那个初冬的傍晚风平浪静，我们围绕牡丹花这个话题唠了许多。这才知他是一位栽培牡丹的大专家。"牡丹花别称鼠姑、鹿韭、白茸、木芍药、百雨金，又有洛阳花、富贵花之称。"他说。像是背诵着自己的家谱。"有三十多种。一般来说，按其形状又可分为五个类型：直立型、疏散型、开张型、矮生型、独干型……"想不到，他那粗壮的手指，除了务花，还有如此妙用。

他忘情地掐着手指，那纯粹的洛阳方言，就像唱歌一样动听。此时务花人的神情，俨然是一位学问博大的教授。往日的卑微谦恭全然不见，那紫酱色的脸上充满了自豪与自信。

"……到了北宋年间，牡丹栽培中心又一次移到了我们洛阳，洛阳牡丹从此名冠天下，成为了富贵平安的象征。如今，我们洛阳人更加推崇牡丹啦，你看那务花、赏花早就成了时尚，成了巨大的产业。育花技术有了很大提高，新品种不断推出，欧阳修当年惊呼'四十年间花百变',今天看来又要出现一个牡丹百变的繁荣盛世了。"

那晚畅谈一别,再也没有见到务花人的身影。只是年年牡丹花开时节,总要想起他来。眼前这鲜花的艳丽与馨香,就像他那辛劳和友善的化身,总给人以泥土与空气般的感动与温暖,给人做人做事扎实与坚毅品格的暗示,进而领悟到战胜困难的勇力和笑对人生的乐观。

灵魂救赎

朋友，感谢你无私的导引，使我在懵懂沉睡多年之后能够同《肖申克的救赎》这样的盖世经典不期而遇，以致幡然猛醒。一部电影的伟大也许正在于使每个人都能够从中看到自己的影子，进而发现我们平庸或是崇高，抑或时而平庸时而崇高的灵魂。

此后，当我们在凄冷的夜雨中，打着一把十块钱买来的一次性小得可怜的雨伞勇敢走向风雨，我想到了安迪先生正在精心修补的那条他曾经多年苦苦期盼、梦寐以求的破旧小船。

那是一个人的自由与尊严，凝结着他全部的生活意义与价值。想到在风和日丽或是风雨交加的日子，安迪与瑞德，两个不顾一切冲破高墙来到理想境地相依为生的人，驾着那条应该是鲜红色的自由之舟，勇敢出海的欢乐动人情景，想到他们为此而遭受的漫长苦难和一切非常的努力与艰辛，想到安迪先生无罪被囚的不幸遭遇，和他在人生逆境中不曾须臾消失的信念、希望、坚毅和令人惊叹不已的忍辱负重和不屈不挠，以及由此碰撞出的心灵的火花和人性的光辉，我便止不住泪流满面。

是的，美国的"肖申克监狱"，对于我们是遥远而陌生的，却看着又是多么的似曾相识！那些西洋建筑的古老或新潮与否其实无妨，重要的是在森严与残酷，封闭与窒息之中，以及那隐藏在阴谋、欺诈、贪婪、扭曲、变态与小人得志、盲目优越以及飞扬跋扈和赤裸裸的厚颜无耻、残暴无比之下，在几乎无以复加的恐怖、无望、血腥与悲苦之中，仍然随处潜存流动着的人性的真诚、善良与诗意的温暖。认清和理性地审视这些貌似庸俗的被艺术化地浓缩了的一切，对于我们每一个人实际上又是多么的重要而必要！

人们也许永远也不会相信，当我们哭着喊着来到这个世界，其实就已经注定走进了一座生命必进的"苦难肖申克"。你可以说它在接纳和保护着我们，也可以说是限制和囚禁着自己。无形却真实存在着的"高墙"耸立在你我心灵之中。正如影片中瑞德所言："这些墙是很有趣的，刚入狱的时候，你痛恨周围的高墙；慢慢地，你习惯于生活在其中；最终你发现自己不得不依靠他而生存。这就叫体制化。"就这样，我们不知不觉地成为了深陷囹圄的模范被囚者。

如同无情的社会以"法律"的名誉把原本无罪的安迪，强行投入"肖申克"一样，生活则是不分青红皂白，统统以"文明秩序"的借口，把我们每个人都投入了看不见却远比看得见的高墙还要坚固的"牢狱"之中。我们作茧自缚，从此开始了"终身监禁"的苦役。渐渐地，你在坚不可摧的运行机制中变得麻木不仁，以致远离希望，失去理想奋进、独立思考的勇气，而学会忍耐、接受、就范和适应，甚至完全忘记上帝赋予自己生命的价值：自由与尊严。

然而，当安迪成功越狱，聪明的瑞德终于发现："有的鸟注定是不会被关在笼子里的，因为他们的每一片羽毛都闪耀着自由的光辉。"是的，安迪正是这样的一只出类拔萃的奇鸟。几乎在所有的囚者眼里，从地狱到天堂之门，是无限之遥，永不可达。但安迪的成功却明明告诉人们，地狱——天堂，那只是一念之差，一步之遥。关键看你是否已经确立足够坚定的希望和信念，是否敢于也善于暗中动手开凿你那通往理想天堂的秘密隧道。

伟大坚强的安迪成功了，他把不可能变成了可能。一把小小的探矿石锤，再加上十多年的艰难岁月，他神不知鬼不觉地打通了自己由地狱通往天堂之门。这让我想到了在那个春寒料峭的日子，在遥远西部的一座难忘的小城，同样的两个希望未泯的叛逆者，勇敢地面对"无形高墙"启动"灵魂救赎"的伟大工程——通力默契，打凿幸福的秘密隧道。

我们似乎看到，在恐怖的"肖申克"和貌似祥和的人类社会中，利用缺乏监督的权力敛名谋利为所欲为，这种灵魂的堕落，最是简单无需格外努力，是连傻瓜都能办到的可悲行径。利用职权颐指气使、摆弄下属、发泄淫威等等我们司空见惯的小人伎俩，同样是轻而易举、简单得不值一提。然而，真正值得佩服的是类似于安迪的义举。是一个人在苦难中自觉或不自觉地救赎自己或他人灵魂的努力。在逆境中，在"肖申克"服刑的漫长岁月，表面孤立无援的安迪与一手遮天的典狱长，一对或者是两组善与恶的灵魂之间，展开了一场旷日持久的生死较量。结果，道貌岸然的典狱长轰然败下阵来，他的灵魂堕落万劫不复，成为死有余辜的畏罪自杀者。而善良但自闭怯懦，在狱中消极渡过 50 年的布鲁克斯先生假释出狱却绝望悬梁自尽，唯有坚强不屈的安迪不仅成功自救，而且使得良知未泯的朋友瑞德之魂同时得以救赎。让我们再来听听瑞德奔向自由的美好心声："我发现自己是如此的激动，以至于不能安坐或思考。

我想只有那些重获自由即将踏上新征程的人们才能感受到这种即将揭开未来神秘面纱的激动心情。我希望越过国界，同朋友相见握手，我希望太平洋的海水如同梦境一样的蓝，我希望……"这一刻，曾经在肖申克服刑整整 30 年，早已远离希望的瑞德老人心中终于重新燃起希望之火："希望是美好的事物，也许是世上最美好的事物.美好的事物从不消逝。不要忘了，这个世界穿透一切高墙的东西，它就在我们的内心深处，它们无法达到，也接触不到，那就是希望。"的确，正像安迪所说的，"监狱的高墙可以束缚住我们的身体上的自由，甚至于体制化的东西可以束缚住我们的精神上的自由，但唯有希望不可以放弃。失去希望的生活是灰暗的，没有生气的，甚至是没有意义的。"在安迪的心中，一直就没有放弃对自由的希望，而且他也一直在为自己的希望努力着——每天晚上都要用那个小锤去挖瑞德认为几百年也挖不穿的墙壁。一个人能够在 19 年痛苦的监狱生活里，不放弃对自由的向往，这是一种怎样的精神信念？所以他成功了，夺回了自己的自由。但愿瑞德先生的觉悟，成为我们每个人的切身感受；但愿瑞德先生此刻的希望，成为我们每个人的希望。

综上所述，一部感动人又发人深省的好电影，总是要既合情又合理的。其人性的光辉与社会的价值总是密不可分、相辅相融。在电影中，监狱内部的黑暗与社会现实的腐恶是密切关联的。从这个意义上讲，正常公民的待遇与一个囚犯的处境没有本质区别。既然貌似公正的法律，可以把一个无辜的人强行误判为终身监禁送进监狱，那么这与狱警可以随便把一个仅仅是"不够听话"的囚犯秘密枪杀或活活打死又有什么本质的区别。在这里，人类生命的尊严被自身的灵魂堕落践踏无遗。于是，救赎灵魂！也恰恰因为如此的严酷与紧迫，才使影片具有了穿越时空的广泛意义与无法区分所谓意识形态的普世价值。

假如说信仰与自由是我们心中不落的太阳，那么人性的光辉，则是温暖和救赎你我灵魂的不竭动力。每个人都是自己的上帝。如果你自己都放弃自己了，还有谁会救你？每个人都在忙，有的忙着生，有的忙着死。忙着追名逐利的你，忙着柴米油盐的你，停下来想一秒：你的大脑，是不是已经被体制化了？你的上帝在哪里？让我们借助于安迪式的毅力智慧所凝结成的那张掩护着巨大秘密的明星广告画，奋力开凿通往自己理想天堂的秘密隧道。

啊，我亲爱的朋友，让旭日一样殷红的自由之舟扬帆远航吧，人生全部的意义与价值也许正在于自由的旅途。

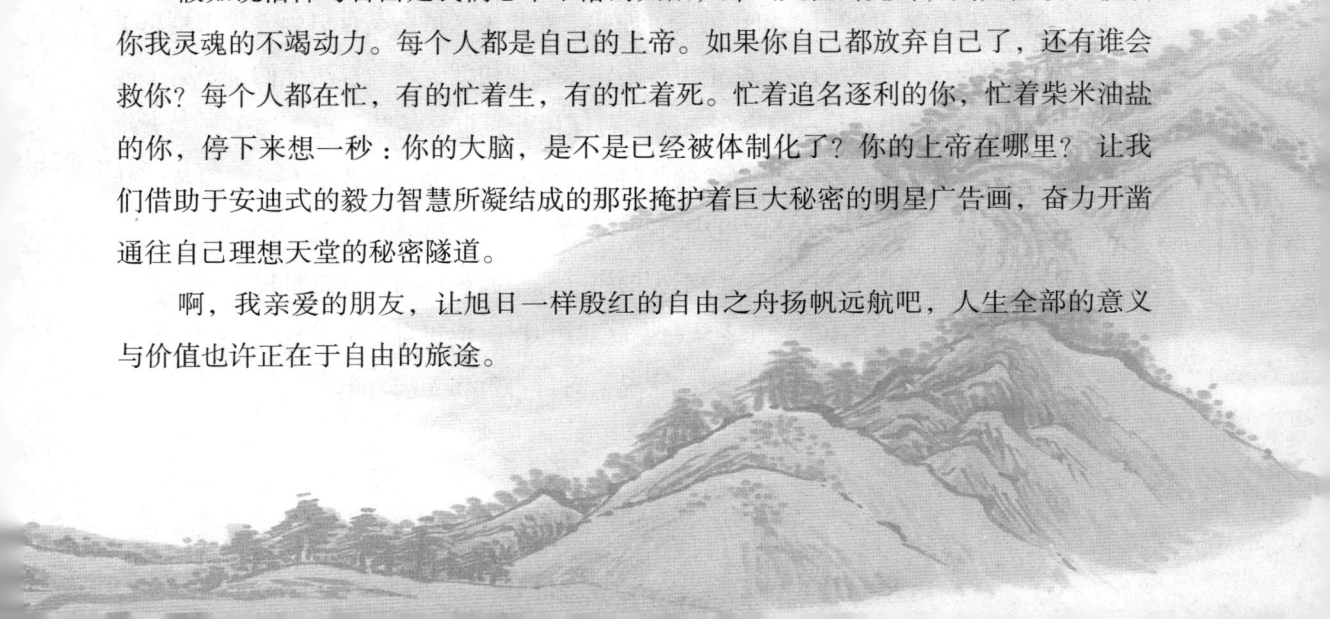

珍惜自己这一片叶子

一位朋友去了，又一片树叶落了。是悲还是忧？树上的叶子落了，来年还会长出新叶；世上的老人去了，同样也有新人出生。园里的大树常青，国家和社会照常运转。这就是我们的世界，这就是我们的生活。而地球在宇宙间，也就是一片相对更大的绿树叶。不信？夜晚抬头看，每一颗明亮或隐约可辨的星辰，也就是一片树叶。也会落的，也会生的。这看起来像是儿童的幻想与梦语，其实我们成人要是真能够回到童年，那就是大哲学家的诞生。

的确，整个国家和社会也就是一棵根深叶茂的大树，我们每个人充其量也就是一片小小的树叶。由这个比喻想到，再不幸再卑微的人生，无论命运何等不济生活多么艰辛，你都拥有着一份难得的生存机会和无限发展的空间。同样，再幸运再如意的人生、无论有多少美事儿连连降临，身披了多少意外光彩以致处境令人羡慕，也不过就是一片长在高枝上、享受着较多阳光雨露滋润的树叶罢了。在自然法则或称之"命运"的面前，树叶儿终究是树叶，无论是长在高枝还是生于低枝，也都是一片树叶而已。这儿童也许不曾想过的问题，应该算是返璞归真的思考吧。

在这个梦幻般的辽阔比喻中，看来一年轮回一次的树叶再幸运也不可能变成多年生的长寿枝干存在。尽管我们也时常见到一些幸运的树叶，他们从一开始萌发就占尽了好时机、好位置，好阳光和好风头，如此一路长来，可谓是百事顺遂，于是忘乎所以就要以为自己是大树的亲枝嫡干了，不料命运很快就无情地提醒他们：老弟（或老妹儿），别忘了你仍然是一片春发冬落的普通树叶，也会枯黄，也会终了。在大树的眼睛里，树叶本身是不分高低贵贱的，每一片依靠大树养育又为之奉献着绿色的叶子，都是大树母亲的儿女。"高低贵贱"这样的概念，其实是树叶们自身的肤浅误解。但要澄清这一点却又极其困难，因为不少的树叶总是固执认为自己就是枝干，应当比树叶高贵。而又有不少的树叶，几乎从萌生就唉声叹气，抱怨自己生不到位、生不逢时，等等。这样一来，就造成了我们见到的状况：盲目自负和无端自卑。

是的，这种长期形成的根深蒂固的误解，直接的危害就是造成了一些树叶盲目的优越自大甚至横生霸道、目中无他叶；而另一些树叶则自卑自贱、俯首贴耳，缺乏自信的个性与奋斗勇气。二者其实对于一个生命的存在发展都是极为不利。一片树叶的盲目膨胀自大，往往使自己成为虚拟"鹤立鸡群"式的孤家寡人。它们往往仗着自己处境优越，恨不得贪婪地占尽所有的阳光雨露，结果独占鳌头、独领风骚，遮阳霸雨，到头来必然是恶果独吞、"落"有余辜。试想，周围的叶子都落光了，一个独居高枝的叶子还会有什么意思，还能存在得下去吗？而另有一些树叶，原本处境不错，只是普通平常的一片叶子，点缀着大树之绿的一份子，却要无端地自轻自贱，莫名其妙地缺失生活勇气和生存的活力，甚至于没有生活的目标，它们时常以自己的短处与别人的长处攀比，遇到小小的风雨就会叫苦连天或采取"鸵鸟政策"。结果畏首畏尾、萎靡不振、自怜自卑，到头来必然是无所作为、枯黄夭折。同样，我们又发现一些遭受风冻、或病袭、或虫咬、或鸟啄等天灾人祸的叶子，却依然顽强地生长在树上，继续以残缺的躯体，奉献着自己的一片爱意。这后一种树叶的精神才是最值得我们人类学习。

作家刘心武曾经写过一篇小说，题目就叫《树上没有两片相同的叶子》，他是通过这一自然表象，揭示人的个性尊严。这个小说当年只读了一遍，就记住了它的标题，可见印象之深。感谢作家的观察与启迪，使我在很年轻的时候就懂得了感恩与自信，懂得了正视和珍惜自己所拥有的一切，包括苦难与挫折。柯岩先生的许多作品，更是尊重和张扬个性，为生活的不幸者焕发信念和勇气的，因此在她这片绿叶的周围才会聚合如此众多的同志朋友与崇拜者。她是我们的大树上最红最艳的一片叶子，直到陨落的这一刻，直至那金色的灵魂御风轻扬的这一刻，还会有这么多的叶子的感情与目光集注，才会有这么多的心灵的琴弦为之震颤、这么多深情的泪水为之抛洒……

这些年时常在大地上行走，看多了树木的叶子。一年四季、形形色色，许多的表象变化都与人世的哲理相通互鉴。晚秋时节，人们对于树叶的存在与变化格外的敏感。温暖的秋阳中，许多的叶子变得金黄火红，因此观赏秋叶成为一种时尚；萧瑟的秋风中，许多的叶子开始脱落，这样的凄凉，不禁令人忧伤。其实，树叶红了，秋叶落了，都是大自然的规律，都是人世间的"和谐"。其实，冬秋树叶的坠落，正是为春夏的绿茵积蓄着能量。正因为大树上每一片叶子，都懂得自身生命的价值与意义，才使得这个世界具有了和谐的美丽。每一片不同的叶子，都是这大千世界丰富与多彩的细胞与音符，如同天上的星辰，属于宇宙之树的大美。

"人们啊，好好地活着，不要指望大地会留下任何记忆。"这是诗人艾青晚年的人生感悟。"好好地活着"，就要学会欣赏和尊重自己这一片叶子，珍惜上帝赐予自己的生命之机。"好好地活着"，就要不浮不躁、无忧无虑，清醒地挣脱"争高攀贵"的世俗泥沼，平心静气地在属于自己的坐标点上呼吸吐纳、体察感悟。"好好地活着"就要懂得从容淡定，不攀比、不艳羡、不妒忌，只是尽情地采集自己的阳光，编织自己的绿色之梦，奉献自己的那一片生机，直到枯黄脱落化入大地，也就是真正地融入了永恒。这，或许就是一片树叶应有的智慧与责任吧。

泥水匠的看家本事

"稀泥抹光墙"这句俚语明显是有贬意的。大体是指那些是非不分，遇事好和稀泥的大大小小的头头脑脑，这种温水蛤蟆式的干部整天坐着奥迪车到处打哈哈，我们陕西人称之为"元宝蛋"干部，而"稀泥抹光墙"本来的意思反倒被人们忽略了。

我们陕北农村，有一种传统垒墙的方法，叫作"插花墙"，就是用不规则的碎石头按照一定的规则插出的石墙。这样用"形形色色"的材料与"凑凑合合"的方法堆砌出的墙壁，缝隙往往很大，瞅着如同没有梳洗打扮的赖婆娘，蓬头垢面、松松垮垮的既不好看也不结实受用。但是你不用担心，高明的泥水匠师傅自有办法让它变得既结实又美观的。墙体垒起来后，接下来就需要"包装"了。泥水匠师傅先用加了长麦草的黄土和的"大沽（然）泥"把墙的两面大缝隙和坑坑凹凹处粗抹一遍，再用参合着短麦秸的"小沽泥"平整细抹一道，最后还得用搅了毛发的稀白灰泥仔仔细细地反复打抹，直到墙面洁白光滑如镜面一般为止。这几道"包装"的工序，泥水匠们通称之"裹泥"。

记得小的时候，最喜欢看泥水匠师傅裹泥墙壁。开始是大刀阔斧，随即又是小心翼翼，那神气与表情，完全是一种才艺的表演。今天回想起来既像自信的大书法家挥笔疾书，又像赢是快乐的舞蹈家尽情收放。只见他们衣衫破旧弯腰曲背，平时看着卑微谦和而又瘦羸的一个人，突然之间变得精神昂奋、神采飞扬、高大伟岸甚至目空一切起来。特别是做到最后一道工序，即"灰墙"时刻——那真正是"稀泥抹光墙"的一道工序，也是最见手艺和功力的一道工序。泥水匠师傅们的自信以至自负在这一刻将体现得淋漓尽致。他们一手端着泥盘，一手攥着泥页，就像真正的艺术家一样，身心不分，手眼归一，连动作与声响也是噼里啪啦很讲究节奏韵律。这种娴熟而明快的劳作，的确是进入了音乐与舞蹈的境界。这一点操作者自己当然是毫无所知。显然他们很快就打心眼儿里对自己的手艺感到了得意，那原本愁苦的一张脸上，逐渐绽放出的笑容如同雨后的彩虹一般灿烂。阴云密布的天空突然绽出了太阳，这时候的泥水匠师傅，他们一变惯常沉默不语埋头苦作的表情，嘴里情不自禁地开始念念有词："你小子们听着，七七八八，压住荏荏，……"，"湿着是个泥窝，干了是个铁壳……"，这是他们的行话、口头禅，我们小孩子当初并听不明白，但却记在了心中，一生都难以忘怀。更有的师傅还会随口哼起一首让我们听了心跳脸红的露骨"酸曲儿"，例如什么"我要亲你的口，你要拉我的手，拉手手亲口口，咱们二人圪崂崂里走……"他们十分夸张地反复唱着这最撩人的词句，就像是一个真正的神仙老子，完全地忘记了自己的现实处境，而显出飘飘欲仙的神气。其实我们小孩子最爱看的正是这样的浪漫状态。劳动者的幽默与风趣，就像一幕戏剧，也有开头、发展和高潮。此刻的"稀泥抹光墙"，也就是"灰墙"的时候，这是泥水匠师傅们辛苦造一堵"插花墙"的"戏剧高潮"。我们一群围观的小孩子的欢呼和嬉闹，就像是观众的掌声，显然地起到了推波助澜的作用。"大红果子剥皮皮，人人都说是我和你……"于是，泥水匠师傅的得意，达到了难以复加的地步。一堵结实美观的插花墙，也就在这样的"仪式"中完成了。泥水匠师傅手艺的高超也就至此发挥到了极致。他们是在炫耀着自己的技能与成果。

在陕北古老的村庄，至今还随处看得到这样的插花墙，有些甚至有三四百年的历史。事实证明，只有用"稀泥"裹泥过的"插花墙"，才能经得住岁月的检验。用以盖房子才能抗得住北方冬季的严寒；用以圈院子才会显出主家的富贵与尊严、令人赏心悦目。

试想，一堵"插花墙"如果没有这几道"稀泥"抹过，那是只能用作猪圈和羊舍的。而真正讲究人家的猪圈、羊舍，也是要裹泥的。可见在我们家乡，窑房圈舍的墙壁是否经过精心裹泥，就成了光景过得是否红火的象征。因此即使生活拮据的人家，但有一点办法，也要咬牙切齿地请来高明的泥水匠师傅，把窑房院落的墙壁裹泥一新。哪怕是一堵旧墙，一经"稀泥"抹过，也就成了美观结实能经得住风雨考验的新墙。足见"稀泥抹光墙"，原本并非是一件坏事。而在"以阶级斗争为纲"的年代，斗争哲学盛行，"稀泥抹光墙"很容易让人想到"调和阶级矛盾"、"削弱斗争意志"等等，因此也就很自然地成了一个不合当时时宜的贬义词。

我讲这个故事并非是要为那些同样也是自称"公仆"而从不真心解决矛盾、从不认真主持公道、从不勤勉办理"朝政"，而一心只是欺上瞒下，使出浑身解数钻营向上、往大做官的人解脱，而是要为泥水匠师傅们正名。人们早已看穿并十分反感那些养尊处优的"温水蛤蟆"和"元宝蛋"们。更重要的是，要借此为我们当前的社会管理进一言。众所周知，我们的改革与发展，成绩很大，问题不小，矛盾也不少。打个形象的比喻，也就像新垒起一堵尚未经过裹泥的插花墙。我们用了大约 30 年的时间辛辛苦苦完成了"垒墙"的任务，而眼下正是到了该"裹泥"的时候了。我们主张和谐，其实就是要讲统筹与兼顾，需要的正是泥水匠师傅"稀泥抹光墙"的本领。瞅瞅我们这堵伟大的插花墙，高大而雄奇地耸立在世界的东方，为我们招来了荣耀，甚至还引起了世人的妒忌。但是我们确实还不敢盲目地自豪，不敢以为我们已经实现了所谓"复兴"。我们要清醒地看到，我们这堵"插花墙"，还有许多的缺陷，许多明显的缝隙和漏洞需要堵塞填补，方方面面的不尽如人意还需要有"大粘泥"、"小粘泥"粘和巩固；坑坑洼洼的不公平、不公正，还需要来一番"灰墙"式的耐心仔细的平衡整理，等等。可见"裹泥"的过程就是建设"和谐"的过程。看来我们的公仆，光有"斗争"的本领还不行，还要有"稀泥抹光墙"的本事。要善于"和稀泥"，学会"填堵漏洞"，"弥合缝隙"、"抹平坑凹"。没有这样的本事，就很难适应今天的发展需求。

　　然而，现在社会上就有这么一种人，他们不懂得当初泥水匠们"稀泥抹光墙"的重要作用与良苦用心，就像好斗架的公鸡，走到哪里，总喜欢寻找裂缝、钻漏洞，好搞帮帮派派、好分亲亲疏疏。面对种种问题，他们促团结谋发展的正本事不大，而制造矛盾拨弄是非的歪本事不小。结果走到哪里，哪里就鸡飞狗跳、不得安宁。到头来，往往是搬起石头砸自己的脚。

　　当然，同坏人坏事作斗争除外，那属于清除企图毁墙的耗子，属于猫先生的特殊责任。

怀乡之梦

　　清明节快又要到了，夜里睡不着觉时很自然地就想起了安息在陕北黄土地上的父亲和母亲。点点滴滴养育呵护的往事，就像萧萧春雨一般，无声地洒落在心田，使得我们那在纷繁世事中已经似乎不堪重负心灵，深切地感受到了阵阵的抚慰和温暖。可见，至亲之情的确是一剂长效的良药，哪怕是通过思念缅怀的形式，也会时时给你以莫大的安抚，使你于孤独之中感到亲人并未隔世，亲情融融的幸福依旧是护卫着你不离不弃。静夜之中，在这千里之外天天居住却永远生分的纷繁都市里，情不自禁地向天唤一声爸、妈，在这心雨纷纷之时，儿子的情思早已飞回到那魂牵梦绕的黄土地上，飞抵二老身边，倾听父亲津津乐道他那永远诉说不完的水利建设工地上有趣的故事，享受母亲轻言细语地回忆我们每个儿女幼年成长的亲切往事……

　　当然，一个人的出生与成长，除了父母的养育之恩，还有家乡那一片土地和亲朋好友的熏陶之意、关爱之情。许多年间，那浑厚亲切的山峦、真诚热情的帮助教导、鼓励提携……当人年轻的时候，这后一种恩情，仿佛总是在繁忙纷乱的世俗奔波里尘封。总是觉得父母恩深似海、自己艰苦奋发有为，而却是从未意识到那一粒种子、一株小树，之所以能够长大成材，没有植根土地的营养、没有一路之上周围许多人的熏陶与关爱的存在，该是一件多么不可想象的事情呀。说真的，以前是很少意识到这一种特别乡情的存在与珍贵的。这或许也是一种成长的迷惘吧。

　　如今，当我们经历过许多许多的风雨，终于带着满头的风霜步履缓和地进入了中年或老年，当我们的灵魂经历过漫长岁月的过滤与淘洗，终于有一天，也就是这心雨纷纷的传统佳节来临的时刻，那同样如同春雨一般点点滴滴的乡土友情，突然之间就像一坛封存多年的老酒揭开了盖，顿时散发出了醇厚而绵长的缕缕馨香。在这静夜之时，眼前浮现的便是那而深情的土地，和那一张张亲切熟悉的面孔。而其中最最感人的就是在那严冬之时在温暖的土窑洞里所度过的艰苦而有趣的岁月和结识的那一个个老实厚道却又可亲可敬的农民朋友。就是在这样的思念里，沉入梦境……

　　于是梦里回到故乡，急切地来到当年插队时蹲过点的一个村子去看望农民朋友。那大约是 38 年前，年仅十八九岁的我担任公社团委书记，同公社党委书记（也是一位很要好的朋友）一同来到村子蹲点整一年，当时住村干部都是在村里吃派饭、加之白天同社员一起上山劳动，夜里开会学习又在一起，村子拢共几十户百十来口人，没过多久，全村男女老少就都成了熟人和朋友。连许多社员的外号眼下都能叫得出来。大家整天吃住干活在一起，其中不少人很快就成了要好的朋友，几天不见就想……满以为这次回来，一定会遇到很多的熟人，一定会受到热烈的欢迎，但到了村里，才大失所望。村子虽然依旧，但人却全是陌生面孔，这才真正感受到了"儿童相见不相识，笑问客从何处来"的尴尬。有几个孩子和妇女在院子里闲聊，上前打问了几个人，得到的回答，全是摇头。手里捧着的糖果，却并不受欢迎。这样的冷漠，当然始料不及。这时，突然间看到一个熟悉的身影，惊喜地认出是当年一个在外上中学的女子，名叫"小花"，急忙迎上前去连喊着她的名字，可人家却毫无反应。正当纳闷时，就醒了。这才意识到自己是在做梦。前几年的确回过一次，许多熟悉的老人都已经不在了。当时的孩子，眼下的青壮年都离乡进城了，哪里还有认识的人。

　　梦境其实同现实生活的感受完全一样。回乡的冷遇，使我心中十分的失望。一想到那么多熟悉的人都已经作古。心里就觉得十分的难过。梦醒之后，就更加地思念那些农民朋友，勾起许多感人的往事……当时真是缺衣少吃，农民的生活状况可想而知。但无论管饭轮到谁家，哪怕是四处借米借面，主人都会把最好的饭食端上来给你吃。大家围坐在土炕上吃饭、拉话，老人家看你，就像看自己的儿子。孩子也不把你当外人，总是依偎在你的身边问长问短。你处在这样的亲热氛围中，看着眼前的男女长幼，就像面对自己的亲人。那时的干部和群众，真正就像一家人一样，亲密无间、其乐融融。你和他们相处，喜怒寒热不用问，感受的是真正的骨肉亲情。每次进城，都要买许多的糖果，给农民的孩子们"打牙祭"。当看到他们高兴地吃着糖果的样子，比自己吃了蜜糖还甜。然而这些甜蜜的记忆，都已经成了过去，永远也不会再现的过去了。想到此，心中的悲哀油然而生。真怀念那个年代，那些熟悉的农民朋友。特别是那些故去的人们，永远活在自己记忆之中的人们。

　　梦境醒来，才深深地意识到，应当像敬重父母一样敬重他们、怀念他们，更应当歌颂他们，铭记他们的恩情与功德。

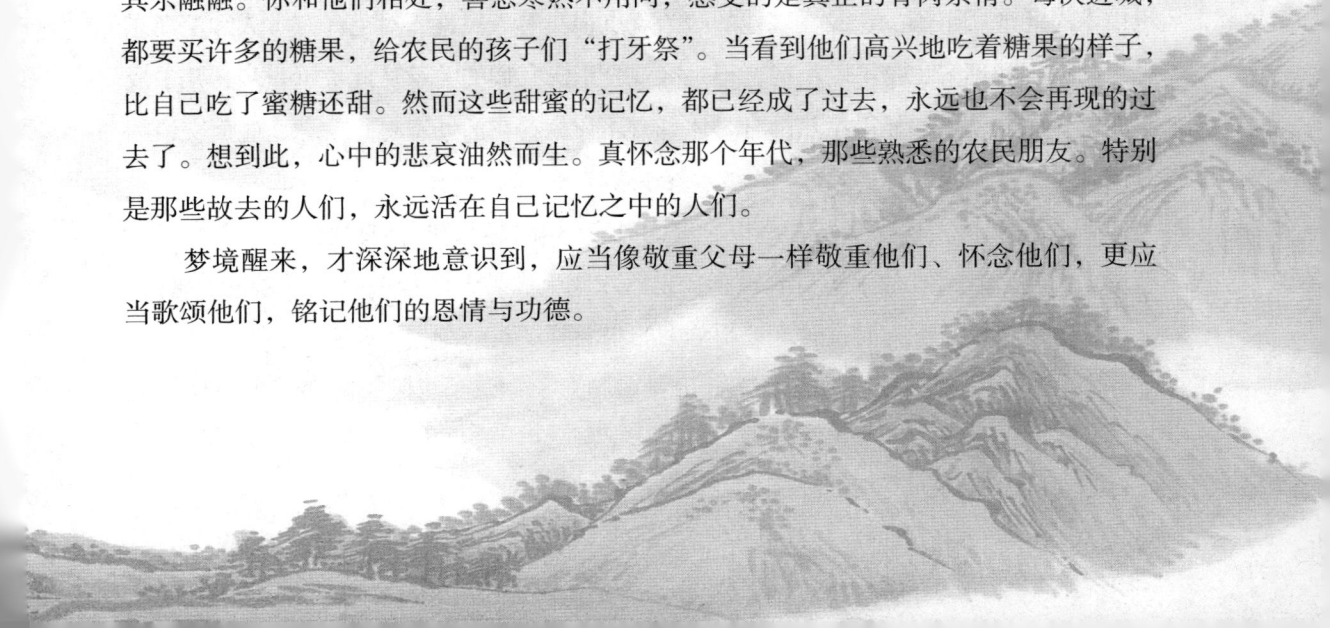

瞬间

人这一生中经历过的许多所谓大事情都会淡忘的，但是有那么一些瞬间发生的小事，却会牢牢地留在你的心间，成为记忆中最温暖最美好的往事。

早晨，天开始下雨了。我饭后去机关水房打水竟一点儿没有觉察。

院子里正在忙着清理垃圾的张师傅看到了关切地问："怎么，也没打把雨伞？"

我说不知道外面在下。他再没说什么。

这位张师傅，我们时常在院子里碰面。见了面总是会打个招呼，或是说点什么话的。这不像城里人的做派，更不像等级森严的大机关的风格。也许是我们年岁相当，又都有过乡村生活的经历，相互之间就还保持着乡村人际关系的那种亲和传统。

有一次午休，张师傅在楼道收集废旧报纸，正赶上我开着房门在练习书法。见他十分的喜爱，就随手送一幅习作给他留念。我很快就忘了这茬，可张师傅倒是十分地看重此事，甚至因此非要请我喝一顿酒不可。

我血压不稳，早就告别了饮酒。但是经不住张师傅反复的盛情邀请，只好从命。张师傅十分高兴，也显得格外慎重，特意选定附近一家有我故乡特色的餐馆，还特意请了他的一位当处长的战友作陪。一个工人师傅没有任何事情要求你帮忙，竟是如此地真诚相邀，令我深深感动。什么血压不稳，我哪里顾得那么多，那天竟然也喝了不少，也山南海北地聊了不少。我发现他的政治观点很具有人民性，对毛泽东本人和毛泽东思想的认识和理解也是不贬不扬，很是客观公正。我们的关系从此更近一步，几乎成了朋友。见面就更加显得亲热。有时休息时还会相约在活动室打打台球，碰面交谈的时候也更多了。

雨是越下越大。我开始有些担心返回时会淋湿衣衫。此刻身边走过一个据说是新调来的年轻壮汉。他手里打着雨伞，走路双脚大撇着，活像一只横行霸道的螃蟹。那小子走得飞快，擦身而过时竟把雨伞上的水滴溅了我一身。

看得出来，机关有些个年轻人，出身名牌大学，骨子里瞧不起年岁大而地位尚不显赫的人。别说是一个清理垃圾的工友，就是老处长、巡视员之类的老家伙，他们也不会放在眼里。我当然深知这个院子里的人际行情：没本事装作有本事，有本事反倒要夹起尾巴装作没本事。如此这般，于是小人、混混再加上政客、官僚，终日搅和在一起，人们之间相互的关系就很微妙地生出了戏剧性的矛盾。

好在接水的时候，耳旁就又响起了张师傅打招呼的亲切的声音，心里就感到暖融融的快意，方才小小的不愉快瞬间云消雾散。因为发现你自己的寒热，被别人关切着，而且还是一位并不需要向你表示关切的人，一个只是负责清理垃圾的工友老师傅。

打完了水，外面雨更大了。我刚要冒雨冲出去，却见张师傅每日开着运送垃圾的电动车竟已经等在水房门口。驾驶室的遮阳顶棚，如今成了一把难得的大"雨伞"。

"快，上车吧。"张师傅眯眼笑着向我诏着手。

这真是雪中送炭呀！我心里顿时一热，也没客气就坐在了他的身边。

张师傅说："坐好了吧，我们开车吧。"

我心里很感动，一时竟不知该说什么，嘴一张竟然秃噜出一句："嗯，又坐上专车了。"

张师傅笑着说："对呀，是专车，可是一般人坐不上的。"

张师傅五十好几了，他叫张国凤，苏北农家子弟。部队转业自愿留在机关清理卫生。他原先是工程兵，曾经参加过首都的地铁一号线建设。这是他引以为自豪的一件大事情。据说他转业的时候，是完全有条件分配去做别的体面工作的，但他自愿留在了这个别人都不愿意做的岗位上，一干就是三十多年。由于他干的是工人的工作，他的身份也就自然成了工人，而且永远也不可能转干。于是他的老伴和女儿也就只能长期地留在苏北农村。直到改革开放后期，才像农民工家属一样地勉强进了城。

张师傅几十年如一日，勤勤恳恳、任劳任怨地工作在平凡而日日不可缺少的岗位上，且十分注意读书学习，很是关心国家大事、关注世界风云，为此我钦佩他更敬重他。他陪了不知多少任单位的领导，不知眼瞅着多少人由年轻小干事晋升到高官厚禄的位置，他却还是一个普通工人。但他毫无怨言，对工作的热情依旧。没有人注意到他的存在，甚至还鄙视他的存在。没有人给他评什么模范先进，但他依旧干得十分的起劲。每每看到他，我就会想，一个干部干上十几年几十年，没有被提拔重用，就会感到委屈，偶然摆摆资格、发发牢骚，也是人之常情。但是张师傅眼看就要退休了，但他却从来没有半句怨言流露。他一开口，还就是国际形势、国家大事、党的威信、人民利益以及国家民族的前途命运等等，真是令人听着可爱至极。这就是我们的人民吧，我常常同他开玩笑说，你就是没参选的一位人大代表。他对此并不否认，只是眯眼憨厚地笑，笑出满脸的皱纹，更显出单纯可爱。

"你说呢？新一届党中央，我看是求真务实的，不是一味地讲形势大好，而是敢于找问题，寻差距，敢于反腐败，老虎、苍蝇一起打，我看中国大有希望！"

他一边把着方向盘，一边美滋滋地说。这时，雨竟然停了，云缝里突然透出一束阳光蓦然照在他粗糙天真的脸上，使那单纯的笑容显得更加真实可爱。

车子到了办公楼门口，张师傅要我别急。他慢慢地停稳车子，这才招呼我下了车。雨完全停了，又恢复了一个阳光灿烂的早晨。令人感到更加的温暖。

于是走进办公室，心情愉快地开始了一天的工作。

人世间有许多瞬间的感情是十分纯净的。而这点点滴滴的纯净，倒是值得永存心底，积累起来就是我们精神上一笔无形物价的财富。

看病记

凡事不要没信心，看病也是一样。我认识一个大夫，姓李，名银涛，是个双博士，中医西医融会贯通，人称李博士。特别善看糖尿病和各种西医宣布不治的疑难杂症，据说治一个好一个。我起初有些不信，心想真有那么神吗？还听着他用中药看心脑血管病也很有办法，而且正在把自己的治疗办法弄成中成药。起先还将信将疑。

我最近就喝着中药了，但是，有点病，瘦了，去年写东西把我这心血管搞得有点不畅，堵住了，结果到医院，我说听说支架一支就好了，人家看了以后说，支是可以支，先搭个桥。我问搭桥咋搭？人家说你这个情况，就在这儿弄开一个洞，把机器人放进去，从你那上面拉下来一个血管，一般腿上弄血管进去，你这个拉下来就行。我一想这机器人进去万一没弄好咋办？把其他不该割的管道给我弄断了咋办？我不是犯病来的，我就是不舒服才去检查的。比如说你是病倒了，心肌梗塞抢救了，那人家说啥就是啥。就和打扑克一样，不要头一递就把大王甩出去呀！咱先闹个或老 K 试试。

我认得一个中医，人家把照的片子看了，说你这堵得还严重，但是没到那一步，这就和打仗一样，支架就是大炮轰，搭桥就是飞机轰炸，中医就是步兵围攻。要严重的话连搭桥带支架然后他再中医治。我喝了四个多月，好了，减了十几公斤，把那些油腻垃圾全清理出去了。他说人的脂肪堆积有三个地方，第一是皮下，显得人胖，第二是肝脏，脂肪肝，第三是血管壁变厚，把血管挤得细了，再加上脂肪肝制造的血液血脂高，就是又细又流的血稠，很容易就堵住了。中药给你把多余的脂肪搞出去，三个月脂肪肝没有了，常规检查血液一切正常，血脂一切都是标准。我现在再喝一个多月，就可以去看一下，他说是基本上清理干净，但是你比方说几十年前堵住了，那我给你没办法。

我过去是长跑运动员，我有四根主动脉，一般人是三根，年轻那阵长跑需要大活动量，心脏完成不了，把一根细一点的血管变粗了，全靠四根主动脉，不然就堵死了。

病不可怕，就是你要了解它，跟写作是一回事，你看见很难，但是你别着急，慢慢了解规律，把这规律吃透了。

病在暗处，咱在明处，不知道为啥心肌梗塞，其实他早已经有病了，他把自己当成健康的了，突然一下病倒了，年轻人二十几的也有心肌梗塞。你把它了解了，人在暗处，病在明处，你始终盯着它，不给它制造反攻的机会，它也就没办法，所以病不可怕，谁都有病了，但是有了病以后，要抱着积极科学的态度，那跟创作是一回事，细心的，小心的，但又是大胆的，当机立断地处理。我当时要做也就做了，基本上也就半残废了，就跟进口车机器打开一样，一辈子总是要服抗凝药，那对肾脏危害非常大。五年就又犯，还得去住院。

中年人写作可不敢卖命，劳逸结合，一定要首先活着，然后才能够表现生活、感受生活，像李玉胜至少要减 50 斤，少吃饭是最重要的，过去咱们受饿的人，见了饭香得很。之前我就吃个半饱，不行，我现在稍微又增加了一点。我简单说这么一些意思，也没有任何材料参考，就是平时积累下来的一些思考和创作中间遇到的一些问题。

动物的智慧：一只长寿的狗

　　我越来越觉得，自封为"灵长类"的人，许多时候却远远不及一只狗聪明。狗的智慧往往体现为浑然无知的固执与不为人知的坚守，而且从不见异思迁，左顾右盼，更不会模仿庸人自扰、自寻烦恼。

　　每天早晨，无论天气如何变化，只要你起得足够早的话，比如6点准时出门，邻居家的那只名叫欢欢的小狗，准会同你乘一趟电梯下楼遛弯。当电梯门打开，首先走进来的不是它的主人，而是气喘吁吁的欢欢。它走得很努力也很艰难，总是大张着口，两条短小的前蹄吃力地敲着地，努力带动着屁股和尾巴大幅度地摇摆，才使得身体在惯性里款款前移。它那种看着像是很夸张的行走姿态，显然不是表演给人看的，而是各自奋力前进的需要。因为外表看着还像只小狗的它，已经整整15岁了。用它女主人的话讲，这个岁数如果换算成人类的年龄，就相当于一个105岁的老人。听了这个说明，真是令你对这只小狗肃然起敬。显然这位默默无闻的百岁老狗，却依然保持着1岁小狗的活泼好动、好奇又可爱的天性。瞧它一进电梯，并不像刚刚睡醒的人，一个个板着面孔、目光呆滞、满脸的木讷愁苦。欢欢不是这样，它总是孩童一样傻乎乎的乐观，对谁都毫无戒备，仿佛每个人都是老朋友。它也忘了自己年迈体衰，总是俯首帖耳，用狗类独有的真诚态度，和温顺恳切的目光，用那灵敏又小巧的翘鼻子，亲切地关照注视亲吻，向电梯里遇到的几乎所有的人都致以早晨的问好。于是它的出现，改变了电梯里的沉闷气氛，大家纷纷开始向它问好，围绕着它的有趣话题问答讨论。电梯里顿时充满了欢乐热烈。

　　这就是欢欢的智慧，真正大哲学家的智慧，无为而治的智慧，也是人类无论多么努力也无法达到的境地。

　　一条"百岁老狗"的生活表现，何以能够保持着一岁小狗的状态？这是人类善于和习惯提出的问题，而狗的智慧却从来不会提出这样无知的问题。狗所达到的境界，那是超人的。是人努力多少代、渴望多少代也无法实现的"难得糊涂"的境界。是真正神仙的境界。就拿老狗欢欢先生（也许是女士）来讲，它进入电梯的举动，其实并不是向人类讨好致敬，而是在专心地寻找异性的气味。它真是达到了古代"圣人"才会追求的理想境地，体现出的是狗最本质的一面。即便是到了一百多岁，也还是青春勃发。对美饭食与异性的专注而执著的追求，贯穿着他们的一生。这也是人类很难坚持的。值得提醒的是，我们人类总以为狗除了吃和交配，再什么也不懂，总是以对待小孩子和傻子的口气和态度对它说话，其实它们也许正用同样的眼光和心态看待我们。只不过它们表达的方式我们不懂罢了。

但是却很努力，很有耐心。而且情绪总显得那么兴冲冲的，像一个天真烂漫的孩子。

人之初，性本善

这是《三字经》的起首一句。小时候听父母亲念叨的时候，总也弄不明白它所指的意思。是岁月和人生的经历慢慢地把其中的含义做了全面的诠释。哦，强调"善源"，原本是在暗示"恶行"的存在，更是在为人们的返璞归真，脱离苦海增强信心，指出一条光明的路径。

回想起来，我在乡村插队那几年，是一生中最艰苦却也是最难忘的日子。它在我的人生图画中涂上了一层永远乐观向上的亮丽底色。我总是努力以真善美的心境看待事物，以与人为善的态度为人处世。但有时也会陷入困惑，处在矛盾的二难境地。每逢此时，我就从探索"善源"入手，来寻求解脱的钥匙。此时，生活中的一些活的案例，就显得十分重要。那情形，就像是苦海中的一叶扁舟，暗夜里的一盏明灯，可以渡你、导引你实现由恶至善的超度。

我在乡村的时候，有一位很能干，也很受村民爱戴的妇女，由于尊重个人隐私的需要，我这里就不便说出她的尊姓大名。姑且称她为他大姐吧。她今天如果健在的话，也该是年逾古稀的老人了。需要说明的是，他大姐并不是我插队那个村的人，而是我在公社担任团委书记下过乡的一个村子的妇联主任。那时候的大队妇联主任可是很不简单。"妇女能顶半边天"，这话可是一点不假。当时是，一个农村妇女，白天同男劳力一样在山里拼命干活，回到家里还要喂猪打狗，奶娃娃做饭，缝新补烂，其实比男人要辛苦几倍。他大姐的情况倒是有所不同。她原本并不是那个村子的老户，她的丈夫是县里国营企业职工，据说是一位很能干的农机修理技师，由于义务为村里修理过农机具，所以家属就被同意安户到了本村，他大姐也就成了"一头沉"的户主。我见到她的时候，她和一男一女两个十几岁的孩子已经在村里居住了五六年。她当时三十几岁，留着齐耳短发，人长得很一般，中等偏低的个头儿，牙齿还有些泛黄，仔细看一只眼睛受过伤，左眼角上有一道明显的伤疤。但她的穿着打扮明显比一般的农村妇女要整洁洋气。给我的初步印象是一个态度和蔼，不苟言笑，言谈举止很有几分妇联主任威严的精明强干的农村妇女干部。当时像她那样的身份，在村里处处都会受人尊敬。以后接触多了，对她就有了更加深入的了解，觉得她为人处世的冷静理智非同一般修养所能达到，处人接物更是很少有感情用事的时候。而那无时无刻不在的沉稳老练，端庄正派，通情达理和处事公道，更是凡人难以企及。村里谁家夫妻怄气或邻里吵嘴打架，只要她出面调停，三言两语，准能平息。妇女们开会的时候，她的发言总是能够受到重视。全队的各项妇女工作，总是走在全公社前面。她本人也是年年先进，家里的窑墙上挂满了逐年各级的奖状。这一切的一切，都使得她在我的心目中高大无比。就像样板戏中的人物柯香，完全是那个时代的高大全式的妇女偶像，甚至是美好道德的完美化身。村里许多的妇女都是自觉地以她为榜样，整个村子的风气由于她的带动而清纯温润，和暖如春。直至我离开农村去上大学时，他大姐给我的这种印象仍无丝毫改变。原以为她的美好形象会在我的记忆中存在一辈子呢。

可是，就在我离开农村几年之后，一个偶然的机会，我遇到一位他大姐原籍老家同村的人，当我不无赞许地提起她的名字时，却意外地发现那个人的脸上显出鄙夷的微笑。我感到奇怪，便追问他为啥会有如此的表情。他迟疑了一下，便讲述了一个关于他大姐年轻时的令人难以置信的故事。

原来，就在他大姐移民来我们那里之前，她和年岁还小的两个孩子住在老家农村。那是她还不满三十，丈夫在外地工作，平时很少回家。她一个人既要操持家务，又要参加队里的生产劳动。也许是看她过于辛苦，一位公社驻村蹲点的年轻干部就主动伸手帮她。一来二去，两个人就产生了不应有的感情。村里很快就传得满城风雨，只是他们自己却一无所知。结果就在两人恋得死去活来时，一次幽会中竟被她丈夫的一位本家兄弟当场抓了奸。她的丈夫也被连夜叫回，当众打伤了她的眼睛。她当时跳崖被救了回来，从此离开家乡，跨地区移民到了我们这里，虽不是隐姓埋名，但也同家乡终断了联系。她老实巴交的丈夫原谅了她，她自己也觉得错在自己内疚不已，从此在新的环境里下决心痛改前非，开始了新的生活。而在她的家乡，人们记忆中，她却成了一个作风败坏、十恶不赦的坏女人。谁会想得到她在如今生活的环境中却是人们纷纷效仿的道德偶像呢？

开始听到这个故事，我就像饭碗里吃出了一只苍蝇。她在我心目中的高大峻拔形象一下子垮了。就像一座雄伟的冰山在炽热的阳光照耀下令你骤不提防地突然崩塌下来，再也无法恢复了。我为她的过失而悲哀，更替她的丈夫和两个未成年的孩子伤心不已。起初我感觉像是被人欺骗一样的愤懑，心想再也不愿意见到这样虚伪的人。

以致在日后回到家乡工作，她有一次打电话要来看我，都坚决地谢绝了。渐渐的，她在我的心目中形象渐渐变得模糊。

进入不惑之年，我开始反思生活中的许多问题。终于有一天，他大姐的形象又浮现在脑海之中。突然意识到她的所作所为的合理性来。如果说，她在家乡的过失，是一时痴情所致，那么她以后的表现，便是理智的选择了。她不同寻常的两段人生，都从不同的角度和意义上诠释了"人之初，性本善，性相近，习相远"的哲理。而世俗的人们，甚至包括我自己在内，对她的偏见与歧视，恰恰又证明了恶行的出现往往并不自觉。

又是丁香花开时

清晨，一位朋友发来短信说："大庆的丁香花开了。"我感到非常欣喜。时值五月中旬，同姹紫嫣红的内地相比，关外油都的"报春花儿"的确是开得有些过迟，但毕竟还是开放着了。眼前即浮现出那嫩绿之中一篷一篷华盖般绽放的令人赏心悦目的繁荣，那紫色与白色精灵聚会的格外热烈的阵势，于是也就再度陶醉在那阵阵微风与盈盈月辉下慨然散发着清香的无与伦比的素雅意境中。继而想到，无论人世间发生什么变故，也改变不了自然运行规律。风花雪月，四季晨昏，并不以人的意志转移的大自然仍在周而复始地交替，生活的歌行仍在继续，无论是喜怒哀乐，还是酸甜苦辣。

我当然深知，朋友告知大庆丁香花开放的热心动机，那肯定是一番好意，肯定是发现我对丁香花有着特殊感情吧。是的，对于丁香这种原属野生的矮小普通灌木，我是有着一种难以言状的特殊感情。无论在哪里，只要与之相遇，就会感到欣喜。

我的家乡陕北山区，沟沟畔畔到处都生长着这种谦和质朴却又是高贵自尊的植物。枝干也不显壮，叶子也不张扬，仿佛总是有些害羞地躲在高大的乔木林下，小心翼翼地护着脚下的小草和泥土。平时是绝不显山露水，但到了春三四月，随着满山桃花杏花的怒放，也会不声不响地绽开香结。只是由于树冠矮小，又是陪衬着艳丽的桃花杏花，也就很少有人注意到她的香艳丽质，更很少有人赞美她的叶儿的精致，花儿的素雅。好像她的生长与开放根本就不曾存在一样。当地老乡因为时常割其梢条编笼，便随口给她起一个粗俗实惠的名字：笼梢子。哦，天资美丽的丁香，就这样日复一日，年复一年地默然生长。又由于她的果实也不像桃杏那样硕大而秀色可餐，因此人们几乎完全忽略了她的开花结果的奉献。其实，她的小小花朵、果实与种籽是极有风采、极富营养的。除了观赏之外，还是吸引、养育山间蜜蜂和小鸟的极佳蜜源和食物，又是一种尚未被人们认知的上好油料。

总之，我的故乡，那黄土高原上土生土长的丁香树，无论实用甚或观赏，都是很有品位的一种值得珍重的植物。而大庆的丁香正是来自秦地，其实也就是陕北丁香的繁衍结果。就如同当年来自西北的老会战，至今仍把它们的后代留在那片神奇热土上一样。

陕北丁香的真正驰名，还是当她同伟人毛泽东的名字联系在一起。延安枣园毛主席故居的院子里，紧靠窑洞门边的地方，至今生长着一棵虽并不高大茁壮却格外茂盛的丁香树。这棵野生的丁香，显然是从粗壮的根部生发出的，她有着怎的来历，又包含着怎样的历史故事？起初连故居讲解员也说不大清。我在延安工作多年，一次有幸拜访刘白羽同志，终于弄清了这棵历经沧桑的丁香树的来历，那故事竟是那样的动人。

据明弘治《延安府志》记载，"延安城南万花山，漫山遍野皆牡丹"。如此贫瘠荒僻的山中竟然还有牡丹！延安时期的毛泽东一定很以为奇。1939 年的 5 月，亦即牡丹盛开季节，主席忙里偷闲，相约周朱董林任等各位，骑马加徒步，来到距离延安城三十多里的万花山花园屯观赏牡丹花。据文字记载，当时同行者大都写了赞美牡丹的诗，而工于诗词的毛主席却没有留下诗文。这倒不是说毛主席对于国色天香的牡丹没有多大兴趣，而很可能是他更倾心于那满山的古柏和翠柏之下牡丹丛中生长着的紫丁香，当地人称之为笼梢子。

我们可以想见，当毛主席蓦然面对那久为人们忽略了的默默无闻的野生植物，面对那茂然开放着清香宜人的小花该是多么的兴奋。陕北丁香的风采，深深地打动了一代伟人的心。一贯总能"思常理之毋思，见常人之难见"的毛泽东，从当地老乡口中了解了许多关于笼梢子的情形，也明白了这种原本高贵无私的植物何以被忽略被冷落甚至被遗忘的原因，心中亦即产生了愤然不平的情绪。

从此，人们看到毛主席居住的枣园窑洞门首两边，就有了两棵小小的笼梢子。这来自万花山中的丁香树，伴随着伟人毛泽东度过了艰苦而又辉煌的峥嵘岁月。无论春夏秋冬，主席办公或写作累了，就会走出窑门，一边散步，一般观赏这两棵生长茁壮的不起眼的小树。冬天，霜雪来临之前，主席担心小树抵抗不住大西北滴水成冰的严寒，就吩咐警卫员由山上采来茅草，亲手为小树裹上越冬的"棉衣"。等到春暖花开时节，他又亲手为小树脱去厚厚的"冬装"，并亲自为她培土施肥浇水。小小丁香树也不辜负主人厚望，她在领袖的呵护下显出成长的欢乐。每当节令一到，很快就发芽结蕾，迎春开放，香飘满院，显出蓬勃生机。

1942 年春天，即延安文艺座谈会召开之前的那一段日子，毛主席邀请当时担任"文抗"党支部书记的作家刘白羽来枣园作客交谈。这已经是年轻的白羽同志第二次应邀到主席家中作客。那天下午，阳光很好，主席兴致勃勃地人将几把木椅摆在院中老槐树下，又特意把茶碗茶壶和南瓜籽甜杏干等摆在树下碾盘上。等到宾主坐定，即谈笑风生地打开了话匣子。这样的小型座谈会主席同"鲁艺"和"文抗"的同志已经召开了好多次，也了解了不少文艺界的真实情况。

这天，正当谈得入神，突然一阵清风送来丁香花的清香。毛主席发现客人的目光情不自禁地停留在那两棵迎风怒放的丁香树上，便不无得意地笑着说："白羽同志，你是在观赏我的丁香花吧，你知道这两棵小树是从哪里来的？"刘白羽摇头表示不知。主席笑着说："这回你这个大作家就不如我了，此树产于我们的万花山花园屯。""那儿不是牡丹花的产地嘛，没听说过还有紫丁香。"主席的神情开始变得严肃起来："看来，你是没有去过那里啰。没有去过，就只知其一不知其二啦。"主席说着站起身来，开始在院子里踱着方步。他走到盛开的丁香树旁，停下来低头观察了一阵，一转身态度严肃地说："白羽同志，中央把边区的经济问题整顿得差不多了，现在可以腾出手来整顿文艺问题了。就是要解决作家艺术家忽略'笼梢子'的问题。为什么老百姓重视的，我们往往就容易忽视，而我们忽视了的，人民群众又是格外重视呢？这反映出一个怎样的问题？我们的文艺家，要回答这个问题，不仅要口头回答，更要用行动作出回答。"毛主席说着，刘白羽低头迅速地往小本子上记录。

也许是为了让他记得更全，毛主席故意一字一句讲得很慢："白羽同志，你知道吗？紫丁香是感情丰富的植物，古人早就注意到了这一点。但由于深入不够，往往又曲解了人家。我们得给人家正名呀。老杜的《江头四咏》你读过吧，其中就有'丁香体柔弱，乱结枝犹垫'句，讲得实在过于武断，显然是小觑了那谦谦君子柔中有刚的气度。李商隐的《代赠》诗，就更是写得有些离谱，'芭蕉碾展丁香结，同向春风各自愁'，干脆把人家写成了多愁善感的弱女子。显然他们写的，都是江南园圃中的丁香，没有经历过大风大雨、也没有见识过大世面。我们陕北山中的丁香就大为不同啰，你瞧，这被老乡们亲热地称之为'笼梢子'的植物，在春天里开得多么的热烈奔放而又真诚洒脱，无拘无束，酣畅淋漓。并没有那样多的惆怅感慨，我倒是赞成未名诗人的两句诗'殷勤解却丁香结，纵放枝头散淡春'，写出了丁香的乐观本色。我希望我们的文艺家的笔下的人民大众更真实更确切，要多一些光明和希望，少一些忧郁和牢骚。"

半个多世纪过后，当刘白羽回忆起那动人情景，那丁香花盛开的一幕，仍然激动不已。伟人毛泽东和枣园紫丁香在刘白羽的心中，留下了终生难忘的印象。那两株丁香在作家的心目中，就是人民群众吃苦耐劳无私奉献的化身。此后不久，便召开了延安文艺座谈会，毛主席发表了影响深远的重要讲话。如今，《讲话》精神仍然指引着中国文艺前进的方向。以后匪兵侵犯，党中央毛主席主动撤离延安。丧心病狂的敌人，破坏枣园故居，连那两株丁香树也同窑洞门窗一起被放火焚烧了。然而，谁会相信，其中的一棵，表面被化为灰烬，树根却顽强地活着。等到来年春天来临，她又奇迹般地生出了萌芽，长出了新的枝干，也就是眼下延安枣园毛主席故居那棵生长茂盛的紫丁香，那正是象征着一种精神的生生不息。

金果记

　　"红色旅游圣地"延安，国家重要能源基地延安，又是全国四大、陕西首屈一指的苹果生产基地，量大果优、科技领先，全市农民人均两亩果园、百分之六十的收入来自苹果……这就是今天的延安，开始迈向绿色清洁生产、环保低碳生产、实现自然生态良性循环的延安！春天满山遍野都是银灿灿的果花，金秋时节又成了红苹果的世界。当你乘车穿行在"绿妆红点"的黄土山原上，你的心情该是多么的惊异又欣喜啊！特别是我们这些曾经长期生活工作在延安的人，听到这样的消息该是多么的高兴呀。

　　啊，我自豪的故乡延安，你从历史的辉煌里走来，从国家政策惠泽与地下宝藏的青睐中乘势而上、奋力摆脱贫困，又坚定自觉地迈步走向自力更生、科学发展、可持续发展的今天，……这几代人、半个多世纪，一步步的艰苦探索，该是一次多么了不起的艰难长征，又终于迎来一个多么令人鼓舞的飞跃与升华！而这蓄势已久的最新突破，又经历了怎样的酝酿与反思、努力与阵痛？

　　啊，全国人民关注的革命圣地延安，你自己或许还没有意识到吧，由于新时期与时具进的不懈努力，宝塔山那令人向往的神圣象征意义正因了苹果产业的异军突起而呈现出更加充满生机与活力的新的时代内涵！

　　"几回回梦里回延安，双手搂定宝塔山"，母亲延安，在你的众多儿女心中，你可真是一个说不尽的话题，有着讲不完的动人故事呀。每当夜深人静时，我只要一闭上眼睛，就回到了你的怀抱中，面对着你那起伏的山峦，那窑洞那村庄、那勤劳智慧的人们，那些熟悉而又亲切质朴的面容，思如泉涌，情满青山……

　　年轻朋友也许还不知道，延安原本名称"肤施"。从斯诺的《西行漫记》中看，延安所在的陕北，"偏僻蛮荒"，简直是人类无法生存的可怕之地。这当然是一个美国年轻记者当时眼中的延安，他不仅不了解延安更多的地理实情，还忽略了一个悲壮而凄美的传说故事：久远的一天，一位清凉山万佛洞住持的修行者在延河边沐浴，突然残阳如血的西南天际飞来一只大鹏，它遍体鳞伤、饥渴难耐，眼看就要昏倒，僧人毫不犹豫割下自己腿上的肌肤喂养它，又取来山泉水为它洗敷伤口。不久，大鹏恢复了元气，再度振翅高飞……于是延安才有了"肤施"这个美誉和清凉山"定痂泉"的传奇。

这个故事很容易令人联想到延安和陕甘宁边区的人民与长征到达陕北的中央红军。辉煌的十三年间，窑洞和黄土里出产的小米孕育了中国革命的"大鹏"，因此延安也赢得了"革命圣地"的殊荣。陕北延安，就是这样一片神奇的热土，关键时刻挺身而出承载、托起了照耀神州的"红日"，成为老一辈中国共产党人优良作风和传统的思想结晶——延安精神的集成之地。

新的历史时期，当命运再度以挑战的形式给予这片貌似贫瘠的土地以千载难逢的机遇，机敏睿智的延安人又一次以积极的姿态牢牢抓住了机遇。就说石油吧，当初，即20世纪70年代，延安境内石油探明储量微乎其微，于是延长油矿下放当地管理。延安人没有嫌弃这个"包袱"，而这也正是以后取得石油开采权的一个重要的历史依据。在最困难的日子，延安人勒紧裤带再次以牺牲奉献的热情与耐力，赢得了上帝的青睐。国家特殊政策来了，新的资源也不断发现。但经济发展仅凭不可再生的石油资源总是难以持久，延安的腾飞仍然离不开黄土地的开发与科技的奉献。苹果产业的异军突起，正是基于这样的认识和几代人脚踏实地的努力。

"150万农民，300万亩优质苹果。年产220万吨，收入60多亿元，产品打入世界二十多个国家和地区，不光是东南亚，连加拿大和欧洲人都吃上了延安苹果……"听着副市长杨霄在推介会上自豪地介绍情况，我就想，收入60多亿其实是一个不完全的统计数字。60多亿只是卖苹果的果农收入，还有依托这个龙头产业带动发展起来的一系列相关产业所产生的经济效益、社会效益和生态效益，那将是无可估量的。

推介会上，恰巧遇到了30年前在川口乡两河口村工作时结识的一位农民朋友李生业，他当时才二十出头，是村里年轻的大队长，相当于今天的村长。当时两河口三个自然村没有一亩苹果，如今满山的梯田都是优质果园。当年衣衫不整老实巴交的农民李生业，眼下西装革履领带哨当的，是村里果业合作社的总经理，把苹果生意做到了北京和南方。据市农业局局长杨继武介绍，说眼下全市有一千多个这样的果业协会和合作社，从业人员数万，常年围绕苹果生产与营销提供一条龙服务。说延安苹果产业如异军突起可是一点都不夸张。

了解到这些情况，我的心早已经飞回了故乡延安，仿佛又置身在那黄土的原野上，同乡亲们一同采摘苹果，一同感受着劳动与丰收的喜悦。

曾有机会在延安干部学院学习一周，了解了不少延安经济社会发展的情况，回来就想写一篇心得，题目叫《在延安感受科学发展》，那主要是有感于本届市委政府在科学发展观学习实践活动中注重保护和开发利用革命遗址的工作实绩，现在面对着这丰收的苹果不禁想到，近年来延安苹果产业的强力推进和迅速崛起，正是体现了延安市委、市政府在转变经济增长方式方面所做出的正确选择和务实工作，正是标志着今日延安科学发展可持续发展已经迈开了意义深远的重要一步。

啊，延安苹果——金色的果实，你可真是土地、劳动与科技三者融合的结晶，城乡统筹、人与自然和谐发展的甜蜜而美好的象征。

第五辑

读·最是墨香能飘远

读书的思考

我们讲"开卷有益"但并不是说开什么样的"卷"都会有益。书海茫茫，读书需要谨慎选择，以免把宝贵时间浪费在不值得阅读的书上。特别是中小学学生课外读物，更要讲究精选。书有好的，也有不大好的，还有的书甚至宣扬错误思想或低级趣味。网络时代的阅读物更是形形色色，五花八门。歌德讲，"读一本好书，就是和许多高尚的人谈话。"相反，读一本不好的书，就等于同思想不健康或情感境界不高的人亲密接触。少年儿童的心智就像一张洁净的白纸，读好书就是在纸上绘制美丽的图画。如果坚持阅读好书，那思想境界就会不断趋于高尚，想象力和创造力也会得到积极的启迪和培养。广大青少年对知识有着强烈的渴求，但大家毕竟年幼，对书籍好与坏的辨别能力有限。因此如果缺乏积极引导，任其随心所欲去读，浪费时间不说，还难免受到某种不良影响。

那么，什么是好的书呢？对于少年儿童而言，就是那些能够给他们以深刻的思想启迪和健康情感陶冶、能树立高尚的人生楷模，同时又能够让他们了解历史、增长知识和技能的书籍。这样的书籍，都是经过长期历史的筛选和岁月淘洗而流传下来的古今中外名著。这样的书，值得精读甚至背诵。

读一本好书，往往能够使人刻骨铭心甚至受益终生。在中小学生成长的年代，有选择地读好书显得尤为重要。我们中华民族，历代都有许多优秀典籍属于必读、值得精读。特别是有许多已有定论的优秀选本值得反复诵读。我认为青少年阅读，首先要注意从这些优秀典籍中汲取营养，这不单是学知识、做学问的需要，更是陶冶情操培育道德品质必需。近现代和当代的经典作家、经典名著更是不可不读。据说现在一些中学生已经不喜欢读经典名著了，有的同学甚至痴迷于粗制滥造的"言情"、"武打"书籍，这种现象很值得注意。当然，绝大多数的少年儿童，还是渴望读到健康向上的好书。据一项关于中小学生阅读倾向的调查显示，就图书类型而言，目前孩子们最喜爱读的图书是文学和卡通动漫类。这也是近十多年来的一个普遍的阅读趋势。现在的问题是，我们的出版物中，适合孩子们的读物还是较少，尽管出版界已经作了很大努力，也还是不能满足青少年阅读的需要。占有相当比例的一些外版书籍，其中提倡或者显现的价值取向、思想意识与文化形态并不适合国内少儿阅读。这就为我们提出一个任务，要有规划有计划地协同努力，千方百计为青少年提供丰富健康的课外读物。

总之，阅读对人一生的影响非常大，是保持一个人智力、思想和情感协调发展的有效途径。因此，学校、老师和家长、各级少儿工作者及社会各界，都要关注支持积极引导少儿阅读，特别要花大气力注重培养孩子们阅读好书的浓厚兴趣和良好习惯。

读孙犁

　　我一读孙犁先生的文章，心绪就能够平静下来。所以当着心浮气躁的时候，就会想到阅读孙犁的书。从写作的角度来说，先生堪称是我的守护神。当我读着他老人家的作品，就不由得想要提笔写点什么。眼下正是炎夏难熬，工作之余，我就又选择了阅读孙犁。

　　孙犁先生虽没有见过面，但对于他的作品，却是很熟悉的。他的小说，包括长篇小说《铁木前传》、《耕耘初记》，我都仔细读过多遍。特别是他的短篇小说《山地笔记》，《芦花荡》与《荷花淀》以及晚年写的笔记体《耘斋小说》，这些文集，更是不知读过多少遍。20 世纪 90 年代，《孙犁文集》出版，我一次就买两套，自己留一套，送给朋友一套。好像是十四卷吧，我一口气就通读一遍。至今记得首篇是他抗日战争时期写的战地通讯《一天的工作》。他的文笔总是那样的富有魅力，行文从容不迫，透着对生活的洞察与独到见解。读着孙犁先生的文章，我才真正体会到了方块汉字的神奇。他娓娓道来，从容不迫，慢声细语的，你就好比是倾听自己喜爱的一位阅尽沧桑、知识渊博的老人在轻声叙说往事。那种和谐而充满智慧的淡泊氛围，是一种难得的享受，更是阅读的理想境界。

　　阅读孙犁，首先感到的是一种朴素的亲切。你不像阅读鲁迅那样感觉冷峻沉重甚至不乏艰涩，也不像阅读胡适之那样感到矫情费神明显有些卖弄。鲁迅和胡适之都是"五四"以来不同寻常的大作家、大教授，他们到底还是自觉不自觉地有些超乎常人的旗手的风度与名士的架势端着。深刻与渊博固然，不时地甚至还可以振聋发聩，然而同时也叫你感到一种压力，如同面对高山大河，面对山涧中的深潭、海湾中的波涛，叫你于伟岸遥远、恣肆汪洋中感到峻拔的敬畏与自我渺小的恐慌。但是阅读孙犁不同，他更像是一位平民的作家，你的阅读感受就完全不同。你感到的是一种邻居大叔般的平等亲切，你很快就忘记了阅读名著经典本身的庄严，感到是同一位善良随和的老人交流，很容易使你进入他的内心。那文中的内容，就像山溪中的清流，潺潺汩汩，清澈见底，令你感受到一种心领神会与身临其境的轻松愉快。你不知不觉地沉浸于文学的美境之中，那种浓浓诗意的熏陶与精妙修辞的快乐，真是美不胜收。你随便拿起先生的一本书，翻开其中的任何一页，就很难舍得松手。那就像磁石一样，紧紧地吸引着你的眼神，更占据着你的心灵。你就像爱上姑娘的小伙子，顿时如痴入迷。孙犁思想的博大与精深，不是直接用言词告知你的，而是就像溪流形成的水库，不知不觉地改变着你的心灵、拓宽着你的视野。他是依靠纯粹的文学的魅力，征服着读者。

阅读孙犁，你感到自己渐渐变得高大。感到自己骨骼的存在与脊椎的坚挺。就像是大地上的一棵树在长高，而不再是随风摇摆或攀附向上的柔草、藤蔓。你渐渐感到自己人格骨气与精神定力的存在，不知不觉间就会被一种自觉高贵的气质感染。那是一个诗人的脱俗与自信，那是一个心无旁骛的耕耘者的专注与潇洒。当你读着孙犁，你就意识到了名和利原本是那样的虚无缥缈，唯有人格的高尚才使一个人变得真正有分量和有魅力。你因此不再为任何世俗功利的不满缺憾而感到悔恨，而对未来充满了信心和梦想。这就是孙犁文字的魅力，更是他的思想的魅力。他并不讲生硬的大道理，却能够导引一个庸俗的人不知不觉间变得超然物外。这样的神奇，不是所有的优秀作家都具备的。孙犁是将自己的人格魅力贯穿于他所有的创作，那字里行间都流淌着人性的高尚与精神的高贵。

阅读孙犁，你感到自己似乎变成了一只鹰，无忧无虑地在山川大地上翱翔盘旋。那是一种俯视人寰的感觉。孙犁的文章具有这样的高度与襟怀。那种扶摇飙升的力量，能够把人带离地面而冲上云端。特别是他晚年的作品，就更加具有了如此的奇特魔力。那些篇幅精短的云斋小说，就像是新时代的《聊斋志异》，虽不借助鬼狐与曲笔，却是足以振聋发聩、提升境界。使读者通过那些平淡甚至琐碎的故事，感受到精神的高山与低谷之别，从而善意地唤起人性的觉醒。

总之，阅读孙犁，你会感到自己原本如同风筝一样总是好高骛远的轻飘的灵魂有了沉稳的分量。你会觉得自己时常没着没落的身体渐渐沉落到了人性的本真。你开始重新审视自己的生活，思考功利之外的许多更为重要的人生意义和价值。从这个角度来看，孙犁的艺术又是连通地气的媒介，它会使一个人变得更加具有生命的底气，更加务实深沉，更加懂得生活的意义与价值。

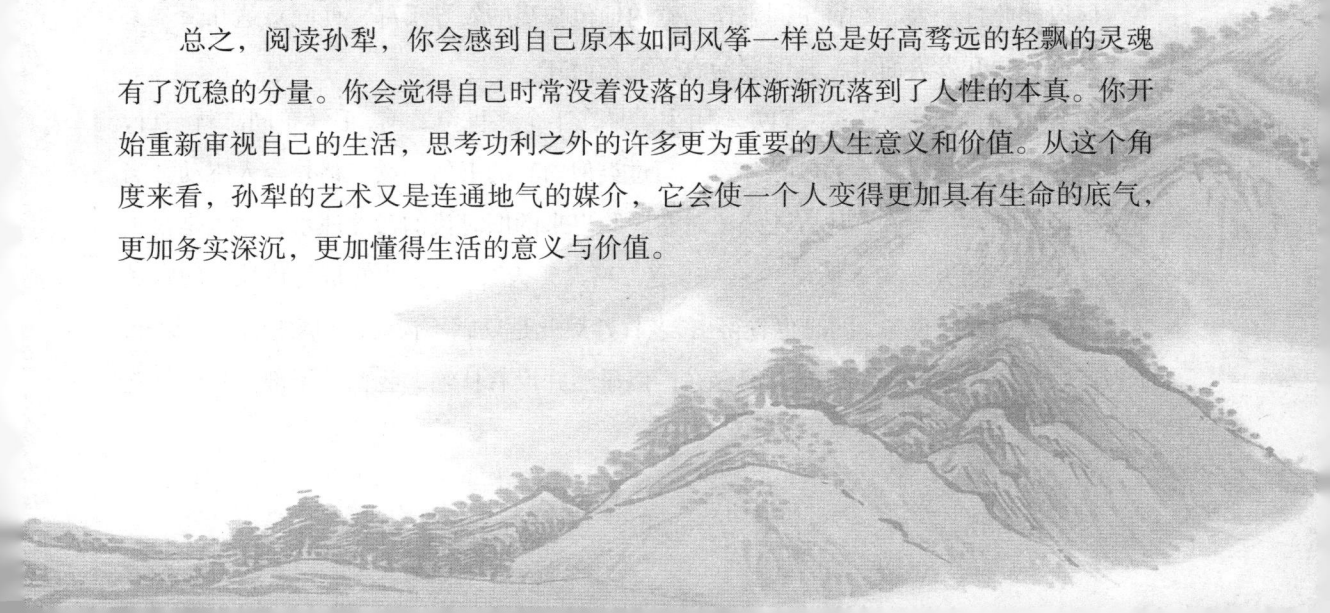

读吴官正"家书"有感

近期,《中国人物传记》发表了原中共中央政治局常委吴官正同志的《家书一束》。这些"家书",是他 1989 年和 2006 年写给亲友、部下和家乡熟悉的党政领导同志的五封私人信件。所涉及的内容,都是关于严格要求和教育子女、家属、亲友和乡亲们遵纪守法、廉洁奉公、低调诚实处世、规矩谨慎做人的。言辞亲切恳切,论事入情入理,既有慈父长兄的威严,又不失乡里赤子的深情与平等。字里行间,充满着亲情的关照与责任,可谓是拳拳之心、感人至深。

儿子少华的婚事,"我严格按照中央要求,一不受任何人的礼,二不请客。"有多少官员能做得到呢?父亲逝世寄上一万元,并叮嘱弟弟,"丧事一切从简,决不能收受任何人的钱财,决不可劳顿当地政府。"要求亲属"在任何时候,首先要想到别人的感受,要尊重同事、亲人和陌生人,夹着尾巴做人,好自为之,……要记住,一个家族,如果一件事处理不好,兴难衰易,很容易会走向反面。"得知亲属中有人胡作非为,他致信当地领导"对任何人,包括我的父亲、亲戚,家乡人等,都不得照顾,如有人违纪,坚决执行纪律,如有人犯法,坚决依法惩处。"还说"有的人狗仗人势,如不严加管教,乡无宁日。"读了这几封信,首先是感动。感动之余又有些不安。由此想到了另外的一些情况和另外的一些官员……不禁扪心自问:几封内容质朴的家书,何以如此打动人心?官正同志作为党内地位很高的领导干部,他同意这几封"家书"在今天公开发表面世,其深层的意义究竟何在?

这样内容的家书,其实人们并不陌生。早在半个多世纪之前,毛泽东同志就亲自,也委托儿子毛岸英给家乡的领导和亲人写过类似内容的书信,读了格外令人感动。当时新中国刚刚诞生,许多地方还残留着它脱胎出来的旧时代的污泥浊水,这也是很正常的。过去民间有一句老话说"一人得道,鸡犬升天",这反映的是封建社会的官场潜规则和庸俗腐败现象。同时也看得出,老百姓对此是反感不齿、深恶痛绝的。在今天,应当说这样的现象已经不可能公然存在,但显然并没有杜绝。我们的干部,特别是党内高级干部，能够自觉抵制这种"大树底下好乘凉"的封建残余陋习的腐蚀，当然是值得肯定的。但是令人不安的是，从信的内容背后和实际情况看，我们目前的党风和世风，与建国初期相比，不是有了好转，有些地方和方面反映出的问题，更是令人担忧。"一人得道，鸡犬升天"的旧习当然在今天是没有了公开的市场，但"一人当官，全家受益"的现象还是不同程度地存在，群众中大量不满情绪，也正由此而生。

言为心声。官员平时在公开场合所讲的，基本上都是"官话"，而私下写给自己亲朋好友的信件，则讲得自然应当是"私话"。"官话"是着眼于国计民生，是讲大道理的，而"私话"是抒发亲情友情，是讲小道理的。由于对象的不同，说话的语气和感情、分寸当然也不尽相同。有的人当了官，就变得失去了"人味儿"，在任何时候，任何情况下，说话都是一副腔调、一种面孔，仿佛生怕别人忘了自己是一任"官"，即鲁迅先生所讲的："人一阔，脸就变"。这样特别能装的"政客"嘴脸，从古至今都是人们所厌恶的。官正同志的"家书"替当代官员树立了一个好的榜样，他的不唱高调、谨慎从事的为官之道与口碑政声，也为当今的官员树立了一个不低的标杆。

有人讲："眼下，当官的名声越来越坏，瞅瞅那么多犯事儿的贪官污吏，个个原先都也是冠冕堂皇，人五人六的，结果，丑事一败露，竟发现一路上没干几件人事。"

还有人说："现在是群众中威信越低的官员，官升得反倒越快，而群众威信高的，反而很难得到提拔重用。"

这些观点显然是不全面、不正确的。前者打击面太大，至少有点"以偏盖全"，后者只是看到了个别的局部的现象，不能代表一般和全局。在我看来，我们的各级官员绝大多数还是好的和比较好的。"一路上没干几件人事"而不断得到提拔重用的不能说完全没有，但毕竟还是少数或个别。当然，也应当看到，这种少数、个别现象的存在，对党和政府的威信和形象危害可不小。就好比一只老鼠漂在一锅好汤上，或是一只苍蝇落在一碗饭中，那本来很香的一锅汤、一碗饭，不变味也叫人感到恶心。这也是客观事实。我就见过这样的官员，他们善于拍马逢迎、喜好吃喝拉扯、整天名烟好酒不断，名牌衣着昂贵手表总换，甚至在一些案子中时常被多多少少牵连进去，但这类小子本事不小，关键时刻总能搬动贵人庇护，于是屡屡侥幸脱身。这样的人，往往谋私能力很强，子女妻子，个个趾高气扬；七姑八姨，无人不受其益。他自己也时常以此自豪，觉得自己官没白当。虽说走到哪里群众口碑很差，告状信不断，甚至选举都困难，但官却升得不停。原因是他很善于拉帮结派，形成自己的政治生态圈。这样的干部是不值得尊重的，更经不起审查。无论职务多高，本事多大，也不足挂齿，迟早会得到报应。

想到这些，就更加觉得官正同志几封家书发表的及时必要。觉得几十年前，毛主席写这样的书信是值得称颂之举。今天这样的情况之下，吴官正作为毛主席的学生，能身体力行继承好传统，同样是难能可贵了。全国人民有口皆碑，毛主席一世，是廉洁奉公的楷模。官正同志为官，也就像他的名字，真正是身正、官正。从他这几封家书又可见得，一个官员，不仅自身要正，亲朋好友这些拖在身后的影子也要正。即所谓"官正仍怕影子斜"，绝不能"官正不怕影子斜"。有的官员自我要求很严，但身后的影子却斜得不像样子。结果，自己不知不觉倒成了这些影子的挡箭牌和庇护伞。这样的官员，"官话"说得越好，"官调"唱得越高，在人们心中形成的反差就越大，群众就越发反感。

思考至此，我明白了一贯低调谨慎从事的官正同志，为何同意公开发表这几封家书了。特别是当一个人免官为民之时，仍然能以一个普通共产党员的身份关心、关注着党风政风，敢于冒着可能招来的种种误解甚至冷嘲热讽公开发表不是人人都能接受、都喜欢看的"家书"，这与那些"生命不息，谋私不止"的个别官员相比，更是令人肃然起敬，感佩不已。

在此，作为一名党员，谨代表我自己，向官正同志深鞠一躬，表示崇敬之意。延安一别，不觉已近十年，想您已经忘记了那次有幸陪您访问枣园农村，您深入农家，嘘寒问暖的情形吧。雁过留声，人过留名。前些年曾到您工作过的江西和山东调研，在南昌和潍坊接触到当地干部群众，讲了您不少政绩和善举，对您十分的怀念。"政声人退后，去思胜千金。"这种财富，决不是所有的官员一生都能得到的呀。

喜读刘志丹三篇散文

1936年4月14日，是刘志丹将军牺牲忌日。当时，将军率领红28军参加东征战役，就在准备攻打山西三交镇观察地形时不幸牺牲。不久前《陕西日报》刊登的刘志丹中学时代三篇散文，使得我们亲切地领略了将军少年时代的文采、心境与情趣，感悟到了当时的社会环境与校园内进步学生的思想状况。

一

夜深人静时分，我在潜心地阅读着，陶醉在一种罕见的境界中。少年刘志丹娓娓动听地诉说着自己中学时代的故事。一个早春的周日，在我们熟悉的陕北榆林古城外，芳草萋萋，翠柳依依的美景中，沿着波浪般起伏蜿蜒的沙丘小路，一位英俊少年向着一汪倒映着蓝天的湖水走去。随即便是他伫立湖畔，观察飞鸟戏水、翔鱼争游的动人情景。这时候的刘志丹，是穿着可身的黑色学生装，留着偏分头的痴情学子，这与那位穿着黄埔军校士官服，腰间扎着皮带别着盒子枪的英武军人似乎相去甚远。人民心中敬仰的英雄，当有幸读着你上榆林中学时写的文章，我加深了对您的理解，加深了对一位职业革命家，一位日后率领千军万马叱咤风云的西北红军将领成长的心路历程的洞悉。

我首先感到惊异，少年时代的刘志丹，观察生活竟然是这样的细腻，思想情感竟然是如此的丰富，驾驭文字的能力和文学的想象力竟然是这样的娴熟！然而，如果仅仅是这样，那么这篇文章，也许就只是停留在一个普通的中学生优秀作文的水准上了。接下来，当我的心灵随着作者的笔触驻留在那美丽迷人的"碧绿色的小海女儿"身边时，突然，作者笔锋一转，挥指怒斥地写到了"万恶的狂风"，那如今被人们称之为"沙尘暴"的恶魔。"胡噜噜的一阵狂风，卷扶着黄沙，吹迷了我的眼睛。"于是，一切美好的东西都被破坏，一切新生的事物都处在困苦与危难之中。这哪里是在描写大自然，分明是在暗示社会生活中的政治风云！这哪里是在讲述一座陕北边城的天象风物故事，分明是在揭示当时中国社会的风云变幻。请听："苦呀！苦呀！我们的自由，我们的快乐！都被狂风飞沙剥夺罄尽了！"面对这风魔肆虐，作者绝非回避等闲。胸怀着变革社会远大志向的新青年，接受了进步的新思想的觉悟少年，发出醒世惊俗的呐喊："……赶紧召集同伴，拿起百折不回的精神，拼命地与狂风飞沙相抵抗。上帝的清风使者，和和平平的细雨使者，将要来了，……抵抗！快起来抵抗吧！"这明确而勇敢的疾呼，已经完全不是一个普通中学生的气度与境界，而是在黑暗而令人窒息的黑屋子里，首先觉醒者的清醒的召唤。这一篇不足千字的文章，既表达了作者对生活对祖国山河的深情厚爱，又记录着一个年仅十五六岁的中学生对于革命的向往和立志改造社会的决心。这令人想到了毛泽东当年"中流击水"时"问苍茫大地，谁主沉浮"的宏伟志向。英雄少年，出语不凡，革命宣言，石破惊天！

二

《我的母亲》所表达的，则是一位少年善良而真挚的爱母情结。一个人，对生身母亲的深情厚爱程度，最能显现真善美之德行品格。刘志丹将军，在当时的革命年代，是一位名震西北东杀西战的威猛将军。谁也意想不到，他的内心世界原本会是如此的缠绵细腻，充满了深厚的赤子情怀。母亲在少年的心中，就是整个的天空，整个的世界和宇宙。母亲的病痛，对儿子是刻骨铭心的折磨。母亲的不幸去逝，是天崩地裂的生活变故呀。《我的母亲》，截取一位少年，在短短的一天之内，同母亲生离死别的浓缩了的时间和空间，抒发这人间至爱，写得悲切无比，催人泪下。"这时我完全注意在母亲身上"，"这时候她的心，完全放在了我的身上了"。母亲是久病不医，重病难医，仍然惦记着儿女，最后为儿子煎下酸汤挂面："你快吃些！妈妈给你煮下的。"这是母亲不知说过多少遍，也是一句永远地萦绕在儿子耳畔的一句话。

男儿有泪不轻弹，只是未到伤心处。三天之后，作者在母亲的坟前久跪不起。此后，"悲痛的生活，流着热泪，过了一个冬天。""放心去吧，念书是好事情。"这是母亲留在儿子心中最后的声音。"母亲的灵魂真是时时照着我们，爱着我们。她越爱我，我越伤心！千古的伤心！"少年痴情，可以想象。谁不爱自己的母亲，如同谁不爱自己的祖国一样。以后的实践证明了，作者是把这刻骨铭心的对母亲的挚爱，化作了对祖国对人民的热爱。以后他上了黄埔军校，成为西北革命领袖，解民于倒悬困苦之时，救民于水深火热之中，把刻骨铭心的母爱，化作为人民自由解放的忘我奋斗。于是人民发自内心地唱道："正月里来是新年，陕北出了个刘志丹，刘志丹来是青天，他带上队伍上横山呀，一心要共产……"

《我的母亲》，原本是一篇写实的文章，在少年刘志丹的笔下，却像一首激情饱满的叙事诗，一唱三叹，波澜跌宕。读后令人难忘。在庆祝新中国成立 60 周年之际，即刘志丹牺牲七十多年之后，他被人民群众推选为"100 位为新中国成立作出突出贡献的英雄模范人物"之一，他的伟大的母亲如果在天有灵，该是多么的欣慰呀！

三

陕北榆林，著名的塞上重镇，是一座奇特而美丽的边塞古城。20 世纪 20 年代初的一个春天，在这座既闭塞又可爱的边地小城，由北平来了一位年轻教员——王森然先生，即学生刘志丹的文章里提到的教语文的王教员。他其实是一名共产党员，以后成为著名的文化学者、作家、诗人和教授，博学多才、著述甚丰。他在榆林中学任教期间，带领着一群渴求进步的学生，努力接受着共产主义思想的熏陶。这群学生中，最令他看重和喜爱的，便是擅长作文、喜好书法的刘志丹。这个英俊学生的出众才华与觉悟，从他《春天的榆林》这一篇五百字左右的短文中流露了出来。

文章一开头，就令人震撼："温和多情的目光，从窗缝里射进来，正照着我闷闷不乐的面上。似乎对我说，你别苦闷了！现在你所处的社会，是变革中的社会，一切残冬腐败的现象都会除去。你赶快努力罢！"

这全然不像是一个中学生作文所能表达的内容。这其中，把对当时社会的评价与对进步教员的尊敬形成了推崇与鄙视的反差。而这两种不同情绪的流露，却又是自然而含蓄地暗含在一个敏感少年的哀愁与赞叹之中。"趁这良好的时光，请你们快快进步吧。"这是作者自己对先生目光的领悟，更是作为学生领袖向大伙儿发出的一声奋进的号角。当时青年人的苦闷彷徨，无处不在，无时不有。作者开头的情绪，是很有典型性的。因此，先生的那"温和多情"的目光，就像润物无声的春风春雨，显得格外及时而重要了。文起开门见山，寥寥数笔，一幅《森然启蒙图》，已经十分生动地跃然纸上，令人过目难忘。据王森然先生回忆，时任学生会主席的刘志丹在欢迎自己的集会上代表学生讲话，声情并茂地朗诵了自己那首著名的进步诗歌《杀，杀，杀》。王森然当场感动得流下了热泪。因为正是这首鼓动革命的诗篇，使得他受到当局通缉。从此师生成为挚友。以后王先生母亲病重，他将回家乡探视。刘志丹和同学们依依不舍，十里长亭相送。临别之际，好习书法的刘志丹拿出自己珍藏的《怀素书千字文》送给先生留作纪念。王先生回赠刘志丹一本书和一首诗歌。最后合影告别。这一段师生深情，成为难得的历史佳话。王先生曾多次撰文回忆。为了纪念学生，王先生也一直珍藏着刘志丹发表在《榆林之花》上的《万恶的狂风》这篇散文和那一张合影留念。

今天，事隔近一个世纪，两位历史人物都已经离我们远去。当我们有幸阅读这三篇体现烈士当年思想境界和文学才华的散文，感悟当初的社会现实与他的青春风貌，领略那充满诗人气质的赤子情怀，更加敬仰西北革命的领袖人物刘志丹将军，也更加坚定了为祖国和人民奋斗终身的信念。

救时宰相

如果我没记错的话,小说《官场现形记》开首讲的就是我们家乡"陕西同州朝邑县"的故事。这很容易叫人觉得以后发生的事情,根子好像就扎在这里边了,很是叫人觉得心慌气短、脸上黯然无光。

当然,小说毕竟是小说,但也往往是无风不起浪,无影难捕风呀。瞧瞧那里面刻画出的那一群各色人等:欺世盗名的、趋炎附势的、欺上瞒下的、瞒天过海的、上跳下窜的、日鬼捣棒槌的、买官谋爵的,卖身求荣的,舍女求官的,等等。那种种令人咋舌、龌龊不堪的勾当应有尽有,真可谓为了升官发财出人头地,无奇不有,无丑没出、无所不尽其极……而从头来看,仿佛这一切的根本就都是由我的家乡肇启,这究竟是怎么回事呢?该不是作者故意栽赃陷害吧?我们陕西朝邑人果真就有这么大本事?

显然作为小说,这本书所写人事无疑应当说是虚构的,但看着看着,你就会感到其基本的事实又是绝对真实的。晚清官场的腐败在当时大约已经很是普遍。这样的社会现实才导致如此的文学产生。

据考证,作者李伯元原本并不是专写小说的行家,而是一个在上海滩办报纸的文人。1903 年,他应商务印书馆之聘,主编《诱像小说》半月刊,机遇就在这时找上门来。因为要办刊物,稿子不济时,他就得自己动手撰写,这样就陆续写出了取名为《官场现形记》的这部连载了六十次的章回体小说。不料小说发表后,在社会上引起巨大反响,更没料到还惊动了紫禁城里的慈禧老佛爷。原本目的并非全在于揭露现实官场丑态的一部"应景之作",竟像一颗重磅炸弹,产生了意想不到的轰动效应。于是书商们来了精神,当年上海《世界繁华报》就出了排印本。第二年粤东书局又出了石印本,并且加有注解,共六编七十六回,末尾还说"尚有续编"。石印本全名为《增注绘图官场现形记》,奇怪的是,书首并无作者署名,亦不标年月,书前倒是有一序文,序文之后注明"光绪癸卯中秋后五日茂苑惜秋生"云云。五年后又有日本知新社铅排本，惟著者已易名为"吉田太郎"，岂有此理，显然是国际盗版了。

《官场现形记》虽是小说，但据专家考证，说写的多是"实有人物"，只是更名易姓而已，这当然不错。许多年之后，大学者胡适不知处于何种动机，竟然曾为此书作过一序，序中讲到："就大体上说，我们不能不承认这部《官场现形记》里大部分的材料可以代表当日官场的实在情形。那些有名姓可考的，如华中堂之为荣禄，黑大叔之为李莲英，都是历史上的人物，不用说了。那无数无名的小官，从钱典史到黄二麻子，从那做贼的鲁总爷到那把女儿献媚上司的冒得官，也都不能说是完全虚构的人物。"显然，胡适对《官场现形记》做过较深入的研究和考据，他的话大约是有些根据的吧。但也有人不同意他的观点，认为小说中的某个有名有姓的人物也未必完全是影射某一个人，而可能是包括这一个在内的几个实有人物的集合。比如华中堂，可能主要指的是荣禄，但也可能包括了其他某些官僚。

小说中华中堂回答贾大少爷请教的为官至要时说："多磕头，少说话，是做官的秘诀。"华中堂说的这个"秘诀"，时任总管内务府大臣的荣禄可能的确说过，但据清人朱克敬《暝庵二识》载，大学士曹振镛也曾对下属说过类似的话，清人汪康年《汪穰卿笔记》又载，曾国藩每见到地方上来人到京，也总是教以"多磕头，少说话"。这种情况表明，"多磕头，少说话"实际上已成为晚清官场上通行的做官诀窍，同时也说明《官场现形记》确是如胡适所说，"可以代表当日官场的实在情形"。

由于《官场现形记》在晚清官场上风行，写的又多是实人实事，所以关于此书及其种种的消息，才能很快传到了慈禧太后的耳朵里，于是她竟然也凭着好奇"索阅是书"。但老佛爷毕竟不是等闲之人，她读过之后，并没有束之高阁，而是动了真格的，竟然勒令"按名调查"，还果真有人因此而倒霉，受到了查处。看来慈禧太后读到此书很是生气，并把当时世风日下的责任统统都归罪到了官员们的腐败、胡来、不争气上了。竟然还把一本小说中的人物当成了惩办官员的黑名单，按图索骥，抓人治罪。我们可以想象，当那些官员们正摇头晃脑地翻读着这本为他们描形画像的百丑图时，哪里会想得到，此时太后老佛爷也正咬牙切齿地翻看着这部书，心里正盘算着怎么整治他们这帮不争气的东西呢。

真是无巧不成书，慈禧老佛爷决心按照一部小说中反映的问题下决心整治吏治，竟然启用了一位同样是出自我们"陕西同州朝邑"的人物，他就是令我们朝邑人自豪的阎敬铭老先生。这至今鲜为人知的阎老夫子，既然是我的乡党，又是一位刚正不阿、秉公执法的忠勇之士，就更值得在此炫耀一番了。

据史载，这个阎敬铭出生于 1817 年，果真是清代同州朝邑县人。他道光二十五年（1845）中进士，历任户部主事，湖北按察使、布政使，山东盐运使、巡抚等，看来都还是些地道的实权岗位。1882 年调任户部尚书，1883 年充军机大臣，总理各国事务衙门大臣，晋协办大学士。1885 年即清光绪年间东阁大学士。他这个人官做得大权力也不小，但秉性耿介、为官清廉，被誉为是我国历史上为数不多的理财专家和"救时宰相"。

人不可貌相。这个阎敬铭，长相并非是相貌堂堂。据说是"其貌不扬"，究竟怎么个"不扬"法，就说不准了，反正是看着不大景气吧。但他做人为官却是堂堂正正。对恶势力的态度更是一身正气，"心雄万夫"。他在户部为官 14 年，就因严正无私，"为吏胥所畏"。1885 年，湖北巡抚胡林翼奏调他去湖北，为军队办理粮草后勤。他上任后公正耿介，一丝不苟，胡林翼和继任湖北巡抚严树森都先后向皇帝举荐，说他是国家少有的贤才，如果做了法官将使"弄律有准"，如做理财官则"必无欺伪"。湖广总督官文也看中了他，但官文"贪庸骄蹇"，阎敬铭对他反而瞧不起。一天，官文手下一个副将率领几名新兵闯入武昌城外一户人家强抢民女，女哭骂不从，竟被他们乱刀砍死。死者父母进城告状，县、府官员都不敢过问。阎敬铭闻知此事勃然大怒，决心为民除害。那恶棍听说阎敬铭要出面问案，赶紧跑到官文总督府中躲了起来。官文闭目塞听、姑息养奸，阎敬铭找上门向官文索要凶犯。官文推说自己病重，拒不接见。阎敬铭即向随从传话："去把我的被子拿来！我就在总督府的门房过道里住宿、办公，总督的病不好，我阎敬铭绝不回去！"三天之后，官文实在无奈只得着人请湖北巡抚严树森和武昌知府李宗寿来府劝说阎敬铭。阎敬铭非但不听还立誓"不杀凶犯绝不回府"。官文无奈，只得出见阎敬铭。阎敬铭只说："立即交出凶犯，当众革职伏法。"官文只得照办。这件事一时传为佳话。

阎敬铭一生为官多是掌财，但自己却是出奇俭朴。1877 年山西大饥，清廷屡屡派官赈济，还是不解饥情，于是调派阎敬铭下去视察赈务。他不光自己穿一身粗布官服并令属下也都照办，言"有敢穿绸缎者罚捐饷济灾"。他以身作则、执法不苟，很快查处了贪官知州段鼎耀等人；严厉弹劾了礼部尚书恩承和都察院童华一伙对地方的滋扰，当地人民交口称快。1882 年阎敬铭升任户部尚书。他同样布服敝车，悄然进京。他曾在户部任过职，深知其弊端所在，尤其是天下财赋总汇的北档房积弊更深。他决心革除积弊，实行改革。上任第一天他就找来档房司官问账，结果无论领办、会办还是总办，个个都是一问二不知。关系国家财政命脉的户部档房之账竟如此糊涂，岂不成为了官员贪污的利薮？阎敬铭立即上奏皇帝说：“满员多不谙筹算，事权半委胥吏，故吏权目张，而财弄虚作假愈夥，欲为根本清厘之计，凡南北档房及三库等处非参用汉员不可。”由于当时清政府库款困乏，也有整顿度支的迫切要求，所以同意了阎敬铭的奏请。阎敬铭查了账目再查三库。所谓三库，是捐户部管理辖的银库、缎匹库和颜料库。其中绸缎、颜料两库为天下实物贡品收藏处，库内堆积如山，毫无章法，颜料、绸缎、纸张混在一起，月积年累，大都霉烂无法使用；加上鼠咬虫蛀和进出账目无清无结，整个一笔糊涂账。银库问题更大，管理银库的差役、司官没有不贪污偷盗的；职掌出纳的掌库、书办以大秤进、小秤出，天平砝码异常不等，真是弊端累累。面队积弊，阎敬铭一反常态，亲自入库清点，清查了二百余年的库存和出纳账目。并当场斥逐一批差役，并奏参了号称“四大金刚”，原在户部司官的姚觐元、董俊汉、杨洪典及旗人启某。姚、董四人受到清廷“革职回籍”的严厉惩处。他的做法和态度震动了朝野。

阎敬铭整顿户部积弊，掀开了户部许多黑幕。军费报销向来是报销者和户部司官、书办的贪污门路，报销者可以把并非军费的款项纳入军费中去报销而中饱私囊。而户部明知有弊而给予报销，通同作弊之目的仅在于私收贿赂。最惹眼的是揭出了云南省的军费报销案。案子到了阎敬铭手里，自然就有了结果。与案情有牵连的数十名大小官员，都受到了应得的惩处，如受赃的户部云南司主事孙家穆革职赔赃，徒三年；太常寺卿周瑞卿革职赔赃，流三千里；潘英章、户部主事龙继栋、御史李郁华等也都被革职流放；军机大臣景廉、王文韶都受到降级处分，王文韶被逐出了军机处。其他如户部侍郎许某、崇礼、工部侍郎翁同龢、兵部侍郎奎润等也都有失察之责或有一定瓜葛，分别受到降级罚薪等处分。云南报销案的处理，在清史上算是一件大事情。当时如果没有阎敬铭参与审理，这种司空见惯的积弊，仍会视而不见。

对于阎敬铭的作为，在统治者看来，是忠心耿耿，为皇上看家护院，慈禧很是赞赏。光绪十二年（1886）阎敬铭七十寿诞，慈禧太后竟然于元旦日亲笔题赐“龙”“虎”字匾为他祝寿。同年，而他也许是看透了大清的腐败已经不可救药，便以年老为由奏请将军机处或户部二职去其一，朝廷准免其军机大臣职，俾得专心部务。如此两年后，他反腐败竟然反到了慈禧老佛爷头上，因反对重修颐和园而被革职留任。这一回他刚正不阿老佛爷不能容忍。不久复职，但先后四次托病上疏辞官，得到允准后回归故里。

但喜好为民办事的阎敬铭，却是退而不休。那时，我的家乡陕西渭北旱原，十年九旱、灾荒连连。阎老夫子回乡后倡导、督促在朝邑县城西侧十七公里处建起一座“丰图义仓”。这座创新的义仓，丰年幕捐屯粮，灾年开仓应急，以民间力量解决饥民燃眉之急。这是当时全国唯一的一座民间赈灾粮仓，可储粮达 1000 万斤。慈禧太后得知，欣然题写"天下第一仓"。如今，这座被列为陕西省重点保护文物的粮仓，就像一座纪念碑，高高地耸立在我的家乡朝邑镇黄河岸上的南寨子上，记录着一代廉吏的感人功业。

阎老夫子一生所作所为，用事实证明一条真理：制度固然重要，但坏的社会制度之下，也有出污泥而不染的好人；同样，好的社会制度之下，也可能出现败类。晚清腐败不堪的官场中，既然能够产生阎敬铭这样流芳百世的人物，证明了个人品德修养的重要，也证明所谓"橘生淮南则为橘，生于淮北则为枳"的说法是没有科学根据的。

在此，谨向我的前辈乡党深鞠一躬，以表后辈晚生的深深敬意。

评《陈独秀传》

在中国共产党 90 周年诞辰即将来临之际,读了陈利明撰写、团结出版社出版的《陈独秀传》,很有感触,借此机会谈以下几点感受:

首先,《陈独秀传》的写作与出版,突破了一个"禁区"。当然,过去也有过不少不同版本的陈传,但由于出版渠道的不同,很难作为可信的历史来读。

这个禁区主要是指在极左路线下,对于历史研究,特别是中共党史研究的种种禁锢和限制。过去,我们所了解的党的历史,主要是一部"党内路线斗争史"。我们笔下的党史人物,大多是正面形象,或者干脆就是反面形象,非红即黑,不然就指责你写了中间人物或灰色人物,有颠倒是非混淆原则之嫌,是很危险的。当然这在今天,早已经不成问题了。但是,对于像陈独秀这样一位在党史上影响巨大、难以回避的重量级人物,要不要作为正面形象来反映,反映到什么程度,分寸还是很难把握,或者说还是一个很敏感的课题。听说"陈传"出版,一位主流媒体的资深记者,就向我提了类似的问题,感到吃不准,不好报道。显然还是心有余悸。其实这也反映了不少人的真实心理。我只能告诉他,以中央文献研究室的审稿结论为准。过去,我们只知道陈独秀是错误路线的代表,先"左"后右,对革命造成了巨大损失。但并不过多了解他作为"五四运动"的"总司令"、作为我们党的主要创始人之一,作为党从成立到"五大"连选连任的总书记,他在马列主义的早期传播和党从幼年时期艰难走向成熟的过程中所做的努力和所起的作用,包括失败中获得的教训等等,对于这一切我们都知之甚少,或根本不知。而恰恰是这些,对于我们今天全面、客观地了解、研究和宣传党的历史却是重要而必要的。所以,我们说这本经过中央文献研究室审读通过出版的文学传记,是打破了一个禁区,能够导引我们走进一个未知的领域,了解许多新的历史信息。

其次,《陈独秀传》的问世,填补了我国党史人物画廊的一个空白。历史,总是由人物和故事构成的。陈独秀在中国共产党的历史上是一个非常重要的不可替代亦不可或缺的人物，同时又是一个蒙上了许多历史灰尘，被长期忽略甚至有些歪曲了的人物。没有对他的客观评定，我们后来者对历史的了解就是残缺不全的、至少也是不够全面的。因此，拨开历史的烟雾、拂去历史的尘埃，尽量排除视线干扰，让人们看到一个接近真实的历史，这是我们正确地认识和反映历史的基本态度。如今，陈利明同志在创作和学术环境都较为宽松的情况下，经过大量的调查研究，不光是搜集阅读了好多文献资料，同时对历史进行了辩证唯物主义的判断和甄别，这是一个非常艰难而又细致的过程。据说这部 50 万字的书稿，是由 100 万字的初稿提炼而来，最终能够被中央文献研究室审查通过，是很不容易的。这使我想到，在党的历史上，还有不少像陈独秀这样的人物，他们有贡献，也有错误，但又是重要的，例如王明、博古、李立三甚至包括有过变节行为的张国焘等，在建党 90 周年之际，我们歌颂领袖，纪念先烈，甚至对支持过革命的党外朋友都没有忘记，那么对于上述这些人物，如何评价和对待？是继续停留在极"左"时期那种全面否定的状况，还是本着尊重历史，区别功过，给予客观公正的评价？我们党的历史是波澜壮阔的，创造这么伟大辉煌历史的众多人物，他们每个人在历史上所起的作用，所应当拥有的历史地位，他们对中国革命的贡献，我觉得是很值得认真来研究对待的。应当承认，正因为我们在过去年代或左或右地受到一些干扰，在历史研究中形成了一些固有概念，这些条条框框，特别对我们年轻一代来讲束缚很大，对我们认识和研究历史干扰很大。这种束缚与干扰如果不予以打破和排除，如果不在这个领域恢复党的实事求是的思想路线，如果我们从指导思想上不能明确地清醒起来，仍然戴着有色眼镜看待历史，那么我们写出来的东西就很难避免概念化与片面性，那就是传播虚假，就是很危险的。由此可见，我们对党的历史人物的认识和评价还需要进一步解放思想、实事求是，需要进一步用历史唯物主义的观点来指导的问题。还原历史的真实，这是我们这一代人的一个使命。

再次，《陈独秀传》成功，又一次证明了"传记文学"对于历史认知的巨大魅力。描写党史人物的传记文学，既是文学创作成果，更是党的历史研究成果的重要组成。这本书努力调动种种文学手法，从不同的侧面通过大量的历史元素来还原历史的生动场景与人物的性格，这个追求及其效果是很值得肯定的。眼下不少所谓文学传记，特别是党史人物传记，是只有史料而没有文学。干巴巴的几条筋骨，很少拥有读者。有史实更有文采，这是我们传记文学作品有别于单纯的历史研究报告的关键所在，也是《陈独秀传》作者刻意追求的。传记文学，就是要通过塑造艺术典型，通过有血有肉、个性鲜明的人物形象来诠释历史、再现昨天、还原生活。复活历史人物在历史中的生存状态，这种状态会给人们认识历史提供很多生动、活泼的信息。成功的传记作品，往往不是直接评价人物、议论是非，不是直白地给人物做出什么结论，而是通过提供真实生动的活生生的声情并茂的情节和细节，给读者提供尽量多的思考与自我判别的空间。《陈独秀传》具备了上述特质，是一本值得阅读的作品。

　　总之，我认为《陈独秀传》的出版在党史研究和传记文学创作领域都是一个重要的收获。

读严歌苓的《赴宴者》

  每日一早在拥挤不堪的公交车上读二三十页。废时利用，积少成多、闹中取静，身心俱佳，倒不失为读书养性的好办法。在夹缝中求生存，在夹缝中讨生活，也正是《赴宴者》所描写的一群底层民众的生活。

  严歌苓的小说，走了通俗一路，可谓是现代通俗小说。很生活，也很现实。很流畅，也很浅显。读起来很轻松，但也不用动什么脑子思考。可以勉强算是雅俗共赏之作，但文学境界毕竟较低，与国内同时的女小说家，例如迟子建、叶广芩等相比，还是有文野高低的差别。但是市场走得却很好，这也可以理解，适销对路，大路货是一个原因，敢于写社会阴暗面又是一个原因。很佩服她的观察生活与摄取生活细节的能力和勇气，还有编故事的功力。也许是国外环境和拉开距离的结果。原本就是写给美国人看的，骂几句祖国，自然可以得到洋人的青睐。不过，写的现象基本也还是存在的，只是程度不同罢了。有些夸大事实，也有些以偏概全，例如农村的形势和城市职工的状况，都有些写想象的成分。可能是受西方思潮影响，有些想象的成分。如果是国内作家，我想就不会写得这么表面化了。中国社会目前面临的问题是深层次的。书中的这些人物的描述还是真实可信的，至少不是概念化的。董丹、小梅、高兴、陈洋、老十、吴总、等等，可以说，都是栩栩如生的。特别是董丹这个人物，善良者的堕落，还是真实可信的。总之，严歌苓的小说，是具有强烈批判现实的功能，是具有积极社会意义的。艺术上，的确没有多少新意，也缺乏诗意的美感。

村上春树的千年开篇

　　2010 年 5 月 28 日开始读村上春村的《1Q84》(施小炜译)。号称是村上春树的"巅峰杰作"，荣登日本、韩国、中国台湾畅销榜年度第一名。媒体评论："如此重大而复杂的题材，可视为日本文学在新千年的伟大开篇。"这样"世界级热炒大牌"式的作品，原以为又是像墨西哥的比萨饼一样，让你嚼着大倒胃口，但却意外地感到可口朴实。就像中国农妇烙的干锅发面饼一样，本本分分，让人觉得很甜香。并不像魔术师玩把戏一样，故弄玄虚，让人高深莫测。看来春树先生也在随着他的年轮走向成熟。他写了不少，终于懂得了小说大约就像一潭水，可以深不可测，但不能浑浊不清。

　　结构的形式，仍然是惯用的平行交叉式。读开头两章，青豆和天吾，两位贯穿始终的主人公相继出场，似乎是毫不相关的两个人，却是命运攸关。就是这样的感觉，作者的创作意图，在一开始总是隐藏得十分严实，就像高明的魔术师一样。故事开始在你不知不觉中，像流水一样悄无声息地展开。大量的笔墨，仍然是刻画人物，放在特定的时空坐标系上。像在描述天空中，悄然运行的两颗小行星。文学的使命，也就是把这样不为人知的小行星，发现了又十分热心地指给人们看。尽量让更多的人们看见，并设法让人们记住。在人们心灵的苍穹，点亮星辰。

　　作者很注意人物心理推进的逻辑性和故事演进的合理性。写得如情如理，通情达理。这应该说是古今中外一切好小说的共性所在。不然，便没有人会随着一个"心理变态者"或"精神病患者"去听他毫无顺序和节制的唠叨。当然，上述的故事演进中，人性的光辉是必不可少的。如眼下主人公青豆正在走下高速公路旁的应急阶梯时，竟然会想到同高中女友大冢环的一次类似"同性恋"的经历。这是有可能的，是意识流动的一种可能。而平庸的作者，往往使得自己写的故事和人物过于"逻辑"，结果反倒显得枯燥而失去了生活的生动和鲜活。就如同一条鱼，当鱼被捕离水面的时候，它是顺从地安卧呢，还是活蹦乱跳？我们往往以为它是静止安卧的。这样低极的错误，在平庸的作品中，几乎比比皆是。这也是佳作与平庸之作的区别之一吧。鲜活的，活蹦乱跳的东西，总是更接近生活本身，也更能令读者感受到生活的真实。"我移动故我存在"，村上春树，郑重写下这句话的本意，也许正在于比。往往正是在"物动中"，在情节和细节的推进中，出现新的人物和新的枝节，使生活的树更加茂盛。其实长篇小说的创作，正如画家在描绘一株大树。新的人物和新的故事的出场，就如同树的主干生出新的枝杈和芽叶。大冢环这个也许是很重要的人物，就在这也许连作者也始料不及的时刻，十分偶然而荒谬地出现了，但又是那样的自然而随意。这是大手笔吧。新的故事正由这个点上不紧不慢地拓展开来。大树的丰富性也正在令人不知不觉地打开。

故事的发展要出人预料。谁会想到一个弱女子的使命是目标明确地去刺杀一个几乎毫不相干的男人？而这个男人却一无所知。就像起初我们每个读者一样。这一个一个出人预料的开端，一下子就把整部书的故事推向了令人欲罢不能的境地。一部长篇小说要吸引普通读者看下去，没有离奇的故事，是不可能的。真正的文学，要有同通俗读物争夺读者的勇气和决心。无论如何，小说情节的推进中，都要有出人预料的东西。不然尽在预料之中，谁还有兴趣读下去呢？这看起来是属于技巧，其实更是内容的新鲜性决定的。一部好小说，其中必须有鲜为人知的东西。情节是这样，细节更应该是这样。连标题，都要追求让读者产生"这是什么？"的疑问。以往自己的创作正是欠缺这方面的追求，写得太老实不行。必须动心思，找到是精彩而引人入胜的情节和细节。即每一个章节，都要有夺人眼球的亮点。

作品中，一个作家的音乐感是很重要的。这需要你了解各种音乐。村上春树先生，显然对音乐是敏感的。主人公青豆，一直处在音乐的氛围之中。先是雅纳切的（捷克斯洛伐克）《小交响曲》，后是奈特·金·科尔（美国）的《甜蜜的洛伦》，音乐把当时社会的时尚和氛围很自然地烘托出来，这是再多的说明性文字都无法达到的。

写一个人，最容易深入的，便是毫不回避地写他的七情六欲。即使一个所谓生在20世纪50年代的富于自我牺牲精神的先进人物，他也不可能不具有隐藏在心底不愿告人的七情六欲。在某种情况之下，七情六欲它们也会自动蹿出来捣乱，或是表演。把一个人的阴影部分呈现出来，便使其具有了立体感。就像杀了人，还在酒店酒吧里渴望吸引一个头发稀疏的中年男子的青豆，无论如何她毕竟是一个三十出头的精力旺盛，难免对异性充满渴望的不安分的健全女人。她不可能不想到这一层。而忽略了这一层，他就不是村上春树先生了。

涉及法律和道德层面，在今天看来倒不是什么新题材，但就世界而言，却是面临问题越来越多的一个领域。家庭暴力、职场倾轧和非法除暴等都已经是司空见惯的古老故事。却在工业文明十分发达的国度日趋严重，而成为固疾。作家的着眼点集中于此，也正是其称之为"千年开篇"的缘由所在吧。现实存在的日趋突出，促使人们越来越多地注视这个领域。在此展开真与伪、善与恶，美与丑的抗争与格斗。在此，其中几乎每一个人，都是一个难以避免的矛盾体，经受着道德法庭的审判。这是当人们不再为生计而奔波时，面临着的共同问题，更是世界性的更加深重的灾难来临的前凑。人们得重新审视自我，做出理智选择，甚至调整伦理和道德标准，以应对来自人们精神层面的某种难以预料的灾难。小说就像是冰山的一角，其下所埋没的，是更加深重而庞大的社会根源。我们的现实也面临着同样的问题和灾难。有良知的作家，不应当对此视而不见，更不应当回避这样的现实。关注人类共同的命运，也许正是这部小说成为畅销的根本缘由所在吧。

从更广阔的意义上讲，这本书亦可视为一个民族的道德反思。天吾的父亲，一个曾经参加过满州垦荒团的"侵略者"，实际上同样是那场战争的受害者。他作为"唯一回国者"的生存状态，及其带给下一代的深重的精神苦难，影响着更多的岁月。尽管涉墨不多，但那些惨痛的画面，却在儿子的脑海之中难以抹去。由于贫困与潦倒造成的畸形婚姻，使得 1 岁半儿童的心灵受到了伤害。母亲与不是父亲的人在一起做爱的场景，刻骨铭心。这与直接揭露日本侵略行径所给两国人民带来灾难不知要深刻多少倍！作家丢开政治偏见，忠于生活的态度和勇气，使之达到了文学本身难以达到一个民族的志史的深度和高度。因此，把该书称之为一个民族的"千年开篇"，确实不无道理。"他的意识浮在记忆的羊水里，顾着来自过去的回声。"一个民族深刻的道德反思，便由此开启。

作品从一开始，就涉及到了人类共同面对的许多重大问题，如精神道德问题和各种日趋严重的社会问题。由此，在人们心灵中产生许多难以自拔的困惑。

作品中有不少关于性的赤裸裸的叙述。看起来很客观，实际反映了作者的性观念以致社会意识。显然，作者是主张一定程度上的性自由的。这从人性的角度上讲，也许无可厚非。但从伦理道德层面和法律意义上讲，又是不可忽略的一种危险的信号。尽管只是某种倡导的暗示，也是十分的可怕。特别是未成年人，读了这样的章节，会受其诱导而沉溺于两性之事不能自拔。这种"自由"，在青豆这个人物身上，表现得极为充分。她甚至与另外一位女警员同两个男人交叉共交。这是不堪入目的情景，但作者却写得轻描淡写，似乎视为寻常。这样的叙写，客观效果究竟是未加思索，还是有意为之？总之，文学的引领作用在这里与其说十分薄弱倒不如说是十分强大。许多青年人可能会因此而失去约束。道德水准也许会大大下滑。外国的小说看来也很可怜，为了抓住人们的眼球，不惜降低格调。这其实是自信心不强的表现。看到这里我记起了莫泊桑的《羊脂球》和大仲马的《茶花女》，这两部作品，都是写娼妓的，但人物却并不令人觉得下浅卑劣，而是写出了性爱的高尚与人性的纯洁，使人对于自身精神，充满了提升的信心。那样的作品，显然才是上乘之作，也是作者真正有自信的表现。这方面，村上的作品据说一贯很"烂"，如果是这样，那就另当别论了。作家要千方百计提升自我，使人性脱离动物属性，而不是向其下滑靠拢。人性毕竟不同于动物属性。当然，每一个作家的世界观也不尽相同，差异是客观的，允许其存在，但我们衡量作品品位的标准决不能随之下降。

小说的推进情节，真是令人难以预料。环这个人物，原先以为是一个无关紧要的角色，却不料竟然是如此重要的一个重量级人物。尽管她在小说开头已经死亡，但她的亡灵一直在推进的情节中游动。她的存在，使得主人公青豆的人生现状，具有了严密的生活逻辑，使得她的言行具有了充分的理由和依据，使得她的原本罪恶的行为，变得几乎合情合理，令人同情，甚至笼罩上某种崇高的色彩。正是环的故事，把青豆的罪恶行为与她高贵的捍卫人性尊严的灵魂区分开来了。当你读完了第十三章，你会惊异地发现，这个曾经用自制的"武器"杀死男人的女子，突然之间变得如此的可爱！她的单纯，她的行侠好义、疾恶如仇的秉性，在茫茫人海之中，几乎是绝无仅有，难怪那位饱经沧桑的"老夫人"会觉得她异乎寻常。这样复杂而又单纯的文学形象，在世界文学人物画廊之中，显然是绝无仅有的，是令人过目难忘，更为之伤神的。阅读至此，她一个弱女子，如何对于男人的"凡"如此的仇恨也就可想而知啦。在我们生活的环境中，难道还缺少这样被侮辱被压迫的受害者吗？只不过她是一个有力的反抗者而已。一个值得敬重的典型形象！这本书里，有许多文字可视为是作者的文学观。具体讲，就是对于写小说的一些看法。例如对于"空气蛹"改写的一些主张，通过天吾和小松的口，讲了许多带有规律性的东西。例如这一段："天吾君，你这么想想：只浮着一个月亮的天空，读者已经看过了太多次。是不是？可是天上并排浮现出两个月亮，这光景他们肯定没有亲眼看过。当你把一种几乎所有的读者都未见过的东西写进小说里，尽量详细而准确的描写就必不可缺。可以省略，或者必须省略的，是几乎所有的读者都亲眼见过的东西。"这样的提醒忠告，是何等的重要呀。道理虽然简单，但却是至关重要的。

刻意将背景放大，置于千年之初与世界之上的时空。可见作者思考之辽阔。然而，几乎所有的景物和环境描写都是主观的，是人物心理描写的一部分。因此又都很简单自然。例如：第十六章，天吾和涂绘里练习完如何应对记者招待会之后，把少女送走的天吾，虽然心情是复杂的却又不无轻松愉快。在新宿车站，作者写道："许多人脱了外衣走在街道上，甚至还看到身穿无袖衫的女子。嘈杂的人亭和喧嚣的车亭交杂在一起，制造出都市特有的开放性的声音。初夏凉爽的微风吹过街道。究竟是来自何方的风，如爽朗的气息吹过新宿街头巷尾？天吾觉得不可思议。"这一段文字，与其说是主观地景物和环境描写，倒不如说是对天吾此刻心理的呈观。人的心情不同，注定会产生不同的外界反映。而这不同的反映，所传达给读者的，却是双重的，往往起到事半功倍的效果。

作家的想象力是至关重要的。这想象生动而微妙地时常立刻体现为反向思维、反常规逻辑。例如第十七章，青豆看到的"两个月亮"超真实，又有一些超常的神秘色彩。"第二天夜里，月亮仍旧是两个。""大月亮就是通常那个月亮，……在它身边，还有一个变形的绿色小月亮。它就像一个成绩欠佳的孩子，是萎缩地依偎在大月亮的旁边。""谁说我脑子出了毛病。青豆心想，月亮自古以来就是一个，现在也肯定只有一个。如果月亮突然增加为两个？地球上人的生活肯定发生变化。……"行文是极简洁的，没有丝毫的拖泥带水。对标叙述，由一种情景向另一种情景的转化，都写得十分从容不迫。就如同描写与绘写一样。不一定把画面上所有的东西都完整地呈现出来，有些东西是浓描重写，有些东西是轻描淡写，也有的是点到为止或一笔带过，或形成大片画白。这就形成了空灵之美与空白之好。一个作家有了这样的谋篇布局的功夫，才是最重要的。村上春树不愧是一位丹青高手。

村上春树的作品中，有许多重要的细节是反复出现的。这在行文中起到了照应，同时也对整个的阅读起到了牵引作用。就像暗夜里的灯盏，使得读者不致于迷失道路。如，青豆所看到的两个月亮，以及天吾的童年对于"星期天"的反感等等，都是不时地会在适当地方出现。这种人物意识流动中的闪现，具有某种规律性的体现，经常使得作品的情节产生某中回环往复的效果。

马克思主义认为文学最根本的功能和价值就是两条，一条是美学的，再一条就是历史的。这里所讲的"历史"，不等同于"政治"、"社会"这一类概念。我们惯常讲的政治，具有很强的现实主义色彩。从这个意义上讲《1Q84》为千年开篇之作，是很有独到内涵的。很少有一部长篇小说，能从人性、道德、政治、家庭，伦理和现代人生活的各个层面活脱脱展现出一个时期的历史真实。但村上春树先生似乎是轻而易举地做到了，而且为我们留下了无比广阔的想象空间。

　　小说的结构，其实完全可以打破叙事的顺序。把现实的着重的情节，在一个有吸引力的范围内展开。每一个人物的故事都可以忙里偷闲，从容不迫地展开。这是村上春树运用娴熟的技巧，一切都是那样的自然，就像一湾溪流，在流经低注地带，会留下一个个的小水塘。那其中有小鱼在漫游，也有阳光和树影在晃动，从而成为令人赏心悦目之地。

第六辑

谈·放歌江海自成风

从写实到传神：《群山》、《修军评传》创作谈

　　《群山——马文瑞与西北革命》和《耕耘者——木刻家修军评传》先后获得中国优秀长篇传记奖，这是读者和评论界对我的鼓励，也是对自己两个不同时期传记创作探索与追求的认可和肯定。马文瑞作为老一辈革命家，是与习仲勋同等资历的西北党和红军的创始人之一，他的历史地位及其影响力，决定了他的传记必须采取严格写实的手法，而传记文学创作的写实传统，在我国历史悠久经验丰富。汉代司马迁的《史记》可谓是开山之作。"黄河千重浪，司马万古文"，如果我没有记错的话，这气势恢弘的诗句，是镌刻在黄河禹门口悬崖峭壁上的。可见《史记》在古人眼里，已经是可以与我们民族的母亲河相提并论的。黄河禹门口胜迹，在我们陕西韩城和山西侯马之间。韩城就是司马迁的故乡，至今老人家的墓冢与墓碑还挺立在黄河西岸的芝川高岗上。我在创作《群山》的时候，几乎跑遍了西北大地，遍访了当时所有健在的分布全国的西北革命老前辈。更在那年早春专程来到韩城，拜谒了心中的偶像司马迁的陵园。当我站在高高的芝川高岗面对千古奔涌的黄河，想到《史记》塑造的众多不朽人物形象，心中深深感受到了写实精神的伟大。司马迁笔下的人物，工笔丹青般的个个栩栩如生。写实的功力，来自于对历史和人物及其相互关系的全面深刻洞悉和准确把握。《群山》的写作，承袭了《史记》的传统，用评论家的话说，就是"成功地复活了历史、塑造了马文瑞、习仲勋等一大批群山般的革命历史人物雕像"。这座群雕的风格和价值，在于它的严谨的写实性。是在复活历史的过程中，对人物性格的真实生动的把握刻画。当时的情况是，许多人都还活着，包括传主本人在内，他们接受你的采访，还要审读你的文稿。各种角度不同要求的制约，就像要你戴着镣铐跳舞，难度和约束可想而知。许多作者过不了这一关，有的失败了，有的回避或退缩了，也有的因主观逢迎曲解历史而作品被查禁、作者受处分。但我还是坚持了下来，秘诀是从司马迁那里得到了真经，就是尊重历史、秉笔直书。无论是大的历史事件，还是人物的是非功过，不隐匿也不回避。例如"高岗其人其事"、"陕北错误肃反"、"毛泽东与贺子珍的真实

生活细节"、"刘志丹与谢子长及其陕甘边、陕北的微妙关系"等等敏感话题，都在书中有着深入清晰的反映，而且得到了西北老同志和党史界的普遍认可。这是尊重历史的结果，是写实精神的胜利。

但是传记文学的写作，也要不断探索新路，追求新的突破。不同的人物和题材，需要确定不同的创作方针和原则。例如修军这个人物，当代木刻家，他的生活和经历不像马文瑞那样的职业革命家，没有那么多影响历史的、波澜壮阔的内容，严格说，也还算不得是一个历史人物。他的周围也就不可能涉及到众多对于国家民族命运起过举足轻重作用的历史精英。这样一位貌似平凡但艺术造诣极高、创作成就很大却又不为人深知甚至未能得到美术界应有评价的画家，他的全部的闪光价值，就是他的版画艺术本身的隽永以及孕育了这些富于个性的精美艺术的精神实质。我首先是欣赏熟识了他的艺术，而后才同他结识的，当时老画家已经年近古稀，不久便去世了。可见在他生前，我们并没有太多的个人交往，但在他去世后的十多年间，我所钟爱的他的版画艺术一直伴随着我。我常常对着他的一幅画陷入痴情的沉思，甚至不由自主泪流满面。渐渐发现，我们的心灵是相通的，他的人生观与价值取向，他的艺术感觉与思想表达方式每每令我叫绝。这样一位特定的人物如何来写？版画艺术，是高度提炼浓缩和高度抽象概括的艺术，而修军先生给我的第一印象，就像是一幅木刻：刀法粗放、黑白传神、形散神凝的肖像画。而画家正是用同样的构思与笔法，为大诗人屈原造像，其实也正是他本人的传神写照。由此联想开去，画家的代表作之一《黄河入海流》及华山般矗立的人物群像，便又重叠其上，清晰在目。于是，屈原——黄河——修军——华山，人物形象与自然精神的浓缩融合，也是画家自身内心世界的立体表白——屈原的《离骚》突然化作了一尊精神的雕像。抛开对人物日常生活及外在性格的表述与刻画，笔触直取精神内核，揭示人物心灵世界。我把此称之为有别于"写实"的"传神"笔法。这就使得文本最终呈现出的典型意象与独特境界超然物外。创作《群山》时，我是脚踏实地行走在历史的天地之间，而创作《修军评传》我感到自己与传主精神相拥，以致难分难解地飞腾于艺术创造的天宇，彼此对话交流、共同回味那酸甜苦辣喜怒哀乐……直至作品出版仍无法解脱，研讨会上痴情难抑哭得一塌糊涂。

总之，写实需要耐力和勇气，传神更需感悟与激情。经历了两次创作的煎熬历练，自觉对人生的理解又深入了一步。

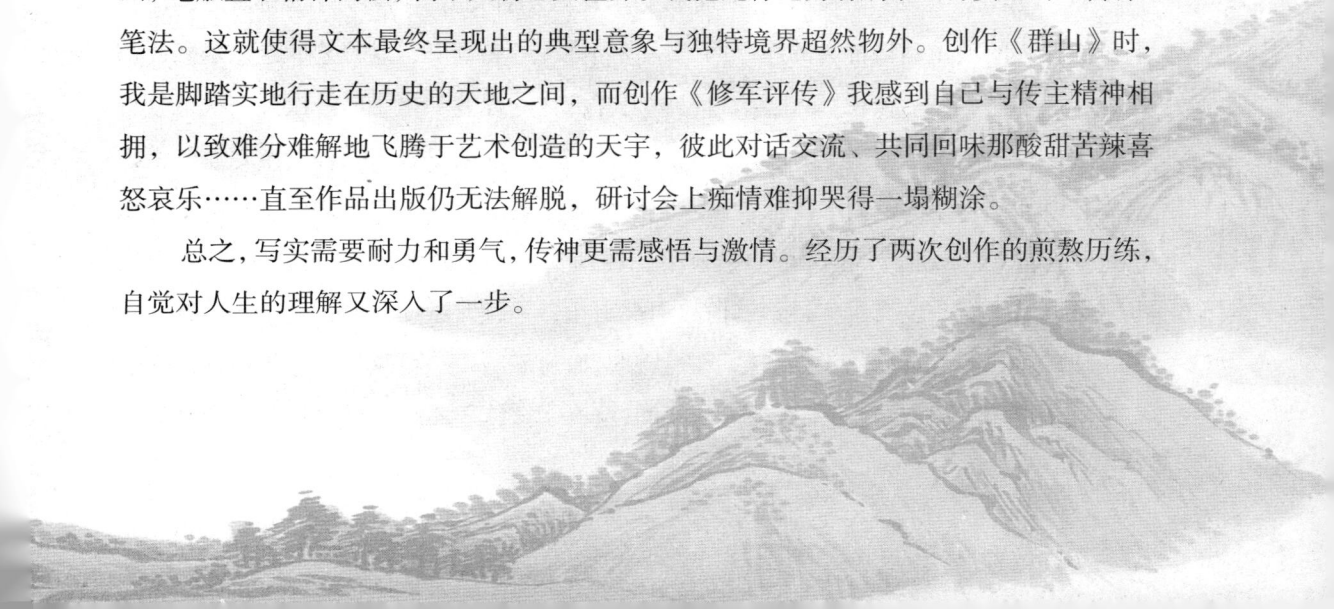

《白毛女》与延安：纪念民族歌剧
《白毛女》诞生 66 周年

66 年前，由贺敬之、丁毅等人在延安执笔创作的歌剧《白毛女》又同首都观众见面了，这是一件值得庆贺的大喜事。这如同近年来悄然兴起于大江南北的"红歌之风"一样，标志着我们的社会意识形态和价值取舍原则，在客观上经历过长达三十多年的颠簸摇摆、鱼目混珠、纷繁胶着和美丑抗争之后，经历过严格的思想性与艺术性的激烈交锋和比较鉴别之后，经历过所谓"多元"、"多彩"的沧海横溢、大浪淘洗之后，广大人民群众终于又选择了一种真正能够维护我们民族自尊、推动我们民族振兴、代表我们民族精神风范内核的具有主流意义的价值取向和道德准则。因此，这是一件值得庆幸的大喜事，是值得深入研究和探讨的文艺现象和社会现象。用当年延安第一位喜儿的扮演者，86 岁高龄的老艺术家王昆的话讲，"本次《白毛女》的名剧再现，剧组全体主创及演职人员在力求再现当初的'草根味'的同时，尽量再现当初'感人至深'（周恩来 1945 年观后评语）的水平。"作为复排艺术总监和声乐指导，王昆老人正全力践行着"我要抓紧时间，在有生之年希望让这部经典唤回人们的纯真、善良"的感人誓言。可见我们心中的歌剧《白毛女》又要突破重围、洗尽铅华，恢复原有的延安时期的纯净肃穆与强烈壮阔。其实这正是一种具有标志性意义的传统精神的呼唤与回归。至此，我们今天这个话题的现实和历史的重大深远意义，也就不言自明。

应当看到，这些年来，为了期盼和寻求这种用评论家刘润为同志的话讲，即我们民族振兴的"主动精神"的庄严回归，我们许多的老延安、老鲁艺、老艺术家，都不顾年迈多病，更不顾忌别人会给自己戴上什么样的标签和帽子，一次又一次地领着年轻的一代，从千里万里之外、兴致勃勃地回到延安温故寻根，那种虔诚专注的精神风貌，就如同当年他们由国统区冲破重重阻力奔赴延安一样。贺敬之先生在延安给我讲过一个故事，说他当年 14 岁奔赴延安，在西安八路军办事处，遇到几个青年也来办手续，其中有一位男青年，不知何故而被阻止，他顿时激动不能自已，突然捡起地上一块砖头，照着自己的头顶猛拍下去，顿时血流满脸……可见当时青年向往延安的心情有多迫切。仅我在延安工作那七八年间，就有幸接待了不少可敬可爱的寻根者——

老前辈及大批有崇高理想和远大抱负的中青年、作家艺术家，受到了深刻的教育和启迪。记得与歌剧《白毛女》有关联的主创人员，就有贺敬之、王昆、陈强、刘炽等。我从他们的人格风范和亲切回忆中，深深感受到了民族歌剧《白毛女》不同寻常的经典意义和永恒价值，以及对于他们这些堪称"无产阶级革命文艺战士"的人们一生的影响和感召。我惊异地发现，一部文艺作品，竟然会有如此神奇的魅力，竟然能够具有如此巨大而持久的感召力。毛泽东曾经评价初到陕北的丁玲手中那支笔，抵得上"三千毛瑟精兵"。王震将军曾经称赞写过大量战地通讯和长篇小说《保卫延安》的作家杜鹏程："一支笔，抵得上一支劲旅"。从这个意义上讲，创作和首演了歌剧《白毛女》的贺敬之、王昆等人，他们的创造和奉献，当以怎么的比喻才算恰当？我深深地感受到，歌剧《白毛女》，之所以被看做是革命文艺特别是中国歌剧的奠基之作、扛鼎之作、开山之作，就在于它曾经像号角、像战鼓，像灯塔、像旗帜，呼唤、鼓动、指引和激励了解放区军民的抗日反蒋的斗志及文艺创作的正确方向。从这个意义上讲，歌剧《白毛女》与革命圣地延安的命运注定是要永远联系在一起的。没有延安精神的光辉照耀，就没有歌剧《白毛女》的永恒辉煌，这种感天动地的红色情缘，堪称是人间绝无仅有的。

延安，原本只是西北黄土高原腹地的一个小小的古老军事要塞，宋与西夏征战时期，大文豪范仲淹曾经在此领兵镇守，写下了"塞上秋来风景异，衡阳雁去无留意"的永恒诗句。20世纪30年代的延安，只是群山环抱中的一个人口不过千人的弹丸之地，只是因为西北革命根据地的诞生，只是因为有了党中央毛主席和中央红军的到来，才使得延安有了革命的灵气，才使得延安的土窑洞里有了马列主义，才使得延安的清凉山与宝塔山充满了万众瞩目的诗情画意，才使得蜿蜒东流，最终涌入黄河大海的延河、成为革命代代相传的象征，才使得这个从前名不见经传的贫瘠而闭塞之地成为了广大革命青年当年向往和全国人民至今仰望的中国革命圣地。同样，歌剧《白毛女》的故事，原本只是流传在河北唐县一带的一个不无迷信色彩的民间传奇，从1935年到1944年，它就一直在人们口头流传，而且越传越神秘离奇。正是因为这个故事有幸传到了延安——拥有鲁迅文学艺术学院的这样一个革命文艺战士荟萃的特殊大熔炉中，才使得这个貌似离奇的故事，被赋予了"控诉"与"呐喊"的社会意义，才得以被当时一流的诗人和音乐家进行了革命现实主义与革命浪漫主义相结合的艺术提炼和主题开掘，从而赋予了它重大的时代意义和丰富的历史内涵，才使得它成为了一部永远闪烁思想与艺术光芒的社会主义现实主义的经典巨著。我们是否可以这样认为：没有革命圣地延安，就没有毛主席所倡导的"大鲁艺"；而没有"大鲁艺"的存在，就没有歌剧《白毛女》的诞生。可见歌剧《白毛女》与革命圣地延安的红色情缘，是母亲与儿子的关系，是大地与大树的关系，是生生死死难以割舍的血肉联系。

歌剧《白毛女》，它诞生在抗战时期的延安，是毛主席《在延安文艺座谈会上的讲话》精神指引下创作的革命文艺的经典之作，也是许多延安走出去的革命者生命中的一首难以忘怀的红色史诗。我是延安人，有幸在延安鲁艺旧址桥儿沟度过了自己的童年。桥儿沟的许多老乡，都是老鲁艺的邻居和朋友，还有许多人同鲁艺的师生一同开过荒、种过地、纺过线，一同闹过秧歌、演过秧歌剧。由于鲁艺人的影响，桥儿沟和周围的农村，在建国后的几十年间，每逢正月里都要闹秧歌、排演自编的文艺节目。桥儿沟的秧歌队 1958 年曾应周扬同志的邀请到北京参加过文艺调演。也因为鲁艺的影响，我从小就是一个文艺积极分子，就知道周扬、何其芳、周立波、贺敬之的名字，就熟悉《兄妹开荒》、《夫妻识字》、《南泥湾》等秧歌剧和大型民族歌剧《白毛女》，就知道古元、力群的木刻、王式廓、王朝闻的绘画和雕塑，这奠定了我一生对于革命文艺的酷爱和对革命文艺家的推崇。

刘白羽同志曾经评价说："《白毛女》是延安文艺座谈会的第一个婴儿。"2003 年"5·23"前夕，《白毛女》的主要执笔贺敬之回访延安。那天，我有幸代表延安市委到机场迎接他老人家，白发苍苍的老诗人激情不减当年。我们第一站就来到桥儿沟。在天主教堂的后面，几位当地的老乡一下子竟认出了他。贺老激动地指着半山上一间小屋说，"那就是我当年住过的宿舍，歌剧《白毛女》的初稿就是在这间屋子完成的。第一幕里全部的细节和感情都是在这里构思形成的，真正触动我的感情，真正体现我的灵魂和特点的就是整个第一幕，因为这种生活和感情我比较熟悉。这一幕我写的很专心，写到杨白劳自杀时，我精神恍惚，第二天有同学讲'贺敬之六亲不认了'！"老人家深情地回忆着，随口谈了不少感人的细节。说当时点灯的油很紧缺，因为要熬夜写作，周扬同志就特意为他特批了一些灯油。"为什么当时确定由你作为主要执笔呢？"我好奇地问。贺老客观而谦虚地回忆了当时的情形："创作《白毛女》是在 1944 年下半年开始的，当时我参加文工团已有两年时间，是在经过深入生活和参加秧歌剧创作的基础上接受创作任务的。当时，周扬和张庚提出要以'白毛仙姑'的传奇故事为题材创作一个表现人民斗争生活的，具有创新意义、民族化、群众化的新歌剧。《白毛女》虽然有现实的故事作为依据，但是要把它转化为艺术作品，需要创作者具有深厚的功力和艺术创造力……"

我注意到了，贺老说着说着就有些跑了题儿。这是他们那一代人的共性，就是集体主义观念很强，回顾历史功绩很少突出个人，都是一下子就把话题转到了同志和事业。从我所接触过的王昆、陈强、刘炽的点滴回忆中，我才得知，当时毛主席《讲话》发表之后，根据地开始了轰轰烈烈的新秧歌运动。1943年到1944年，贺敬之一直为秧歌队写歌词，也体验创作了不少优秀的歌词。例如《南泥湾》就是由贺敬之作词、马可作曲，为慰劳三五九旅英雄而创作的。创作于1943年的歌曲《翻身道情》，真实而生动地传达了陕北贫苦农民在党的领导下"团结闹翻身"的火热情怀。由于这首歌词当时没有署名，长期以来被误认为是地道的民歌。这些创作实绩，证明了年轻的诗人的创作实力，体现了农家出身的作者又自觉深入陕北农村生活，体验陕北农民情感，学习陕北农民语言的态度和功力。这也充分表明贺敬之在当时，已经具备了用中国老百姓喜闻乐见的形式，写出他们对新生活的新感受的本领。他当时创作的秧歌剧《瞎子算命》、《拖辫子》和《周子山》，都是来自现实生活的精品力作，搬上舞台后深受观众喜爱。可见当时周扬同志把这个任务主要交给贺敬之，是经过深思熟虑的。我们今天可以不可以这样理解：歌剧《白毛女》的诞生，虽然说是"鲁艺集体创作"的产物，但第一执笔人贺敬之的才华及作用无疑是不可替代的。这也充分地证明了：毛主席《讲话》精神是真理，"大鲁艺"的方向是正确的，革命圣地延安对于贺敬之和参与创作和演出《白毛女》的所有人员的锻炼成长，又是多么的至关重要呀。

19岁就在延安扮演喜儿的王昆和成功地扮演了恶霸黄世仁的陈强以及参与作曲的著名音乐家刘炽，曾一同在延安杨家岭深情地回忆说：《白毛女》第一场就在这当时落成不久的中央礼堂上演，毛主席和中央领导人都看了戏。演出很成功，观众反响非常强烈。随着剧情推进，连毛主席都不住地擦眼泪，观众哭成了一片。1945年4月29日，中共中央办公厅传达了中央领导的三条观感："第一，这个戏非常合时宜；第二，艺术上很成功；第三，黄世仁罪大恶极应该枪毙。"在那个年代，《白毛女》以它巨大的精神感召力使得千千万万受压迫、受剥削、受蹂躏的劳苦大众产生了强烈的共鸣。它不但在当时成为团结人民、教育人民，打击敌人、消灭敌人的有力武器，而且至今以其永恒的艺术魅力，感染教育着一代又一代的中华儿女。

66年后的今天，在建党90周年之际，应当清醒地看到，我们的民族仍然处在"最危险的时刻"。"喜儿"和"王大春"伴随着红歌声声重现首都舞台，的确是一件值得庆贺的喜事。这个红色的信号足以见得，歌剧《白毛女》与革命圣地延安的红色情缘，仍在成长延续，中华民族的红色文化与主动精神，仍在成长延续。

酒兴与文思：辛卯春月亳州读史

亳州是曹操的生身之地，古井镇则是九酝春酒的故乡。特别是当你走进古井酒文化博览园，对于酒的历史佳话有了系统真切了解，你就会意外地兴奋，哪怕你平素并不痴酒贪杯，此时也会对中国的酒文化产生浓厚兴趣，会对白酒这种我们祖先创造的奇妙物质产生出许多非物质的理解与想象。是呀，作家走进烈士桑梓古老酒乡，看古井，嗅老曲，听酒歌，品佳酿，浏览中华酒酿文明的发展历程，体味古代酒祭礼仪的歌舞程式……整个过程都如同在阅读一部酒的美丽传奇，自始至终都仿佛有一只无形而亲切的手，引导你在步步深入那庄严神秘的探寻之中，直至你逐渐地沉入酒的浓厚历史氛围，被那千年的醞酿文化所熏染，逐渐感受到源远流长的中华醇醴文明所形成的儒雅肃穆与超拔飘逸，使你在陶醉中产生诗意与审美的感悟及其强烈的表达冲动。

酒的物质与精神的双重魅力竟然具有如此的诱惑，这是你所料不及的吧。由此你开始真正地体会到：一个人的"酒兴"的确是与"文思"相融相通的。这就难怪古时的屈原、陶渊明、李白等许多大诗人、大文豪都是有案可稽的酒圣、酒仙了。同行的几位作家朋友也是异口同声赞酒不绝，于是我们应邀留下一幅共同签名的赞酒书联：古井酿佳醴，醇香流中华。科技与文化的力量真是难以估量。一整天，大家沉醉于酒的稻粱曲香与传奇故事中，面对那精致神秘的酿造奇观及工艺流程，不知不觉间饭桌上人人都酒量大增。连我这二十年滴酒不沾的人竟然也开了酒戒，每餐情不自禁也要品酌数杯，深感佳酿诚若好文章，可谓是余香袅袅、回味无穷。一次饭后散步，一位从不人云亦云的评论家竟赤红着脸发出一句感叹："看来今后咱们也得学着喝酒了。"我听得大吃一惊，心想对于酒，这个古人留给我们的尤物的魔力，倒是值得认真加以审视考量。

酒的发明据说是很偶然的，远古时代树上的果实成熟跌落堆积于低洼岩石上发酵流渗出汁液，人们发现其味醇香，便有了酒的问世。酿酒的方法从此肇启，饮酒也逐渐成为人类的共同嗜好。然而世间贪酒之人不少，意识到酒是一种文化的却不多。记得我的父亲虽不贪酒，但逢年过节也喜好喝上几盅。那是20世纪经济困难时期，物质十分匮乏，酒自然更是稀罕之物。身为高工的父亲，每年春节可以享受特供西凤两瓶。不知出于何种动机，父亲每每面对盛满酒的杯子，往往发出"勿饮过量之酒，勿贪意外之财"的告诫。他老人家既然不曾说明酒与饮酒还是一种文化，我小小年纪更不懂得这酒与别的饮品会有何种区别。以后发现古人诗文中多有提及酒者，也未曾引起特别注意。李白的"举杯邀明月，对影成三人"，杜甫的"朱门酒肉臭，路有冻死骨"，一个是描述自斟自饮的，一个则是对别人饮酒有看法的，虽然都写到了酒，却并不令人想到酒会是一种文化。等到自己进入社会，需要参与各种应酬时才知酒是社交场上不可或缺的常规武器，于是大贪其杯，导致纵酒伤身而早早告别饮酒。曾几何时，酒因无知者而沦为了人世间庸俗有害之物。这不仅是酒的悲哀，一定意义上讲也是文化的倒退。

如此看来，实在是应当记住那些在享受佳醴醇香的同时，还把酒作为一种文化敬奉并研究传播的人们。《三国演义》中有曹操饮酒吟诗的描述。说曹操平定北方后，率百万雄师饮马长江要与孙权决战。是夜月明星稀，他在大江之上置酒设乐欢宴诸将。至于曹操当时喝的是否他家乡的"九酝春酒"书中未讲，只说酒酣，操取槊立于船头，慷慨而歌。歌词便是他的那首千古传唱的《短歌行》。曹操饮酒诗兴大发，反映出大将军此刻对"酒"的态度仍然是未改初衷。追朔到东汉建安年间，已经崭露头角的政治家兼文学家的曹操，他身为国相曾经以酒为媒，把自己同最高统治者的关系进一步巩而固之。他大约也是在夜深酒酣之际，文思若泉，十分殷切地撰写了世间至今独一无二的那一篇操记奏章，将家乡亳州古井镇的"九酝春酒"敬献给汉献帝刘协，并详细说明制作要法。这是破天荒的一举。这无疑是把酒这餐桌上的尤物提升到了政治庙堂。这一回，曹操显然是借助酒兴而做的政治文章，如同他有时也会意识到"对酒当歌"的超脱飘逸一样。可以想象，此时作为大丞相的曹操，他并不满足于自己一人之下万众之上的地位，于是才借着酒兴，利用工作之便于朝堂之上面对文武百官，举酒而宣曰："臣县故令南阳郭芝，有九酝春酒。法用曲二十斤，流水五石，腊月二日渍曲，正月冻解，用好稻米，漉去曲滓，酿……三日一酿，满九斜米止，臣得法，酿之，常善；其上清，滓亦可饮。若以九酝苦难饮，增为十酿，差甘易饮，不病。今谨上献。"听得出，这一刻曹丞相那语音是自信而虔诚的，却又隐约地透出某种霸气，显然是酒劲尚在。好在皇上昏昏然并未听出他的弦外之音，也许还在暗暗赞赏国相的一片忠心与文采——短短几十个字，竟将亳州造酒术讲得精辟又全面。这大约是发生在 1800 年前的一幕，今天读之，面前还会呈现曹丞相夜来痛饮文思若泉挥笔疾书的动人情形。这篇简约奏章，似可视为从历史文献的角度显示了酒兴与文思的因果脉络。

辛卯亳州古井镇之行，我最大心得莫过于悟出"酒兴与文思"如同"曲与酒"之妙理奇缘。古人云，"曲者酒之骨"。据说远在先秦时期，我们祖先就发明了以曲酿酒之法。秦汉以下，造酒技术更有提高。《礼记》云："秫稻必齐，曲蘖必时，湛炽必洁，水泉必香，陶器必良，火齐必得。"记录可谓周详，亦足见得投曲之妙要。曹操的《上九酝酒法奏》还提出用曲之改进办法。对此，贾思勰在《齐民要术》更有回顾详述。至此，"曲多酒苦，米多酒甜"成为共识。由此可见酿酒之要诀所在，把握曲米之量比是也。而酒兴与文思之微妙关系亦大致如此：酒酣则文涌，酒怯则文滞，酒禁则文竭，酒绝则文枯。故方有"李白斗酒诗百篇"之旷古箴言耳。

既然曲对于制酒是如此的关键，制曲技术便迅速进步。到了汉代，各地开始试验利用不同谷物和方法制曲，因而酒的品种也随之增加。不光有"酎"类的白酒，更有"酾"类的红酒，还有"醴'类的清酒。而我们可以想象，地处黄淮下游冲积平原的膏腴之地亳州，这个人文荟萃之通邑重镇，堪称人杰地灵，稻香粱丰，制曲酿酒的技术遥遥领先于各地也是可想而知。透过曹丞相不无自豪与底气的奏章与诗词，足见其地其时繁茂兴盛之状耳。当时美酒所滋润过的文学天才不仅有曹氏父子三人，还有同时的"建安七子"与稍后的"竹林七贤"，他们个个都是酒兴昂扬文思奔放之人，再加之曹操父子的偏爱与呼唤，一时竟破天荒形成了专业的中国作家队伍和自由奔放刚烈雄奇的独特文风。这是一个社会的主流阶层走上坡路的表象。这一时期的曹操是宽容大度的，常常于政务与军务之余置酒设宴与作家们一起舞文弄墨吟诗作文，于是佳作连连文才多多。时有刘伶的《酒德颂》足以为证，云："有大人先生者，以天地为一朝，万朝为须臾，日月为扃牖，八荒为庭衢。行无辙迹，居无室庐，暮天席地，纵意所如。止则操卮执觚，动则挈榼提壶，唯酒是务，焉知其余？有贵介公子，缙绅处士，闻吾风声，议其所以。乃奋袂攘襟，怒目切齿，陈说礼法，是非锋起。先生于是方捧罂承槽，衔杯漱醪。奋髯箕踞，枕麹藉糟，无思无虑，其乐陶陶。兀然而醉，豁尔而醒。静听不闻雷霆之声，熟视不睹泰山之形，不觉寒暑之切肌，利欲之感情。俯观万物，扰扰焉如江汉三载浮萍；二豪侍侧焉，如蜾蠃之与螟蛉。"狂想奇妙，奔放无忌，文士酒痴，放浪形骸，"唯酒是务，焉知其余？"他们过的完全是神仙般的日子。活脱脱地勾画出一个无视天地礼法，狂傲不羁、个性无限度自由奔放的酒仙文士的自画肖像，令人艳羡不已。其实这也就是当时文人们自我精神状态的真实写照。这种被鲁迅先生概括为"建安风骨"的人格化表述，反映的恰恰是在美酒佳酿的滋润下，中国文学史上出现的令人期盼已久的生机勃勃的美好春醪。魏晋时期亳州地面酒兴之盛与文思之张由此可见一斑。

我们更应当感谢那些懂得用文化的眼光来探究和审视酒文化历史同文人创作历程之间亲密关系的大智慧者。鲁迅先生当之无愧算是其中第一人吧。先生首先把酒的妙用同文风的变迁及文坛兴衰联系起来加以考证，他的脍炙人口的《魏晋风度及文章与药及酒之关系》便是佐证。文章起首就给曹操正名，说："曹操在史上的年代也是颇短的，自然也逃不了被后一朝人说坏话的公例。其实，曹操是一个很有本事的人，至少是一个英雄，我虽不是曹操一党，但无论如何，总是非常佩服他。"为什么谈酒与文学先要给一代枭雄曹操正名？我想一来是想还一个历史的真实给人们；二来则是要把曹操还原成为酒兴与文思相辅相融的优秀典型。因为曹操的好酒声名与文学成就及政绩霸业都是当时首屈一指的，正是在这位"文章改革大家"的大力提倡下，文士们如众星捧月，才使独领风骚的"建安风骨"迅速形成。

诚若鲁迅先生所言："总括起来，我们可以说汉末魏初的文章是清峻、通脱。……但魏晋也不全是这样的情形，宽袍大袖，大家饮酒。反对的也很多。"魏末的竹林名士饮酒也是人所共知。难怪我们经常见到画家们画的《竹林七贤图》皆是喝得东倒西歪，他们七人好酒能文，又差不多都是反抗旧礼教的，对于当时整个文坛的引领与带动作用可想而知。这就形成了文骨相近的内容和风度。鲁迅先生显然对于其中的刘伶格外欣赏，称他为"魏晋时期文坛领袖"，还赞扬他的《酒德颂》为千古绝唱，甚至不无夸张地封他当之无愧为中国历代的"酒圣"。然而人的地位变化，对酒的态度也会随之而变。曹操起初讲"何以解忧？惟有杜康"，但当他称王之后却又要名令禁酒，还说酒可以亡国，非禁不可！这当然使得文坛一片唏嘘。表面说是禁酒，其实反映出他对于文风的态度，对于"清峻、通脱"由喜好到憎恶的变化。于是当孔融针锋相对，用"归谬法"说那也有以女人亡国的，何以不禁止人们结婚时，曹操岂能不勃然大怒！曹操何以对酒的态度前后判若两人？鲁迅先生深明奥义，说"此无他，因曹操是个办事人，所以不得不这样做；孔融是旁观的人，所以容易说些自由话。曹操见他屡屡反对自己，后来借故把他杀了。他杀孔融的罪状大概是不孝。"以后司马懿怒杀嵇康大约也是同样的缘由。嵇康那篇《与山居源绝交书》中的"非汤武而薄周孔"，基本上就是一条死罪。众所周知，汤武是以武定天下的，周公是辅成王的，孔子是祖述尧舜，而尧舜是禅让天下的。嵇康一概都说不好，那么，叫司马懿篡位的时候，怎么办才是好呢？由此推理，我们又如何理解曹操的"对酒当歌，人生几何？"当然要因时因境而论。首先我们要明白，曹操的纵酒沉吟，开头就绝非劝人饮酒行乐，从字面理解，他似乎也是对人生短促的感叹，但并不仅仅停留于流年易逝、贪生畏死的凡夫俗念，而是面对岁月流逝、连年交战无果而产生的焦虑紧迫之感，这在他的《秋胡行》中说得更加直白："不戚年往，忧世不治"。可见他的"人生几何"的慨叹并不显示消沉，恰恰含蓄地表达出一个雄才大略者决心只争朝夕、以有限之生命成就治世霸业的远大抱负。无论如何，曹操都是"魏晋风度"中最具代表性的人物。他的酒兴与文思虽然几经变化，但终究多有佳作，至今堪称楷范……想到这些，眼下再品着烈士家乡的古井贡酒，就很难不对曹操这个虽是矛盾却率真无忌的人物生出几分敬意来，同时也对那因酒而兴又因酒而衰的建安文坛深感忧伤了。

看来饮酒虽是个人生活志趣，却与社会政治风云变化无法截然分开。至于作文要想同政治离异，那就更是无稽之谈了。酒兴与文思，终当是一对难分难舍的结发伉俪，由是对于父亲的告诫与评论家的感叹便有了贴切理解。鲁迅先生所谓"魏晋风度"，看来其"度"之把握至关重要。绝对的戒酒，比如滴酒不沾，清规戒律便多，作文终归四平八稳失之于冰冷圆滑、难免话白如水、索然无味；而痴情贪酒，如刘伶者那般终日脱光衣裤狂饮无度，然后不着边际满嘴胡言乱语，终究要沦为令人不齿的醉鬼无赖；至于孔融、嵇康那般一味以酒壮胆、无视权贵、仗义执言亦是足堪敬佩却又不无担忧，一个文人倘若酒后尽吐真言，连屠刀架在脖子上也不自知，那就免不了悲剧降临了。

呜呼，酒可真正是一个神奇的尤物，不仅可以解忧，还可激愤通灵、返璞归真，导引你去除世俗与虚伪的衣裤，还原你天籁与童真的本性。如今站立在曹公故里的土地上，审读着这一部奇特的历史，犹若回眸远眺千年的文坛，考究中国历代文人与酒……好一个"酒"字了得！封建时代，文士们的抱负与作为、作难与轻贱，随酒可见一斑。

人性的光辉高于一切：《金陵十三钗》艺术魅力解读

  继《秋菊打官司》之后，张艺谋终于又拿出了一部真正的好电影！看了《金陵十三钗》，久久难以平静。

  看来视觉艺术的最高境界，并非是故事曲折、催人泪下，更不是血肉模糊、惊心动魄，而是久久难平的心灵震颤，是人性光辉的照耀与由此引发的自我反思。这也许正是《金陵十三钗》与《唐山大地震》的艺术境界差别所在。

  影片故事很单纯：日军进了南京城，四处烧杀奸淫。一群国军教导队员突围中舍己保护眼看被日军追上的教会学校女生。秦淮河上的一群妓女同女学生们逃进同一座教堂并强占了可以隐藏的地下室。老牧师已经惨死，一位洋殡葬师恰巧出现。孤军顽抗的国军士兵送来受伤的兄弟后藏身教堂附近。凶残的日本兵冲进教堂开始强奸年幼的女学生……二流子殡葬师千钧一发假装牧师挺身而出发出英雄般的一声怒吼，困兽般的国军士兵像守护神与"野兽"殊死较量、同归于尽……女学生接日军命令参加"庆典演出"、为了保全贞操决定集体自尽，为救女儿当"汉奸"的父亲与女儿的误解纠葛……最终崇高的人性与人的精神尊严战胜了一切，秦淮女子自愿化妆替身赴汤蹈火保护女孩洁身逃走，对她们怀有成见的女学生含泪喊出一声"姐姐"，假牧师真心爱上了风尘女子，并放弃归国之机冒死帮助女学生逃离虎口……

  影片，并没有像《唐山大地震》那样始终强调"灾难"的残酷和悲剧的深重、刻意追求情节的催人泪下和表演的强烈夸张，没有博得观众的许多眼泪，却产生了真正震撼人心的艺术感染力。可谓是众多战争片中脱颖而出的一部经典：唤起人类良知，播撒人性光辉。影片巧妙地截取残酷战争的一个横断面，把人的生死考验作为真善美与假恶丑展开博弈的平台，让人性的尊严像太阳一样，穿过战争与世俗成见的重重迷雾，蓬勃而出，照耀进人们孤立无助的心灵。通过抚慰和救赎每一个受伤甚至堕落的灵魂，使人的精神脱离远比战争还要可怕的生活的困境与愚昧的灾难，使人间罪恶肮脏的灵魂得到人性的洗刷与升腾、还原到上帝天使般的崇高境地。影片含蓄地告知人们：其实对于人类而言，真正可怕的也许并非是残酷的战争和灾难，并非是生死的抉择，而是无法摆脱的自我内心的黑暗与无望；肉体的死亡其实并不可怕，真正可怕的是希望的破灭与灵魂的堕落。风尘女子在特定情境下，出人预料又合乎情理地集体得到了精神救赎之机——还原成一群天真可爱的女学生，回到了美好纯洁的少女时代，像参加一次真正的合唱表演，去干一件足于令她们忘记和洗刷耻辱而挺胸自豪的灵魂涅槃！这并非是催人泪下，而是把我们每个人的灵魂都放在了人性的天平之上，纳入了检验的范围之内，谁也无法逃避也无法摆脱。由影片中主人公的灵魂救赎而进入观众自身的心灵煎熬与良知苏醒，这就是经典之作的真正艺术魅力所在，是电影的最高境界。

眼下写战争与灾难的影视作品不少，大多都走了千方百计渲染灾难、追求血淋淋的所谓"视觉穿透"效果，以达到感官刺激的目的。如《唐山大地震》，为了增加商业票房，一味追求所谓视觉冲击，只求催人泪下的情节和夸张表演，从头到尾"酷点"、"泪点"的确不少，但由于题材开掘不够，许多情节停留在了曲折故事与夸张表演的浅层，缺少真正耐人寻味和发人深思的灵魂震撼力。还有的作品不顾事实真相，人为把战争写得温情绵绵或离奇古怪，故意写出"野兽"（坏人）的所谓"人性"和"人"（被伤害者）的种种"兽性"，以标新立异、抓人眼球。"把好人写坏，把坏人写好"的结果形成一种新的公式，即《红高粱》式的战争与灾难模式，既破坏了战争与灾难的真实，也混淆了真善美与假恶丑的标准，有意无意地承认了灵魂堕落的必然，造成了人类价值取向的混乱。

《金陵十三钗》的出现，如同黑暗中的一抹曙光，令人又一次看到了中国电影走向世界和独领风骚的希望。

园丁赞：贺黑龙江省诗词学会成立 25 周年

　　25 年，你们开拓了一块美丽的园地；25 年，你们栽植了一棵苗壮的大树；25 年，你们成就了一片繁茂的森林……摸摸吧，这当年破土的镐头、犁铧，是不是还留存着那位老抗联、老省长的热情与体温！那是攥握过钢枪的大手，那是挥舞过大刀的臂膀，那是担当过危难的肩膀，那是率领万千群众越过泥沼、一次次走出困境的身躯——陈雷，人们不应该，也不会忘记这个龙江诗词功勋开拓者的名字！

　　如今啊，我们的老英雄静静地躺在白山黑土之间，如果在天有知，一定还在关注着龙江大地上自己领头开拓的这块开满鲜花的诗词园地，关注着这风雨中越发显得枝繁叶茂的大树和这阳光下日趋奋发的森林吧！

　　是的，"待到山花烂漫时，她在丛中笑。"老人家看得很满意，是很满意吧！继承中华传统文明，开发诗词艺术富矿、在龙江大地播洒中国文化传承的种子……这是老人家最后倾注了全部心血的事业，是他直到去世都牵挂不已的理想。"嗯呐，后生们干得不错！"如果看到今天的成绩，老人家应该对于自己选择的接班人是满意的。"年轻人，你们的确干得不错！"老人家在天有灵，一定会这么说的。"难呀，这个诗词学会会长可不是好当的，有人想当，可他不一定当得了！"对此，他老人家可是深有体会。就在交班的那一刻，老人家说："修文同志，这副担子不轻呀。抗联时期敌人残酷围剿的日子难熬，三年困难时期的省长、专员也不好当呀，可难是难，但我们怀里有枪杆子、手中有权力呀，你可以冲锋陷阵，你可以带领大家夜以继日地忘我工作。可退下来的人，担任这诗词学会会长，真正是白手起家，你要一张纸、一瓶墨水你都要开口求人呀。"老省长的感受，对于接替他的原大兴安岭地区副专员、省作协常务副主席陈修文来讲，那就可想而知了。文化是软实力，谁都认为重要，可一遇实际问题，就排不上座次了。

　　二十五度春秋，当年那个奋力协助老会长拓开龙江诗词第一犁的壮年汉子陈修文今天已是满头飞雪。眼瞅着他这个老园丁依然精神饱满地率领团队在这块园地上一如既往地埋头耕耘耙糖、播种收获，谁能不为之感动。

"省诗词学会会长"，在一些文化不高却长期实权在握，习惯于颐指气使的人看来，当然是不屑一顾的。他们退下来宁愿麻将桌上度春秋，或担任个独立董事、顾问之类的有实惠的肥缺继续发挥"余热"，人之常情嘛，这也可以理解。而也有人倒是热衷于努力获得这个光鲜"头衔"，但他们并没有仔细想过，这可是一份不挣一分钱却又不少干活的苦差事。陈修文是农民的儿子，事业心强，为人忠厚，有一股牛劲儿和韧劲儿。他和副会长春丽不图名利，只爱诗词艺术，只梦想着振兴中华诗词，只希望有更多的青年加入到诗词创作的队伍中来，只盼着有更多的市县成立诗词学会，只渴望大家多写好诗，多出精品。经年四处奔波，求神拜佛，说他们是文艺事业中的当代"武训"倒是很贴切的。他和他的团队，十多年如一日，为繁荣和普及龙江诗词而所付出的心血和汗水，龙江的广大诗词作者和诗词爱好者感触最深。

当代"武训"的精神是感人的。十多年间，陈修文先生和他的团队以真诚与辛勤感动了许多人，也带动了许多人。他们有的成为了学会工作的忠实助手，有的成为了诗词创作的"发烧友"，有的成为了诗词鉴赏者。在许多地方，从县长到小学生，都是诗歌创作的参与者。省诗词协会坚持"以活动增活力"，克服"无固定办公人员、无活动发展经费、无办公设备"的发展瓶颈，采取内引外联、嫁接搭桥的办法，同旅游牵手，同地方和行业联办诗词大赛、诗人采风、诗集出版和作者培训。本着花钱少，办大事，不花钱也办事的原则。"服务为诗人，服务为基层"，千方百计让诗词走向社会，走进千家万户，甚至走到"大墙"里面，开展全民诗教，熏陶寻常百姓……

什么是精神的魅力？这就是精神的魅力！什么是人格的魅力？这就是人格的魅力！一个担任过地委书记的人，从岗位上退下来坚持在荒山上义务植树，我们把他树立为时代楷模；一个复转军官长期助人为乐，为别人义务输血，我们把他树立为时代的楷模；那么一个担任过省长、行署专员的人，25 年如一日，献身文化事业，用诗词滋润和提升人民的灵魂，我们同样应该把掌声、鲜花和赞歌献给他和他的优秀团队——

25 年，你们白手起家，开拓了一块美丽的园地；25 年，你们痴心不变栽植了一株苗壮的大树；25 年，你们矢志不移成就了一片繁茂的森林……

延安故事：《讲话》开拓了解放区文艺的新生面

当年延安的故事，总是那样的亲切，那样的生动感人。文艺界更是引人注目。特别是毛主席《延安文艺座谈会上的讲话》之后，更是生气勃勃。今天，我们时常只能在电视屏幕上见到高级领导人，而实际生活中却是很难看到。难怪在万荣的笑话集中有一则农民企业家偶然见到某中央领导时惊异地脱口而出，"哎呀，我的熊神，和电视上见到的一模一样！"那时候，人们在延安的街头经常可以见到毛主席、朱总司令、周副主席。至于文化名人更是质朴无华、随处可见。

这是延安文艺座谈会后的第一个春节，延安的街头照例扭起了秧歌。毛主席、周副主席、朱总司令和其他中央领导都到街头同群众一起观看演出。那是多么的融洽又是多么的自然。这样的干群关系，是共产党真正所要的，也是真正的共产党人才会有的。演出也不需事先搭建什么舞台，也不需要灯光和扩音设备，因此也就没有花什么费用，只要找个开阔的地方即可。先是扭大秧歌烘托热烈气氛，等到观众聚齐了就开始表演节目。毛主席坐在人群里，观看秧歌剧《兄妹开荒》，观看《夫妻识字》，观看《南泥湾大生产》舞蹈，禁不住在掌声中哈哈大笑。诗人戈壁舟不禁赋诗一首《毛主席笑了》："有了毛主席的文艺方向，秧歌队到处扭唱。我们给毛主席表演，毛主席亲自到场。大秧歌一完都往下坐，王大化演出《兄妹开荒》。"

看完了秧歌，大家一同往回走，毛主席高兴地说："嗯，今天的演出，真正像个为工农兵服务的样子。"朱总司令附和道："对头，今年的节目和往年大不同了！革命的文艺创作，就是要密切配合政治运动和生产斗争啊！"从此后，延安秧歌不仅闹红了民主圣地，而且轰动了雾城重庆。在"周公馆"的过道、《新华日报》场地和八路军办事处草坪上，周恩来同重庆文艺界人士与国际友人，欢欢笑笑地踏着秧歌鼓点扭跳起来。郭沫若撰文道："秧歌舞之到重庆，就是随着恩来飞来的。"真是影响深远，举国关注。普及的基础上也就有了提高。贺敬之等人创作的著名新歌剧《白毛女》也就是在这个时候产生的。

茅盾看了《白毛女》，不禁写下《赞颂白毛女》一文，说"《白毛女》是歌颂了农民大翻身的中国第一部歌剧"。"我以为这比中国旧戏更有资格承受这名称——中国式的歌剧"。郭沫若也称，它"把'五四'以来的那种知识分子的孤芳自赏的作风完全洗刷干净了"。王震将军连看五、六次新编秦腔剧《血泪仇》与《穷人恨》，兴奋地致函剧作家马健翎说，"观众都为剧情激动着，对于人民的敌人高度的仇恨，对于身受重重压迫的人民高度的同情"。这"对昨天今天明天如何服务人民，都有启示意义"。彭德怀司令员在西北战场冒雨同部队、群众一起观看《穷人恨》之后，给民众剧团写信说："你们演出的《穷人恨》，为广大贫苦劳动人民、革命战士所热烈欢迎，成为发动群众组织起来的有力的武器。"周恩来高度评价姚仲明的话剧《同志，你走错了路》，特致函作者与导演陈波儿索要剧本以"得到一读的机会"。毛主席盛誉杨绍萱、齐燕铭新改编的历史剧《逼上梁山》，说它为"旧剧开了新生面"，是"旧剧革命的划时期的开端"，希望"多编多演。蔚成风气，推向全国去"。李季的长篇叙事诗《王贵与李香香》，博得众多名家的喝彩。陆定一、郭沫若都为它写了序。陆定一从夺取旧文化的堡垒和学习群众喜闻乐见的民族形式方面，赞扬了它的成就。郭沫若称："中国的目前是人民翻身的时候，同时也就是文艺翻身的时候。这儿的这首诗，便是响亮的信号。"孙犁说它是"全新的东西，是长篇乐府"，说李季"不是天生之才，而是地生之才，是大地和人民之子"。周而复惊叹："一颗光辉夺目的星星，从西北高原上出现，它照耀着今天和明天的文坛，这就是《王贵与李香香》。《王贵与李香香》的出现，无疑的，是中国诗坛上一个划时期的大事件。"赵树理的小说，公认为是《讲话》后解放区文学创作的代表作。茅盾读了《李家庄的变迁》后，说它"不但是表现解放区生活的一部成功的小说，并且也是'整风'以后文艺作品所达到的高度水准之一例证"。他认为，"这是走向民族形式的一个里程碑，解放区以外的作者们足资借镜"。毛主席看了丁玲的报告文学《田保霖》和欧阳山的《活在新社会里》，当即兴奋写信勉励作者："你们的文章引得我一口气读完，我替中国人民庆祝，替你们两位的新写作作风庆祝！"还说："丁玲现在到群众中去就能写好文章。"柳青的《种谷记》《铜墙铁壁》，不愧是陕北人写的陕北味很浓的反映壮观的人民生产和战争的小说。欧阳山的《高干大》，是少有的用长篇巨著讴歌陕甘宁边区经济建设中优秀共产党员的光辉形象，生动展现了自力更生、艰苦奋斗的延安精神。林默涵说得好，欧阳山"出席了延安文艺座谈会，参加了伟大的整风运动，并且直接受到毛泽东同志的关怀和鼓励，才真正走上了同人民结合的道路，创作出了新的里程碑《高干大》"。杜鹏程的长篇小说《保卫延安》，冯雪峰誉它为具有"英雄史诗的精神"。美术大师徐悲鸿惊呼木刻家古元是"中国艺术界中一卓绝之天才，乃中国共产党中之大艺术家"，中国新版画界的"一巨星"。他的《割草》，"可称中国近代美术史上最成功作品之一。君愿陪都人士共往欣赏之"。延安美术，重庆展出，一代名流争相题词。邵力子题："拓荒的精神，建设的表现。"李德全题："只有真正解放，才能使人民如此活跃起来！"陶行知题："主人做了主，公仆都为公。"曹禺题："看过这次展览会，我深感赤手空拳的老百姓逐渐显出自己的伟大力量。"老舍是搞文学的，很少对音乐发表意见。但在 1939 年 9 月间，以中华全国文艺界抗敌协会常务理事身份参加北路慰问团两次路过延安时，却对延安音乐引起兴趣，备加赞赏。他写道："听，抗战的歌声依然未断，在新开的窑洞，在山田溪水之间，壮烈的歌声，声声是抗战，一直，一直延伸到大河南岸！"第二次他写道："到延安，又在山沟窑洞里备受欢迎；男女青年，谐音歌咏，中西乐器，合奏联声；自制的歌，自制的谱，由民族的心灵，唱出抗战的热情。"贺敬之作词、马可作曲的《南泥湾》，张寒晖的《军民大生产》，均为周总理主持编导的大型音乐舞蹈史诗《东方红》列入重点演唱曲目。公木词、郑律成曲的《八路军进行曲》，经中央军委主席邓小平签署命令，颁布为《中国人民解放军军歌》。延安素称歌的城、诗的城，因为"解放区的天是明朗的天，解放区的人民好喜欢"，自然他们情不自禁地要高唱战歌，高唱颂歌，高唱凯歌！徐悲鸿曾高度而准确地这样概括："新中国的艺术必将以陕北解放区为始。"为什么不显眼的穷乡僻壤的陕北解放区的艺术竟能"为始"呢？因为以延安为中心的陕北解放区以及全国各个解放区的艺术，都是在《讲话》指引下，以全新的姿态和全新的面貌出现的。用郭沫若的话说，它完全是一派"新的天地，新的人物，新的感情，新的作风，新的文化"。巴金在 1949 年全国第一次文代会上，就以《我是来学习的》为题讲道："现在我发现确实有不少的人，他们不仅用笔，并且还用行动，用血，用生命完成他们的作品。那些作品鼓舞过无数的人，唤起他们去参加革命的事业，它们教育着而且还要不断地教育更多的年青的灵魂。"

郭沫若在会上也说，毛主席《讲话》虽然是七年前的指示，但在基本原则上并没有什么改变。解放区的文艺工作者，无疑是走上前头去了，的确有了不少的辉煌的成就。长久陷没在反动政权下的文艺工作者们便为恶劣环境所限制，只好迂回曲折地走着冤路，或者差不多一直没有得到实践的机会。但唯其这样，在今天已经得到解放了，我们正应该急起直追，努力地赶上前去。

茅盾同样惊喜地谈道："在我们面前展开着一个和过去完全不同的崭新的人民的

时代。过去我们在反动政府压迫下，没有写作自由与发表自由，很少可能和群众建立密切的联系。"又说，"一切问题只在于我们能否学习——向时代学习，向人民学习。在从旧时代到新时代的飞跃过程中，需要我们能够明确地辨别新与旧的不同。""我们相信：曾经在国民党反动派统治下坚持进步的革命的文艺旗帜的朋友们，是一致抱着无限的欢欣鼓舞的热诚来走向新的中国，也一定是抱着最坚强的决心和勇气，来争取进步，改造自己，而参与人民民主的新中国的文化建设事业的。"

老舍为纪念《讲话》发表 20 周年写的《五十而知使命》中畅谈："这篇理论杰作使我在文艺习作上得到了新的生命"，"使我的心中爽朗，眼界开阔"，"看见了另一个广阔的天地"。他认定"毛主席所说的文艺须为工农兵服务不是缩小了文艺创作的范围，而是把它加宽了，叫我看到无边的美景，也叫我有了向来没有过的新理想。我得到从来没有得到的鼓舞与启发，使我的创作热情增加了许多倍"。"毛主席叫我看明我的责任，我的使命，我应有的理想与怀抱"。"我兴奋、快乐，因为我得到了文艺创作的新生命！我愿继续努力，按照毛主席所说的充实自己锻炼自己，更好地为人民服务！"曹禺结合自己的创作也这样谈道："从前，我是不大明确为什么而动笔的。如果说有个目的，那就是为了揭露旧社会，要打倒眼前一些使我们活不下去的人。然而想得也很不彻底：怎样打倒呢？打倒以后的世界是怎样的呢？谁来坐天下呢？因此打的时候也是软手软脚的，打不中旧世界的要害，不明确谁是真正的敌人，谁是真正的朋友，谁是我们自己人。后来，一读再读毛主席《在延安文艺座谈会上的讲话》，才开始懂得了这个'我们'首先是工农兵，是劳动群众，是劳动人民的知识分子。""只有深入生活，参加人民的火热斗争，与人民同呼吸，共命运，才能真实地、深刻地反映我们的丰富无比的新世界，才有可能写出好作品来提高广大群众觉悟，鼓舞人民群众积极地建设社会主义。这是一切创作的基础。有了这样的基本认识，我们才能谈到剧本创作和其他问题。"看看，这些中国文坛前辈对毛主席《讲话》怀有多深的感情，学得多么认真，理解得多么透彻，联系实际多么密切，要求自己多么严格。他们的亲身感受和谆谆告诫，不是引发我们怀有强烈的共鸣，同时也给我们以深刻的启示吗？

延安的故事并没有完结，延安的故事仍在延续。我们的国家在毛泽东缔造的党的领导下奋勇前进，我们的文艺仍然在《讲话》精神的指引下破浪前进。

关于《郑板桥传》的写作思考

感谢丛书编委会和专家组的鼓励和信任，把撰写《郑板桥传》的重任交给自己。面对这样一个光荣的使命，我感到了新的困惑和压力。感到相关历史知识的欠缺和难以身临其境的困顿，感到真正要同一个早已定格在历史上的人物的内心世界进行沟通时的太多的差异、误会、冲突与隔膜，因此也就感到了要进入传主的精神世界的曲折艰难。正因为如此，也就更加感到要把一个冷却、僵硬了的概念化、类型化的"化石"一样的描述对象，化作一个鲜活的有情意有生命个性的艺术典型，就必须竭尽全力把一颗似乎早已停止跳动的距离常人和今人渐趋远去的心灵暖热复活，使之化作一颗会跳动的、滚烫的、有生命激情的平常心，以致于之心心相印，成为神交。在进入创作之前，只有真正完成了与传主心灵的沟通和对话，才可能把一颗冷光刺目的昨夜星辰化作有温度的、能吟诗作画、会喜怒哀乐的亲切可爱的挚友明星。从这个意义上讲，作者的认知深度与高度，也就决定着人物思想与灵魂的深度与高度。我也知道，上述这样的状态要真正达到，实属不易。这逼着你不得不深入地学习和思考。在阅读与收集资料、体察人物及其所处时代及人群的过程中，常常会纠结其中，感到力不从心。然而，既然创作之门如同地狱之门，上述困惑纠结的感受，也应当说是一种走进创作的常态。在达到真正的创作状态之前，有如下三点初步的想法，在此向各位老师同行交流请教。

一、文学传记不是小说，但也有别于一般的人物传记，创作中务必努力把文学的手段发挥到极致。

编委会要求，这套丛书要区别于一般的人物传记，"力求生动传神，追求本质真实"。乍听起来，这是一个起码的要求，但细细体会却又是很高的标准。通常意义上讲，为历史人物立传，首先应当强调"真实"，而此次为什么把"生动传神"放在"真实"的前面来强调，还要在"真实"之外加上"本质"二字？我想，这正是在从根本上刻意强调我们这套当代作家撰写的"100名历史名人传记"有别于一般"传记"的本质个性，即文本的文学性和人物形象的审美趣味与美学价值。这同时也就是在体现其创作意义和存世价值。因为这 100 位历史名人，都是在我们中华民族文化发展的历史长河中有过突出贡献的，并且已经有历史定论的所谓定格下来的圣贤楷模。他们的名字，就像夜空中的星辰，无论你是否看到，他们都实实在在地存在着。只要天气晴朗，就会熠熠生辉。也就是说，这些人物，他们的文化作为与精神贡献，几乎是人所共知，口述能详。其中不少人物已经早已有传记，有的还不止一种。例如我将要写的郑板桥，至少有两种传记和多种传奇故事。在这种情况下，由我们再写还有必要吗？这就有个怎么来写的问题。按照组委会的要求，就是要写出新意，写出深度，写出特色，写出精彩，写出不同凡响的存在价值，亦即"力求生动传神，追求本质真实"。概括讲，就是要求写成一部真正意义上的历史名人的"文学传记"。我个人理解，这与通常所讲的"用文学的笔调讲述人物故事"，还是有本质区别的。相比之下用文学语言讲故事和介绍人物生平经历等诸如此类的写法，是表层的，只是一种形式上的生动可读的追求，而同完成一部真正意义上的"力求生动传神，追求本质真实"的"文学传记"是不同的。创作文学传记，就如同我们要在一幅历史名人的照片基础上，经过深入的阅读审视、体察概括，提炼和构思，也就是说要对于一切的相关资料的矿石，经过我们思想熔炉的充分加热熔炼，从而铸造出一幅能够复活和呈现人物思想与灵魂本真、同时赋予了他所处时代与生活环境以生命律动的油画肖像。从这个意义上讲，我们的创作，就是要努力让传主从一个历史教科书中的"名人"，向一尊具有艺术生命张力和精神感染力的雕像羽化的劳作过程。这些人物，都是组成我们民族精神大厦的基石。我们的劳动，就是要自觉清醒地把那些不被人们所见的"美"显露出来，是一次从历史事实到艺术真实的提炼和升华。这同一切文学创作一样，要求作者创作中充满诗意的想象与精神的驰骋。比如从情节的剪裁、结构方式的选择，到人物精神世界的深入描述，直至文学语言在叙述与人物个性刻画中的精准的运用，以及大量生动细节与心理活动的合理推断与酌情虚构等等。从创作方法上讲，它是与小说的创作并无本质区别的。例如拙作《群山》，曾写到传主马文瑞同夫人孙铭初恋时的情景与心理活动。传主仔细地审读过文稿，事后很奇怪地问作者："你怎么就知道我当时心里想什么？"我有些紧张，以为老人家有不同看法，一时不知如何回答。老人见状笑着说："是呀，当时我就是那么想的，可你没有问过我，怎么就知道我想什么、说什么了？"我说："这是人物个性发展的逻辑所决定的。在当时情景下，不是作者想让人物想什么、说什么，而是情节和人物个性自身的逻辑力量推动的结果。"老人家点头认可。可见，文学手法的充分运用，在文学传记创作中是必不可少的，符合还原和复活历史真实的需要。

二、境界决定立意。要尽量把传主置于一个更广阔的历史坐标系中加以衡量，以发见其思想的高峰与灵魂的俊美所在。

为什么在今天提出当代作家要为"100名历史文化名人"立传。我认为这不仅仅是文化大发展、大繁荣的需要，更是完成中华民族复兴大业、重铸民族精神魂魄的需要。为历史名人创作文学传记，古今中外早已有之。司马迁的《史记》，既是文学传记的开山之作，又是经典范本，更是史家记史与政治家治国理政的一面镜子。其中传主的选择、典型环境的设置、故事情节的剪裁和个性化、戏剧化的人物形象描写以及个性化语言的运用，在文学史上讲都是具有首创性与开拓性的，为文学传记的写作树立了楷模和一个很高的标杆。同时，《史记》作为编年体史书，其贯穿始终的创作思想则在于"修身、治国、平天下"；在于以史为鉴励精图治，以人为鉴救亡图强；在于惩恶扬善，在于提醒封建统治者保持清醒的头脑，把国家引向兴旺发达，而不是"有闻必录"或"随意猎奇"来写。《史记》虽然都是短篇，但却通过阵容整齐有机连联系的系列群雕，塑造了千古不朽的形形色色的人物画廊。《史记》的创作视野宏大而辽远，在作者的高藐姿态下，数千年历史长河中的数以千计的各色人等，如同星光密布的银河系，明灭闪烁，交相辉映，璀璨无比。作者以人为本，俯瞰历史，洞察精微的境界与立意，很值得我们借鉴。

从世界范围来看，20世纪初欧洲资产阶级日趋堕落颓靡，忧患于这样的现实，年轻的法国作家罗曼·罗兰立志拿起文学创作的武器来捍卫人类的崇高精神，重塑"英雄主义"，以此来感召人们振奋精神，挣脱堕落的泥沼，以致变革现实。为了让世人"呼吸英雄的气息"，作家俯视人寰、高屋建瓴地精选创作了多部文化名人传记，其中著名的《贝多芬传》、《米开朗基罗传》和《托尔斯泰传》被世人称为世界"三大英雄传记"，又称为《巨人三传》。三位传主，一个音乐家，一个雕塑家兼画家，一个是小说家，都是世界性的不朽的文化名人。如果用一般的眼光来看，艺术家的成功，无非在于天分加勤奋。如果立意仅仅于此，那就没有书写的必要，因为这是人所共知的。而《巨人三传》则是着眼于传主对于人类精神神殿的奉献这个高度。着重展现了伟大的天才在人生忧患困顿的征途上，为寻求真理和正义，为创造表现真、善、美的不朽杰作，献出了毕生精力的故事。他们或遭受着病痛折磨，或身处悲惨境遇，或经历着内心的惶惑矛盾，或三者交叠加于一身……深重的苦难，往往能让怯懦者丧失希望甚至精神窒息，但三位艺术大师之所以能够始终坚持自己的道路，绝不是沉溺于名利的诱惑，而是凭借对人类的深爱、对人类精神崛起的信心。贝多芬永恒不朽的音乐，是他用痛苦为人类换来的欢乐。米开朗基罗留给后世的不朽杰作，是他一生血泪的凝结。托尔斯泰在他的小说里，描述了万千生灵的伟大与渺小、痛苦与欢乐，以及痛苦中得到的安宁与和谐，同样在潜心播送爱的种子。由此想到我们将要写的这些伟大的文化先贤，他们具有同样的大爱，同样的产生于大苦难中的大智慧与大悲情。这也正可以给思想钙质流失严重的当代人类以精神的鼓舞与思想的提升。我们今天的文坛和受众，有意无意地都在淡化甚至抵制着文学的教化功能。百位文化名人的精神指向告知我们，面对生活中的种种困难，正如罗曼·罗兰所言："切勿过于怨叹，人类中最高尚的心灵与你们同在，汲取他们的勇气作为我们的养料。倘使我们太累，就将我们的头靠在他们的膝上休息片刻，他们会慰藉我们疲惫的身心。在这些神圣的心灵中，有一股清明的力量和强烈的慈爱，像激流一般飞涌迸发，支撑着我们前进的步伐，温暖着我们给予我们与命运抗争的勇气。"阅读《巨人三传》，我们常常为罗曼·罗兰豪爽质朴深刻的文笔所打动，为他所刻画出的在时代风浪中，为追求真理与光明而奋勇前进的人物所震撼。"用英雄主义的精神来纠正时代的偏向"，应该成为我们今天创作的一个重要的指导思想。我们所处的时代，是伟大与渺小、高尚与卑鄙、机遇与挑战并存的。但物质的丰富与精神的贫乏又是显而易见的。面对一个物质生活日趋丰富而精神家园渐趋消解贫弱的时期，面对不少的人（包括我们自己），特别是一部分青年，程度不同地醉生梦死、躲避崇高、远离理想信念而自甘平庸甚至堕落的社会现实，百名文化名人的精神光耀给予我们的更多的应当是崇高理想的激励和人类文明的启迪。这些伟人先贤的生涯与建树就像一面明镜，使我们的卑微与渺小纤毫毕现。在《米开朗基罗传》的结尾，罗曼·罗兰说，"伟大的心魂有如崇山峻岭"，"我不说普通的人类都能在高峰上生存。但一年一度他们应上去顶礼。在那里，他们可以变换一下肺中的呼吸，与脉管中的血流。在那里，他们将感到更迫近永恒。以后，他们再回到人生的广原，心中充满了日常战斗的勇气"。对于我们的创作而言，这应当是有启迪意义的。只有实现了同传主精神境界的接通，我们的立意才可能高远辽阔，才有可能耸立起一座座可供人们变换呼吸、顶礼膜拜的精神的峰峦。

写历史人物传记既要忠实于历史真实，同时又要着眼于为现实服务，即"志史"与"醒世"，二者不可或缺。我国古代文化名人的成长，多数都有过从政的经历。郑板桥更是一个典型的政治与艺术交织为一体的特定人物。这样的一位历史人物的文学传记，如何体现"志史"与"醒世"二者的统一？综观传主艰难坎坷而又丰富多彩的一生，为官则"爱民敬民"，民生至上的民本思想以一贯之，这与他在绘画、书法及诗文创作中始终关注民情、关照民意的浓烈而持久的人道主义情怀是完全一致的。郑板桥一生所经历的年代正所谓"康雍乾盛世"。当时号称"盛世"，但在社会繁荣稳定的表象之下，官场的积弊与诸多封建陈腐之气难免形成困扰。加之局部灾情连连、民间疾苦日盛，特别是贫富不均与天灾人祸所致的民生凋敝日见严重，到了乾隆年间，"官风日下"、"民生多艰"的现象已是相当突出。在艺术创作领域，也出现了脱离生活、脱离现实的庸俗浮华之气。我们的传主正是在这样"表面是太平盛世，其实矛盾四伏、内囊已经空虚"的境况之下，从事书画创作和艰难步入政坛的。面对这样的社会现实与艺坛现状，作者志存高远与耿介秉性与现实之间的矛盾冲突不可调和是必然的。作为官员，他将如何为官，是"随波逐流"、"同流和污"，还是"洁身自好"或"拼命硬干，为民请命"？传主所处的"典型环境"与他"典型性格"之间的巨大反差，恰恰是体现其不同流俗的精神品格的巨大空间所在。作为敢于"为民请命"与坚持"拼命硬干"的一代清官，他的为官之道与为政之绩，对于我们今天的各级官员不无感召意义。而作为书画文人，在书法绘画和诗文创作上，他同样也面临着摆脱"吟风弄雪"，"拍马逢迎"的脱离人生或实用主义的有闲阶级审美俗套的问题。在这一点上，郑板桥同样选择了独辟蹊径、我行我素。他坚持艺术创作师法自然的规律，坚忍不拔地潜心于优良文化传统与下层民众生活，不断探索、大胆创新，终于形成了自己独立不群、独树一帜的创作思想与艺术风格。他认为"天之所生，即吾之所画，总需一块元气团结而成。"主张在创作上"理必归于圣贤，文必切于日用"，"作主子文章，不可作奴才文章"。他的诗歌，很多是描绘穷苦人民生活，揭露富豪和赃官贪吏的残暴与贪婪的。在绘画和书法上，他深感"以区区笔墨供人玩好"是可耻的"俗事"，而提出："凡吾画兰、画竹、画石，用以慰天下之劳人，非以供天下之安享人也。"故他在创作中，尽力使自己的作品在展现美的同时，更多地赋予了社会伦理道德的教化意义。当然，也不应当回避他在一些方面的"动机与效果矛盾"和"言行并非统一"的问题，而这正足以折射他作为一个历史人物的复杂多变悲剧命运的自身阶级局限与深刻时代根源。

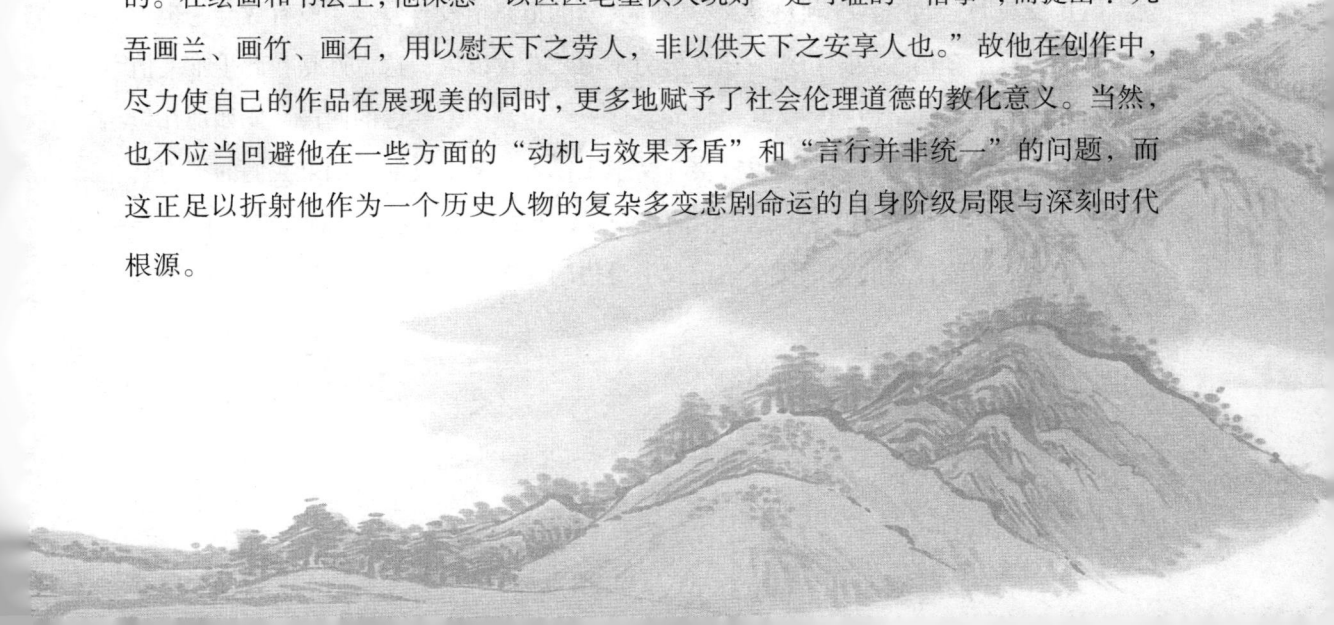

我与文学的缘分：在延安文学报告会上发言

"文学的使命与良知"，这是一个大话题，是延安作协主席张宝泉和宝塔区文联主席李玉胜同志与我商定的题目。我想了想，还是从小处说起吧。

一、人生飞短，文学也许能够让生命留下回声

今天来的有不少熟人，也有好多第一次见面的新朋友。看到年轻的朋友，就想起过去的自己。不客气地讲，我在仕途上一直是一个"少壮派"，19 岁时，在农村插队不久，就入了党还担任大队党支部书记、联队党总之书记。回想起那时一起在农村工作的不少支书，如二十里铺的任力宏、柳树店的马司亮、柳林村的冯振业、枣园村的雷治富等，这些都是当时基层有名的人物，现在都不在了。那时候他们也就是四十岁左右吧。20 世纪 1974 ~ 1976 这三年，我们时常在一起开会、学习，大家都很熟悉。我当然是小字辈了，到现在多少年了？才三十多年，他们就都不在了。90 年代初，同我一起在潼关县当领导的，四套班子中也有一多半都不在了。以后一起在延安地委专署任职的，也有好几位去了，其余全部退休赋闲，大概就我们两三个还在工作吧。今天来到这里，想到这些我就觉得很有感慨。岁月荏苒如梭，人事沧桑更替，弹指一挥之间。在这倏忽即逝的过程中，人一辈子干不了几件事，而且大多还可能是半途而废。但是令我欣慰的是，唯独热爱文学、在文学的道路上没有停步、没有放弃、也没有松懈，而且至今仍然如同初恋，还在努力学习、孜孜以求。这也许是我此生唯一值得自豪和庆幸的一件事情吧。文学也许能够使一个生命留下些许的回声，比如那几位当时叱咤风云的农村支部书记，也许会在文学工作者的笔下复活。如果我们的努力真能起到这样的作用，那就再好不过了。曲波去了，英雄杨子荣还在，高玉宝去了，《半夜鸡叫》中的那些智慧的长工还在。记录下身边闪光的事迹与生命，是文学的一种神圣的使命。

二、我爱上文学应当感谢母亲和一位老师

我这么多年仍在坚持着写作，有朋友就问，你是怎样步入文学之路的？我便想起了母亲。我接触到的第一位称得上"作家"导师的应当说是我的识字不多但聪慧过人的母亲。母亲的名字蔡云霞，听起来很有诗意，就像一首优美的传统歌谣。童年的记忆中母亲有一双很好看的丹凤眼，配着精致的鼻子和棱角分明的嘴巴。她年轻时留下的照片，很像早期的宋庆龄，含蓄端庄又不无羞涩矜持，是标致的东方女性之美。我小时候很调皮，母亲时常没有好脸子。但是到了夜晚，她就变得像圣母一样的慈祥宽容。黑暗中儿子像归巢的小鸟依偎在母亲的怀中，听她轻声地唱歌，或是讲一个很有趣的故事。她的确是讲故事的高手，我的关于那些"旧社会"的形象生动的记忆，都是从母亲讲述中得来。那些关中平原的乡村印象、栩栩如生、个性鲜明的各种人物，包括乡村的民俗与农舍建造风格，还有七姑八姨们的家长里短，以及种种有趣的秘史奇闻异事等等，几乎都是来自母亲不经意的讲述。在漫长的冬夜，蜷在温暖无比的热炕上闭目倾听。在凉爽的夏晚，躺在槐荫下面的凉席上，数着天上的星星侧耳聆听，该是多么幸福的时刻呀。母亲的略带嘶哑又充满柔情的声音，就像是一股智慧之泉，源源不断地顺着耳孔流淌到儿子的心灵之中……她老人家或许从来也没意识到，她的那些亲切的故事，那些来自几代人和自己亲身体验酿造出的貌似毫不经意的故事，就是文学的种子，播入了儿子的心田，终究要破土萌发，成长为新的强大的生命。

时常也有年轻的朋友问：你是从何时开始写作、发表作品的？记得在"学习王杰"那一年，好像是1965年吧，"文革"尚未开始，"学雷锋"活动中涌现出了王杰——雷锋式的战士。我当时在延安桥儿沟小学读三年级，在语文老师辅导下写了一个对口词叫《学习王杰好榜样》。我同另一位同学演出后，大家反响不错。老师就把这个习作寄给上海《少年文艺》，当时非常有名的一本少年文学期刊。可能有不少五十岁左右的人都还记得，32开的小本，每期封面和封底各有一幅国画，大多出自名家之手。刊物内容丰富，办得非常精致。不料作品寄去以后，很快就发表了。这令我喜出望外。这么多年，这件事一直记得。昨天晚上，回顾自己在文学上的跋涉之路，又想起了这件事情。还记得清楚，那天语文课上，老师欣喜地把刊物拿给全班传阅，大家都很稀奇。这位呼醒民老师是延长人，前十多年我到延长，他还在延长中学教书。我专门去拜望了他老人家。也许正是呼先生的育才有心之举，在人生的早期给了我这么一个很大的激励鼓舞，使我对文学创作产生了最初的冲动，才开启了这终生不逾的热恋。我衷心感谢呼先生，他使我有机会初尝到文学的快乐和神圣功用，才可能开始这任何力量都

无法分开的忠贞不二的苦恋之旅。

此后，我更加喜欢阅读，也更喜欢上语文课，写周记、日记和作文成了快乐的事情。我的作文，时常被老师当作范文在课堂上宣读，是最感觉高兴的童年记忆。"文革"开始后，学校不知道从哪里拉来几卡车图书，堆放在两排教室过道临时搭出的房子里。假期学校没人，我和一名小伙伴好奇地从后窗户爬进看书。那种感觉简直就像那个进了太阳山偷金银财宝的人。《伊索寓言》、《格林童话》、《烈火金刚》、《骨肉》、《洋铁桶的故事》、《半夜鸡叫》、《鸡毛信》、《西流水村的孩子们》、《新儿女英雄传》，还有许多，如《鲁迅全集》和《茅盾文集》这些看不懂的大部头，却留下了深刻印象。特别是书前茅盾先生穿西装的照片，留下的记忆最深。我们躺在书堆上，如饥似渴地看了一本又一本，从早到晚，一整天都不喝一口水，直到天黑看不见为止。只是从来没敢带出一本书。现在想起来真有些后悔。听说那些书，最后经过挑选，大多都送到造纸厂毁了。这件意外的遭遇，却使我较早地接触了不少中外名著，打下了一生的阅读基础。

三、校友路遥曾经奉劝我"做点有实际意义的事情"

以后上了初中、高中，我课余总在埋头练习写作，梦想成为一个作家。读了《艳阳天》，还曾经给作家浩然写信请教。浩然是否有回信记不清了，只记得在部分同学中惹来了冷嘲，我却毫不动摇。到校"五七"农场劳动，就写了中篇习作《农场》，到农村帮农民收秋，看到农村小学的复式教学和艰苦的教学条件，就写了报道投给报社。总之，在一些人眼里是一个很不安分的学生。每天坚持写日记和写读书心得，如今这些东西都还完好地保存着。尽管这期间再也没有一篇习作变成铅字，但学习写作的热情更加高涨。老想写一部长篇小说，一举成名。怀着这样的理想直到高中毕业到农村插队，学习写作的劲头更足，甚至感到文学有了用武之地。此间农村文艺活动很活跃，群众演唱急需节目。我就自告奋勇替村里和公社的文艺宣传队写了不少演唱材料，包括表演唱、快板词、陕北说书，秧歌剧、小歌剧。那时候老友张铎、张明胜在民众剧团工作，他们到川口村指导文艺活动，就帮着我谱曲改词，记得有《麦收时节》、《卖猪》、《贩驴》、《挑女婿》等反映当时农村生活的作品，还有演唱性质的，有的被选登在县文化馆办的《演唱材料》上，有的参加演出后还获省、地奖励。现在回头来看，这些习作当然都很原始肤浅，甚至是幼稚简单的。但是它来自生活，有青春的激情，而且自己编了还参加演出过，从中得到了创作甘苦的体验。老百姓看了非常欢迎。

这些文字多数现在已经找不到了，但是记忆中留下了很深的印象。

到了 80 年代，我离开农村应招工在西铁局安康分局当了一名养路工。紧接又考上大学中文系，当作家的梦想更加强烈。当时，粉碎"四人帮"不久，文学的小路拥挤不堪，几乎所有的青年都想走这条路。我开始给地方报纸与文学期刊撰稿，不断有作品发表。还同几位同学一道办了学生文学刊物《原草》。诗歌、小说、散文和评论都涉猎，俨然是专门要搞文学的架势。这时校友路遥已经发表了小说《人生》，自然是大家的榜样。记得一次到西安见到路遥，他看了我写的一篇小说后毫不客气地说，"培元老弟，你是有本事的人，回去找个有实际意义的事干吧！说老实话，文学的小路上太拥挤了。"他说着显得诚恳而语重心长。但是我没有听从路遥老兄的奉劝，觉得并不是那么回事。其实路遥讲得也不无道理。因为那个时候文学是一种时髦，爱好的人的确很多，像现在五十岁左右的人那个时候基本都盲目地做着文学梦。后来别说是普通文学青年，就是好多名作家都在商业浪潮的冲击下退出文坛，干"有实际意义"的事去了。于是出现了长达二十多年的"寂寞旧文苑"的冷清与孤独。我却还在文学的小路上孑身独行……以上就是我步入文学神圣殿堂的一段徘徊和苦闷的经历。直到离开延安时，一位要好的朋友临别叮嘱竟是："以后可再不要写文章啦！"我无言以对。只是固守文学的阵地，继续做着文学的梦。我没想过也并不知道文学殿堂的大门在何处，也没有想过要去敲开它。我只是在努力学习和实践着写作，做着自己的文学之梦。校友路遥依旧是心中的榜样。

讲到此，我更加尊重今天能够在炎夏时节百忙中到此为文学而聚会的朋友们。更荣幸自己有机会和大家一块探讨这么一个神圣的话题，既不是为了名，也不是为了利，就是为了自己心中的文学梦。我觉得在今天的情况之下，一个人还热爱文学，这至少说明他或她还没有完全消失掉对人的尊严的一种理解、关照和呵护。因为随着商业浪潮冲击，所谓社会生活多元化，思想多元化所致的理想消解、物欲横流，文学早已经被冲击得七零八落。过去知识分子叫臭老九，其实现在文学实际上在七十二行里头排大概也是后几名吧。在有些人的心目中，甚至几乎没用它的地位。可以说，今天的文学已经完全失去了那一点点可怜的所谓"实际意义"。如果某个单位有还有人热爱文学，大家可能会问这个人是不是脑子不对劲儿。人家都忙于发财，忙于跑官，忙于钻营人间百利，搞点什么有"实际意义"的事情不行？你却偏偏热爱一桩几乎没有多少功利回报的事情。一个人在 20 世纪 80 年代热爱文学那是很能被人理解，而今天他仍然乐此不疲，这本身就是一种另类。但正因为叛逆，才是一种不俗的境界，是对人类异化与精神堕落的某种抗拒。现在人性异化的普遍与多样已经难以言表。所以我在开头说这么一些仿佛是题外的话，来作为我们今天探讨这么一个庄严，又具有现实意义的话题的必要的铺垫。

文学的使命与良知：在延安文学报告会上演讲

一、作家是精神斗士，文学其实是在捍卫人的尊严

无论是专业还是业余作者，我们从事文学创作活动，要时常扪心自问："你是谁？""你为什么要选择文学？"你要在文学的路上坚持走下去，就必须回答好这两个问题。如果你不知道或忘记了自己的底细，自我膨胀，或动机上有其他的杂念，没有一个清醒的明确的目标上的自觉，没有崇高理想的伴随，就很难走下去。因为它给你的并不是你想要的"实际的东西"。它给你带来的，也许是麻烦，是苦难，是创作中的煎熬，是亲友和世俗人群的不理解甚至长久的孤立。然而，如果你清醒地了解自己，知道自己所追求目标的价值，就能在苦难与煎熬中感受到人的尊严的存在，意识到自己作为一个人，一个高级动物，一个高贵的生命，一直在抗拒着那些对人的尊严的挑战、诱惑和践踏。努力捍卫着人的尊严，这是我对文学的一个最基本的理解。也应当说是文学的神圣与自觉所在。

文学的追求对于一个人，开始的动力也可能是朴素的虚荣，本能的好奇，或者是潜意识的个人兴趣，到后来才变成一种自觉的奉献。当我写作的时候，脑子里会有一些人物的形象浮现出来。比如说，我在写作遇到困难的时候，会想起作家杜鹏程。我见过杜鹏程。我见他之前，已经读了《保卫延安》，读了他写的大量战地通讯和特写，读了一些关于他的人生及作品的评论文章。记得第一次见面是20世纪80年代末，西安雍村——陕西省作家协会旁边的一个居民小区作家的家中。那是一个寒冷冬季的下午，天气非常的冷，几乎滴水成冰。为了写一篇关于杜鹏程的特写，我约了传主见面。下午，大约三点我去了，敲开门之后，他的夫人张问彬老师请我进去坐下，还热情地倒了一杯茶。我就坐着，家里很温暖，阳光明亮的窗台上开着一盆水仙花。"请等一等，老杜正在起床。"夫人进去一会儿，又转身出来说他马上就到。我赶忙站起来。听见屋子里一个人在走动，是鞋底在地板上摩擦的声音。大概三四米的距离，杜鹏程走了足足一两分钟。终于他从帘子后出现了，我一看，异常震撼。他手里拄着拐

杖，穿着一件黄色军用棉袄，苍白的头发耸立着，面部颜色与表情就像冬季陕北的黄土山峦一样苍老，而两眼却特别的明亮。他咬着牙，显出强耐痛苦的样子，一步挪一点儿地走出来。立在那里像是一座即将倒下的大山。他那时得了脑血栓，已经半身不遂。"忽培元同志，你好。"这是他说的第一句话，也是我终生难忘的一个声音，含糊真切又坚定有力。说了这句话，口水就顺一边的嘴角流溢出来了。夫人急忙替他擦去。我当时非常难过，因为在我的心目中，他是一名斗士，是一座大山，他写过许许多多的战斗英雄，他写过惊天动地的《保卫延安》，是一个活灵活现的冲锋陷阵的勇猛战士，可没想到，不到七十岁的人，就这样颤巍巍地站在你面前……但就在我非常忧伤的那一瞬间，眼前突然一亮，看到了另外一种意想不到的景象：我看到了他极富感染力的笑容，看到在窗外透入的阳光照耀下，老人脸上绽放出的欣慰的笑容。他就坐在我的身边，像一座稳重的大山，非常雄伟峻拔的一座山。他开始说话，他讲述自己如何写《保卫延安》，怎样走上文学道路，还有母亲勤劳孤独悲惨的故事，尽管说话很困难，但是思维非常清晰，完全是一个战士冲锋陷阵的感觉……

当我写作遇到困难，我就想到上述这一幕，想到杜鹏程的那些感人的故事。我就理解了他为什么在不适宜会客的情况下，还愿意见我一个无名的文学青年，而且愿意接受采访，就是因为这是一次文学的采访，是一个有机会向晚辈倾诉他对文学的理解，和对文学创作过程的回忆的机会，所以他要见我。这个举动也寄托了老一辈的作家对晚辈的厚望，体现了他们对于文学的痴情和非常顽强的神圣感。他们这些人，参加革命很早，革命成功后完全可以去做官。但他们没有选择做官，而选择了文学。和平建设年月，从战场上归来完成了《保卫延安》的杜鹏程选择了同工人磨爬滚打在一起，深入体验铁路工地上的生活，写出了反映新时代新人的作品《在和平的日子里》和许多优秀的短篇小说。他说自己一生最大的遗憾就是没有完成多卷体的长篇小说《太平年月》。他希望有人能继承文学的接力棒，完成他们那一代人未完成的使命，未尽的事业。这是杜鹏程给我的印象，只见过一两面的印象，也是最后和永远的印象。那是永恒的雕像耸立在我的心中，一直到现在。这是我谈到这个话题的时候脑子里浮现出的第一个人物形象。

二、文学的传承就像接力赛跑，前辈永远值得敬重

我所敬重的再一个人物就是柳青。柳青我根本没有见过。再一个形象就是孙犁。孙犁也没有见过。但是孙犁和柳青一直是在我心中耸立的。就写作来讲，除了心中的

太阳——鲁迅和老舍，就数柳青和孙犁了。他们是我的保护神，我反复地阅读着他们的作品。前两位的文学地位早有定论。这后两位可以说是他们那一代作家中间，或者说社会主义文学中间的两座大山，不可逾越的高山。文学的原野上高高低低那么多山，他们堪称是耸立在高地上的两座山。柳青的创作过程我想我们陕西的老作者都比较了解，可谓是鞠躬尽瘁，死而后已。孙犁一直到晚年还在写作，写了好像十多本《云斋笔记》。他的身体已经很弱了，每天还在坚持写，为什么呢？就是因为文学在他心目中是神圣的，是一生的追求。柳青就讲过，说文学是愚人的事业。这是相对于那些"聪明人"而言，是要以60年为一个单元去追求。一个人能活几个60年？我常常想起和自己一起的几个阶段工作过的好多人都不在了，好在我恰恰是比较年轻的一个，因此还在这晃荡着。但是对一个真正的文学爱好者来讲，只要你的生命还在，不存在退的问题，只能激流勇进，不可能退。柳青的创作过程也是非常艰难，克服的困难也是难以想象。孙犁活了九十多岁，几乎没有停笔，而且晚年写的东西不亚于年轻的时候，小说语言更加的凝练，更加的优美、练达，更加能够给人以深刻的启示。我也曾经有幸接触过另外的几位陕西的老一辈作家，一个是王汶石，一个是魏钢焰，这两位作家在早期都为我的习作作过鼓励性的指导。王汶石曾经给我的第一本短篇小说集《土炕情话》写过序言，这样就有机会接触过几次。他很少谈自己的创作，他一直给我讲杜鹏程，讲老杜写作的故事。因为他看我写了一篇《杜鹏程一日》，是那次我见杜鹏程以后创作的一篇两万多字的人物特写，《延安文学》发表过，不少选本都选了。王汶石先生看了比较满意，他说老杜值得一写，老杜不是一个才华横溢的作者，不是提笔千言的作者，老杜写作非常的艰难，说老杜写一篇东西，写好了拿来让你看，你觉得很一般，然后他就拿去改，说改一遍有一分光彩，改两遍有两分光彩，改十遍就有十分光彩。杜鹏程反复地改，反复的让王汶石看，最后把他感动了，他不得不竖起大拇指说"好！"老杜松一口气说："你说好，我觉着就行了。"你看那时候的作家互相之间这种关系，同行之间这种感情。我还听贺鸿钧，即作家贺抒玉（她是李若冰先生的夫人）给我讲过一个故事，就是《夜走灵官峡》的诞生过程。《夜走灵官峡》是老杜的短篇名作，过去收在小学课本里的，我们都学过。主人公叫成渝，是铁路工人的儿子。父母晚上去上夜班，他一个人坐在半崖上的窑洞里手托着下巴，望着灯火辉煌的工地，等待母亲和父亲下班。就这么个情节，然后记者晚上迷路了，看到有灯光就走到那里……贺抒玉说是在成都，她见到杜鹏程，是偶然在招待所碰到。那时正修宝成铁路，他在工地上兼职体验生活。她就说："老杜啊，给我们《延河》写篇东西嘛。"

她那时是《延河》的编辑。老杜说："哎呀，鸿钧同志，实在对不起，我最近顾不上。"第二天早饭时过了还不见杜鹏程，她看食堂快没饭了，就去叫他。一推门，看见老杜合衣披着被子蹴在炕上抽烟，面前整整齐齐放着一叠稿纸。见她进来了，声音疲惫却十分兴奋地说："鸿钧同志啊，你给我布置的任务完成了。"说着用下颌指指那一沓稿纸。贺鸿钧喜出望外，拿起来就站在那儿读了一遍，高兴地跳起来说："哎呀，太好了！"她这才知道，老杜一夜没睡觉，写了这一篇小说。是什么力量鼓舞着他们这样拼命？你通过《夜走灵官峡》的情节可以看出来，是因为他们整天在工地上和工人磨爬滚打，知道他们的艰辛，他们的奉献，他们的困难和诉求。作家觉得应该有更多的人知道这些，要记录下这些人的奉献精神。他不是在自己的房子里头苦思冥想、胡编乱造，不是说自己对什么事情不满意，或者满意，自我宣泄或发泄。不是自我放大，自我宣扬，自我表现。他的灵魂中有一个高尚的东西，就是把文学看得很神圣，把文学的功能理解得很崇高，就是要记录下生活中的真善美——真实的，善良的，美好的。老杜做到了。还有柳青，到长安县体验生活，那时候的柳青风华正茂，西装革履，在团中央工作。胡耀邦说，团中央应该养几个大作家，就把他和王蒙，这些成名的作家放在团中央，结果柳青坚决不愿在北京，要回陕西来。他认识马文瑞，因为马文瑞大革命时期同他哥哥在米脂中学一起闹过学潮，柳青跟着哥哥在那儿上小学。两人年龄相差不大，马文瑞当时是西北局的副书记、组织部长，他就去找马文瑞，说我要回来，我不能在大城市待着，我在大城市写不出好东西来。马文瑞说我支持你。他说我要到长安县找个地方住下来，写合作化运动。马文瑞说好吧。长安县那时候张方海是县委书记，就给张方海打了个招呼，说咱们有个大作家要来，你们给他安排个职务住下来。后来让他兼任了县委副书记，就住在蛤蟆滩梁生宝那个村子里。书里头叫梁生宝，实际上生活原型不叫这个名字，他住在那儿以后，就着手准备写小说《创业史》。那时候到西安来一回很远，马老还给批了一辆中吉普车让他坐。他说我不能自己一个人坐，就把车给了作协公用。柳青这个人啊为了写作，不要高官厚禄，不住大都市，和我们现在许多人的价值观不一样。我现在讲这个可能不一定合时宜。但是从文学的角度上讲，我觉得应该至少能够理解他们的选择。魏钢焰和李若冰是写诗的，也写散文特写，他们为了写石油工人，从玉门开始到青海的冷湖油田，一直追到到大庆油田。几十年如一日，这两位作家一直在石油工地上体验生活，写出了《柴达木手记》和《忆铁人》这样的厚重之作。特别是魏钢焰，如今长眠在大庆铁人打的第一口油井旁。他生前长期在大庆体验生活，把儿子也动员到大庆念书工作，还要求自己去世以后骨灰就埋在大庆。那时候体验生活，他是在钻井队同工人一起干活，他不是说我拿个笔记本四处转转看看记记。他要求自己必须穿着工装，每天和工人在冰天雪地里干活。写作的时候我的脑子里一直耸立着这些老一辈作家的形象，难以忘怀，难以抹去。正是因为这些作家，他们追求了一生这个事业，我觉得应该后继有人。他们身上的优秀品格，应该传承。陕西以后的中轻年作家，路遥也好，陈忠实也好，他们都受到了潜移默化的熏陶，身上都有老一辈作家的优秀品格，为文学献身的精神。这是陕西文学的一种传承，也应该成为中国文学的正宗精神。

三、作家要把人当人来写，万不可当成动物来糟蹋

为什么现在文学界比较混乱，因为写作的动机多种多样，写作的追求也多种多样。刻意猎奇，专意反映和满足感官刺激似乎也较为普遍。如果一个作品离开了对真善美，对崇高的描述和展示，基本上就离开了文学的本分。因为在漫长的人类进化史上，人和动物的本质区别是有无精神活动。以往的教科书里总说：当猿能够制造工具，就变成了人类。这是几乎所有教科书上都这么讲的。但是，最近的研究有了突破，认为不仅仅是制造工具，当人具有了精神活动能力，有了想象力以后，才由普通动物变成了高级动物，由猿变成了人。研究者还举了一个例子，说在由猿进化到人的漫长的过程非常的艰难，进化中发生了这么一件事：弟兄三个去围攻一个庞大的鹿，鹿角就有二十多米长，他们用自制的梭镖把鹿打倒以后，这个野兽一直在挣扎，而且摆动巨角，小弟弟没注意被鹿角几乎扎死，后边两个就上去把鹿打死了。受伤者痛苦不堪，一直在挣扎。他们也知道抱在怀里抚慰甚至救治，这跟人的行为都很接近了。但是，最关键的一点没有达到，即亲者死去尸体丢在那里就不管了。这是所有动物都能做到的。那么怎么样才能称为人呢？就是当一个同伴不幸去世，生存者有了安葬的意识，通过安葬仪式来寄托精神哀思，当有这种思想行为时，即已经能够把美好的愿望或痛苦的情绪寄托为一种仪式时，人类才算产生了。为死者痛苦，为他举行葬礼，甚至立一块碑石纪念，只有人类有这样的情感和智慧。那么我们文学记录的恰恰就应该是精神活动这一部分的内容，就是人类的文明活动。如果写作仅仅是一种感官刺激，为了满足人的生理需求的话，那么就是把人下降为动物了，这是很重要的一个界线。而我们现在的一些所谓"文学作品"，恰恰就是热衷于写人的动物属性，实际上是对人的尊严的一种无情的践踏。文学应当是对人的尊严的赞礼，是对人类精神活动上升为一种诗意的提炼和积累，从古至今的人类文明，就是这么积累的结果，一切优秀的文学作

品都是对人类精神层面的一种成功膜拜与记录。从人和动物本质性的区别来看，我们都应该意识到，文学的良知应该在哪里，就是首先要把人当人来写，不要当普通的动物来糟蹋。换言之，写作是捍卫人的尊严，而不是践踏它。可见，写什么和怎么写，根本不是什么"左"和"右"的问题，而是遵循还是背离文学的神圣使命的问题。

四、文学与政治不存在分和离问题

文学与政治不可分割的关系本身，也体现着文学的神圣。有的同志强调文学要和政治相融，有的则要求文学脱离开政治。有的把书写自我便认为是离政治远了，有的则认为写工农兵大众生活，就是宣扬政治，必然丧失文学的本真。其实根本就不是这样的问题，而是写人还是写动物的问题，是让人看人性的精彩与崇高，还是把人贬低到动物层面欣赏野蛮与愚昧。鉴别一个作品是好还是坏，要看它对人类精神层面的关照度与态度，是真善美的，还是假恶丑。不要动不动就扣"政治的传声筒"这样的帽子。或者认为揭露现实问题的，就是"右派"，相反即为"左"。这些显然都是隔靴搔痒。持这种观点，恰恰说明对文学尚没有本质性的理解，对人性也缺乏本质性的认识，对"以人为本"的主张也没有本质性的领悟。前一段时间，纪念延安文艺座谈会讲话我在文津讲坛有一个演讲，《光明日报》发表后不少报刊也都有转载。有同志看后在网上给我留纸条说，古代苏轼、韩愈、李白、杜甫……都没有学过《讲话》，他们不是也写出来很好的文学作品了吗！意思是说这《讲话》没有也行。我说，这恰恰论证了我的观点。正因为那么多先贤把文学融入了大众，客观记录了自己的生活与时代，反映了那时人们的精神风貌，才使得他们的作品久传不衰。《诗经》是民间诗歌的采风总汇，全是写老百姓的生活、老百姓的情感、老百姓的生存状况，充满了对真善美赞扬，充满了对假恶丑的批判和鞭笞。《诗经》就很符合文学规律。《讲话》是用马克思主义唯物史观对文艺规律的回顾与总结。文学史的实践恰恰说明《讲话》所概括的这个规律不仅是现在的，在古代也是适用的，是古今中外盖莫例外的真理。

五、文学创作是生命的燃烧，需要深刻的体验与思考

文学是神圣的，文学也是艰辛的。刚才讲的那些老一辈作家到最后都病得不行了，这与超负荷的写作劳动有关。文学可不是好"玩"的。实际上文学一直以来就是生命的燃烧，激情的燃烧。本质讲，文学创作几乎都是业余的。我有一个观点，叫做"种两亩地"，就是社会工作与文学事业这两亩地。过去认为一个人种两亩地总比较困难。

现在我的看法反而不是这样。如果你光种一亩地，可能还种不好。从古到今的作家都是业余的，很少有真正意义上的专业作家。今天，包括作协的工作人员，一些很著名的作家，都是有兼职在身，每天都有事干，写作都是业余的营生。正因为他首先是一个生活者、工作者、大众事业的服务者，才可能成为一个好的作者。不是在局外去观察，而是在生活中感悟，泡在生活里面。我这一辈子一直都在生活中扮演一个正式的角色，而不是一个以一个作家的身份去体验生活呀，观察生活呀，不是的，一直就是在生活中间，真实地生活着。这样我认为对写作只有好处，没有坏处。现在写官场的小说好多好多，胡编乱造的多。路遥过去写的《省委第一书记》，是《平凡的世界》里的一章，曾在《延河》发表，我看了，感到这位当编辑的老兄他根本就不知道省委第一书记怎么个思考，怎么个工作和生活的，他根本没见过。他对我说当时的陕西省委书记白纪年下乡去了，就请办公厅一个熟人引上在白纪年的办公室转了一圈，看了一下，才知道多大的一个房子，桌子怎么摆着，墙上挂着什么，他才能把这些写得有谱一点。他没参加过省委一级的常委会，也没有近距离的和省委书记谈过话，或跟他一块下乡，体验他的感受。所以文学不要过早地脱离生活。即使你专门搞文学，和生活的脐带也一直不要割断，一直要让自己处在生活中。这是我的一点体会。现在文学为什么被疏远、被冷落，有些作品甚至被人们唾弃，就是因为文学自身的缺陷和作者自身的迷惘造成的。文学要回归到它的神圣，回归到它的崇高，就必须回归到它本来的轨道上来，才能振兴。当然，我们这个时代也有许多好的作品，真正在深入体验埋头苦干的作家也不少。最近获茅盾文学奖的山东作家张炜，写了《你在高原》，我看了其中两卷，觉得他是一个很严肃的作家。他写过《古船》《秋天的愤怒》，给我印象最深的是《古船》。他是有宏大思考的一位作家，作品充满苍凉的诗意。他确实是在精神层面上烘托人类的美好与苦难，在思考的层面上徜徉，在思想的高地上行走。从他的作品我就想到了雨果讲的那句话：先成为深刻的哲学家，然后再去写诗。他是有哲学思考的，是有思想的作家，我们现在有一些文学作品没有思想，里面很苍白，就像白开水一样，索然无味，没有思想的含量。为什么路遥的作品耐读，他是有思想含量的。评论家给杜鹏程最后的定位是"不会作诗的诗人"。在我的印象中，杜鹏程从来没有写过任何一首诗，但是他是真正意义上的诗人。你读他的散文也好，哪怕很短的一篇散文，或者是他的小说，每一句话都是千锤百炼，都有潜台词，都有思想的内涵，读起来非常震撼。什么叫诗歌？就是凝练，把美凝练，把思辨凝练。你看屈原的《离骚》，那个时候写的东西我们现在读都非常受启发。现在有些作品缺乏思想的提炼，花哨，编瞎话，要怪，让人看完一笑之后，留不下思想的回味。一个很简单的作品，也能体会到有没有思想的含量。你看一首唐诗也好，一首宋词也好，中国历史上流传下来的这些好的东西，它都是思想的结晶，而不仅仅是生活表象的描述。文学实际上要完成的使命，就是要产生思想的冲击力。

关于艺术回归本真的思考——韩三之诗歌与绘画说

什么是艺术，什么是艺术家？似乎早已不是什么话题。

突然有一天，一个人的诗歌与画作进入了我的眼帘，我感到了困惑与震惊，也感到了欣喜与愧疚。什么是艺术，什么是艺术家？一万年前的岩画、图腾？八千年前的劳动号子？六千年前的祭祀舞蹈、占卜记录？那些人类最初的聪明的祖先，那身体裹着兽皮抵御过饥寒的冬季，在填饱了肚子的温暖春天，当女人们用树枝、鲜花与兽骨把自己装扮得花枝招展，雄健的男人突然"诗兴"大发，想干点与狩猎与劳作无关的取悦异性或是宣泄激情的事情，于是就有了创造艺术的冲动。而这种原始的冲动，并不需要刻意要达到什么好评目的，更不需要任何的所谓规律技法，而是纯主观性的忘情的创造，痴情的呐喊、跳跃、挥洒与宣泄！这就是最原始本真的艺术，就是人类艺术家鼻祖们的诞生过程……

面对三之的诗、画，我想到了上述这些。我为当今艺术陷入功利的迷途而困惑，我为三之艺术像黑夜中的星火导引艺术反复归真而震惊，更为当代艺术探索出现的一缕曙光而欣喜，也替那些个自封的当代大家、大师而愧疚。人类最初的艺术，是黑暗中的灯火，照亮了精神的困顿与愚昧。我们的艺术，诗歌、绘画，包括雕塑，怎么就走到了如此简单幼稚的地步，走到了如此毫无生气、无可奈何的境地？纤细、羸弱、直露、苍白、无病呻吟、病病歪歪，假冒伪劣。

灯火何时在渐渐熄灭？火种在何方？今天中国的普罗米修斯又在哪里？屈原之后的天问，如何回答，谁来回答？

三之是一个诗人，真正意义上的诗人。三之是一个画家，真正意义上的画家。三之是一个雕塑家，真生意义上的雕塑家。当你面对他的作品，你就会想到，他不是来自象牙之塔，而是身裹兽皮的，充满原始意味的一个"穿越"而来的个体。他的每一个毛孔，的确同那些桂冠诗人、先锋画家丝毫不着边际。他的作品告知你，他的艺术基因，是来自我们的先祖心灵。可贵的是他并非是天生而就，而是经历过千辛万苦才挣脱了重重的羁绊。是自觉清醒的一个草根、一个山泉艺术家。他不是热爱和尊重艺术，他是热爱和尊重生命。他的艺术的本源不是来自客观世界，而是来自于链接着上帝的自己的心灵，是来自上帝的眼睛，来自宇宙之手。他的艺术创造，不是出于某种需求，而是如同风雨雷电，无不是其主观意念的膨胀与奔涌宣泄。

面对他的诗、画，惊叹之余，突然领悟，艺术的创造本当如此。假如不是这样，那就是我们陷入了误区。旁人与自然只是反应物，而唯独自己才是主宰艺术创造主体。面对三之的艺术，我就像面对高山、面对大海，面对一块苍苔斑驳的巨石，一棵枝叶繁茂的大树，或是钻入了蝼蚁的肚子，或是一个细菌的内囊，他所展示的不是我们的眼睛所见，而是我们的心灵所感，是有形中的无形，是无形中的有形。这种朴素自然的发现，却正是常人见所未见，闻所未闻。的确就像是"皇帝的新衣"，令人想到当年的老子与庄子。三之的手是直接同老、庄相牵的。他是骑着青牛而来，他是驾着蝴蝶而来。我们从他的诗中，我们从他的画中，看不出准确的形象，分不出明了的道理，但是却感悟到了生命的律动与宇宙的深邃。这是美妙难言的，这是深博而不可测的，只能感受而不可言说的。这就是创造，就是更本真意义上的艺术，不可复制，不可解读，更不可能临摹或存在什么技巧与规律。就像宇宙间每一种生命状态，是唯一，是一了，是觉悟，是混沌，是禅意，是符号，是密码，是摄魂、是裂魄，是……也许什么也不是，就是一种存在与呈现。色块与线条、点与面、规则与无序、清晰与模糊、贴近于遥远、仰望与俯瞰、宏阔与微纤……总之，是一种提醒，是一种暗示，是唤起生命意识的激情之美、悲悯之怨、强烈之恨、破碎之梦、阳刚之韵、阴柔之曲、充满了音乐的元素与阴阳的变幻色彩。是暗夜中的闪电，是雨雾中的雷鸣，是寂寞中的呐喊，是梦魇中的顿悟……总之，我们用语言无法表达他的艺术，更无法用任何的尺度与标准来衡量它的境界。

这就是三之的作品与他的个性。他是我的乡党，来自一个古老的角落。那里有古老的长城烽燧，还有更加古老的山川与河流。某一天的黄昏，他在那红色岩石的洞穴之中，发现了古人的秘密，也就从那洞中穿越到人类的昨天。从此"不知有汉，何论魏晋"。"恰空"穿越，来到了自己的桃花源中。从此黄粱一梦不曾醒，无奈充当南柯人。于是他开始用那把断柄的斧头，开始雕琢自己的艺术。他主要的语汇，就是凿空与穿透。他在岩石上，他在钢铁上，他在美玉上，他在一切坚硬的物体上穿凿各种各样的洞穴，就像一个太空人来到了地球，怀着一个孩童要探知一切的目的。于是他的轨迹，形成了他的艺术天地。凡人谁也无法理解更无法企及的奇妙的乐园。在这伊甸园中，丘比特的爱箭，等待着心之的之到来。随时俘获着每一个钟情的灵魂，奏响爱的乐曲。

高原上一株经霜的杜犁：兼谈米文毅书法艺术

离开故乡的日子，只要一闭上眼睛，就看见茫茫无际的黄土山峦和那黄土山崖下亲切温暖的窑洞，那浑圆的梁峁上独立不群杜犁树，还有那祖祖辈辈繁衍生息在窑洞中的朴实刚强、勤劳豁达的陕北农民。我看见杜犁树在经历了漫长严冬的考验之后，在温暖的春风中开放出满树的银花，令荒原顿时充满生机，引来喜鹊在枝头歌唱。于是人们走出窑洞，开始了长年累月的劳作。我看见他们冒着早春风寒扛着犁铧拐起粪斗吆牛上山开垦播种，夏季顶着烈日饿着肚子挥汗如雨在山间抗旱耕耘，秋天收获的季节又背负沉甸甸的谷物行走在崎岖山路上，累得黑水汗流嘴里却还不停地哼唱着欢快幽默的酸曲儿——"山丹丹开花一点点红，前沟里二妹子好可人，有朝一日咱配成对儿，你看这日子呀美不美！"那可是真正意义上的"信天游"，是人们心中想着信口能编出来的那种完全即兴的直呼胸臆的动人酸曲儿，是叫你一旦听到就很难不受感染的融化于生活之中的真正的民间歌谣。我心中思念的杜犁树，也就在这酸曲儿与霜降中开始成熟。哦，我的故乡陕北，人们的生活与艺术是和大自然的魅力和谐融为一体的，你就是想分，也很难把它们分得开呀！

这就是我心中的故乡，就是我日夜思念着的质朴憨厚的陕北人的生活和性情，就是那从小亲近惯了如今一旦接近就再也舍不得离开的亲切的山川河流和那其间风姿绰约的杜犁树，就是那腿坐在冬暖夏凉的热炕头上喝着米酒吃着油糕油馍，看得见窗花面花安塞农民画听得到腰鼓鳖鼓陕北说书唢呐调的美好故园。相处几十年的老友米文毅打小就生活在这样的环境中。他原先的名字其实就叫"米文艺"。巧合的是，这一个"米"姓，很容易就叫人联想到盛产小米和以食小米为主的陕北山川之中的窑洞主人——"窑洞文艺"，可见他的老祖父为他所起这个官名大号的用意所在了。据说他的祖父膀宽个大，力壮如牛，声若洪钟，是正月里闹秧歌引逗得十里八乡的婆姨女子们都撺上看不够的伞头儿。他的祖母和母亲都是庄里剪窗花捏面花绣花枕巾花鞋面的巧手，他的哥哥则是善操各种乐器，笛子、二胡、板胡、三弦样样拿得起，更是嗓门儿洪亮的方圆几十里有名的信天游歌手。到了正月闹开秧歌，米文毅就跟着哥哥挖抓丝弦和锣鼓家什，他妹子人也长得出挑，穿红戴绿，在秧歌队伍里挥舞彩扇扭动腰姿格外的显眼吸人。他们一家当然就成了全大队全公社的文艺骨干。我的老友米文毅，他就生长在这样的土地上，生活在这样一个特定而又典型的"窑洞文艺"家族里，从小耳濡目染、言传身教于民间说唱的氛围，可见他对文艺的酷爱和钟情是与生俱来，与日俱增。

眼下面对他那"窑洞文艺"的书法卷，就像是在眼前展开了一幅宏大而又不失细腻的陕北山峦村庄人物风情图册。我知道他的二胡、板胡是刻苦自学成才，又入过名校正规深造经过名师悉心教授，拉得若行云流水、跌宕廻环，是专业水准中的上乘。他的民歌虽未经过回炉打造包装修饰，却正经唱得是声情并茂、如泣如诉，可谓原汁原味地道传神，是足以气死阿宝一类选手的超一流水准。可没想到他的书法竟然也写得像模像样，堪称功力毕现，甚至气象飞扬、飘洒硬气！

你别说奇，他人长得也就像他的字，貌似膀宽腰圆却又不乏耐人寻味的精细，既具有他那各自时常挂在嘴上的老祖父的旷达豪放风采又可见现今依然被他尊为楷模的他哥的精干细腻韵致。可谓粗中有细，细中藏拙，拙里透巧，巧不失朴。这么一来，就又还原成了陕北的黄土山峦和窑洞风格。我不明白米文毅对于书法的热爱起初是出于怎样的动机，更说不清他在临习书法的道路上究竟下过了多大的功夫，但西安、北京的行家看了他的字，又端详他的人，都显出同样的惊异。满以为一个从陕北深山沟的小村庄一步一步爬拽出来的庄稼汉的后代，也许只能吼喊两句酸曲儿，最多也就拉两声不识谱的丝弦，不料却鬼使神差竟写得一笔好字！在陕北的乡间，善书者悉被视为高人。能够提笔挥洒，自然也就是一件神圣之事。早年许多的村庄，没有识文断字的人，致使过大年贴对子，用碗瓜瓜蘸了墨汁在红纸条子上面拓圈圈成为了一种风俗。历来大约只有两种人能够书写，一种是剃光了前额，只在脑后留着长发的"阴阳"，即行走于阴阳两界的风水先生。另一种人，则是留着有别于庄稼汉光头的"洋楼"，穿着长袍或制服在书房教书的先生。就这个意义上讲，从乡间走出来的剧团拉胡琴出身，后当过卷烟厂生产车间主任、县里的常务副县长、市上工会主席的这位如今走到哪里手中都习惯性地端着保温茶杯的心宽体胖的"老干部"，这个既非阴阳，又不是教书先生，年轻时满头令人羡慕的乌黑发亮头发已经悄然谢顶的米文毅，竟然能够写出这样一笔超凡脱俗的好字，的确是一个奇迹。难怪在北京宋庄，一位走南闯北的专业书法家仔细端详了他的字，半响无语，随后深有感慨地说了两句话："不像是县长的字。""许多名气很大的人写不出来。"这是行家的评语，米文毅自己听得一愣，似乎哭笑不得，过后应该还是满心喜欢吧。

眼下面对他的厚厚的一卷书法选集，就如同面对一株生长于陕北黄土梁峁上的树冠浑圆茂盛的老杜梨树。在陕北的天然次生林中，杜梨树原本是最普遍却也是最奇特的乡土树种。常常会有这样的情形：冬春荒寒季节，黄土的山峦就如同黄河的波涛，起伏延绵，无穷无尽。就在这枯黄寂寥的原野中，在一望无际的收获过的山峦梁峁之上，在寸草不生的浑圆的山坡沟畔边，往往会奇迹般地点缀一株巨大的孤树。尽管是在空旷的天地之中，那树干的粗壮正直与树冠的浑圆繁茂还是格外引人注目。这样的勇敢之树、孤傲之树，不用猜，多数就是杜梨树。瞧那独立不群与坚忍不拔的风姿，那不畏严寒自甘寂寞的秉性，足以令你肃然起敬。当你看见它远远地矗立在那里，无论距离多远，你都会产生努力亲近它的强烈愿望。这种古老而原始的树种，被人们誉为陕北"活化石"的优质树种，外观茁壮茂盛，木质细腻坚硬，无论是多么的干旱严寒，它都茁壮成长，春华秋实。陕北高山梁峁上的杜梨树，它不怕困难、不畏强暴、坚忍不拔的秉性，同我的好友米文毅该是何等的相像。如果说音乐和歌唱是米文毅人生与生俱来的风情韵致的宣泄，那么书法则是他人生跋涉奋斗思考升华的足迹呈现，可谓是一点一画一个脚窝，一个脚窝一份情谊一段故事。如今独在异乡为异客，面对这些深印在黄土山道上的"雪泥鸿爪"，这些生命运行清晰的轨迹，最终化作了一株大树。面对这株大树，就像是在阅读一部传记，一部用独特的符号和图像，把一个人大半生艰辛奋斗的历程活脱脱展现在你的面前的傲然挺立的杜梨树。读起来竟是那样的令人痴迷而感动。这完全超越了书法艺术本身的魅力。只有在这一刻，我才真正感悟出了，文毅为什么迷上了书法，也才感受到了他在研习书法上下了多深的功夫。他是在以一种新的形式，诠释自己的生命意义和陕北人的生活处境。我终于感觉出了，他是以书法为载体，于点画之中，尺幅之内融入了无尽的乡情亲情和无限的人生感悟生活哲理。我惊异于他的书法艺术所还原出的对于他的祖祖辈辈所生活和劳作的这片土地割舍不断的深情厚意。是的，他的抽象的书法，如同实体的存在，当你面对静观，很难不产生丰富的联想和感悟。

"不像是县长的字。"县长的字应该是怎样的呢？人家行家没有明说，但意思倒是明白的，大约是指那种从领导岗位上退下之后闲来无事以练书法强身健体的老人书法，不能说水平高低，但却基本定格在一个水准线上让人一看便知是出自"老干部"之手。米文毅的字当然不是。据说十多年前他在副县长任上，就利用业余时间黄卷青灯，日课百字，一丝不苟，遍临碑帖，打下了扎实的书法功底。再往前，还可追溯到在民众剧团当演奏员的时候，他就在练字上下过一番常人难以想到更不可能做到的笨功夫——抄书字典。他把整整一本新华字典用钢笔楷书抄写得一字不漏，而且还不止书写一遍，难怪他的硬笔书法也写得足以出帖供小学生临摹。这种类似他拉胡琴所下的野蛮"童子功"，令人想到同样也当过副县长的当代书法大师林散之先生的习书之路。其实任何一门艺术，都不存在真正的专业和业余之分，更不应以专业或业余来区分文野高下。就潜心和热爱的程度而言，许多业余爱好者往往胜过专业人士。而自古以来，不少精品力作，往往出自业余作者之手。这大约就是那位专业书家对米文毅书法头一句话评语的主要含义。第二句话："许多名气很大的人写不出来。"这其中的意思就更丰富了。这是以行家眼光站在全国范围而言。其中不乏当面溢美，但也并不丝毫过头。这恰如陕北山原上的杜梨树，只要是真正植根于深厚黄土之中，耐心熬到了年头，从容长成了大树，那树形，那木质，是完全可以同任何地方的任何佳木相媲美相较坚的，还不用说风姿卓韵。特别是到了秋季，西北高原，长空雁阵，风凉霜降，杜梨树的叶子会逐渐红成一团火！杜梨树的果实会在树上酝酿发酵，一改酸涩的味道，甜得赛过蜜糖。正因了酸涩在前甜蜜在后，所以连淘气的孩子们也不会在生涩之时迫不及待采摘杜梨的果食。这恰恰给了它充分的成长机会和从容的成熟时间。等到了"天凉好个秋"的时候，你再来看吧，陕北原野上的杜梨树，真正成了一道迷人的风景。我想米文毅的书法，也就是这样的情形。

年近花甲的他，眼下风尘仆仆地由陕北高原来到北京，背着他的即将出版的厚厚的书法选集。据他自己讲，这是他一生出版的头一本书，也可能就是总结性的最后一本了。就像杜梨树一年一度只开一次花，只结一回果实一样，他是把全部的能量和热情都聚集于其中了的。那果实还能不甜，还能不大吗？当他手捧着那数十斤重的书法精选集（说精选一点也不过分，据说他是带着自己的数百幅作品专程到西安请数位名家鉴定挑选过的），恳切地站立在那里，那种并不自觉的儿童般的幽默、憨厚与朴实，一下子就让我想起了少年时代身背驴尾弦弓和猪尿泡代替蟒皮自制胡琴饿着肚子徒步几十里到延安城毛遂自荐报考剧团的那个痴情少年。他的确是一株反复经历过霜冻考验的自强不息的杜梨树。由于他的努力，他总是能够为自己创造某种机遇。即使在人们开荒种地伐木炼钢的年月，他也能成为独被保全的特例。那都是他努力的结果。他总是在追求，总是在跋涉，总是在学习，总是在攀登前行。我惊异地发现，我的风流倜傥的少年老友，他的两条腿已经开始弯曲，他的宽阔有力的背脊已经有些佝偻，但他的精神却依然像年轻时一样的乐观向上，卓尔不群。对于未来，他仍然有好多打算，对于退休以后的生活，更是充满了憧憬。他希望我为他的书法集写几句心里话，希望能够在其中把那些在他的成长道路上给过他帮助的人好好地表扬一番。比如他的胡琴启蒙老师已经故去的刘海泉先生，他的二胡恩师闵惠芬大师，他的书法指导老师朱贵泉等。我理解他的心情，他绝不是想要拉大旗作虎皮，那体现的是学生对先生的感恩之心。谁也无法拒绝他的请求。如同所有的凡人，他也许有这样那样的缺点毛病，但他的顽强、淳朴与善良的秉性，确实是与日俱增。就像那陕北原野上的杜梨树，也会有虫眼疤痕，但正直向上的秉性没变，奋发进取的精神依旧。我对他的努力，历来是尊敬而首肯的。在写着这篇短文的时候，我突然意识到，自己这大半生走过的道路，所留下的足迹，不也如同他一样，自己不也就是黄土高原上的一棵杜梨树吗？在初秋的季节里迎风经霜，叶儿开始泛红，果儿开始变甜。酸涩的味道开始改变着，想必最终也会叫人看着和颜悦色，慢慢走向成熟。

总而言之，米文毅的书法，我是很欣赏的。就像欣赏深秋时节，故乡原野上叶子泛红果实累累的杜梨树，那种美，是岁月和霜寒酿造出来的，总是那么受看，那么耐人寻味，充满了生命的活力。

令人鼓舞的进军号角

法制化的进步，是人类文明进步的重要标志。社会的公平与正义，仅仅依靠舆论监督和道德约束是很不够也很不可靠甚至是很可怜的。作家、艺术家作为真善美的塑造者和维护者，往往扮演着公平正义卫道士的社会角色，貌似也很强大，但作为典型的"个体脑力劳动者"，各自稍不留神就可能成为某种意义上的"弱势群体"，甚至一夜之间就会由名人光环笼罩着的艳羡焦点，沦为"呼天天不语，叫地地不应"的可怜尴尬境地。那么，谁来维护他们的合法权益不受侵害？这是目前许多作家艺术家所遇到的越来越紧迫的现实问题。著作被任意盗版，名誉被随便盗用，稿酬被变相盗领，作品被无偿转载或抄袭剽窃，著作权被粗暴践踏，有的甚至遭到无端的诬陷、诬告和无理侵扰、迫害、侮辱等等，以致陷入马拉松官司不能自拔。几年、十几年，甚至几十年，搞得焦头烂额、心力憔悴、筋疲力尽。作家、艺术家呼唤现代包青天，呼唤法治在线、法律维权久矣！

2009 年 11 月 30 日，我们应当刻意记住这个日子。这一天，中国传记文学学会和德恒律师事务所联合成立了为传记作家维权服务的专业机构——法律维权委员会。这是值得庆幸的一件大事，也可以说是中国作家艺术家的一件值得共同关注的幸事。如同严冬里的一声春雷，一花迎来百花开。这个头开得好！这将标志着作家艺术家各自为阵、一盘散沙，著作权和名誉权被随意侵犯而自身又往往无力维护的状况即将逐步得到根本改观。这也意味着中国的法治进程又在一个新的领域中艰难而顽强地迈开了重要而又可喜的一步。作为传记作家，我衷心感谢学会的创造性作为——为会员维权撑起法律保护伞。更感谢德恒律师事务所王丽女士的首先发起和坚持力推，并代表律师事务所慷慨捐款十万元人民币用于委员会的开办所需。如此善举，可谓是功在当代，利在千秋，值得永志不忘。

文学社团与律师事务所携手成立专门机构为作家维权提供援助和服务，让作家在受益中逐渐熟悉和掌握法律自卫的武器，这是具有创新意义和长远建设意义的一项普法工作，也是社团建设的一个创举。过去的一些社团，也有所谓的"维权机构"，但只是自己内部设置，往往成为摆设，并不能真正发挥作用。原因在于都是外行吆喝，只能是呼吁、呼唤，很难动真施硬。如今有了法学专家和大法官、大律师的直接加盟，可谓是"船坚炮利"、专业训练有素，随时都可以动真格的了，岂不痛快！

一个社会，要想由几千年的"人治"走向真正意义上的"法治"，首先应当使知识精英建立起法治理念，成为合格的独立法人。如果连作家们这样的人类灵魂的工程师都程度不同地未能脱离"法盲"困扰，那么普通民众的普法教育其艰难程度也就可想而知。法律维权委员会的成立和作为，不仅会有力地维护作家的合法权益，也将成为针对作家进行法治教育和宣传的最生动而有效的平台。作家艺术家法律观念的确立和维权意识的增强，必将会对全社会的普法宣传起到巨大的带动和推动作用。

团结就是力量。人们只有组织起来共同行动，对于蓄意违法者才会具有真正的震慑力。学会法律维权委员会，把以往单个的孤立无援的传记作家们紧紧地团结在自己的周围，就形成了一棵坚强的大树，足以抵挡种种邪风恶雨的袭击，足于战胜种种违法行径的侵扰。我们期盼着法律维权能够营造一个更加风清气正的创作氛围，更期待着有助于精品力作问世的风和日丽的法治环境从此不断得到巩固和发展。

母校的深情

在中国作协、陕西作协和母校延安大学联合举办的"忽培元文学创作作品研讨会"上，延安大学党委书记刘建德和校长亲自到会祝贺。刘先生在讲话说，"过去培元以延大而光荣，今天延大因培元而自豪"。我是又感动，又忐忑不安。这是肯定、是赞扬，更是鼓励与鞭策。

在那一刻，想到了许多的同学和教师，特别是一群喜好文学的校友。许多年前，在校时他们曾经同我一起创办了学生文学期刊《原草》。我自己被推举为主编。热心又擅长书法的刘仰池同学是最得力的助手。他亲自动手刻蜡板、手工印刷刊物。

记得第一期的封面设计是采纳了我的提议：一片抽象的黄色上托起一瓣绿芽。原草种子萌发，鲜活而优雅，十分的醒目可爱。高明利、刘玉珉、李苍如和中文系以及别的系的文学爱好者都纷纷踊跃投稿，并参与组稿、编稿。我们还聘请文艺理论教授鲍永新先生为顾问，鲍先生也乐于指导。

于是，在那个乍暖还寒的春季，土黄色的大地上，一棵翠绿的嫩芽破土而出。我们欣喜若狂，双手捧着期刊，就像捧着诞生在早春时节的一个婴儿。那是一个视文学为神圣的时期，《原草》的诞生成了一件大事。大家竞相传阅，爱不释手。我的小说处女作《铁算盘老金》（中篇）就发表在创刊号上。回忆当时办刊，我们除了满腔的热情，没有任何的经验和经费。只有靠我们夜以继日的艰苦劳作和义务劳动，大家没日没夜地干得热火朝天，可惜巧妇难为无米之炊。如此艰难地办了两三期，即停下来了。

当然，《原草》的影响还是深远的。后来正是在这个基础上，产生出"原草文学社"和"布谷诗社"。其中布谷诗社至今还在开展活动。真正是"恰同学少年，风华正茂，书生意气，挥斥方遒"。虽然有些不知天高地厚，但那种热情和渴望破土而出的劲头和热情，还是令人难忘和值得回味的。如今同学天各一方，有些已经不幸去逝，有的几十年不曾相见，但是忆起那一段日子，肯定都都会感到幸福。

　　我的研讨会上，听说鲍永新老师也到会了，可惜没有看到他老人家，更没交谈，很是自责和遗憾。他可是一直支持我写作的一位可敬的先生。大约20世纪80年代中期，鲍先生还认真为我的习作写过一篇评论文章。算起来，他大约有七十多岁了。会上向母校图书馆赠送了《群山》、《延安记忆》和《大庆赋·铁人铭》这三本书。评论家杨乐生先生在发言中提出一个很有趣的问题，即"作家与母校的关系"。他讲了贾平凹与西大、路遥与延大，等等。认为作家的成长，其实与母校并无多大关系，说很少有大学能够培育出作家。我看这个观点有些不够全面。就像一位母亲，生育了孩子，任务也就完成，至于这孩子将来能有多大出息，虽然并不完全由母亲的奶水决定，但却不能说与母亲的养育无关。

　　就我自己而言，如果没有延大四年的汉语言文学的专业教育，我至少写不出《大庆赋》、《铁人铭》这样的古体赋文。美学的专业修养肯定会欠缺许多。搞文论就更不可能了，因为大学的系统教育，就像盖楼房打地基，地基打得越扎实，楼才可能盖得高。因此，我感谢母校，就想感谢我曾经上过的延安桥儿沟小学和延安中学一样，是发自内心深处的一种感情。在此，向所有的教职员工深鞠一躬！向那些健在的和已经过世的人们深鞠一躬！

伊朗的两部电影

　　前几年看过一部伊朗电影，名称已经记不清，但其中的主人公和并不复杂的情节，却是难以忘怀。影片所反映的，是伊朗当代城市贫民生活。一个贫困的家庭，有兄妹俩。哥哥大约十岁，妹妹也六七岁了。由于生活贫困，喜欢运动的妹妹想买一双球鞋，父母却无法实现她的奢望。哥哥看到妹妹难过的样子，就下决心要替妹妹实现理想。尽管他自己也十分想要一双球鞋，因为他喜欢跑步，可脚下的鞋子已经破得无法再穿。就在这时，机会来了，学校要召开运动会。长跑比赛第一名的奖品就是一双球鞋。哥哥激动不已，决定报名参赛，并且下决心要拿下第一，替妹妹赢得一双球鞋。此时，他还不知心爱的妹妹已经得了绝症（也可能已经知道，记不太清了）。结果，他每天上下学都坚持赤脚跑步。平时也像疯了一样，抬脚就跑。那个单纯而可爱的小男孩，他就像一只小兔子，跑得飞快。终于盼来了比赛，他兴奋得一夜没睡好，梦见自己跑了第一。第二天，起跑的枪声一响，他就拼命开跑。不料没跑多远，就觉得眼前发黑双腿发软，男孩倒了下去。他在昏迷中听到妹妹在呼唤自己，他猛然醒来，发现自己倒在跑道上，别人都跑过去了。想到自己给妹妹的许诺，他突然像疯了一样，一跃起来，拼命飞奔……在一片欢呼声中，他超过了所有的人，终于跑了第一，也领到了日夜盼望的球鞋。小男孩高兴极了，捧着鞋拼命往家跑，他要亲手把鞋送到妹妹手上，穿到她的脚上，看着她高兴的样子……可是当他跑回家时，却发现父母和亲友们围在屋里，大家都显出痛苦的神情。母亲已经哭得昏了过去。妹妹病故了。小男孩呆愣在那里，把那双球鞋紧紧搂在怀里，连哭都哭不出来，随后他木然地挤进去，伏在妹妹身旁。妹妹像睡着了一样，他双手颤抖着，把新球鞋穿在妹妹的脚上，起身跑到外面，躲在一个水池边放声哭了……

　　就是这样一个单纯的故事，令人难以忘怀，并对伊朗这个民族留下了难忘的印象。只有贫穷与艰辛，才能使人与人之间产生这样美好纯洁而高尚的印象。而在金钱世界里，一切都变得冷漠而无情，我时常对亲友讲述这个故事，每次都会被深深感动。

　　眼下又有一部伊朗的电影，名称是《天使海亚》。同样是反映儿童生活，却是发生在农村，故事也是同样的单纯而感人。影片一开始，父亲病重，但为了一家的生计，母亲要陪父亲去城里做活，便把未满一岁的小弟弟交给正在小学读书并将要考中学的海亚怀中。大弟弟也在上学，还要人管照。母亲一走，家里一下乱了套。这次考试决定海亚能不能到镇上重点中学去读书，这该是多么重要呀，明天就要考试，可谁来照顾弟弟？海亚决定先解决弟弟吃奶的问题。她给奶牛喂奶，想用牛奶解决小弟弟的饥饿问题。喂牛的活又难又多，她得把草和饲料用井水拌起来。这过程发生了许多问题，她累得满头大汗。还担心大弟弟上学的事。好不容易牛喂过了，她开始挤奶。牛不懂事，老和她捣乱，一连几次把奶桶踢翻，她急得求告上帝。牛终于安静下来让她挤了奶。她整整忙了一夜。第二天，她打算把小弟弟放到领居老奶奶家。不料孤身老奶奶病倒了，大约几天没吃东西。就在她为老奶奶打水时，返身回来却看到又可气又好笑的一幕：老奶奶和小弟弟抢着奶瓶。一瓶子奶，几乎被饥饿的老奶奶喝光。她一看不行，便把小弟弟抱出来又去找别人。就这样，她几乎找遍了全村，也没有把小弟弟安置下来。眼看考试时间到了，她急得哭了起来。如此还有许多的曲折，她几乎要放弃考试。但她还是不甘心，总之，最后她抱着小弟弟往学校飞跑。到了学校，用绳子和被单给小弟弟做了一个摇蓝，又把连着"摇篮"的绳子偷偷拉到教室里，参加了考试。小弟弟一哭，临窗一位同学就拉一拉绳子，最后监考老师还担当了这个拉绳人的角色。影片嘎然而止，同样给人留下了难忘的印象。影片中有一个细节，即村里正在拉电，最后电灯亮了，展示着发展的希望：表示现在的农村落后状况正在改变。从前不上学的女孩子甚至连残废人都在受着教育。艰苦之中的奋力拼博，不安于现状，不怕困难，更不畏强暴。其中有一条大黑狗，是大弟弟最怕的，但为了照顾小弟弟，大弟弟甚至吓得尿了裤子，但最后他还是坚强地通过一段被黑狗封锁的"院落"回家帮助了姐姐。孩子们在困难面前充满了智慧和勇气。这就是伊朗民族的精神：不屈不挠，不畏强暴，不怕困难，勇于拼博，也是整个中东地区各民族的精神气质。对此，某些个用贪婪的眼睛总是盯着别国资源不放的"霸王"、"强盗"，也许还视而不见。但正是这种精神，是任何现代化的武器都无法摧毁的。中国其实永远都不能失去这种自强不息的精神。

　　整个影片，没有多少高超的技巧和离奇的情节，却深深地打动了我。这比美国的所谓大片更加令人震撼、深思进而奋激。这就是真实的力量和情感的力量。真实与真情，是一切艺术的灵魂。我们有些电影，号称大制作，名刀名演扎堆，花了许多钱也赚了更多的钱，但都不为人们认可，其根本原因就在于失去了真实，缺乏一股真情。希望这两部电影，能给我们的影视艺术带来有益启示。

我为任长连加油

　　假如人生是一次马拉松赛跑，那么年近花甲的任长连先生算是跑在后边还是前面呢？我这么想着的时候，眼睛盯着主席台正中间坐着的那位尽量低调、努力不显出器宇轩昂的重要来宾。他是任长连的大学同班同宿舍的李先生，眼下是我国一个重要部门的在职副部长。当年一同由复旦大学出校门开步跑，相比之下，至今还是副处级的任先生在俗世者的眼中，大概应当就是一个跑在较后边的人了。可是以我管见，要以人生的长远价值衡量，写出了《长风集》的任先生，就如同我们今天看待唐朝的一位行吟诗人，怎么讲也绝对比当时朝廷的一任三四品的平庸无为命官要值钱得多吧。

　　假如人生是一场争取和攀比富贵的竞技过程，那么工薪阶层的任长连先生算是富有还是贫穷呢？我这么想着的时候，想到了社会上不少日进斗金、一掷千金的新贵大款。论学历智商、劳动量与付出，在势利者看来，任先生同我一样，肯定算是一个穷人了。可是要以高尚精神的陶冶和体验所得而言，那么数十年辛苦思索、酝酿发酵，黄卷青灯里写出了《长风集》的任长连先生，又该是一个精神上新贵大款们无法比拟的富有者吧。

　　眼下欣然参加《长风集》出版座谈会，当我如此"离谱"地盘算着的时候，眼光正朝向听着大家的发言、因激动而眼圈有些泛红的任长连先生。作为一见如故、志同道合又大致是同病相怜的文友，我由衷地为你老兄鼓掌加油！

　　"玉骨冰肌浩气存，万花纷谢一枝新。不与百卉争俏丽，只图人间报早春。"（《梅》）长连老兄，昨夜仔细地读着你的《长风集》，我才逐渐明白了，何以你的脸上平素总是带着宽厚谦和的微笑了。"雪花染发写春秋，一样学诗乐游悠。"（《诗词讲习班》），因为你是人民的孺子牛，甘愿为人民鼓与呼，所以个人得失就变得并不那么重要了，而真理和民众利益在你的眼中却无限地放大起来。你看到民工显然就想起了自己的兄弟，顿时不平则鸣："皆因生计苦难为，迎风冒雪重车推，大厦如林春秋过，民工依旧破棚堆。"（《民工》）你看到老百姓看病难且贵，顿时义愤填膺，于是"缘何良药如天价，只因纲弛多魍魉。"(《看病吟》)的呐喊脱口而出。显然，你是早已经看多了某些干部作风的腐败，所以在看到贪官污吏受审时才那样的激愤，发出慨然怒吼："那堪公仆成公害，岂容春色变寒霜！"(《审文强》)。一吟既出，四座皆惊！可谓振聋发聩、惊世骇俗。你面对司空见惯的公款吃喝玩乐之风日甚，无奈之下棒喝一声："醉饮'人头马'，屏点'霸王鞭'，盘中几何许，血汗一年钱。"(《赖昌星红楼》)。像这样的诗句，在《长风集》中占了相当的分量。作为几十年如一日坚持不懈为人民鼓与呼的正义诗人，你老兄可真正是"路见不平一声吼，该出手时就出手"呀！

作为行吟诗人，因为你读懂了人生，你的生命体验与人性的感悟同常人相比，至少都是双倍的。你对于真善美的赞颂歌唱与对于假恶丑的憎恶鞭笞，都是那样的旗帜鲜明，而这恰恰又是当下一些"聪明文人"与"风月诗人"所要千方百计模糊和混淆的概念和界限。

"任它酷日炎如火，冰刀霜剑也从容。"(《松》)读着你的诗，我这才理解了何以这么多的文友和你家乡的父老乡亲、"父母官"们对于你并不"时尚"的创作何以如此的认可和重视了。故叹曰：你的人生的收获，的确是许多高高在上的人们无法比拟的。这一点，显然是今天到会的许多同仁都能体会得到的。

"赤壁千年涌诗潮，梦里依稀古战袍。东风也解周郎意，孙刘联手克曹枭。"(《赤壁思古》)由这一首忧思绵绵、纵横捭阖的怀古诗，想到了一个古老的哲学命题：人生的意义究竟是什么？一百个人，也许有一百种回答。季羡林老先生的回答最为精辟，大意是：要我说人生本来就没有意义，是因为你做了有意义的事情，才使得人生变得有了意义。"人生年少无二度，切莫自甘风流主。"(《春染马兰河》)这是长连老兄面对"纨绔党"、"富二代"和"空虚族"的人生观的明确表态与回答。而在诗人眼中，各行各业有意义的岗位，不论身份高低、收入多收，都是人生美好意义的象征。"持扫工作大街上，三更摸黑独自忙。暑往寒来不辞苦，换得百姓心舒畅。"(《清洁工》)这是诗人面对大街上扫马路的清洁工的理解与感恩，是诗人崇高人生观、价值观的集中体现。作为一个诗人，写谁不写谁，写什么不写什么，那是有本质区别的。我们往往看到，一些名气不小的所谓"桂冠诗人"，在他们的笔下，很少看到劳动人民的形象与感情。他们自视清高，立于象牙之塔，不屑于关注普通劳动者的生活，闭目塞听、永远都在"自我内心"打转转，饱食终日、花前月下、搔首弄姿、怨天尤人、不着边际，写出来的东西往往迷惘消沉或朦胧怪异，往往令人不知所云、难以卒读。还有一些于贪腐之外附庸风雅的所谓"客串诗人"，这样的"诗人"，他们的世界观和价值观决定了他们宁愿把令人肉麻的诌媚之词敬奉给垂涎已久的歌星、影星，也不会看到对一个农民工或清洁工几十年默默无闻的奉献之美。事实证明，这样的"暧昧"诗歌与"骚情诗人"，人民是嗤之以鼻的。当然，上述"桂冠诗人"与"客串诗人"即使得了再显赫的所谓"大奖"和再炫目的头衔也是白扯，因为读者和人民并不买账！这与任先生杜甫、白居易式的"平民吟"，形成了鲜明的对照。我想这也是何以他的家乡人民、同窗好友和 160 多位诗人学者愿意前来参加这个会议的根源所在。这其中，郑伯农先生、张胜友先生和李小雨先生及许多著名专家诗人的到场和发言，最能说明问题。

很同意写出过《狂雪》的诗人王久辛的点评式发言。他是一个直爽的人，诗也读得认真。他举着有许多折页的《长风集》高声宣布说："任先生的诗，有些是可以流芳百世的。"说着就翻开书声情并茂地朗诵起来："那堪公仆成公害，岂容春色变寒霜！……"而同样是这一句诗，在首届中华古体诗词创作论坛上，一位专家发言谈到当代好诗句时同样点到了它。可见任先生的诗在当代诗坛是有反响的，反映人民心声的诗词，人民是渴望而真心欢迎的。在此为任先生的深情之诗、愤怒之诗而鼓掌赞颂！

任长连先生毕业于上海复旦大学，当年也是恢复高考后县里有名的大才子吧。"故乡难忘是汝州，不堪回首儿时愁。读书无钱籴粮米，一篮鸡蛋几灯油？"（《忆少年》）"一担柴禾几文钱，买来笔墨为读书。"（《打柴》）从这些质朴无华的诗句可见先生从小的读书生活也是像所有农家子弟一样艰辛。这是诗人情感的根基，是终生难以割舍的感情之源。我们衡量一个诗人的诗境高低，首先应当看他是为谁而歌。为祖国、大地、母亲而歌是一种大境界；而为自我或家族和自身所处的生活小圈子的斤斤计较而吟，就是一种小境界。显然，任先生是有大境界的诗人，忧国忧民、关注老百姓的生存状态是其诗词的基本的格调和内涵。而这正是我们当代诗坛日益淡化和流失的诗人的责任、使命和担当精神。从这个意义上讲，任长连的诗词无疑是具有反叛风气与引领作用的。

"诗词文章千古事，明利俸禄从不求。水调歌头留雅韵，悠悠悦耳绕神州。"诗言志，歌咏情。当我在静夜之中读着这些诗句，我便陶醉于先生的诗境了。任先生的诗词是山间的流泉，是原野的清风，是春天的鸟鸣，是月夜的笛声。它并不故意彰显深沉却格外透亮；它并不人为突出强劲却足以醒人；它并不追求充耳激昂却娓娓动听；它并不故作娇媚之态却婉转悠扬。这样的诗，亲切朴素而健康向上，是老百姓乐于接受，是青少年应当阅读的。因此，该当给予掌声的鼓励，致以掌声的敬礼。作为一个热心读者，我为任长连先生鼓掌加油，更愿意为一切有良知有担当和有使命感的诗人鸣锣开道，擂鼓助威！我们这个私欲横溢、铜臭充斥、诗歌严重缺失的年代，太需要诗意诗情的沁润了，太需要像贺敬之、田间、郭小川、李季等时代歌手号角般的歌唱了。

我为什么要坚持写作

我不是搞专业创作的，所从事的党政工作与文学似乎也相去较远，但这并不能允许自己的作品停留在业余水平。因为自古以来，几乎所有的文学经典，大多是出自业余作者之手。这个事实常常使自己感到汗颜。

在文学貌似日趋边沿化、纯文学作品倍受冷落的时期，不少很有才华的作家都纷纷改行或放下了手中的笔。写作似乎成了很不为人们看好的世俗意义上的"愚人事业"，好像谁都可以轻而易举地出一本畅销书，而纯文学作品的出版却往往十分困难。在这种情况下，"你为什么还要坚持写作？"时常有好友疑惑不解地提出这样的问题，我只是笑笑，从来没有认真回答。有的同志，包括一些文艺界的老朋友甚至直言相劝，不要再写啦，集中精力，好好谋求政治上的发展，我也是笑而不语。回想起来，自己学习写作也将近四十年了。这几十年间，无论干什么，无论身在何处，我都没有停止和放松业余写作，思想上从未停滞对文学的追求和艰难的艺术攀登。这究竟是为什么呢？

如果说少年时代，自己热爱文学是一种志趣和本能（其中也不乏某种好奇因素），那么成年以后无论遇到怎样的困难和诱惑，都没有动摇我对文学的钟情，这其中的原因究竟何在？当我每一次向自己提出这样的问题，脑海中就会呈现出一位自己敬仰的大作家——杜鹏程的形象。那是 1987 年严冬，那天的情形永远定格在自己脑海中：中风偏瘫的老作家，他就像一座山，左手拄着拐杖，右手攥着拳头，艰难地从卧室挪出来。由卧室到客厅，大约也就三五米距离，他挪了足足两三分钟。他走走停停，可以听得见急促的喘息声。让你突然觉得你面前的这座大山，他是多么坚强的战士！刚刚由战场上搏杀负伤下来的战士，他的面部的表情，流露出强忍的痛苦，而那圆睁的双目和牙关紧咬的嘴角却依然透着刚毅，显现出不屈的力量。也就是在这一刻，同自己敬仰的大作家见面握手那一瞬间，我突然意识到了自己的使命——文学需要一代又一代人的传承！由那有力的一握，我仿佛是接过了一个神圣的接力棒——文学传承的接力棒。从此，我开始了一种自觉而艰辛的人生追求。这就是我第一次见到杜鹏程的印象，也是这位前辈作家定格在自己心灵中的形象意义。我在写作的时候，特别是遇到困难产生畏难情绪时，这个高大的文学战士形象和他的奋斗业绩，就会呈现出来。他总是用坚毅的目光鼓励我坚持下去。我要放弃写作，就等于辜负了前辈的期望，背叛了自己的信仰，放弃了自己的人生目标。

以上这样的情境，在自己所敬仰和熟悉的古今中外文学经典大家面前屡屡出现。鲁迅、老舍、茅盾、郭沫若、巴金、孙犁，还有我们陕西的前辈作家柳青、王汶石、魏钢焰、李若冰等。20 世纪 90 年代中期，当我要离开北京到延安工作，同刘绍棠先生告别，同样中风偏瘫的老作家握着我的手说："培元同志，下去无论工作多忙，都不要放弃写作。"此后每次来信，都有类似的叮嘱。我不能辜负前辈的期望。他们是我的人生榜样。读着他们的作品，感到格外亲近亲切。就如同在聆听熟悉的导师教诲。不断地加深着自己对文学的理解，也强化着坚持写作的信心。这些前辈作家和他们的作品一再告知自己，文学是人类奋进的号角和疗伤的良药。我们民族之所以历经磨难而经久不衰，正是因为有根深叶茂的文学大树。作为一个中国人，能为这大树培土施肥、添枝加叶，就是最大的幸福。

我之所以要坚持写作，还因为生活中有着太多的感触和感动。随着年龄增长，阅历增加，记忆中越来越多的人和事难以忘怀，记录下这些人物和往事，就成了一个生命的责任。20 世纪 70 年代，曾经听老作家贺抒玉讲过一个故事，至今难以忘怀。她讲 1957 年岁末的一天到成都组稿，在招待所意外地碰到杜鹏程。她便说："老杜，给《延河》写篇东西吧。"老杜当时并没有答应。她知道老杜很忙，正在修改《在和平的日子里》，也就没抱多大希望。第二天，是 1958 年的元旦，早上起来，她去看老杜，门没关，她敲门进去，见杜鹏程披着大衣蜷腿坐在床上，眼睛发红，脸上透出疲惫，被褥还叠着，显然是一夜没睡。"他见我进来，用下巴指指面前铺着的一沓稿纸说，鸿钧，你布置的任务完成了，不知是否合格。我一听很感动，《夜走灵官峡》当场一口气读完，高兴地跳起来说，这可是不朽佳作呀！"《夜走灵官峡》，的确是不朽佳作！如今发表半个世纪了，你从网上去搜，仍然有七八千条相关信息。正是这个故事，催促我后来采写了《杜鹏程一日》。以后在马文瑞同志身边工作，每天散步时都能听到他老人家讲述西北革命历史和人物故事。他是那一段峥嵘历史的亲历者和见证者，许多鲜为人知的细节令人感动，觉得这一段历史应当记录下来。我产生了书写这一段历史的冲动。这才有了《群山》的面世。2002 年，贺敬之先生回延安。我陪他故地重游。

所到之处，群情激昂、掌声雷动。在延大集会时，满头苍发的老诗人应邀朗诵《雷锋之歌》，声若黄钟大吕，字句扣人心扉。千余人的会场，听者无不动容。此后诗人说，我在《回延安》里写自己流了泪，听说一位名牌大学的学生反驳说"流什么流，我妈死了三年，我都没流一滴泪！"老诗人无比痛心地说："孩子呀，你妈去世你可能无动于衷，可我回到母亲延安真的动情落泪了呀！"接下来诗人回忆了《回延安》的创作过程。1956 年，团中央书记胡耀邦在延安主持召开全国青年造林大会，诗人应邀参加。会议其间要联欢，14 岁就到延安参加革命的诗人当时又住在当年刚到延安住过的南关招待所（当时称交际处），诗人翻江倒海写了一夜，吟到动情处，激情四射，泪流满面。等到天亮时，《回延安》写好了，人却累病了。本打算在联欢会上朗诵，却没了嗓子，不能登台。"几回梦里回延安，双手搂定宝塔山。"这样的诗句，不是谁都能读懂，也不是谁都能理解到位。没有信念和良知，难免会莫名其妙。可见，贺敬之的《回延安》不是写出来的，而是从心灵深处流溢迸发出来的赤子深情。一首民歌体的现代诗，感动了几代中国人。从前几乎所有的初中以上文化程度的人都能背诵几句。这样的影响力，完全可以同唐诗宋词比美。听说这首经典诗歌，几年前已被人从中学课本中删掉，也不知是处于怎样的动机。我就在这种情况下，写了《由衷的掌声》，以后，人民日报《大地》发表时，改名为《"回延安"的诗人回来了》。延大老师对我的教诲，同样难以忘怀。至今许多老师讲课时的生动情景还是历历在目。如已经过世的高振中先生、赵步杰先生等，我都满怀真情地写了回忆的散文。同样，在延安农村插队时老老少少的农民朋友，在我的作品中都有真切的反映。

幸运的是，我生活在革命圣地延安，延安对自己的哺育是终生受益的。延安的小米红枣给了我强健的体魄，延安的民歌说书唢呐秧歌，给了我艺术的滋养和熏陶。延安的古代文明和辉煌革命历史给了我终身受益的人文关照和精神洗礼。延安独特的风土民情和山川窑洞，以及生活于其间憨厚质朴的父老乡亲，给了我淳朴与憨厚的秉性情感。总之，我之所以坚持写作，就像一个陕北拦羊放牛的老汉，一出山就要开口吼喊信天游，就像一位吃苦耐劳的陕北老大娘，一生都舍不下手中剪窗花的剪刀。对于他们而言，歌唱生活与创造美好，那是与生俱来的喜好和发自内心深处的冲动。生活的美酒酿在心中，一张口一抬手，就要发散出绵绵醇香。我们陕北乡间，随处都有这样的民间艺人。在陕北浑圆的黄土山峁上，远远地看得见生长着一棵树，那是可供农民纳凉歇晌的杜梨树。它抗旱耐寒，根深叶茂，木质坚硬，春华秋实。特别是经历了秋冬冰霜以后，满树的叶子都会变红，本来又苦又涩的果实也变得像蜜糖一样甜美了。努力使自己成为陕北高原上一棵经霜的杜梨树，这是我自己的一个人生目标。很希望自己能以文学的形式，在人生的秋冬季节，为养育了自己的苍天厚土奉献出一点火红一掬甜蜜。

行文至此，我想到了敬爱的父母亲。识字不多的母亲在漫长冬夜里讲述的故事儿子至今记忆犹新，那是我最初的人文知识和文学启蒙，对母亲的记忆沉淀在长文《大爱唯母》中。父亲是学水利的，1948 年西北农学院毕业。1953 年受西北水利部派遣率一支水利工作队到陕北。此后的四十多年间，他和他的同事们把一生都奉献给了陕北山区水利事业。父亲去世后，我曾经写过一篇散文《不会作诗的诗人》。父亲他们那一辈人的诗文是写在山川大地上的，至今我们身边的这条滋润着数万亩良田的延惠渠水，还仿佛在为他们歌唱。父亲本是学工的但热爱文学，一贯支持我学习写作。80年代初当我还在延大读书的时候，一贯节俭的父亲就拿出一笔数目不小的钱，支持我自费到南方各省旅行采风。我要是放弃写作，就对不起已经过世的二老一片苦心。

总之，无论如何，我不能放下手中的笔。无论是热爱与责任还是使命和孝道，都时时催促甚至是鞭策着我紧握手中的笔。最后引用杜鹏程先生一句话表达对母校延大和母亲延安的敬意："延安，我的第二故乡，你哺育了我，哺育了一代又一代的人，我们这些老老少少的人，全是你的儿女，更是从你那里懂得了忠于人民的信念和不息的追求精神。如果我不是不肖之子，那么，让我们永远记着你的恩惠，不断解剖自己，不息地前进，不懈地工作，纵然满头白发，也要作一名有理想、有追求、有生命活力的革命者。"

雄关漫道从头越

《中华英才》冬梅先生的专访文章题为《忽培元：从"群山"、"长河"到"浩海"》其中引用了我的三本书的标题，看着便有些亲切。这是对于自己几十年努力耕耘"两亩地"的一个形象的比喻和肯定的小结。文章写得或许有些溢美，但是并无虚构，只是写了"过五关斩六将"而没写"走麦城"之类的事情。这倒使我在受到鼓舞的同时感到了几许压力，随即想到了"雄关漫道从头越"这个题目。

漫漫人生路上，总是有许多关隘在前边等待着你。当一个人到了知天命的年龄，无论过去所努力做过什么事情，无论成败大小、得失多少，终究已经是过去了。未来的路怎么走，的确还是一个未知。孙犁先生在七八十岁的时候，还为自己起了个无人知晓的笔名，开始写诗。结果诗作寄出，往往被编辑退回，他便换个信封再投一家刊物，直到作品发表为止。这个故事也许是对我的这个标题的一个很好的诠释。大文豪这样做，也算是"雄关漫道从头越"吧。这种精神与勇气，很值得我辈效仿。

用手中的笔记录和讴歌生活，是我的终生梦想。从少年时代开始，这个文学的梦追求了几十年，总觉得还没有实现，或许是永远都不可能实现。我这才理解了作家海明威的那一句名言的真实含义与分量："我一生都在学习写作，但总觉得永远都学不会。"好在年过半百的今日，我的追求美好梦境的热情竟没有丝毫的减退，连自己都感到了惊讶。是什么神奇的力量使得自己在如此繁杂而众多的功利诱惑之下，还没有"初梦惊醒"？连自己也很难说清。不过，我却真正体会到了冰心先生那一句话的绝妙："只要有了爱，就有了一切。"这是我唯一感到欣慰的。我所深爱着的文学之梦给了我一切，包括生命的意义与价值。

为此，我要感谢文学的诱惑，在没有多大功利，更没有鲜花与掌声的情况下，我清贫寂寞、自得其乐地坚守了这么长久，而且毫无倦意。这就像一次没有终点的长跑，连接着他的人生的起点与终点。而在这艰辛与疲惫的路途上，他的精神始终都是专注而昂奋的。也许在别人眼中，这是可笑而可悲的不可思议，但我却自得其乐。从来没有认真计较过自己为此失去了什么。这种近乎麻木的愚笨，却使我免受了许多"失去"的痛苦。这种虽不合时宜，却又是无意间保持了难得的生命本真的生存状况，应当归功于文学之梦的魔力。我感激命运至今还殷切地把我这个"愚笨"之人挽留在这既残酷而又温柔的梦乡中。

我不会辜负社会各界和朋友同仁们的支持与厚爱，抱着"雄关漫道从头越"的进取态度，一直努力走下去，继续相辅相成地努力种好"两亩地"——社会工作与文学创作，实现生命的意义与人生的价值。

后 记

感谢中国言实出版社一片好意。要不是出版社盛情相邀，书中的这些篇什也许依旧寂寞地躺在我的电脑里面睡觉。可见这本散文随笔集的面世，是汇集了许多人的热情劳动。现在社会上出书似乎越来越容易了，但对于我来讲倒是越来越难。因为自己写得太慢、太纠结挑剔，总是不满意就不大想公开示众。业余写作也就近乎成了一种自我陶醉的方式，成为自己同自己交谈的一种形式。加之电脑的编辑操作也不甚在行，往往害怕麻烦，因此写了文章向博客上一放，就算是发表。看的人最多也就一两百位，此后便懒得再管。有些在大小报纸刊物公开发表过了，就更觉得是一个了结。这一次因为有昕朋总编的热心敦促与责编周晏女士的精心帮助，书编得还算是顺风顺水，因而感到了轻松愉快。

一本自认为还算用心写出的文集即将出版面世，就像一个孕育足月的婴儿就要诞生，总会给母亲一样的作者带来期盼与欣喜。四五年的孕育辛劳，一篇一篇的文章毕竟都是作者思想的轨迹与情感的记录，更像是一个人一段生命旅行的一窝窝脚印。当想到自己有一天能够亲手触摸回味到这些过去生活的印记，总会感到温暖与亲切的。一个并非是大名家或是才华横溢的写作者的文章，也许更适合于普通读者朋友的阅读。因为他在写作的时候，自觉不自觉地保持了常人的心态和质朴自然的情感。这就有意无意间避免了时下流行的刻意煽情与矫揉造作之风。

这些年写了不少的散文随笔，但是每一次提笔还是感到为难。这种貌似最自由也是最自我的表达方式，却是像书法中的草书一样，自由奔放固然，同时却又是最讲究法度与规范的，也最能见出写作者的思想纯度与深度以及运用语言的技巧与功力。貌似随心所欲，却又最须控制。需要用心来写以情浸润，更要以真诚贯穿始终。如果一个人的散文随笔写作只是为了发表或应景，就难免带有某种刻意与装饰。

因此，我不主张散文随笔同小说那样端起架子来写，散文随笔是舞台之下演员对着亲朋好友讲出的知心话，而不是像评书相声演员那样需要故弄玄虚装腔作势搔首弄姿来强化表演效果。更多的时候，散文随笔就是一个人心灵的自我表白，是由心泉中自然流淌出来的泉水，不怕清浅透明，却怕浑深莫测。这也是当前散文随笔写作中的两条不同路径。从普通读者的角度来看，似乎还是清浅透明更受欢迎吧。

总之，文章是写了给老百姓看的，而不是只为在文人圈子里转悠讨好，因此也同样存在一个走群众路线还是脱离群众的问题。这一点似乎在古代已经存在着不同观点与实践的博弈。唐诗显然是偏重于前者，而宋词倒好像沉溺于后者。至于孰高孰低，也是仁者见仁，智者见智。就写这么几句，作为文集的收尾，且为后记。

作　者

2014 年清明时节